DESEO

AF274421

KATE HARDY

PASIÓN
EN ROMA

Editado por Harlequin Ibérica.
Una división de HarperCollins Ibérica, S.A.
Avenida de Burgos, 8B - Planta 18
28036 Madrid

© 2025 Harlequin Ibérica, una división de HarperCollins Ibérica, S.A.
N.º 555 - 23.1.25

© 2012 Pamela Brooks
Pasión en Roma
Título original: The Hidden Heart of Rico Rossi

© 2021 Kira Bazzel
Secretos en Las Vegas
Título original: Secrets, Vegas Style

© 2014 Jennifer Lewis
Apostar por la seducción
Título original: A High Stakes Seduction
Publicadas originalmente por Harlequin Enterprises, Ltd.
Estos títulos fueron publicados originalmente en español en 2013, 2022 y 2015

I.S.B.N.: 978-84-1074-523-0
Depósito legal: M-23892-2024
Impreso en España por: BLACK PRINT
Fecha impresión para Argentina: 22.7.25
Distribuidor exclusivo para España: LOGISTA
Distribuidor para México: Distibuidora Intermex, S.A. de C.V.
Distribuidores para Argentina: Interior, DGP, S.A. Alvarado 2118.
Cap. Fed./Buenos Aires y Gran Buenos Aires, VACCARO HNOS.

MIXTO
Papel procedente de
fuentes responsables
FSC® C159065
www.fsc.org

Capítulo Uno

Ella Chandler cruzó el vestíbulo del hotel y se detuvo junto al mostrador de recepción. Estaba tan contenta que creía estar soñando. Iba a conocer Roma, la Ciudad Eterna; el lugar que la había cautivado desde la infancia.

–*Mi scusi?* –dijo en italiano–. Estoy buscando al guía turístico que…

–Sí, *signora* Chandler. Soy yo.

Ella se quedó atónita cuando se dio la vuelta para mirar al hombre que la había interrumpido. Más que un guía, parecía un modelo. Alto y de cabello negro, tenía unos ojos oscuros de pestañas asombrosamente largas y la boca más apetecible que había visto en toda su vida.

–Ah, hola… –acertó a decir–. *Buongiorno.*

El guía se acercó y le estrechó la mano. Fue un gesto inocente, pero el contacto de su piel le gustó tanto que Ella se maldijo para sus adentros. No podía reaccionar de esa forma ante un desconocido que, por otra parte, estaría acostumbrado a que las turistas inglesas cayeran rendidas a sus pies.

–Encantado de conocerla, *signora* Chandler –replicó–. Por cierto, me llamo Rico.

–Y yo, Ella.

–Ella…

La voz del guía sonó sensual como una caricia. Ella tuvo que recordarse que no era una adolescente, sino una mujer de veintiocho años; y que los hombres como Rico solían ser una bonita fachada sin sustancia alguna.

–¿Nos vamos? –continuó él.

–Por supuesto.

Mientras caminaban hacia la puerta, Ella lo observó con atención. El guía trabajaba para el hotel, pero no llevaba uniforme. Se había puesto una camisa blanca, por cuyo cuello abierto se veía una sombra de vello, y la había conjuntado con unos chinos de color ocre y unas zapatillas náuticas, perfectas para dar un largo paseo por la ciudad.

–¿Es la primera vez que visita Roma?

Ella le dedicó una sonrisa tensa.

–Sí.

–Y supongo que querrá visitar los lugares más importantes…

–En efecto –dijo–. Me gustaría ver el Foro, la escalinata de la Plaza de España y la Fontana de Trevi.

–*Bene*. En tal caso, empezaremos por el Coliseo. Es lo que está más cerca del hotel y, además, las colas son relativamente cortas a esta hora.

Al salir del hotel, Ella tuvo que frenarse para no darse un pellizco. Por fin, después de tantos años de espera, había reunido el dinero necesario para viajar a la ciudad de sus sueños.

–Siempre quise venir a Roma, ¿sabe? –le confesó–. Desde que vi una fotografía del Coliseo cuando era niña… Puede que no esté entre las siete maravillas del mundo, pero para mí lo está.

Rico asintió y le empezó a contar la historia del Coliseo. Ella se fue relajando a medida que avanzaban y, cuando vio el gigantesco monumento al final de la calle, se detuvo en seco y suspiró.

–Me parece increíble que hace un segundo estuviéramos en un lugar lleno de tiendas y edificios modernos y que ahora…

Rico se encogió de hombros.

–No se deje engañar por las apariencias. Hasta los edificios modernos de esta ciudad se levantan sobre restos antiguos.

A Ella le sorprendió su tono de voz, algo desdeñoso; al parecer, estaba tan acostumbrado a vivir en Roma que no compartía su entusiasmo. Pero se concentró en la majestuosidad de las vistas y agradeció que Rico no rompiera la magia del momento con más explicaciones.

Rico miró a Ella Chandler con admiración. De piel pálida, cabello castaño claro y ojos entre azules y grises, le pareció tan bonita como un ángel de Botticelli. Sobre todo, porque se comportaba como si no fuera consciente de su belleza; y porque la suya era una belleza natural.

Pero su ángel también era un enigma; aunque había reservado la suite nupcial, había llegado sola y se había registrado como señorita Chandler, no como señora Chandler. ¿Sería posible que su viaje a

Roma fuera originalmente un viaje de luna de miel? ¿La habría abandonado su prometido? ¿Habría tomado la decisión de aprovechar la reserva y viajar sola?

Rico sacudió la cabeza y se dijo que no era asunto suyo. Estaba allí para hacer un trabajo. Lo habían contratado para revisar los servicios de la cadena de hoteles Rossi y asegurarse de que estaban a la altura de las necesidades de sus clientes. Un objetivo que, en ese momento, implicaba hacer de guía, llevarla al interior del Coliseo y ofrecerle la visita que había soñado durante tantos años.

–Vaya, no esperaba ver gladiadores y emperadores por todas partes… –declaró ella con una sonrisa.

Rico se fijó en los personajes disfrazados que deambulaban por los alrededores y asintió.

–Sí, dan un toque divertido al lugar. Pero haga como si no estuvieran. Si se hace una fotografía con ellos, le sacarán hasta el último céntimo.

–Ah, ¿no forman parte de la visita al Coliseo? –preguntó, aparentemente decepcionada.

–No, trabajan por su cuenta; y pueden ser muy pesados… Aunque con usted no lo serán.

–¿Por qué?

–Porque está conmigo –respondió, sonriendo–. Y, por supuesto, estaré encantado de hacerle tantas fotografías como quiera. Forma parte de mi trabajo.

–Gracias.

Tras pagar las entradas, Rico la llevó al interior

del Coliseo. Le enseñó las gradas, le contó dónde se sentaban los distintos grupos sociales y le sacó varias fotografías. Ella estaba tan contenta que terminó por contagiarle su entusiasmo. Y, de repente, el Coliseo dejó de ser un edificio que estaba harto de ver y se transformó en lo que era, un lugar verdaderamente espectacular.

Rico sintió envidia de la capacidad de Ella para asombrarse. Aunque solo tenía treinta años, había vivido mucho y había perdido la mirada limpia y apasionada de aquella mujer.

Pero ese era el menor de sus problemas. No tenía tiempo para disfrutar de la vida. Tenía un imperio que dirigir.

—Acompáñeme, *signora* Chandler. Le enseñaré mi vista preferida del Coliseo.

Rico la sacó del edificio y la llevó hasta el Arco de Constantino.

—Es precioso —dijo ella—. Mucho más de lo que había imaginado…

—¿Quiere que le enseñe el Foro?

—Ah, el lugar donde Marco Antonio pronunció su discurso, según Shakespeare…

Rico soltó una carcajada.

—Sí, bueno… la mitad de los guías repiten ese discurso como si fueran loros.

—¿Usted incluido?

Ella sonrió y Rico se quedó tan fascinado con los hoyuelos de sus mejillas que tuvo que hacer un esfuerzo para concentrarse en el trabajo. Ella Chandler era un cliente. Estaba fuera de su alcance. Y en cualquier caso, no se parecía a las mujeres que le gustaban: mujeres altas, esbeltas y refinadas que conocían las normas de una relación pasajera y evitaban las exigencias emocionales.

—No —contestó—. Pero si quiere, lo puedo intentar.

—¿Podría hacerlo yo?

Él le devolvió la sonrisa.

—Por supuesto. Si me presta su cámara, grabaré el momento para que se lo pueda enseñar a sus amigos de Inglaterra.

—Se lo agradezco mucho...

—No me lo agradezca, *signora* Chandler. Estoy aquí para su experiencia en Roma sea lo más divertida posible.

Sus dedos se rozaron cuando Ella le dio la cámara. Fue un contacto leve, pero suficiente para que Rico se estremeciera y se quedara asombrado con la intensidad de su propia reacción. Era la primera vez que una mujer le causaba un efecto tan intenso e inmediato.

A pesar de ello, sacó fuerzas de flaqueza y grabó el discurso en vídeo. Luego, le devolvió la cámara y dijo:

—Tiene una voz preciosa.

Ella se ruborizó y él se preguntó si se ruborizaría del mismo modo al hacer el amor.

—Gracias...

Rico apartó la mirada. Ella Chandler era la mujer que más le había gustado en los tres años que llevaba como presidente de los hoteles Rossi, pero también era un cliente. Y por otra parte, no tenía tiempo para aventuras amorosas.

Mientras caminaban hacia Via Nova, ella se fijó en las flores moradas de las glicinias que crecían por todas partes y volvió a sonreír.

–¿Quiere que le haga una fotografía? –preguntó él.

–Claro…

Rico se arrepintió de haberse ofrecido. Mientras le sacaba las fotos, se imaginó besándola junto a aquellas mismas flores, en una cálida noche. Y se empezó a poner nervioso. No entendía lo que le estaba pasando.

Desesperado, le preguntó lo primero que se le pasó por la cabeza. Necesitaba reconducir la situación; hablar de algo neutral y recuperar el control de sus pensamientos, que parecían obsesionados con aquella mujer.

–¿A qué se dedica, *signora* Chandler?

–Soy contable.

–¿Le gusta su trabajo?

Ella se encogió de hombros.

–Bueno… es un trabajo seguro.

Rico la miró con detenimiento y pensó que, siendo contable, pasaría mucho tiempo sentada y no estaría acostumbrada a caminar. Además, no parecía de la clase de mujeres que iban al gimnasio o salían a correr. Si quería seguir con la visita turística, sería mejor que descansara un poco.

–¿Qué le parece si hacemos un descanso y vamos a comer?

—Buena idea. Estoy hambrienta…

Rico la llevó a una *osteria* donde se comía bien y se sentó con ella en la terraza, bajo una parra que los protegía del sol.

—Esto es fabuloso –dijo Ella–. No sabía que Roma fuera tan verde…

—¿Qué esperaba?

—No lo sé; supongo que la imaginaba como Londres, con pocos árboles y unos cuantos monumentos esparcidos por el centro. Pero Roma es tan distinta, tan especial… está llena de historia y de zonas verdes –respondió.

—Me alegra que le guste.

—Y me han encantado las glicinias del Foro…

Rico pensó que, si las glicinias le habían gustado, se volvería loca con los lilos del parque Borghese; pero estaba demasiado lejos para ir ese día.

Entonces, se le ocurrió una locura: seguir siendo el guía de Ella Chandler. A fin de cuentas, llevaba varios meses sin tomarse un día libre y no tenía nada importante que hacer; nada que no pudiera anular o retrasar. Además, sabía que Ella se iba a quedar tres noches en Roma y que no se había apuntado a ninguno de los recorridos turísticos del día siguiente.

—Permítame que le invite a comer –declaró ella de repente–. No me parece justo que malgaste su sueldo de guía con una turista.

Rico se quedó atónito. Evidentemente, Ella sabía que los guías ganaban poco y le preocupaba que la hubiera llevado a un sitio de aspecto caro. Pero él no era guía. Y no iba a permitir que lo invitara a comer.

—No se preocupe por eso. Corre a cuenta del hotel —mintió.

Mientras hablaba, Rico se acordó de que no llevaba dinero en efectivo, lo cual era un problema. Si sacaba su tarjeta de crédito, una platinum, Ella se daría cuenta de que no estaba con un simple empleado del hotel. Tendría que hablar con el camarero y pedirle que le cobrara en la barra del bar, para que no viera su tarjeta.

—¿Está seguro de eso? —preguntó, extrañada.

—Absolutamente.

—Está bien… ¿Qué me recomienda para comer?

—Eso depende de lo que le guste.

Ella sonrió.

—¿Hay algo en el menú que sea típicamente romano?

Rico echó un vistazo rápido a la carta.

—Sí, el *cacio e pepe*… son espagueti con queso *pecorino* y salsa de pimienta negra.

—Suena bien. Lo probaré.

—En ese caso, yo pediré lo mismo.

Rico llamó al camarero y le pidió los dos platos y una ensañada para acompañar. A continuación, se giró hacia ella y dijo:

—¿Prefiere vino tinto? ¿O blanco?

—Blanco, por favor. Pero solo una copa… no estoy acostumbrada a beber.

Rico sonrió y miró al camarero:

—Traiga dos copas de vino blanco y agua.

Minutos después, el camarero les llevó la bebida y una cesta con pan al romero. Ella quiso alcanzar un pedazo al mismo tiempo que él y sus dedos se volvieron a rozar.

Rico se estremeció.

Definitivamente, ninguna mujer le había afectado tanto como Ella Chandler. De haber podido, la habría tomado entre sus brazos y la habría besado.

—¿Hace mucho que trabaja para el hotel?

Rico asintió. Llevaba tres años en la presidencia de la cadena hotelera, pero había trabajado desde los catorce y había realizado casi todos los trabajos, desde limpiar habitaciones a tomar decisiones de carácter estratégico.

—Sí, bastante.

—¿Y tiene familia en Roma?

La pregunta de Ella lo dejó descolocado durante unos momentos. Sus abuelos eran lo más parecido que tenía a una familia; lo habían salvado del desastre matrimonial de sus padres, le habían dado su afecto y lo habían preparado para dirigir la cadena hotelera, a sabiendas de que su único hijo, el padre de Rico, carecía de las habilidades necesarias.

—Sí, mis abuelos viven aquí —contestó al final.

Durante los minutos siguientes, Rico se las arregló para derivar la conversación hacia terrenos menos pantanosos. Y cuanto más hablaban, más le gustaba su acompañante. Ella era especial. No se parecía nada a sus últimas novias; no era mujer de champán francés y joyas caras, sino de placeres tan sencillos como disfrutar de unos espagueti.

Después de comer, Rico decidió sacarse otro as de la manga. En lugar de llevarla al Panteón de Agripa por la parte delantera, la llevó por detrás para que se quedara atónita cuando salieran a la Piazza de la Rotonda. Y el truco tuvo éxito. Ella se quedó boquiabierta ante las enormes columnas del templo circular.

—Oh, ¡es increíble!

Rico sonrió y guardó silencio.

—¡Y fíjese en esas puertas! ¡Son enormes!

—Se supone que son las originales, pero las han restaurado tantas veces que no debe quedar mucho del material original —explicó él.

El asombro de Ella se volvió fascinación pura en el interior del edificio, cuando vio la gigantesca cúpula y el gran óculo del centro, por donde entraba la única fuente de luz.

—Es una verdadera maravilla.

Rico volvió a sonreír. Había visto el Panteón de Agripa muchas veces, y se creía inmune a su belleza; pero al igual que en el Coliseo, el entusiasmo de Ella le resultó tan contagioso que fue como si lo viera por primera vez.

Al salir del Panteón, se dirigieron a la Plaza de España. Rico supuso que le parecería poca cosa en comparación con lo que acababa de ver, y no se equivocó. Ella miró la escalinata de mármol blanco como si fuera lo más normal del mundo.

—Dentro de un par de semanas, cuando las azaleas echen flores, estará mucho más bonita —declaró él.

Ella arrugó la nariz.

–Oh, discúlpeme… es que esperaba que fueran más…

–¿Especiales?

–Sí, supongo que sí.

–Solo son unas escaleras donde los turistas se sientan a descansar. Pero la plaza de arriba está muy bonita los fines de semana. Se llena de pintores.

Ella alzó la mirada, como imaginando la escena.

–Bueno, sígame –continuó Rico–. La Fontana de Trevi le va a encantar… le aseguro que está a la altura de su reputación.

Ella siguió a Rico y, poco después, tras abrirse paso entre la multitud, se encontraron ante la famosa fuente.

–Es asombrosamente blanca –declaró ella, radiante de alegría–. Y los caballos parecen tan reales como si no fueran de piedra, sino de verdad… ¿Puede hacerme una foto mientras echo una moneda al agua?

–Por supuesto.

Rico la acompañó y le hizo la fotografía.

–¿Tengo que echar más? Recuerdo haber visto una película donde echaban tres monedas…

Él sacudió la cabeza.

–No, no es necesario. Supongo que se refiere a *Tres monedas en la fuente*; pero eran tres porque contaba la historia de tres amigas.

–¿Ah, sí? Yo pensaba que… bueno, no importa –dijo con nerviosismo–. Olvídelo.

14

Rico sonrió para sus adentros. Existía una leyenda que quizás explicaba el nerviosismo de Ella Chandler: quien echaba una moneda, volvía a Roma; quien echaba dos, encontraba el amor y, quien echaba tres, se casaba.

¿Estaría buscando una aventura? ¿Estaría buscando esposo?

Fuera como fuera, no era asunto suyo. Además, él no buscaba ni el matrimonio ni el amor. Había aprendido de los errores de sus padres y solo aspiraba a relaciones cortas y divertidas, donde nadie salía mal parado.

—La fuente se construyó al final del acueducto Aqua Virgo, uno de los más antiguos de Roma —explicó él—. Según dicen, tenía el agua más dulce de la ciudad... pero no le recomiendo que eche un trago. Ni que se bañe en ella.

—¿Como Anita Ekberg en *La dolce Vita*? —preguntó, sonriendo.

—Sabe mucho de cine...

Ella se encogió de hombros.

—No tanto. Me lo dijo mi mejor amiga, que es profesora de inglés y cinéfila.

Rico no lo pudo evitar. La imaginó en el papel de Anita Ekberg, con el agua cayendo sobre su cuerpo y empapándola hasta convertir su camiseta en una segunda piel, absolutamente transparente.

Sorprendido por la deriva de sus pensamientos, se dijo que el único que necesitaba un buen baño era él; y de agua fría. Pero a pesar de ello, y de que la visita a la Fontana de Trevi debía poner punto final al recorrido turístico, decidió alargar la tarde y pasar un rato más con su turista inglesa.

—¿Descansamos un poco? –preguntó.

—Claro…

Rico la llevó a un cafetería cercana, donde Ella pidió un zumo de naranja y él, un expreso que se bebió de un trago.

—¿Siempre se toma el café así?

—Eso me temo. Es una de mis malas costumbres.

Ella lo miró con malicia.

—¿Puedo preguntar cuales son las otras?

—No –respondió Rico–. Pero dígame… ¿Tiene planes para esta noche?

—¿Por qué lo pregunta?

—Porque me gustaría que cenara conmigo.

—¿Cenar? –dijo, sorprendida.

—Sí, algo sencillo. Una comida típica.

Ella se quedó tan sorprendida como encantada ante el hecho de que un hombre tan interesante le estuviera pidiendo una cita. Sin embargo, estuvo a punto de salir corriendo. Aunque había superado el desastre de su relación con Michael, se sentía demasiado vulnerable como para arriesgarse otra vez.

Pero por otra parte, estaba en Roma. Y no podía negar que Rico le gustaba. Incluso era posible que una noche de diversión le devolviera parte de la seguridad que había perdido con la traición de Michael.

—Trato hecho –dijo.

—Excelente. En ese caso, te pasaré a recoger a las ocho en punto.

Capítulo Dos

De vuelta en el hotel, Ella se dirigió a su suite y Rico, a su despacho. Lina, su secretaria, estaba a punto de marcharse.

–Hola, Lina… sé que es tarde y que debería haberte avisado, pero ¿puedes anular mis citas de los tres próximos días?

Lina lo miró con preocupación.

–¿Ha pasado algo? ¿Es que tu abuelo está enfermo?

–No, está bien. Me voy a tomar unas vacaciones.

Lina parpadeó.

–¿Tú? ¿Unas vacaciones?

–No veo qué tiene de extraño –respondió, molesto–. Cualquiera diría que soy un obseso del trabajo.

Su secretaria le dio una palmadita cariñosa.

–Lo eres. Pero está bien… mañana, cuando llegue al despacho, anularé esas citas. Ahora es imposible, porque es tarde y no localizaría a nadie.

–Gracias, Lina. Si necesitas algo, llámame al móvil o envíame un mensaje.

–No te voy a llamar, Rico. Necesitas un descanso de tus obligaciones –afirmó–. ¿Vas a algún sitio especial?

–Es posible.

Lina sonrió.

–Disculpa. Había olvidado que no te gustan las preguntas personales.

–No, discúlpame a mí. No pretendía ser grosero.

–Pero no me vas a dar explicaciones, ¿verdad? –Lina lo miró con exasperación–. Recuérdame por qué trabajo contigo…

–¿Porque soy encantador? –declaró en tono de broma.

–Sí, seguro que es por eso –ironizó.

–Gracias de nuevo, Lina. Sabes que aprecio mucho tu trabajo.

–Sí, claro que lo sé, tesoro. –Lina volvió a sonreír–. Anda, márchate de una vez y diviértete un poco.

–Lo haré.

Rico salió del despacho con la sensación de estar haciendo una tontería. Ella Chandler solo era una turista que volvería a su país dos días más tarde. Sin embargo, Lina tenía razón; necesitaba divertirse.

Cuando salió a la calle, se dirigió a la carnicería más cercana. Tras la visita a la carnicería, pasó por la verdulería y la panadería. Luego, subió a su piso, se remangó la camisa y empezó a preparar la cena.

¿Qué se debía poner para cenar en Roma?

Después de darle muchas vueltas, Ella optó por ponerse un vestido de verano, con estampado de flores, que había metido en la maleta en el último

minuto. Sabía que sería inadecuado si Rico la llevaba a un lugar elegante, pero no tenía otra cosa y,
además, supuso que preferiría un restaurante tradicional y de buena comida, donde el aspecto importaba poco.

A las ocho en punto, llamaron a la puerta.

Era él.

—Estás preciosa, Ella.

Rico se había cambiado de ropa y se había puesto unos vaqueros desgastados y otra camisa blanca.
A Ella le pareció tan atractivo que se quedó sin aire.

—¿Adónde me vas a llevar?

—A un sitio especial. Esta noche cocino yo.

Ella lo miró con desconcierto.

—¿Sabes cocinar?

Él se encogió de hombros.

—No es tan difícil…

Ella se acordó de Michael, su exnovio. A diferencia de Rico, no había cocinado para ella ni una
sola vez; parecía creer que la cocina era cosa de mujeres, y se sentía ridícula por habérselo permitido.

—Por tu cara de sorpresa, sospecho que has salido
con algún hombre demasiado conservador —continuó él.

—Sí, es cierto —le confesó—, pero ya lo he superado.

Rico la llevó hasta el final del pasillo e introdujo
un código de seguridad en un panel discretamente
camuflado. Ella no podía imaginar que se abriría la
puerta de un ascensor privado, ni mucho menos
que terminaría en la azotea más bonita que había
visto nunca, con una vista magnífica del Coliseo.

–Qué preciosidad... –dijo, asombrada.

–Me alegra que te guste.

Ella se giró y miró la mesa que alguien había instalado entre las plantas. Tenía un centro de flores, una vela encendida y una botella de vino.

–Esto es increíble; absolutamente increíble. ¿Es tuyo?

Rico no tuvo más remedio que mentir. Si le decía que el ático del hotel era suyo, Ella Chandler se daría cuenta de que no era un guía. Y le gustaba la idea de seguir siendo un hombre normal y corriente.

–No. Me lo han prestado.

Ella lo miró con preocupación.

–¿Estás seguro de que a su dueño no le importa?

–Completamente seguro –respondió–. Pero siéntate, por favor... ¿quieres que te sirva una copa de vino?

–Sí, gracias.

Ella se sentó y él sirvió una copa.

–Vuelvo enseguida. Voy a buscar el *antipasti*.

Rico entró en el piso y regresó con una bandeja llena de entrantes. Ella demostró el mismo apetito que había demostrado en la *osteria*, y lo cubrió de halagos cuando terminaron con los entrantes y pasaron a la pasta primero y al cordero después.

–No es para tanto –dijo él con una sonrisa–. Una simple cena romana.

–Pero te has tomado muchas molestias por mí...

Como postre, Rico sirvió un *panna cotta* que la dejó con ojos como platos. Pero él se sintió obligado a puntualizar:

–Los dulces no se me dan bien. Me temo que lo he comprado en una tienda. Solo soy responsable de la presentación.

–Pues te ha quedado perfecto.

Él arqueó una ceja.

–No serás inspectora del hotel, ¿verdad?

Ella rio.

–No. Solo soy una contable aburrida.

–Tú no tienes nada de aburrida –replicó–. Me divierto mucho contigo.

–Y yo contigo –le confesó.

Él se levantó de la mesa, la tomó de la mano y la instó a levantarse.

–Ven. Te enseñaré una de las mejores vistas de Roma.

Ella apoyó las manos en la balaustrada y contempló las torres y los edificios de la ciudad, tan bien iluminados que se veía hasta el menor de los detalles. Rico se quedó junto a ella y se dedicó a indicarle los lugares más famosos. Estaba tan cerca que podía oler su perfume. Y su cuello le resultó tan tentador que no se pudo resistir a la tentación de besarlo.

Ella se estremeció y se apretó contra él durante unos momentos deliciosos. Pero a Rico no le pareció suficiente, así que le dio la vuelta y la besó en la boca.

La timidez de aquella turista inglesa que había

llamado su atención, desapareció al instante. Lejos de protestar, se entregó con pasión y no hizo nada por impedir que le acariciara los pechos, terriblemente sensibles bajo la fina tela del vestido y el leve encaje del sostén.

Rico fue el primer sorprendido por la intensidad de su deseo. Y supo que necesitaba verla, tocarla, sentir su piel.

Llevó una mano a la cremallera del vestido y preguntó en voz baja:

−¿Puedo?

Ella asintió y él le bajó la cremallera. Después, le apartó las tiras de los hombros y la prenda cayó hasta la cintura.

Ya solo quedaba el sujetador.

−Quiero verte −siguió él.

Ella asintió una vez más.

Rico le desabrochó el sostén, se lo quitó y admiró sus senos desnudos antes de cerrar las manos sobre ellos.

−Eres tan bella…

Ella se ruborizó y guardó silencio. Y a Rico le pareció bien, porque no era momento de palabras, sino de actos.

Bajó la cabeza y le succionó un pezón. Ella soltó un gemido de placer y le pasó los dedos por el pelo, urgiéndolo a seguir adelante. Rico se emborrachó de sus pechos y su aroma, incapaz de contenerse; pero segundos más tarde, cometió un error: rompió el contacto para mirarla a los ojos y, con ello, también rompió la conexión que los había unido.

–No, Rico… no podemos seguir.

Él respiró hondo. Jamás había forzado a una mujer, y Ella no iba a ser la primera.

–Está bien, no seguiremos.

Rico le acarició la mejilla y le subió el vestido.

–No me has entendido bien, Rico. Solo quería decir que no podemos… aquí.

–¿Aquí?

Ella se puso roja como un tomate.

–Sí, en el piso de tu amigo.

Rico se lamentó amargamente de haberle dicho que el ático pertenecía a otra persona; sobre todo, porque su dormitorio estaba a pocos metros de distancia y solo tenía que tomarla entre sus brazos, llevarla a la cama y hacerle el amor.

Se había quedado atrapado en su propia mentira.

–Hay una solución –continuó ella en voz baja–. Si quieres que sigamos adelante, por supuesto.

–Claro que quiero.

Ella dudó un momento y dijo:

–Podemos ir a mi suite.

Rico le dio un beso en los labios.

–¿Estás completamente segura?

–Sí, lo estoy –respondió con debilidad–. Pero, ¿no crees que deberíamos retirar los platos de la mesa antes de…?

Él sonrió.

–No te preocupes por eso. Lo haré más tarde.

Ella se puso el sostén se arregló un poco el vestido y siguió a Rico hasta el ascensor privado. Estaba tan nerviosa que, cuando llegaron a la suite, se le cayó la tarjeta magnética. Él se inclinó, la recogió, abrió la puerta y encendió la lamparita del salón, que llenó la estancia con una luz cálida.

Después, se acercó a la ventana, echó las cortinas y se giró. Ella se estaba mordiendo un labio con timidez.

—Si has cambiado de idea, lo entenderé —dijo Rico.

Ella apartó la mirada.

—Es que no quiero decepcionarte.

Rico se acercó y la tomó de la mano.

—¿Decepcionarme? Sí, admito que me llevaría una decepción si me rechazaras ahora, pero estás en tu derecho —le recordó.

—No me refería a eso. Yo… No soy muy buena en este tipo de situaciones.

Rico se quedó atónito. ¿Tenía miedo de decepcionarle porque se creía una amante inexperta o poco hábil? Ella lo había besado con pasión, pero también con cierta inseguridad. Y por otra parte, tenía la sensación de que alguien, obviamente un hombre, había dañado su confianza en sí misma.

Pero se dijo que él podía ayudarla a recuperarse. Podía demostrarle que era una mujer deseable y preciosa.

—Oh, Ella —declaró con suavidad—. Ninguna primera vez es perfecta. Y no importa que no lo sea… tenemos tiempo para conocernos y explorar nuestro placer. Tiempo para que yo aprenda lo que te gusta y para que tú aprendas lo que me enciende.

Ella lo miró a los ojos.

—Entonces, ¿no es un problema?

Él volvió a sonreír.

—Ni mucho menos. No estamos sometidos a ninguna presión. Solo somos tú y yo, dos personas adultas que saben lo que quieren. Y si cambias de opinión, solo tienes que decírmelo y me detendré.

Ella suspiró.

—Lo siento, Rico. Supongo que soy demasiado tímida.

Él sacudió la cabeza.

—Dudo que sea un problema de timidez. Tengo la impresión de que alguien te hizo sentir mal para sentirse mejor. Y si eso es cierto, la culpa es suya, no tuya.

Rico se sentó en la cama y la acomodó sobre su regazo. Ella era un mar de dudas en ese momento; pero supo que no dudaba de él, sino de sí misma, y por las dudas que otro hombre había puesto en su mente.

Como no se le ocurrió otra forma de tranquilizarla, la besó con dulzura, sin prisas, incitándola y alimentando poco a poco su deseo.

Luego, le bajó otra vez las tiras del vestido y lamió su piel desnuda. Ella echó la cabeza hacia atrás, gimió de placer y se arqueó mientras él le volvía a bajar la cremallera.

Los dedos de Rico encontraron el cierre del sostén, que le quitó enseguida. Luego, cerró las manos sobre sus pechos y le acarició los pezones con los pulgares.

Rico la levantó de la cama y tiró del vestido hacia abajo, hasta que se quedó sin nada salvo las braguitas de encaje y los zapatos de tacón de aguja.

–Eres verdaderamente bella.

Ella lo miró.

Rico se arrodilló en el suelo y le dio un beso en el estómago antes de meterle una mano bajo las braguitas.

–Quiero verte –continuó–. Quiero tocarte, probarte.

Ella se estremeció.

–Sí, por favor.

Rico no tardó ni un segundo en tumbarla en la cama y volver a asaltar su boca. Tenía intención de soltarle el pelo, pero estaba tan excitado que desestimó la idea. Cuando por fin la liberó de la última prenda que la cubría, la besó con pasión y descendió hacia su pubis, tomándose su tiempo y logrando que se retorciera bajo él.

Por fin, su lengua encontró el sexo de Ella. Sabía dulce y salado a la vez.

Al cabo de unos segundos de caricias, le empezó a lamer con movimientos cambiantes, succionando y variando la intensidad y el ritmo hasta que Ella se quedó rígida un momento y, por fin, alcanzó el orgasmo.

–Rico…

Solo entonces, se detuvo y la abrazó.

–¿Estás bien?

Ella suspiró.

–Oh, sí… mucho más que bien. Pero esto no es

justo. Yo estoy completamente desnuda y tú, completamente vestido.

Él sonrió.

–Es que tenía hambre de ti –se justificó–. Y si me quieres desnudo, puedes hacer algo al respecto…

Ella le abrió la camisa y le acarició el pecho con delicadeza. Rico mantuvo a duras penas el control hasta que llegó al botón de sus vaqueros y lo desabrochó. Quería estar dentro de su cuerpo; pero a su ritmo, para que se sintiera cómoda.

A pesar de su inseguridad, Ella se lo tomó con calma y lo desnudó despacio, acariciando cada centímetro de piel que descubría. Y cuando por fin le quitó los calzoncillos, Rico estaba tan fuera de sí que tuvo que hacer un esfuerzo para hablar.

–Los preservativos… –dijo–. Están en mi cartera.

Ella abrió la cartera que tenía en los pantalones, sacó un preservativo y sonrió con picardía. Después, rompió la funda de plástico y se lo puso lentamente, desenrollándolo sobre su duro sexo.

Rico no pudo soportarlo. La alcanzó, la puso a horcajadas sobre él y suspiró con un placer inmenso cuando Ella descendió y lo tomó.

Cuando lo sintió dentro, Ella se estremeció por la intensidad de su unión y de su propio deseo. Se suponía que aquello debía ser una aventura de una sola noche; pero al ver la cara de Rico, comprendió que necesitaba mucho más.

Y era imposible.

Estaban allí para divertirse, para darse placer el uno al otro. Los sentimientos no formaban parte del trato. No quería volver a encapricharse de un hombre. No quería sentir. No quería arriesgarse a que le partieran el corazón.

Respiró hondo e intentó apartar todo pensamiento de su cabeza.

–¿Te gusta? –se atrevió a preguntar.

Rico alzó un brazo y le acarició la cara.

–Sí. Me gusta tanto que no encuentro palabras…

Ella sonrió, satisfecha, y se inclinó hacia delante para darle un beso.

Rico la dejó hacer, encontró las horquillas de su cabello y se las quitó una a una hasta conseguir su objetivo.

–*Bellezza*… Me gustas mucho más así, con el pelo suelto.

Ella sonrió y le volvió a besar.

El ritmo que impuso fue tan lento y tortuoso que Rico decidió tomar el control. Llevó las manos a su cintura, la penetró con más fuerza y empezó a moverse más deprisa, hasta que la fricción lo llevó a un clímax que fue toda una sorpresa para él.

No esperaba que fuera tan intenso; a fin de cuentas, era la primera vez que hacían el amor. Y por otra parte, no recordaba haber vivido nunca, en ninguna circunstancia y con ninguna otra mujer, una experiencia tan satisfactoria.

Como no quería romper la conexión, se quedó dentro de ella. Pero al final, tuvo que salir para quitarse el preservativo.

—Espérame —susurró.

Cuando volvió al dormitorio, Ella se había tapado con la manta. Obviamente, sufría otro ataque de timidez.

—¿Estás bien?

Ella asintió, pero no dijo nada.

Él se sentó en el borde de la cama.

—No te preocupes por lo que hemos hecho. No te voy a exigir nada por ello, ni me voy a marchar como si no hubiera ocurrido —declaró con dulzura—. Lo que pase ahora es cosa tuya. La decisión es tuya.

Ella tragó saliva.

—Es que solo voy a estar dos noches más.

Rico la miró a los ojos.

—Bueno, podríamos vernos mientras estés…

—¿No tienes que trabajar?

Rico le dedicó una sonrisa encantadora.

—No. Casualmente, tengo unos días libres.

Ella arqueó una ceja y lo miró con escepticismo.

—¿En plena temporada alta?

—En Roma, todas las temporadas son altas. Los turistas vienen todo el año, así que me puedo tomar mis vacaciones cuando me parezca más oportuno.

—Qué suerte…

—Si quieres que te enseñe la ciudad, estoy a tu disposición.

Ella lo pensó un momento y sonrió.

–Gracias. Me gustaría..

Él se inclinó y le dio un beso.

–Entonces, trato hecho. ¿Quieres que vaya a buscarte después del desayuno? ¿Te parece bien a las ocho y media?

–Me parece magnífico.

Rico se levantó de la cama y se empezó a vestir.

–*Bene*. En tal caso, nos veremos mañana por la mañana.

Él la besó una vez más y dijo, antes de marcharse:

–Que tengas dulces sueños, *bellezza*.

Ella se acurrucó en la cama cuando Rico salió de la suite.

Aquello era lo último que esperaba encontrar en Roma. Una aventura amorosa. Un sentimiento de felicidad pura.

Curiosamente, ya no oía las palabras de Michael en su cabeza. Sus recriminaciones habían desaparecido junto con su queja hiriente de que lo obligaba a buscar el placer en otras mujeres porque no sabía satisfacer a un hombre.

Ahora sabía que era una acusación falsa. Sabía que había complacido a Rico; hasta el punto de que le había confesado que ni siquiera encontraba palabras para describir lo que sentía.

Y ahora era libre para disfrutar de un día nuevo en Roma, que se presentaba lleno de promesas.

Capítulo Tres

Ella estaba preparada a las ocho y veinticinco de la mañana siguiente; y tal como esperaba, Rico apareció exactamente a las ocho y media. Llevaba unos chinos de color pálido y una camisa tan blanca como las anteriores.

Cuando abrió la puerta y se saludaron, él le miró los pies y dijo:

—Zapatos sin tacón. Excelente.

—Sí, son muy cómodos.

—Entonces, vámonos.

Rico la acompañó hasta la salida del hotel. Ella se sintió algo decepcionada al ver que no la tomaba de la mano, pero pensó que debían ser discretos. Al fin y al cabo, Rico era guía; y con toda seguridad, la dirección del establecimiento desaprobaba las relaciones entre trabajadores y clientes.

¿Habría mantenido relaciones con más turistas? Ella apartó el pensamiento de su mente. Aunque fuera así, no era asunto suyo. Además, estaba con él para pasar un buen rato, no para complicarse la vida con algo serio.

—Vamos a buscar buenas vistas y sitios poco conocidos. Y si te parece bien, esta tarde podríamos hacer cosas más… apasionadas.

Ella sonrió.

—Me parece muy bien.

Ya se alejaban hacia el Coliseo cuando, por fin, la tomó de la mano. El contacto bastó para estremecerla y para que sintiera tan feliz como una adolescente. El día era absolutamente perfecto. Había amanecido sin una sola nube, estaba en una ciudad preciosa y le acompañaba un hombre tan guapo como encantador.

Un hombre que le había dado un placer asombroso la noche anterior. Un hombre que le había hecho ver las estrellas. Y que quizás, con un poco de suerte, le ofrecería otra sesión aquella misma tarde.

Deambularon por la ciudad, sin prisas, hasta llegar al río.

Rico le señaló un grupo de patos que nadaban en el agua, esforzándose por ir corriente arriba. Tras unos momentos, se rindieron y se dejaron llevar.

Ella se apoyó en el muro de piedra y contempló el paisaje.

—¿Aquello es El Vaticano?

—Sí, es la cúpula de San Pedro... pero si quieres visitarlo, es mejor que vayamos temprano. A esta hora, las colas son interminables.

—Me gustaría mucho. No puedes ir a Roma y no visitar San Pedro...

Él sonrió.

—Bueno, intentaré organizar una visita para mañana.

Ella lo miró con desconcierto.

–¿Lo intentarás? Pero si eres guía…

–Para entrar en San Pedro se necesita un pase especial de El Vaticano –explicó–. ¿Seguimos con nuestro paseo?

–Claro.

Siguieron por la orilla del río y al llegar a uno de los puentes, Rico se detuvo.

–Hoy no ejerzo de guía, pero faltaría gravemente a mis responsabilidades si no mencionara que este puente es el más antiguo de la ciudad. Se construyó hace dos mil años.

–¿Insinúas que es el puente original? –preguntó, asombrada con el buen estado de la estructura–. Es absolutamente increíble… poder caminar por el mismo sitio que pisaron los ciudadanos de la antigua Roma, hace tanto tiempo.

–Cuantas más cosas cambian, más cosas siguen igual.

Cruzaron el río y caminaron por el Trastévere, que estaba precioso. Rico la llevó a un restaurante, junto a una iglesia, donde pidieron vino y disfrutaron de una comida deliciosa. Ella contempló los mosaicos dorados del edificio religioso, que brillaban al sol, y pensó que no eran tan intensos como la mirada de deseo de su acompañante.

–¿Te gusta? –preguntó él.

–¿La iglesia? Sí, es muy bonita. Me encantan las iglesias de Roma.

–Me alegra que lo digas, porque tengo intención de llevarte a un sitio… muy especial. Está al otro lado del Tíber.

Ella pensó que la definición de Rico se quedaba corta. La iglesia de Santa Maria in Cosmedin hacía honor al significado de su nombre, la Bella. Y cuando vio la famosa Bocca della Veritá soltó un suspiro de admiración.

–Casi da miedo…

Rico sonrió.

–La leyenda dice que, en la Edad Media, cuando acusaban a alguien de haber mentido, le obligaban a meter la mano en el agujero de la boca –declaró él–. Si decías la verdad, no te pasaba nada.

–¿Y si mentías?

Él se encogió de hombros.

–Entonces, la boca se comía tu mano.

–¿En serio? ¿Insinúas que alguien se ponía detrás y le cortaba la mano?

A Ella le pareció un sistema algo drástico, pero se dijo que se lo habría aplicado gustosamente a varias personas; empezando por su padre, que había mentido mil veces a su esposa; y terminando por Michael.

–Es algo exagerado, ¿no te parece? –continuó.

–No creo que cortaran la mano a nadie. Solo es una leyenda, *bellezza*… De hecho, se cree que la cara de la Bocca della Veritá es una antigua tapa de alcantarilla, y que representa al dios Océano.

–Pues es imponente…

–¿Quieres que te saque una foto?

–Sí, por favor.

Ella se puso en la cola que había para sacarse fotos y dejó una donación.

Rico la llevó después al Circo Máximo, la antigua pista de carreras. Luego, tomaron el metro en la Piazza del Popolo y salieron en la estación del parque Borghese.

–Es un lugar muy tranquilo –dijo Ella mientras paseaban entre los árboles–. No se oye ni un ruido de la ciudad… solo el canto de los pájaros.

–Suelo venir cuando necesito descansar. ¿Quieres que caminemos? ¿O prefieres que alquilemos un *riscio*?

–¿Qué es eso?

–Una bicicleta en tándem paralelo. Suelen ser de cuatro asientos, pero también las tienen de dos –respondió.

–Ah…

–Venga, alquilemos una. Así será más divertido.

Al cabo de cinco minutos, Ella se encontró subida a un *riscio* y muerta de miedo, porque ni el manillar ni el freno parecían funcionar. Cuando Rico notó su preocupación, sacudió la cabeza y dijo:

–El manillar que funciona es el mío. Por mucho que gires el tuyo, no conseguirás nada.

–¡Pero vamos en dirección contraria! –exclamó.

Rico rompió a reír.

–¿En dirección contraria? En Italia se circula por la derecha, como en casi todos los países del mundo…. Inglaterra es una excepción –le recordó.

Minutos después, se había tranquilizado por

completo y se alegraba de haber subido al *riscio*. Gracias al tándem, pudieron ver casi todo el parque sin cansarse demasiado. Y cuando se acercó el momento de devolverlo, Ella estaba tan relajada que hasta se atrevió a cambiarle el sitio a Rico y llevar el manillar.

—No está tan mal, ¿no? —Rico le pasó un brazo por encima de los hombros.

—Es muy divertido… —admitió.

Tras devolver el tándem, se cruzaron con un grupo de adolescentes que hacía *skate*, pasando entre unos conos pequeños. Ella se quedó anonadada con sus piruetas; y Rico, que la estaba mirando, la retó.

—¿Te atreverías tú?

—¿Yo? Hace siglos que no patino…

—Oh, vamos, inténtalo.

Ella lo miró a los ojos y terminó por aceptar el desafío. Uno de los chicos le prestó su monopatín y otro se apiadó de ella y aumentó la distancia que había entre los conos para que no tuviera dificultades con el eslálom.

—¡Guau! ¡Lo he conseguido! —exclamó cuando llegó al final de la pista.

Rico le dio un beso en los labios.

—Has estado magnífica.

—Y ahora, te toca a ti.

—¿A mí?

—Me has desafiado, ¿no? Pues tendrás que aceptar mi desafío —declaró con firmeza—. ¿Eres capaz de hacerlo?

Él la miró con intensidad.

–¿Qué te apuestas?

Ella se encogió de hombros.

–Lo que quieras.

Rico se inclinó y le susurró al oído:

–Si paso entre todos los conos sin derribar ninguno, permitirás que haga lo que yo quiera la próxima vez que nos acostemos.

–¿Y si derribas alguno?

–Entonces, estaré completamente a tu merced.

Ella asintió.

–Trato hecho.

–Aunque ahora que lo pienso, tengo una duda… No sé si prefiero ganar o perder la apuesta –dijo con picardía.

–No, eso no vale. Tienes que esforzarte por hacerlo bien.

–De acuerdo…

Rico la volvió a besar y se subió a la tabla.

A Ella no le sorprendió que pasara entre los conos sin derribar ninguno, porque los habían separado tanto que era fácil. Pero se llevó una buena sorpresa cuando uno de los adolescentes colocó una segunda fila de conos y Rico se atrevió con un eslálom doble que ejecutó a la perfección.

Cuando volvió a su lado, lo miró con desconfianza.

–Ya lo habías hecho antes, ¿verdad?

Rico devolvió el monopatín a su dueño y le dio las gracias. Luego, se giró hacia ella y respondió:

–Sí, de vez en cuando, aunque he perdido práctica. Venga, sígueme. Aún tenemos mucho que ver…

Terminaron junto a una laguna, contemplando la fuente que estaba en mitad de las aguas.

—El agua es increíblemente azul, y esos árboles son tan bonitos… —declaró Ella—. ¿Cómo se llaman?

—Lilos.

—Pues no se parecen mucho a los ingleses. Ni huelen igual —dijo—. Pero son preciosos.

Rico la tomó de la mano y le robó otro beso.

—¿Puedo hacerte una pregunta?

—Por supuesto.

—¿Por qué has venido sola a Roma?

Ella se encogió de hombros.

—Porque las circunstancias lo han querido así. No podía venir en otro momento —contestó—. Y mi mejor amiga está trabajando, así que…

—¿No tenías ningún familiar que te pudiera acompañar?

Ella se puso triste.

—No.

—¿Y tu ex?

—¿Mi ex?

—He notado que te alojas en la suite nupcial. ¿Qué ha pasado? ¿Es que te ha dejado en la estacada?

—No, no ha sido eso. Planeé el viaje antes de que nos separáramos —explicó, tensa—. Y por muchas flores y cartas que me envíe, no quiero saber nada de él.

–Flores y cartas… –repitió Rico–. Quizás se haya dado cuenta de que cometió un error al abandonarte.

Ella alzó la barbilla, orgullosa.

–Fui yo quien lo abandonó a él. Y en cuanto a la posibilidad de que cometiera un error, lo dudo mucho.

–Pero te escribe de todas formas.

Ella soltó una carcajada sin humor.

–Porque se habrá enterado de que me tocó la lotería y quiere una parte.

Rico arqueó una ceja, sorprendido.

–¿Te ha tocado la lotería?

–Sí, pero no creas que han sido millones. Solo una cantidad decente… lo justo para que me pueda tomar seis meses de descanso laboral.

–Y para viajar un poco, claro.

–Sí, también para viajar –afirmó–. De hecho, reservé la suite nupcial porque es la que tiene las mejores vistas del Coliseo. Quizás te parezca patético, pero…

Él le puso un dedo en los labios.

–No es patético en absoluto. Si querías una habitación con buenas vistas, elegiste la mejor del hotel. ¿Adónde vas a ir cuando te vayas de Roma? ¿Seguirás de viaje? ¿O volverás a Inglaterra? –se interesó.

–De momento, volveré a Inglaterra. Roma es el único sitio que siempre he querido visitar.

–Seguro que hay otros que te gustan…

–Sí, claro que sí. Me encantaría ir a Viena… Pero quiero tomarme un tiempo para pensar en lo que voy a hacer con mi vida –le confesó–. Voy abrir un negocio propio con el dinero de la lotería. Si funciona, dejaré mi trabajo actual y, si no funciona, volveré a mi antiguo puesto de contable.

–¿Un negocio? ¿Qué tipo de negocio?

–¿Me prometes que no te reirás de mí?

Él frunció el ceño.

–Por supuesto.

Ella respiró hondo y contestó:

–Una pastelería. Quiero hacer tartas.

–¿Tartas?

–Sí. Tartas de cumpleaños, de boda… ese tipo de cosas. Tengo mucha práctica. Las llevo haciendo desde hace años, para los amigos y los compañeros de trabajo.

La declaración de Ella despertó la curiosidad de Rico.

–Si tanto te gusta, ¿por qué te no te dedicaste a eso cuando saliste de la universidad?

–Porque la contabilidad era más segura. Tuve una infancia difícil… mi madre tenía el dinero justo para sobrevivir y poco más. Preferí un trabajo que me evitara las estrecheces económicas. De hecho, me dediqué a trabajar mientras estudiaba para no acumular una deuda impresionante, como tantos estudiantes ingleses.

A Rico no le había faltado nunca el dinero, pero comprendió su decisión.

–Y sin embargo, lo que verdaderamente te gusta son las tartas.

Ella asintió.

40

–¿Quieres que te enseñe una de mis obras?

–Claro….

Ella sacó el teléfono móvil y le enseñó la fotografía de una tarta maravillosamente decorada.

–¿Eso lo has hecho tú?

–Sí –respondió con timidez.

–Guau… Pues discúlpame si mi comentario te parece grosero, pero creo que pierdes el tiempo con la contabilidad. Tienes verdadero talento con esas cosas.

Ella se ruborizó.

–Gracias.

–¿Y cómo piensas hacerlo? ¿Trabajando en casa?

–Más o menos. Hace un par de semanas dejé mi antiguo piso y alquilé un local con cocina que tiene un apartamento en la planta de arriba. Ya he conseguido los permisos oficiales, así que puedo empezar cuando quiera.

–¿Tienes fotos de tus dulces?

–Sí, en mi página de Internet. Pero no tengo conexión en Roma.

–Yo, sí.

Rico sacó su teléfono y se conectó a Internet.

–Enséñamelo.

Ella buscó la página, que se abrió enseguida. Era bonita y clara; tenía una lista de precios, un formulario para posibles clientes y una galería de fotografías que dejó a Rico profundamente impresionado.

–Son magníficos, Ella… ¿Cuándo empezaste a cocinar?

–En la adolescencia. Como no teníamos dinero,

41

no podía hacer regalos a mis amigos cuando cumplían años; pero les podía preparar un tarta, algo especial. Mi madre, que era una gran cocinera, me enseñó a decorarlas. Luego, me puse a trabajar en una pastelería del barrio, durante los fines de semana, y aprendí el resto.

—¿Y qué opina tu madre sobre tu negocio?

A Ella se le empañaron los ojos.

—Supongo que le habría gustado, aunque también habría insistido en que siguiera con mi empleo actual, por si las cosas no salen bien. —Ella se detuvo un momento y tragó saliva—. A mamá le habría encantado Roma… es una pena que no me tocara la lotería el año pasado.

—¿Por qué hablas así? ¿Es que le ha pasado algo?

—Falleció hace unos meses. Tenía cáncer de mama —respondió—. Si siguiera viva, la habría traído conmigo y le habría dado todo lo que nunca pudo tener.

Rico se acercó y la abrazó.

—Ah, *bellezza*… lo siento mucho. Y lamento que no pudiera acompañarte a Roma. Pero intentaré que tu estancia sea lo más agradable posible.

Ella respiró hondo.

—Discúlpame, Rico; no quería ponerme triste… Siempre intento recordar que mi madre era una mujer de sonrisas, no de lágrimas. Cuanto más se complicaban las cosas, más sonreía. Fue una gran persona.

Rico le acarició el cabello y pensó que la madre de Ella había sido la antítesis de la suya; una mujer que, cuanto más tenía, más se quejaba.

–Supongo que a tus amigos les gustarán tus dulces.

Ella volvió a sonreír.

–Sí. Les gustan tanto que una me diseñó la página web a cambio de un mes de magdalenas gratis y una tarta que ni su propia suegra pueda criticar.

Rico rio.

–Está visto que las familias pueden ser hipercríticas...

Ella arqueó una ceja.

–¿Lo dices por experiencia propia?

–No todas las familias son maravillosas.

–Parece que no te llevas bien con la tuya...

–No, pero no me importa. Soy feliz con mi trabajo –declaró.

–¿Y no tienes un gran sueño? ¿Algo así como escribir el manual definitivo para guías turísticos? –preguntó con humor.

–No tengo intención de escribir ningún manual.

–¿Entonces? ¿Qué te gustaría ser? ¿Una estrella del rock? ¿Un diseñador de coches caros?

Él soltó una carcajada.

–Estoy bien con lo que tengo.

Rico decidió cambiar de conversación. En primer lugar, porque Ella Chandler no sabía que era el presidente de la cadena de hoteles y, en segundo, porque no era un tema que le agradara demasiado. Le encantaba su trabajo, pero siempre había tenido la sensación de que le faltaba algo. Y no sabía qué.

–Llevamos tanto tiempo aquí que nos vamos a perder la puesta de sol...

Estuvieron paseando un rato más; y cuando cayó la noche, Rico la llevó a la Fontana de Trevi para que pudiera verla iluminada y hacer más fotos.

–Roma es tan bonita –dijo ella, feliz–. Tienes suerte de vivir aquí.

Él le pasó un brazo por los hombros y sonrió. No recordaba haberse sentido tan relajado en toda su vida.

–Sí, lo sé… ¿Quieres cenar conmigo? Conozco un lugar perfecto, que no está lejos. La comida es excelente.

–Por supuesto que quiero.

Como de costumbre, Ella disfrutó de todo y se mostró absolutamente encantadora; y como de costumbre, Rico se quedó fascinado con su acompañante.

Al terminar, la llevó a la mejor heladería de Roma.

Ella se decantó por uno de canela y jengibre y, a continuación, se dirigieron al hotel. Cuando llegaron a la suite, Rico no pudo resistirse a la tentación de besarla. Luego, los besos se convirtieron en caricias, y las caricias terminaron por llevarlos a la ducha, donde hicieron el amor.

Minutos más tarde, él la metió en la cama.

–Gracias por este día, Rico. Ha sido muy especial.

Rico pensó que tenía razón; había sido verdaderamente especial. Pero también se dijo que debía tener cuidado con ella, porque era evidente que había sufrido demasiado. Había perdido a su familia y a su antiguo novio, y él no se sentía con fuerzas para darle la protección y el cariño que necesitaba.

Además, el día siguiente iba a ser su último día en Roma. No podía cometer el error de encapricharse con ella.

–También lo ha sido para mí –dijo con suavidad–. Te veré por la mañana. Que duermas bien, *bellezza*.

Capítulo Cuatro

A la mañana siguiente, tomaron el metro y se dirigieron al Vaticano. Ella se quedó asombrada con los suelos de mármol y los mosaicos, que procedían de antiguos edificios romanos; pero la Capilla Sixtina fue lo que más le gustó.

–No sabía que fuera tan grande… –acertó a decir mientras contemplaba los frescos–. Es absolutamente increíble. Gracias por haberme traído.

Tras la visita a la capilla, entraron en San Pedro, donde Ella se dedicó a admirar la *Piedad* de Miguel Ángel.

–Y pensar que solo tenía veinticuatro años cuando la talló… era cuatro años más joven que yo en este momento.

–Pero hacía lo que le gustaba, así que le podía dedicar todo su talento –observó Rico–. Como tú dentro de poco.

Ella se encogió de hombros.

–Eso espero. Aunque a veces me pregunto si no estaré cometiendo una locura. Estamos en plena recesión. Dejar un trabajo estable no parece una decisión inteligente.

–Yo no creo que sea una locura. Tienes el dinero que ganaste de la lotería y, si las cosas salen mal, puedes buscar otro empleo. No… haces lo adecuado. Estoy seguro de que cuando seas vieja y pienses en estos días, te alegrarás de la decisión que tomaste y te preguntarás qué habría sido de tu vida si no te hubieras atrevido a dar ese paso.

–Sí, es posible.

Un buen rato después, mientras cruzaban el Tíber, Ella preguntó:

–¿Puedo invitarte a cenar esta noche?

Rico se quedó desconcertado. No estaba acostumbrado a que las mujeres lo invitaran a cenar; normalmente, siempre esperaban que invitara él. Y como tardó en responder, Ella malinterpretó su silencio.

–Oh, lo siento. Supongo que estarás ocupado…

–No, no estoy ocupado. Me encantaría cenar contigo.

–Pero pago yo –insistió con firmeza.

–¿Por qué estás tan empeñada?

–En Roma no tengo cocina, así que no te puedo devolver el favor que me hiciste al prepararme una cena. Pero te puedo llevar a un buen restaurante. De hecho, te llevaría al mejor de la ciudad si no fuera porque la lista de espera será tan larga que no nos darían mesa hasta dentro de dos meses.

–Y porque sería carísimo –comentó él.

Ella se encogió de hombros.

–El dinero no me importa. Recuerda que me tocó la lotería. Me lo podría permitir.

–Entonces, veré lo que puedo hacer. Tengo unos cuantos contactos.

Ella sonrió.

–Tomemos un café y, entre tanto, haré unas llamadas.

Se sentaron en una cafetería. Rico hizo varias llamadas telefónicas y se alegró mucho de que Ella no supiera italiano y no pudiera entender lo que decía. Al final tuvo suerte y consiguió una mesa en uno de los mejores restaurantes de la ciudad, que casualmente pertenecía a un buen amigo suyo. Hasta lo organizó todo para que el maître le diera la verdadera cuenta a él y presentara una más baja a Ella. No quería que se gastara una fortuna.

Cuando terminó de hablar, dijo:

–Tengo una buena noticia y una mala. La buena, que he conseguido una mesa a las ocho en punto.

–¿Y la mala?

–¿Tienes un vestido de noche?

–Me temo que no.

–En tal caso, compraremos uno.

Normalmente, Rico la habría llevado a Via Condotti y le habría comprado un vestido con su tarjeta de crédito.

–¿Puedes recomendarme alguna boutique?

–Eso depende de lo que quieras. Los mejores diseñadores están en Via Condotti.

Ella arrugó la nariz.

–No soy mujer de diseñadores… ¿No se te ocurre algo más barato?

–Por supuesto. Sígueme.

Veinte minutos después, Rico se había llevado la

mayor sorpresa de su vida. En lugar de llevarlo de tienda en tienda, Ella se compró un vestido negro y unos zapatos a juego en el primer establecimiento que pisaron.

–Me has dejado impresionado. Eres la mujer más rápida que he conocido nunca. En general, tardan siglos en comprar cualquier cosa.

–Será porque has estado saliendo con un tipo de mujer equivocado.

Él sonrió.

–Puede que tengas razón… En fin, tenemos que estar en el restaurante a las ocho. Pasaré a recogerte a tu suite e iremos en taxi.

–Muy bien.

Volvieron al hotel y se separaron. Ella subió a la suite a cambiarse de ropa y él se duchó, se afeitó y se puso un traje antes de ir a buscarla. Cuando le abrió la puerta, le pareció tan guapa que soltó un silbido de admiración.

–Estás preciosa…

–Gracias –dijo, ruborizándose–. Tú tampoco estás mal.

–*Mille grazie*… ¿Nos vamos?

Al llegar al restaurante, Rico mantuvo una conversación breve con el maître para asegurarse de que había entendido lo de la factura y para que los acompañara a su mesa, que resultó ser exactamente la que había pedido: estaba junto a la ventana y tenía una vista impresionante de la ciudad.

Después de la cena, Rico cruzó los dedos para que Ella no se diera cuenta de que la había engañado con la factura; pero se limitó a pagar la cuenta sin ser consciente de que la verdadera era notablemente más alta.

–Muchas gracias por invitarme, Ella.

–Ha sido un placer.

De haber podido, Rico la habría llevado a su ático y habría bailado con ella bajo el cielo estrellado, pero se tuvo que contentar con hacerle el amor en su suite cuando regresaron al hotel.

En uno de sus descansos, dijo:

–Mañana vuelves a Inglaterra, ¿verdad?

–Sí. Mi vuelo sale a las cuatro de la tarde.

–Entonces, tendrás que estar en el aeropuerto hacia la una… ¿Por qué no dejas el equipaje aquí? Los empleados lo guardarán hasta que pases a recogerlo, y luego te llevaré yo mismo.

–¿Estás seguro?

–Completamente. Así podremos aprovechar la mañana –contestó–. Me gustaría enseñarte la Roma subterránea.

–¿Las catacumbas?

Rico asintió.

–No, las catacumbas están lejos. Estaba pensando en una iglesia que se encuentra cerca del Coliseo. Tiene una villa romana en el sótano, y se puede oír el rumor del Tíber cuando paseas por las habitaciones.

–Me parece perfecto.

–Entonces, será mejor que duermas un poco. *Buona notte, belleza.*

Rico estuvo despierto casi toda la noche, pensando en Ella. Sabía que su relación era una locura; vivían en países distintos y estaba a punto de abrir un negocio que le llevaría casi todo el tiempo. Pero quería conocerla mejor, explorar lo que había surgido entre ellos y averiguar por qué le afectaba tanto.

Solo tenía que encontrar la forma de decirle la verdad. Con suerte, sabría entender que no había mentido con intención de engañarla, sino porque quería que viera al verdadero Rico, no al empresario cargado de millones. Y entonces, quizás, podrían seguir adelante y descubrir lo que el futuro les deparaba.

Después de desayunar, Ella hizo el equipaje y bajó a recepción para pedir que le guardaran las maletas. Rico ya estaba allí, charlando con una de las empleadas. Como hablaban en italiano, no pudo entender lo que decían; pero le pareció extraño que la empleada se dirigiera a un simple guía con tanta deferencia, como si no estuviera hablando con un compañero de trabajo, sino con un jefe.

–¿Puedo ayudarla, *signorina*? –preguntó la recepcionista.

–Ah, sí… *grazzie*. Quería pagar la cuenta.

La recepcionista le dio la cuenta y un recibo con el impuesto que la ciudad de Roma cobraba a los turistas.

–Disculpe… ¿podría decirme quién es el hombre que está ahí? –preguntó Ella, señalando a Rico.

—Es el señor Rossi.

—¿El señor Rossi?

—Sí, el presidente de nuestra cadena de hoteles. Tenemos tres en la ciudad, aunque suele estar aquí.

Ella no supo qué pensar. Le había mentido. Le había hecho creer que era un guía y ahora resultaba que era el dueño del hotel.

Se sintió profundamente traicionada. Había vuelto a cometer el error de confiar en un mentiroso, pero ya no era la misma mujer que había caído en la trampa de Michael. Y aunque sentía algo especial por Rico, no estaba dispuesta a arriesgarse.

Si Rico había mentido en algo tan importante como su trabajo, podría haber mentido en otras muchas cosas. Incluso era posible que no estuviera soltero. ¿Sería el motivo por el que se negaba a pasar las noches con ella? ¿La dejaba sola porque tenía que volver a su casa, con su mujer?

—¿Podría pedirme un taxi, por favor?

La recepcionista asintió.

—Por supuesto, *signorina*. ¿Cuándo lo quiere?

—Ahora mismo.

—En tal caso, ¿le importaría esperar en el vestíbulo? La avisaré en cuanto llegue uno —le prometió.

Ella lanzó una última mirada a Rico y se dirigió al vestíbulo, con la esperanza de que el taxi llegara cuanto antes.

Rico nunca se había arrepentido de vivir en el hotel principal de la cadena Rossi. Le gustaba su trabajo y no le importaba que lo interrumpieran de vez en cuando con algún problema que exigía una solución inmediata, pero aquella mañana se arrepintió amargamente. Y como no había apuntado el número de móvil de Ella, no podía llamarla para avisarle de que llegaría con retraso. Pero podía llamar a su habitación.

—Entonces, has dicho que el señor Banks me está esperando en el despacho, ¿verdad? —preguntó a Gabriella, la empleada que se había dirigido a él.

—En efecto.

—¿Puedes entretenerlo un momento? Tengo que hacer una llamada telefónica.

—Por supuesto, *signor* Rossi. Y gracias por la ayuda.

—*Prego.*

Rico llamó a la habitación de Ella, pero no contestó y supuso que estaría en la ducha o desayunando en el restaurante.

—Gabriella, ¿podrías enviar un mensaje a la *signora* Chandler? Se aloja en la suite nupcial. Dile que llegaré tarde y que estaré con ella tan pronto como me sea posible. Ah, y si quiere tomar un café, añade que invita la casa.

—Naturalmente, *signor* Rossi.

Rico respiró hondo y se dispuso a hablar con el señor Banks. Con un poco de suerte, lo resolvería en unos minutos y podría ir a buscar a Ella.

***

Ella estaba tan preocupada que no prestó atención al paisaje durante el camino al aeropuerto. ¿Por qué le había mentido? No tenía ni pies ni cabeza. ¿Por qué había fingido ser otra persona, un simple guía? ¿Porque era tan rico y estaba tan aburrido que disfrutaba tomando el pelo a la gente?

Había sido una estúpida. Había confiado en él y se había creído todo lo que le había dicho. Pero el hombre con el que había estado tres días, el hombre con el que había compartido su cama, era una invención.

No tenía más remedio que asumirlo. Se había encariñado de una persona que no existía, de un personaje creado por Rico Rossi, el presidente de los hoteles Rossi; un perfecto desconocido para Ella.

Rico salió de su reunión con el señor Banks con una sonrisa de satisfacción. Era el cliente más difícil con el que se había topado, pero se las había arreglado para solventar el problema.

Respiró hondo y se dirigió al vestíbulo, dando por sentado que Ella le estaría esperando. Sin embargo, no estaba allí.

Frunció el ceño y se acercó a Gabriella, que había vuelto a recepción.

–¿Le has dado el mensaje a la señora Chandler?

–Me temo que no. Mi compañera me ha dicho que ha pagado la cuenta y se ha ido.

–¿Cómo?

–María le ha pedido un taxi…

–¿Un taxi?

–Sí, al aeropuerto.

Rico lanzó una mirada a María, que en ese momento estaba hablando con un cliente.

–¿Podrías decirle a tu compañera que venga a mi despacho en cuanto pueda?

–Por supuesto, *signor* Rossi.

–Gracias.

Rico se dirigió a la oficina, completamente desconcertado por lo sucedido. Y cuando Lina lo vio, arqueó una ceja.

–¿Qué haces aquí? ¿No estabas de vacaciones?

–He cambiado de opinión.

Rico entró en su despacho y cerró la puerta. Diez minutos después, María llamó con suavidad y entró.

–Gabrielle me ha dicho que quería hablar conmigo…

–Así es. Siéntate, por favor.

María se sentó.

–Tengo entendido que has pedido un taxi para la señora Chandler. ¿No ha dejado ningún mensaje para mí?

María frunció el ceño.

–No. ¿Es que pasa algo malo?

–No, no pasa nada. La señora Chandler es… una amiga de la familia. Se suponía que la iba a llevar al aeropuerto, pero surgió el problema del señor Banks y llegué tarde. Cuando Gabriella ha ido a buscarla, ya se había marchado.

–¿Es amiga de su familia? Es curioso, porque me preguntó quién era usted.

–¿Cómo?

–Lo vio hablando con Gabriella y me lo preguntó tal cual –dijo María, confusa–. ¿Cómo es posible?

Rico tuvo que inventarse una mentira a toda prisa, para salir del paso.

–Bueno… es que no nos conocemos personalmente. Mi abuela es amiga de sus abuelos –declaró–. Hablamos por teléfono y me ofrecí a llevarla al aeropuerto, pero si se ha ido, ya no puedo hacer nada. Gracias por tu ayuda, María.

–*Prego.*

María sonrió y salió del despacho.

Rico se recostó en el sillón y ató cabos con rapidez. Obviamente, Ella se había enfadado al saber que no era un guía turístico, sino el presidente de la cadena de hoteles Rossi. Y conociéndola, se habría sentido traicionada.

Pero eso no excusaba su comportamiento. Se había ido sin concederle el beneficio de la duda, pensando que sería un mentiroso y un manipulador, como su exnovio.

Molesto, pensó que era lo mejor para los dos y se dijo que lo suyo había sido una aventura pasajera, una pequeña locura, algo sin importancia. Ella Chandler no era especial. No la necesitaba. No la deseaba. No la echaría de menos.

Volvería a ser el Rico de siempre y sería perfectamente feliz.

Capítulo Cinco

Durante las tres semanas siguientes, Ella estuvo muy ocupada. Se dedicó a visitar las cafeterías y las tiendas de la zona para ver si estarían interesados en sus dulces y organizó la fiesta de presentación de Ella's Cakes, su negocio de pastelería. Fue un trabajo tan agotador que, en circunstancias normales, se habría quedado dormida como un tronco cuando por fin llegaba a casa.

Pero no fue así. No dejaba de pensar en Rico.

¿Cómo era posible que estuviera obsesionada con un hombre que le había mentido? Especialmente, cuando ese hombre no tenía ningún motivo para mentir.

Se estaba volviendo loca, y no podía hacer nada al respecto. Ni siquiera imaginaba que, a varios miles de kilómetros de distancia, Rico se encontraba en la misma situación. Pensaba en ella día y noche y se repetía día y noche que Ella no era importante, que no era especial, que solo ocupaba sus pensamientos porque había herido su orgullo.

Una mañana, le presentaron el proyecto de adquisición de un hotel de Londres, The Fountain, que siempre le había interesado. Rico estaba mirando las cifras cuando se le ocurrió la posibilidad de viajar a la capital inglesa para cerrar el trato. Sería una excusa perfecta para ver a Ella y sacársela de la cabeza de una vez por todas; una ocasión de demostrarse a sí mismo que su relación había sido una simple aventura

Julia alcanzó el folleto que Ella tenía en la mano y lo sustituyó por una copa de vino.

—No necesito una copa —protestó.

—Por supuesto que la necesitas. Anda, echa un trato… te sentirás mejor.

—Estoy bien…

—Te conozco desde que teníamos diez años, y sé cuándo estás mal —declaró su amiga—. Aunque no sé por qué te preocupas tanto. La fiesta estará llena de gente. Ya lo verás.

—Eso espero, porque tenemos tanta comida y bebida que, de lo contrario, los patos de la zona se van a dar un festín.

Julia rio.

—Los patos no tienen ninguna oportunidad. Cuando la gente pruebe tus dulces, no podrán dejar de comerlos.

Ella dejó la copa a un lado y abrazó a su amiga.

—Gracias, Julia. No sabes cuánto agradezco tu apoyo. Eres la hermana que nunca tuve.

—Y tú, la que no tuve yo.

Los ojos de Ella se llenaron de lágrimas.

—Oh, Dios mío… estoy tan nerviosa que tengo miedo de hacer el ridículo.

Julia le dio una palmadita.

–Lo harás muy bien. Has estado trabajando tanto que es normal que estés cansada y te sientas insegura. A fin de cuentas, hoy es un gran día para ti; tu sueño se va a hacer realidad... Venga, echa un trago de ese vino y respira hondo –la animó–. Y recuerda que tus tartas son las mejores del mundo.

Esta vez, Ella hizo caso a Julia y probó el vino.

–¿Te sientes mejor?

–Sí, un poco.

–Pues entonces, sonríe...

Ella sonrió y se puso a repasar la lista de las cosas que tenía que hacer.

El salón estaba lleno de gente que charlaba, reía y comía dulces. Rico miró a la mujer que se dedicaba a rellenar los platos de los invitados y pensó que la fiesta de presentación de Ella era todo un éxito.

Solo tardó unos segundos en localizarla; estaba al otro lado de salón, hablando con un cliente y apuntando cosas en una libreta. En cuanto la vio, Rico sintió un acceso de deseo tan intenso que decidió acercarse al bufé y tomarse un café para aclararse las ideas y recuperar el sentido común.

Mientras se lo tomaba, intentó convencerse de que su reacción física era una consecuencia natural de su largo periodo de abstinencia. No se había acostado con nadie desde que Ella se marchó. Y por supuesto, no se iba a rendir a la tentación de acercarse, tomarla entre sus brazos y besarla.

Alcanzó una de las tartaletas y se la llevó a la boca. Le bastó un mordisco para llegar a la conclusión de que su turista inglesa había perdido el tiempo al dedicarse a la contabilidad. Tenía un talento verdaderamente increíble para los dulces.

Justo entonces, Ella giró la cabeza y vio a Rico. Al principio, pensó que la imaginación le estaba gastando una mala pasada. Rico estaba en Roma, a miles de kilómetros de distancia. No tenía motivos para viajar a Inglaterra y presentarse en la fiesta de inauguración de su negocio; especialmente, porque no lo había invitado.

Pero era él. No había ninguna duda.

Guardó la libreta y el bolígrafo, pidió disculpas al cliente con quien estaba hablando y caminó.

—¿Qué estás haciendo aquí, Rico? —preguntó, intentando mantener la calma.

—Tenemos un asunto pendiente, Ella.

—No, no lo tenemos.

Él entrecerró los ojos.

—Te fuiste de Roma sin despedirte.

—Porque me habías mentido. ¿Qué esperabas? ¿Una felicitación?

Rico suspiró y dijo:

—Tenemos que hablar.

Ella se acordó de Michael y maldijo a Rico para sus adentros. Estaba convencida de que, al igual que Michael, intentaría confundirla con su encanto y su palabrería para que viera las cosas desde su punto de vista. Pero no iba a cometer el mismo error.

—No tenemos nada que hablar.

***

–¿Va todo bien?

Una mujer alta y esbelta se detuvo junto a Ella y la miró con preocupación.

–Sí, claro que sí –respondió Rico con una sonrisa–. Los dulces de Ella son increíbles… precisamente le iba a pedir que me preparara uno especial.

La mujer no se dejó engañar por Rico. Notó la tensión del ambiente y declaró:

–Déjeme eso a mí. Ella está agotada.

–No te preocupes, Julia, no pasa nada.

–¿Estás segura?

–Por supuesto.

–Está bien. Pero si me necesitas, llámame.

Julia miró a Rico con cara de pocos amigos y se fue.

–¿Quién era? ¿Tu perro guardián?

–Mi mejor amiga –respondió Ella–. ¿Qué diablos quieres, Rico? ¿Qué haces aquí?

–He venido para ofrecerte un negocio.

–No estoy para juegos… –le advirtió.

–Ni yo. Estoy considerando la posibilidad de comprar un hotel de Londres; si al final lo compro, organizaré una fiesta de inauguración… y en ese caso, me gustaría que prepararas los dulces.

Ella sacudió la cabeza, disgustada.

–Pero solo es una posibilidad…

–De momento, sí.

–Por Dios, Rico, ¿cuándo vas a dejar de mentir?

–No he mentido nunca.

Ella se cruzó de brazos.

–¿Ah, no? Me dijiste que eras guía turístico.

–Y ese día, era verdad. De vez en cuando, salgo del despacho y ejerzo distintos trabajos del hotel para ver lo qué se puede mejorar desde el punto de vista de los clientes y de los propios trabajadores. El día en que te conocí, era un guía turístico.

–¿Y los días siguientes?

Él suspiró.

–Ella, este no es el sitio más adecuado para explicarte nada. ¿Qué vas a hacer cuando termines? ¿Puedo invitarte a cenar?

–¿Para qué?

–Para continuar esta conversación.

–Yo…

–Tenemos asuntos pendientes –repitió él con paciencia–. Lo sabes de sobra.

–No, Rico.

Rico decidió dejar las palabras para otro momento y ser más persuasivo. Se inclinó y le dio un beso en los labios. Fue breve y simplemente cariñoso, pero bastó para Ella se estremeciera de placer.

–¿Lo ves? Y solo ha sido una caricia… Si te besara bien, te olvidarías de que estás en una fiesta llena de gente. Los dos nos olvidaríamos –declaró–. Eso es lo que quiero decir al afirmar que tenemos asuntos pendientes.

Ella tragó saliva.

–Estoy trabajando –dijo en voz baja.

–Lo sé. Pero podemos cenar esta noche.

Ella cerró los ojos durante unos momentos y asintió.

—Está bien. Cenaré contigo.

Rico sonrió.

—Entonces, te veré más tarde. Y por cierto, tus tartaletas están buenísimas…

Un segundo después, él le guiñó un ojo y desapareció entre la multitud.

Ella se estaba tomando un café para tranquilizarse cuando Julia volvió a su lado.

—¿Quién era ese hombre?

—Es una historia larga.

—Pues cuéntamela después.

—No puedo. He quedado para cenar con Rico.

Julia arqueó una ceja.

—¿Rico? Es un nombre italiano… ¿Lo conociste en Roma?

—Sí.

—Y te acostaste con él…

—Si, eso me temo.

Julia la miró con recriminación.

—¿Por qué no me lo habías dicho?

—Porque es… complicado.

Su amiga entrecerró los ojos.

—No será otro Michael, ¿verdad?

—No, Rico no se parece nada a Michael.

—Pero sabe que te ha tocado la lotería.

—Eso es irrelevante para él. Tiene tanto dinero que podría comprar diez negocios como el mío.

–Pues si no quiere tu dinero, ¿qué quiere?

–Ahora mismo, no tengo la menor idea.

Obviamente, Ella no fue sincera con su amiga. El beso que Rico le había dado no dejaba lugar a dudas sobre sus intenciones. La deseaba y ella lo deseaba a él. Pero seguía convencida de que no era digno de su confianza; de hecho, había aceptado la invitación a cenar porque le quería pedir que la dejara en paz.

A pesar de su inquietud, se las arregló para seguir adelante con la fiesta de inauguración. Ya se habían ido los invitados cuando oyó un ruido procedente de la parte trasera del local que la dejó desconcertada; si Julia estaba en el salón, recogiendo los platos y los vasos, ¿quién estaba en la cocina?

Su desconcierto se transformó en asombro unos momentos después. Rico estaba lavando los platos, con la camisa remangada.

–¿Qué haces aquí?

–Creo que es evidente, *bellezza*.

–Sí, pero…

–Cuanto antes termines aquí, antes podremos cenar –la interrumpió–. Es bastante lógico, ¿no te parece?

–Supongo.

Él frunció el ceño.

–Pareces cansada.

Julia, que acababa de llegar con más platos, replicó:

–¿Cómo no va a estar cansada? No ha dejado de trabajar desde que volvió de Roma.

–Entonces, será mejor que dejemos el restaurante para otra noche –comentó Rico–. Si tienes huevos y lechuga, te prepararé una tortilla y una ensalada.

–Yo…

Ella no fue capaz de decir nada. Su cansancio era tan grande que no podía ni pensar.

–Anda, siéntate.

–No puedo. Tengo que seguir limpiando.

–Déjame eso a mí.

Rico la sentó, le sirvió una taza de café y se fue con Julia al salón, a seguir recogiendo.

–¿Os conocisteis en Roma? –preguntó ella.

–Sí.

–¿Y has venido a Londres para verla?

–No exactamente. He venido por un asunto de negocios, pero me enteré de que organizaba su fiesta de inauguración y decidí pasarme.

–Hum…

Rico se dio cuenta de que la amiga de Ella desconfiaba de él, aunque su actitud mejoró a medida que limpiaban el local. Cuando por fin terminaron, se ofreció para llevarla a su casa; pero sacudió la cabeza y dijo que vivía a dos paradas de metro.

Al cabo de un par de minutos, Julia se fue a su casa. Rico volvió a la cocina y abrió el frigorífico sin pedirle permiso a Ella.

–Te voy a preparar algo de comer.

–No tengo hambre.

–Tonterías. Tienes que recuperar las fuerzas. Especialmente, si has estado trabajando demasiado.

Rico le preparó la ensalada y la tortilla que le había prometido y se sentó a la mesa para asegurarse de que se lo comía todo.

—¿Tú no vas a cenar nada? —preguntó Ella.

Él sacudió la cabeza.

—Comeré después. No suelo cenar tan temprano.

Ella se lo comió todo sin rechistar. Entonces, él limpió la mesa, lavó los platos y dijo:

—Te llamaré mañana por teléfono. Podemos comer o cenar… lo que te venga mejor.

—¿Qué prefieres tú?

—Me da lo mismo.

Rico le acarició la mejilla y la miró con ternura antes de despedirse.

—Buenas noches, *bellezza*. Que duermas bien.

Ella estaba segura de que no dormiría bien, pero se equivocó. Se quedó dormida en cuanto se tumbó en la cama, y fue un sueño tan profundo que, cuando sonó la alarma del despertador, tuvo la sensación de que solo había pasado un momento.

Se duchó, se vistió y se dirigió a la cocina, donde se preparó un café. Justo entonces, sonó el teléfono.

—¿Dígame?

—*Buongiorno, bellezza*.

Ella se estremeció al oír aquella voz sexy y densa como el chocolate.

—Buenos días…

—¿Qué vamos a hacer la final? ¿Comemos? ¿O cenamos?

–¿Estás seguro de que tenemos algo que decirnos?

–Por supuesto.

Ella suspiró.

–Entonces, cenemos.

–Muy bien. Te recogeré a las ocho.

Rico cortó la comunicación antes de que pudiera protestar. Ella no estaba más segura de él que la noche anterior, pero se sintió como si, súbitamente, el mundo fuera más bello, más alegre y más luminoso.

–Recuerda que te mintió –se dijo en voz alta–. Puede que te guste mucho, pero te mintió. No lo olvides.

Ella volvió a la mesa y se terminó el café. No iba a permitir que Rico le hiciera daño. No iba a repetir la experiencia de Michael.

Desgraciadamente, solo había una forma de conseguirlo: alejarse de él.

Capítulo Seis

Ella consiguió concentrarse en el trabajo y pasar el día sin demasiados sobresaltos. Pero a las siete y media de la tarde, se empezó a poner nerviosa.

No sabía adónde la iba a llevar ni, en consecuencia, qué se debía poner. Al final, optó por uno de los trajes que se ponía en la empresa para la que había trabajado. Era bastante formal; perfecto para servirle de armadura.

A las ocho en punto, llamaron al timbre.

Rico también se había puesto un traje, y Ella se quedó sin aliento cuando lo vio. Estaba más guapo que nunca. La tela oscura, combinada con una camisa blanca y una corbata de seda, enfatizaba ferozmente su atractivo.

—Estás preciosa —dijo, desarmándola.

—Gracias… ¿Adónde vamos?

—A mi hotel.

Ella se estremeció. Sabía que, si la llevaba a un lugar íntimo, no sería capaz de resistirse a sus encantos.

—Hablaremos en mi suite y pediré que nos suban la cena.

—¿Y si no me parece bien?

—Por Dios, Ella… solo vamos a hablar —respondió–. Me ha parecido que el hotel es un sitio razonablemente neutral.

–Está bien…

Ella cerró la puerta y lo siguió hasta el taxi que estaba esperando en la calle. Rico no inició ninguna conversación y, como Ella no sabía qué decir, se mantuvo en silencio durante todo el trayecto.

Por fin, se detuvieron delante del hotel Fountain, en Bloomsbury.

–¿Este es el hotel que vas a comprar?

–Es posible.

Rico pagó al taxista y la ayudó a salir del coche.

–Oh, vamos… ¿ni siquiera puedes decirme si vas a comprar ese hotel? ¿Qué crees, que se lo voy a decir a todo el mundo?

–No, supongo que no.

Ella suspiró.

–¿Qué estás haciendo aquí, Rico? Dime la verdad.

–Ya te lo he dicho. Tenemos asuntos pendientes.

Entraron en el edificio y caminaron hasta el ascensor del vestíbulo. Poco después, Rico abrió la puerta de su suite y la invitó a entrar. Ella se sintió mejor al comprender que iban a cenar en el salón; si hubieran estado demasiado cerca de la cama, habría sido incapaz de frenarse.

–¿Te apetece un café? ¿Una copa de vino?

Ella sacudió la cabeza y se sentó en el sofá. Él se acomodó en uno de los sillones.

–No, gracias –contestó–. ¿Por dónde empezamos?

–Por tu huida de Roma. ¿Por qué te fuiste así?

–Lo sabes perfectamente. Descubrí que me habías mentido, y detesto a los mentirosos –declaró, alzando la barbilla.

–Pero yo no soy un mentiroso, Ella.

–Me hiciste creer que eras guía.

–Y lo era. Pero ya te he explicado eso.

–¿Por qué no me lo dijiste después?

Él carraspeó.

–Porque pensé que cambiarías de actitud.

Ella frunció el ceño.

–¿De actitud?

–Sí. Tuve miedo de que dejaras de verme como un hombre normal y corriente y empezaras a ver al presidente de la cadena de hoteles Rossi.

–¿Es que son personas distintas? –preguntó, sin entender nada.

–Te hiciste amiga de un guía turístico, de un hombre sin dinero. Yo te gustaba por lo que era, no por lo que tenía.

–Rico… me ofende que me creas tan superficial. Yo no juzgo a la gente por el estado de su cuenta bancaria.

Rico se pasó una mano por el pelo, nervioso.

–Lo sé, y lo siento. No pretendía insinuar otra cosa –se defendió–. Pero he tenido experiencias tan malas en el pasado que… Ella, solo quiero decir que era feliz contigo. Me sentía muy bien, y no estaba dispuesto a renunciar a eso.

–Así que me tomaste por una cazafortunas. Creíste que cambiaría al saber que eras rico.

–Yo…

–Eso es aún peor de lo que pensé.

–¿Y qué pensaste?

Ella se encogió de hombros.

–Que eras el típico niño rico, mimado y egoísta que trata a la gente como si fueran juguetes. Pensé que te habías reído de mí.

–Ahora eres tú quien me ofende. Soy rico, sí; y quizás, más egoísta de la cuenta. Pero jamás juego con los sentimientos de las personas. Y nunca me reiría de ti.

Rico se detuvo un momento y sonrió.

–Irónicamente –continuó–, estaba a punto de decirte la verdad. Sabía que ni tú ni yo buscábamos una relación seria, pero éramos felices y nos llevábamos bien. Iba a pedirte que nos siguiéramos viendo. Pero reaccionaste de forma exagerada, Ella. No era para tanto.

–Mentiste, Rico. Y si mentiste con tu trabajo, es posible que mintieras sobre algo más… ¿Cómo saber si es verdad que estás soltero, por ejemplo? No puedo confiar en ti.

–Todo el mundo miente alguna vez, pero eso no los convierte en mentirosos compulsivos –alegó–. Estoy soltero, Ella. Jamás mentiría en un asunto tan importante.

Rico la miró con expresión pensativa y añadió:

–¿Quién te ha hecho tanto daño? ¿Quién te mintió hasta el extremo de que ahora ves fantasmas donde no los hay? ¿Tu exnovio?

–Sí. Pero fui tan estúpida que no me di cuenta.

–Tú no eres estúpida. Seguramente te ofrecía lo que deseabas y preferiste no hacer preguntas. Es habitual.

–En tal caso, fui una crédula.

–Eres demasiado dura contigo… ¿Qué pasó, Ella?

–Olvídalo, Rico.

–Guardarse las cosas es un error –continuó él–. Si escondes tus heridas, no se podrán curar.

Ella pensó que tenía razón. Y pensó que, tal vez, si se lo contaba, se sentiría mejor y podría seguir adelante con su vida.

–Cuando terminó la carrera, Michael dedicó tres años enteros al doctorado. Estaba demasiado ocupado para trabajar, pero a mí no me importaba… ganaba suficiente para los dos y, además, creía que me quería. Un día, decidí darle una sorpresa y llevarle la comida a la universidad. Lo encontré con una chica. Mientras hacían el amor.

–Oh, Dios mío. Y supongo que tú no imaginabas nada…

–En absoluto. Creía que estaba enamorado de mí –explicó–. Pero solo me estaba usando para que pagara sus facturas… ¿Sabes lo que dijo después? Que era culpa mía. Que yo no sabía satisfacerlo.

Rico la tomó de la mano y le dio un beso.

–No fue culpa tuya, Ella. Es obvio que solo dijo eso para defenderse… Ahora entiendo que desconfiaras de las cartas que te envió cuando te tocó la lotería. Me alegra que no te dejaras engañar.

–Ya sabía que no podía confiar en él. Pero, al pa-

recer, sigo siendo una idiota. Creí todas las mentiras que me contaste, empezando por el ático que
supuestamente pertenecía a un amigo tuyo.

—Eso tampoco fue exactamente una mentira.
Ese amigo existe, soy yo —dijo—. Pero sé que hice
mal, y te pido disculpas.

—¿Y el restaurante al que me llevaste aquella noche? ¿También es tuyo?

—No, aunque admito que me llevo muy bien con
el propietario. Estudiamos juntos, así que le llamé
por teléfono y le pedí que me reservara una mesa.

—Que te reservara una mesa y que me presentara
una factura lo más baja posible —puntualizó Ella—.
Como pagué con tarjeta, no le presté atención.
Pero luego, al comprobar mi cuenta bancaria, me
di cuenta de que era demasiado baja para un restaurante tan elegante.

Rico suspiró.

—Sí, admito que fue cosa mía. Sabía que era un
restaurante muy caro y no quería que te cobraran
una fortuna.

—¿Por qué? Te dije que tenía dinero de sobra…

Él arrugó la nariz.

—No lo sé… supongo que estoy acostumbrado a
pagar yo. Pero tienes que creerme, Ella. El día en
que nos conocimos, yo era realmente un guía turístico. Si hubieras llegado en otro momento, quizás
me habrías visto en el papel de camarero o de empleado de la limpieza.

Ella parpadeó.

—¿En serio? ¿También limpias las habitaciones?

–Hago de todo. Incluso trabajo en la cocina.

–Pero si eres el presidente de la cadena… ¿Por qué haces eso?

–Precisamente porque lo soy. Como te dije, es una buena forma de conocer las necesidades de los clientes y de los trabajadores. Y mi plantilla me respeta más porque sabe que no soy el típico jefe que dirige una empresa desde su torre de marfil, sino un hombre que está a su lado y que trabaja de verdad.

–En eso, te creo. Noté que la recepcionista te respetaba mucho.

–Entonces, créeme también cuando te digo que no pretendía engañarte… Fue algo sin importancia.

–Fue una mentira.

–Sin importancia –insistió con firmeza–. Pero tu exnovio te dejó tan marcada que ni siquiera me concediste el beneficio de la duda… ¿O es que hay algo más que no me has dicho?

–Michael no es la única persona que me ha mentido y traicionado. Al parecer, soy un imán para ese tipo de gente.

–¿Y si te doy mi palabra de que no te volveré a mentir? ¿De que a partir de este momento te diré la verdad, solo la verdad y nada más que la verdad?

–Haces que suene como si te estuviera sometiendo a un juicio…

–¿Y no es verdad?

Ella suspiró.

–No importa, Rico. Lo que vivimos en Roma fue una simple aventura.

–Lo sé. Tres días de diversión. Los dos sabíamos que no volveríamos a vernos.

–Y no obstante estás aquí, en Londres. No tengo tiempo para mantener una relación. Acabo de abrir mi negocio y voy a estar muy ocupada.

–Lo sé. Y a decir verdad, yo tampoco tengo tiempo… tengo que terminar de construir mi imperio –dijo.

–¿Ese es el gran sueño del que no me quisiste hablar en Roma? ¿Un imperio de hoteles? ¿O una dinastía?

–No, nada de dinastías. No quiero familia.

Rico lo dijo con tanta vehemencia que le despertó la curiosidad a Ella.

–¿Tan mal te llevas con la tuya?

–Digamos que vemos las cosas de distinta forma.

–Pero seguro que tus padres estarán orgullosos de ti…

–Sinceramente, desconozco si lo están. No hablamos casi nunca –le confesó–. ¿Y tú? Sé que perdiste a tu madre, pero… ¿qué me dices de tu padre? ¿Y tus abuelos? ¿Siguen con vida?

–Mi padre abandonó a mi madre, que me crio sola. No tengo más familia; pero afortunadamente, tengo buenos amigos.

Él sonrió.

–Nos parecemos más de lo que sospechaba, Ella.

–Tú y yo no nos parecemos en nada. Somos de mundos muy diferentes –le recordó–. Tú eres un hombre tan rico que el dinero que me tocó en la lotería es calderilla para ti.

–¿Y qué importancia tiene eso? Tú misma has dicho que el dinero es irrelevante.

–Por supuesto. Lo que importa es el carácter y la forma en que tratas a los demás.

–Estoy completamente de acuerdo contigo. Pero volviendo a lo nuestro, a nuestra relación…

Rico alzó una mano y le acarició la cara.

–¿Estás segura de que quieres poner fin a esto?

–¿Sinceramente? No.

Rico no esperó más. La tomó entre sus brazos y la besó apasionadamente. Luego, le desabrochó la chaqueta y metió las manos por debajo de su camisa, hasta llegar a sus senos. Ella gimió y se arqueó.

–Tu piel es tan suave… –Rico la acarició por encima del sostén–. Necesito verte.

–Y yo.

Rápidamente, le quitó la chaqueta y la camisa y le desabrochó el sujetador, que cayó al suelo. Ella cerró los ojos y echó el cuello hacia atrás, ofreciéndose. Rico cerró la boca sobre uno de sus pezones y lo succionó con tanta intensidad que le arrancó un grito de placer puro. Pero no era suficiente. Necesitaba más, mucho más.

Entonces, él se apartó y dijo:

–Ella, si no nos paramos ahora…

–Lo sé, pero si no paramos, me volveré loca.

Rico la tomó de la mano y la llevó a su dormitorio. Ella le soltó la corbata, le desabrochó la camisa y, por último, le quitó la chaqueta del traje. Pero era una prenda de tan buena calidad que no la quiso dejar en el suelo.

–Deberías colgarla –declaró–. Seguro que te ha costado una fortuna.

–Olvídate de mi chaqueta. Solo quiero que me desnudes; y a ser posible, antes de cinco segundos… pero antes, quítate la falda.

–¿No eres un poco mandón?

–Solo es una sugerencia. Que puedes aceptar o rechazar.

–Entonces, me estás ofreciendo una relación entre iguales…

–Naturalmente, Ella. Y ahora, ¿qué tal si dejas de hablar y me das un beso?

–Pídelo por favor.

Rico suspiró.

–Por favor, Ella.

–Así está mejor.

Entre los dos, se quitaron el resto de la ropa. Luego, él le soltó el pelo y la tumbó en la cama, donde se empezaron a acariciar. Al cabo de unos momentos, Rico le metió una mano entre las piernas y la masturbó suavemente.

–¿Te gusta? –susurró.

–Sí. Pero quiero más.

–Y yo.

Ella cerró los ojos, preparándose para recibirlo; y se llevó una sorpresa cuando los volvió a abrir y vio que ya no estaba a su lado.

–¿Rico?

–Estoy buscando los preservativos.

Rico sacó la cartera de los pantalones, buscó un preservativo a toda prisa y se lo puso. A continuación, volvió a la cama, se arrodilló entre sus piernas y le robó un beso antes de decir:

–Perfecto. Es justo como te quería ver… con el pelo suelto sobre la almohada, *bellezza*. Y conmigo dentro de ti.

La penetró y se empezó a mover; primero despacio y, después, con más intensidad. En determinado momento, aumentó el ritmo como si hubiera perdido el control y avivó el fuego que ardía en ella hasta que no tuvo más opción que rendirse al orgasmo. Solo entonces, él se dejó llevar y alcanzó el clímax.

Tras unos instantes de relajación, Rico se levantó y se dirigió al cuarto de baño para tirar el preservativo usado. Cuando volvió a la cama, Ella tenía una expresión tan seria que se preocupó.

–¿Qué ocurre?

–No lo sé… me siento como si hubiera hecho algo malo. No estoy acostumbrada a perder el control de esa forma –le confesó.

Él le dio un beso.

–No has hecho nada malo, Ella. Es absolutamente natural… te aseguro que a mí me pasa lo mismo contigo. Soy incapaz de controlarme.

–Sí, supongo que tienes razón.

Rico le dedicó una sonrisa encantadora.

–Pero si quieres culpar a alguien, cúlpame a mí. Al fin y al cabo, se suponía que íbamos a cenar, no a hacer el amor en mi dormitorio.

–¿Y qué vamos a hacer ahora?

–Lo que tú quieras.

Capítulo Siete

Ella suspiró, confundida.

–Lo que yo quiera… –repitió–. Pero no sé lo que quiero.

–Bueno, podemos empezar por lo que sabemos con certeza. Ni tú ni yo queremos una relación seria. No tenemos tiempo.

–No, no lo tenemos.

–Y sin embargo…

–¿Sin embargo?

–Nos llevamos muy bien. Físicamente bien.

Ella entrecerró los ojos.

–¿Qué me estás proponiendo?

–Voy a estar en Londres una temporada. Podríamos vernos y explorar lo que hay entre nosotros. Sería una especie de amistad… con derecho a roce.

–Salvo por el hecho de que no somos amigos.

–Bueno, pues conocidos con derecho a roce –puntualizó.

–Tienes salida para todo, ¿verdad?

Rico se encogió de hombros.

–No, solo quiero retirar los obstáculos que nos separan.

–Para ofrecerme una relación sexual que terminará cuando te vayas de Londres.

–Dicho así, suena muy duro…

–Pero es la verdad.

–Supongo que sí. Como ya he dicho, los dos estamos ocupados y no buscamos una relación; pero es evidente que hay algo entre nosotros… algo mágico.

Ella no lo negó.

–¿Qué quieres hacer? –continuó Rico.

–No lo sé. Pensaba que quería expulsarte de mi vida, y mira lo que ha pasado. He terminado desnuda y en tu cama.

–A mí me ocurre lo mismo, Ella. Estoy en la misma situación.

–Entonces, ¿qué hacemos? ¿Separarnos?

–¿Quieres que nos separemos?

–Sería lo más sensato, ¿no?

Rico la miró a los ojos. Sabía que se sentía tan atrapada como él.

–Siento no haber sido sincero desde el principio. He complicado las cosas.

–Bueno, no voy a negar que me molestó mucho, pero ahora sé que no lo hiciste con mala intención.

–Por supuesto que no.

Rico estuvo tentado de volverla a besar, pero se contuvo.

–Será mejor que nos vistamos y que vayamos a cenar –siguió diciendo–. Aunque tengo la sensación de que la ropa va a estar algo arrugada.

Ella se mordió el labio.

–Oh, no lo había pensado… la gente nos mirará cuando lleguemos al restaurante y sacará sus propias conclusiones.

–Quizás sea mejor que retomemos mi plan original. Podemos llamar al servicio de habitaciones y cenar en el salón de la suite. Así estaremos solos.

–Buena idea.

Él alcanzó el menú del hotel, que estaba en la mesita de noche, y se lo dio.

–Elige lo que más te guste.

Rico entró en el cuarto de baño, se duchó y salió al cabo de un par de minutos con una toalla alrededor de la cintura. Después, recogió la ropa y la dejó amontonada en una silla.

–Dúchate si quieres. Yo hablaré con recepción y les pediré que limpien y planchen tu ropa mientras cenamos.

Ella palideció.

–Pero entonces sabrán que tú y yo hemos…

–Oh, vamos. Nos hemos limitado a hacer lo que la gente hace constantemente en los hoteles –le recordó–. Pero, si te vas a sentir mejor, diré que te has manchado el traje.

–No, no te molestes.

–Por cierto, ¿ya sabes lo que quieres cenar?

–Sí, tomaré salmón; y de postre, fresas con chocolate.

–Buena idea.

Ella se levantó de la cama y entró en el servicio, aunque lo que realmente le apetecía era ducharse con Rico y volver a hacer el amor. Cuando terminó de ducharse, se puso un albornoz y se dirigió al salón de la suite. Él ya se había vestido.

–Gracias por encargarte de mi ropa, Rico.

—*Prego*—dijo él.

Ella lo miró y sonrió.

—¿Siempre eres tan cuidadoso con tu forma de vestir?

—¿A qué refieres?

—A que siempre llevas camisa blanca y siempre está inmaculadamente limpia y planchada? Tu factura de la tintorería debe de ser enorme.

—¿Qué te hace pensar que no lavo y plancho yo?

—Que no tienes tiempo para esas cosas.

Rico arqueó una ceja.

—¿Lo dices como contable preocupada con los gastos?

—No, en modo alguno. Yo me plancho mis cosas, pero solo porque es un momento perfecto para pensar —respondió—. Además, ya no soy contable.

—Intentaré recordarlo —dijo con ironía.

—Entonces, ¿vas a comprar este hotel?

—Es posible, sí.

—¿Por qué Londres?

—Porque ya tenemos cuatro hoteles en Roma. Si comprara alguno más, competiría contra mi propia empresa.

—Y quieres llevar tu negocio a otro país…

—Bueno, reconozco que tengo planes en ese sentido. Londres, París y, si todo sale bien, Viena.

—Así que ese es tu sueño… ser un magnate de los hoteles.

—Más o menos. Pero este hotel me gusta de verdad. Es grande, elegante y sus instalaciones son buenas. Si las cifras cuadran, me quedaré con él.

–¿Y si no cuadran?

Él se encogió de hombros.

–Buscaré otros hoteles –contestó–. Al igual que tú, siempre tengo un plan alternativo... Pero hablando de negocios, ¿qué tal ha ido tu primer día?

–Bastante bien. Nos han hecho unos cuantos pedidos y hemos cerrado un acuerdo con un par de cafeterías de la zona.

Momentos después, llamaron a la puerta. Era un camarero del servicio de habitaciones, que les sirvió la cena y se llevó la ropa de Ella para entregársela al departamento de limpieza. La comida estaba excelente; y cuando terminaron, se sentía tan relajada que incluso había olvidado que él estaba vestido y ella, en albornoz.

Pero soltó un suspiro de alivio cuando el camarero volvió para servirles el café y devolverle el traje, que ya habían planchado.

–No te vistas todavía –dijo Rico–. Ven conmigo al sofá.

Ella se sentó junto a él y se acurrucó a su lado, apoyando la cabeza en su hombro.

–Háblame de Julia.

–¿De Julia?

–Sí, de tu amiga...

–Nos conocimos cuando teníamos diez años.

–Y es profesora y cinéfila, ¿verdad?

Ella lo miró con sorpresa. No esperaba que lo recordara.

–Sí, en efecto.

–Parece que os lleváis muy bien.

–Julia es como la hermana que nunca tuve –explicó. Soy hija única. Mi madre mantenía una relación con un hombre casado, que la dejó embarazada de mí. Cuando se enteró de que estaba esperando un hijo, se desentendió y la abandonó.

–Menuda situación…

–Y qué lo digas. Especialmente, porque mis abuelos no reaccionaron bien cuando supieron que su hija iba a ser madre soltera. Eran personas muy conservadoras, con ideas rígidas.

–No me digas que la dejaron en la estacada.

–Eso me temo. Le retiraron su apoyo y la dejaron en la calle; pero mi madre se buscó un piso y se puso a trabajar… tuvo una vida muy dura. Llegó a tener tres empleos a la vez, tan mal pagados que apenas llegaban para sobrevivir.

–Y por eso te hiciste contable, claro. Para no volver a pasar dificultades.

Ella asintió.

–No estuvo tan mal… ganaba bastante dinero y podía preparar dulces en mi tiempo libre. Me siento muy afortunada por tener ocasión de dedicarme a lo que me gusta. Solo lamento que mi madre no lo pueda ver. Y que ya no le pueda dar la seguridad económica que quería y que nunca tuvo.

Él frunció el ceño.

–¿Insinúas que tu padre no la ayudó con tu manutención?

–Por supuesto que no, aunque mi madre no habría aceptado su dinero. Cuando era niña, envidiaba a mis amigas porque tenían padre y les regalaban cosas. Y yo ni siquiera tenía un tío. Pero ahora me alegro de que ese hombre no formara parte de mi vida.

–No me extraña. Os dejó abandonadas.

–Fue peor que eso. Cuando mi madre murió, encontré treinta y seis cartas. Todas contenían una fotografía mía, de todos los cumpleaños y todas las Navidades desde que nací. Por los sellos de Correos, supe que se las había enviado a mi padre y que se las había devuelto sin abrir. Incluso se tomó la molestia de enviárselas a su despacho, para que su esposa no las viera. Pero no sirvió de nada.

–Treinta y seis cartas… y tú tienes veintiocho, ¿verdad?

–Sí.

–Entonces, faltan algunas. Puede que se las quedara él.

Ella sacudió la cabeza.

–No, es que mi madre dejó de escribirle cuando cumplí dieciocho.

–Comprendo.

–Ahora ya sabes por qué no tengo familia. Seguro que tengo primos o incluso hermanastros, pero nunca se han puesto en contacto conmigo. Y sinceramente, no me importa. No los necesito –afirmó.

–¿Y tus abuelos? ¿Cambiaron de actitud cuando tu madre te tuvo?

Ella sacudió la cabeza.

–No. Mi madre intentó mantener el contacto, pero nunca quisieron saber nada de mí. Y ya es tarde para reconciliaciones. Murieron hace tiempo.

Él le pasó un brazo por encima de los hombros. Rico la miró con una intensidad extraña durante un par de segundos, como si él hubiera pasado por una situación parecida. Pero su expresión desapareció rápidamente tras una sonrisa, y Ella se sorprendió diciendo:

–¿Te veré mañana?

–¿A qué hora terminas?

–No estoy segura. Supongo que a última hora de la tarde –respondió–. Mañana tengo mucho trabajo.

–¿A qué hora te tienes que levantar?

–A las cinco y media de la mañana…

–Entonces, será mejor que te vayas a casa. Vístete en mi dormitorio si quieres… entre tanto, pediré un taxi.

–Gracias.

Ella se acababa de vestir cuando Rico entró en la habitación.

–Han llamado de recepción. El taxi está en la puerta del hotel. Buenas noches, *bellezza*. Que duermas bien.

Capítulo Ocho

El despertador sonó a las cinco y media de la mañana siguiente. Ella despertó con una sonrisa en los labios. Había conseguido lo que quería: ser su propio jefe, decidir sobre su propio tiempo y estar a cargo de todo. Y como su trabajo le gustaba mucho, ni siquiera le molestaba tener que madrugar.

Se levantó, se duchó, desayunó y se puso manos a la obra. Preparó los dulces para las cafeterías de la zona con las que había firmado un acuerdo y, mientras se enfriaban, metió unas tartaletas en el horno. A continuación, decoró los dulces y, después, hizo unas rosas de azúcar y caramelo para una tarta.

Estaba limpiando la cocina cuando sonó el teléfono.

–*Buongiorno*…

–Hola, Rico.

–¿Ya has terminado?

–Sí. ¿Vas a venir ahora?

–Si no estás muy ocupada…

–No, ya he hecho lo que tenía que hacer.

–Entonces, nos vemos dentro de unos minutos.

Rico apareció poco después. Al ver las rosas de azúcar, dijo:

–Son perfectas… y de aspecto muy delicado.

–Las he hecho para una tarta de bodas que me encargaron hace unas semanas.

–¿Cuánto tiempo tardas en preparar una de esas tartas?

–Cuando son de tamaño normal y no llevan una decoración especialmente compleja, un día –respondió–. Pero si llevan estructura...

–¿Estructura?

–Sí, algunas tartas son tan altas o tan pesadas que necesitan una estructura interna para no hundirse.

–Nunca habría imaginado que tu negocio fuera tan interesante. No se parece nada a mi trabajo.

–No es tan difícil. En última instancia, solo se trata de crear un sueño con azúcar, mantequilla, huevos y harina –explicó, sonriendo–. ¿Y bien? ¿Qué quieres hacer esta noche?

–¿Lo preguntas en calidad de amante? ¿O de conocida?

Ella se ruborizó.

–De conocida, Rico. No me acuesto con el primero que se cruza en mi camino.

–Ni yo. Aunque la prensa diga lo contrario.

Ella arqueó una ceja.

–No me digas que los *paparazzi* te siguen...

–A veces. Depende de con quién esté.

–Entonces, no hay problema. Yo no soy nadie, así que no despertaré su interés –comentó con ironía.

Rico se inclinó sobre ella y le dio un beso.

–Bueno, ¿qué te parece si nos olvidamos de la

prensa y volvemos a mi pregunta inicial? ¿Qué quieres hacer esta noche? –repitió.

Ella no tenía intención de invitarlo a quedarse en su casa, pero el contacto de sus labios le había gustado tanto que dijo:

–De momento, podríamos tomar un café, ponernos cómodos y pensarlo.

–Trato hecho.

Ella lo llevó a la cocina y encendió la cafetera.

–¿Qué sueles hacer cuando tienes un día libre? –continuó Rico.

–Voy al cine, salgo a pasear o me tomo algo con los amigos. Aunque a veces, me limito a tumbarme en el sofá y ver películas. Podríamos dar un paseo junto al río. Greenwich está muy bonito.

–Me parece bien… Y ahora que lo dices, me gustaría que me enseñaras la ciudad. ¿Qué es lo más turístico de Londres?

–Supongo que el cambio de guardia en Buckingham Palace. Pero hay que ir temprano, así que tendrá que ser un fin de semana.

–¿Lo dejamos para el sábado?

–Este sábado no puedo. Tengo trabajo.

–¿Trabajas seis días a la semana? –preguntó con preocupación–. Si llevas ese ritmo, te vas a quemar…

–Generalmente, solo trabajo los sábados por la mañana; no tengo más remedio, porque hay que preparar los dulces para las cafeterías –explicó–. Pero siempre descanso los domingos.

–Entonces, vayamos el domingo.

Justo entonces, Ella cayó en la cuenta de que Rico no le había dicho cuánto tiempo se iba a quedar en Inglaterra.

–¿Vas a estar mucho tiempo en Londres?

–Sí, es posible –afirmó–. De hecho, creo que voy a hacer una lista con los sitios que me gustaría ver.

Ella lo miró con exasperación.

–¿Sabes que eres un obseso del control?

–Como tú…

–¿Como yo?

–Tu también haces listas, Ella. Tu frigorífico está lleno de notas.

–Solo soy una mujer organizada.

–Es decir, una obsesa del control –bromeó.

Rico la volvió besar, pero Ella se apartó con la excusa de servir el café.

–Bueno… ya que vienes de Roma, podríamos empezar por una visita al Londres romano. Te enseñaré los restos de la muralla y luego, los baños de Strand y el anfiteatro de Guildhall.

–¿Vas a ser mi guía turística personal?

–Eso parece. Pero a diferencia de ti, no fingiré ser lo que no soy.

–Yo no fingía. Estaba haciendo mi trabajo –le recordó–. Y no recuerdo que tuvieras ninguna queja al respecto.

–Eso es cierto –admitió mientras le daba su taza de café–. Se nota que conoces muy bien tu ciudad.

–Porque la amo. Me gusta tanto que no podría vivir en otro sitio.

Ella pensó que Rico había marcado los límites

de su relación sin pretenderlo. Él no quería vivir fuera de Roma y ella no quería vivir lejos de Londres; por lo menos, permanentemente. Por lo visto, estaban condenados a una relación pasajera.

Rico echó un trago de café y dijo:

—Está muy bueno. Gracias.

—De nada.

—¿Qué te parece si hacemos mi lista de visitas turísticas? ¿Tienes un ordenador por ahí?

—Claro.

Ella puso su portátil encima de la mesa y lo encendió. Rico se acomodó en una silla y la sentó en su regazo.

—¿Qué estás haciendo? —protestó, incómoda.

—No seas tan desconfiada… así verás la pantalla tan bien como yo.

—La vería perfectamente si me sentara a tu lado.

—Quizás, pero esto es más cómodo.

Rico le dio un beso en el cuello y Ella pensó que tenía razón; era mucho más cómodo y, desde luego, mucho más interesante. Pero no estaba dispuesta a admitirlo. No quería darle a entender que solo tenía que silbar para que cayera rendida a sus pies.

Entre los dos, y con la ayuda de unos cuantas páginas turísticas, hicieron una lista con los sitios más conocidos de Londres y con los menos habituales.

—Bueno, basta por hoy. Vamos a dar ese paseo…

El sol se estaba poniendo cuando salieron de la casa y siguieron la orilla del Támesis. Poco después, Ella señaló un grupo de edificios blancos con cúpulas grises, veletas y grandes relojes dorados.

–Eso es el Royal Naval College, la academia naval –le informó–. Es una obra de Christopher Wren.

–Como Saint Paul… Que, por cierto, tenemos que añadir a mi lista.

Al cabo de unos minutos, se detuvieron junto a un pub.

–A veces vengo aquí con Julia –dijo Ella–. Se dice que Dickens era cliente habitual del establecimiento… y la comida es muy buena. ¿Quieres tomar algo?

–Por supuesto.

Entraron en el local, se sentaron en una mesa con vistas al río y se tomaron un par de refrescos. Al salir, ya se había hecho de noche.

Ella señaló una estructura con forma de carpa gigante y altas torres de sujeción, iluminadas con tonos azules, rojos y amarillos.

–Es la Cúpula del Milenio –dijo–. Siempre me ha parecido una tarta con velas encendidas.

–Muy bonita… –Rico se inclinó para darle un beso–. Aunque no tanto como tú.

Ella se sintió muy halagada; no por el comentario, sino por su forma increíblemente atenta de tocarla y de prestarle atención.

Lo tomó de la mano y volvieron hacia la casa.

–¿Te apetece un café?

–Me apeteces tú.

Rico la besó y, esta vez, Ella respondió con la misma pasión.

Ni siquiera protestó cuando él la tomó en brazos, cerró la puerta de la casa y la llevó al dormitorio del piso de arriba. Ardía en deseos de hacer el amor. Y como siempre, se quedó asombrada con su facilidad para llevarla al orgasmo. Ningún hombre le había dado esa clase de intensidad.

Pero, como siempre, Rico se vistió después y se dispuso a marcharse.

–¿No te vas a quedar?

–No es buena idea –respondió con dulzura.

–¿Te veré mañana?

Él sacudió la cabeza.

–Mañana tengo demasiado trabajo. Pero te llamaré. Y nos veremos el sábado…

Ella asintió. A fin de cuentas, solo eran amantes; conocidos con derecho a roce.

–Por supuesto.

Ella estuvo muy ocupada el viernes, pero extrañó terriblemente a Rico y se sintió aliviada cuando la llamó por teléfono. Rico la hacía feliz. Pero eso era peligroso, porque su relación no tenía ningún futuro.

Por fin, llegó el sábado. Y Rico se presentó a las ocho y media de la mañana, justo cuando Ella estaba metiendo una tartaleta en una cajita.

Al ver el nombre que había puesto en la tartaleta, Rico rompió a reír. Era el suyo.

–Bonito detalle…

–Quería darte una sorpresa, pero la has estropeado –protestó–. Se suponía que tenías que ver la caja cerrada y preguntar por su contenido.

Él le pasó los brazos alrededor de la cintura y le dio un beso.

–Te lo agradezco de todas formas, *bellezza*. Pero dime, ¿ya has terminado? ¿Te puedo ayudar en algo?

–Tengo que llevar los dulces a las cafeterías. Puedes acompañarme y hacer de chico de los recados.

–Eso está hecho, preciosa…

Cuando entregaron los dulces, tomaron el metro y se bajaron en Trafalgar Square.

–Cuando era pequeña, mi madre me traía a esta plaza para que diera de comer a las palomas.

–¿Esa es la famosa fuente donde la gente se baña en Nochevieja?

–Bueno, no todo el mundo se baña en la fuente –puntualizó–. Como verás, no es tan bonita como las fuentes de Roma, pero la han reformado recientemente y ahora la iluminan de noche.

–A mí me gusta…

Tras ver la columna de Nelson, se dirigieron al South Bank, que estaba lleno de músicos callejeros, hombres estatua, contorsionistas y hasta pintores que hacían retratos de los turistas y paseantes.

Rico alzó la mirada y señaló el London Eye, la gran noria que se alzaba junto al County Hall.

–¿Esto también está en mi lista? –preguntó.

–Sí, aunque no sé si llevarte de día o de noche.

–Pues llévame de día y de noche –declaró con una sonrisa–. Al final voy a ser el niño mimado que decías…

Ella suspiró.

–No debería haber dicho eso. Te pido disculpas.

–Y yo las acepto… si me das un beso.

–Eso no vale…

–Oh, vamos…

Ella no se pudo resistir. Rico le gustaba cada día más. Era encantador, divertido, atento y deliciosamente atractivo. Pero también era una amenaza, porque si no tenía cuidado, se arriesgaba a enamorarse de él.

Pasearon un rato por los alrededores y se sentaron a tomar el sol en los jardines del Jubileo. Hacía un día precioso, de principios de verano.

–¿Te gusta la comida china? –preguntó ella.

–Sí.

–Excelente, porque esta noche vamos a cenar en Chinatown.

Él sonrió.

–Me encantas cuando te pones mandona.

Ella carraspeó y replicó:

–Dijo la sartén al cazo…

Rico la miró con desconcierto.

–¿La sartén al cazo?

–¿No conocías el dicho? –preguntó–. Es muy conocido en Inglaterra… equivale a mira quién fue a hablar.

–¿Me estás llamando hipócrita? ¿Estás diciendo que soy tan mandón como tú?

–En efecto.

Rico se inclinó y la besó hasta dejarla mareada.

–Si no estuviéramos en un lugar público –susurró–, te demostraría hasta qué punto puedo ser mandón.

Ella se ruborizó sin poder evitarlo. Rico había conseguido que lo besara apasionadamente en uno de los lugares más públicos de la ciudad.

–Estás muy guapa cuando te ruborizas, *bellezza*. Y lo digo muy en serio. No te pareces nada a las mujeres que se han cruzado en mi vida.

–Espero que eso sea un cumplido…

Rico no salía de su asombro. Cuando estaba con Ella, se podía relajar y ser él mismo, sin preocuparse por su imagen. Nunca se había divertido tanto.

Pero, al mismo tiempo, le daba miedo.

Se conocía lo suficiente como para saber que se estaba enamorando de aquella inglesa encantadora.

Y no sabía qué hacer. Por una parte, temía no ser suficiente para ella, como no lo había sido para sus padres ni, quizás, para sus propios abuelos; por otra, temía no ser capaz de amar, de darle lo que necesitaba.

–Vamos, *bellezza,* se supone que tienes que enseñarme Londres…

Rico la tomó de la mano y la levantó del banco del parque. Necesitaba huir de sus pensamientos. Y la mejor forma de huir era llevarla a la cama y hacerle el amor.

Pero se había prometido que se lo tomaría con calma. Sobre todo, porque ahora sabía que su relación sexual con Ella Chandler no era tan buena porque se llevaran bien en la cama, sino porque Ella Chandler era verdaderamente especial.

Terminaron en un restaurante de Chinatown, donde un camarero los llevó a una sala, los sentó y estampó un te de jazmín y dos tacitas en la mesa.

–Como ves, el servicio de este lugar no es tan bueno como el de tus hoteles –declaró ella con ironía–; pero te prometo que la comida merece la pena. Aquí se prepara el mejor pato pequinés de todo Londres.

–Bueno, no voy a negar que es toda una experiencia…

–Y pagaremos la cuenta entre los dos. Recuerda que somos iguales.

Él sonrió.

–Por supuesto, *signorina*.

Después de cenar, pasearon unos minutos por Leicester Square.

–No sé si sugerir que nos tomemos un helado –dijo Ella–. Me temo que los helados italianos son mucho mejores que los ingleses.

–Si quieres un helado, te tomarás un helado. Pero yo prefiero dejar los dulces para más tarde… si no recuerdo mal, me está esperando una tartaleta en el frigorífico de tu casa.

–Entonces, yo también esperaré.

Al llegar a la casa, ella abrió el frigorífico y le dio la tartaleta.

–Que la disfrutes…

Él la saboreó con verdadero placer.

Rico la tomó entre sus brazos y la besó hasta emborracharla de deseo. Y luego, cuando llegaron a la cama, la arrastró a un clímax tan intenso que tardó un buen rato en respirar con normalidad.

Entonces, apoyó la cabeza en su pecho y preguntó:

–¿Te quedarás esta noche?

Rico deseaba quedarse. Lo deseaba con toda su alma.

Pero se dijo que no era una buena idea. La intimidad podía ser mucho más peligrosa que el sexo. Y no quería hacerle daño.

A pesar de las bravatas de Ella, sabía que era una mujer vulnerable y que, en el fondo, deseaba tener una familia. Algo que él no le podía dar.

Se apartó de ella y dijo:

–Lo siento, pero he estado fuera todo el día y tengo que contestar un montón de mensajes cuando llegue al hotel.

–Comprendo… –dijo, decepcionada.

Rico sonrió.

–Pero nos veremos mañana. Mi guía personal me ha prometido que me llevaría a ver el cambio de guardia.

–Buckingham Palace está más cerca de tu hotel que de mi casa. Si quieres, podemos quedar en el vestíbulo de The Fountain.

–De acuerdo. ¿A qué hora?

–¿A las nueve en punto?

–Hecho.

Rico se fue un minuto después y ella se quedó con un profundo sentimiento de tristeza, que no logró aplacar.

Se suponía que aquello era una relación pasajera. Lo sabía perfectamente. Y sin embargo, se sentía vacía cada vez que se marchaba.

Rico estaba esperando en el vestíbulo cuando Ella entró en el hotel.

–*Buongiorno, bellezza.*

–Buenos días. ¿Preparado para interpretar el papel de turista?

Rico sonrió de oreja a oreja.

–Absolutamente.

El hotel estaba tan cerca de Buckingham Palace que fueron andando. La guardia apareció poco después con sus guerreras rojas y sus altos sombreros negros, de piel de oso. Rico disfrutó del espectáculo y Ella, de que disfrutara tanto en su compañía.

Cuando terminó el cambio de guardia, sonrió a Rico y dijo:

–Bueno, eso ha sido todo. Una tradición verdaderamente británica.

–Una tradición que no tenemos en Roma… allí hay montones de tipos que se disfrazan de senadores y legionarios romanos, pero no hay nada parecido.

Ella lo tomó de la mano.

—Me alegra que te haya gustado. Y como tú me enseñaste las partes más truculentas de Roma, te voy a devolver el favor.

—¿El favor?

—Sí. Te llevaré a la Torre de Londres. No es tan antiguo como el Coliseo romano, claro —respondió—. El edificio original se levantó por orden de Guillermo el Conquistador, y los reyes posteriores lo ampliaron. Mi madre me llevaba con frecuencia. Siempre me gustaron los alabarderos de la guardia... y los cuervos.

—Pues vamos a ver los cuervos.

Cuando llegaron a su destino, Ella le señaló las aves que estaban posadas junto a la torre de Wakefield.

—La leyenda dice que el reino y la torre se derrumbarán el día en que los cuervos se marchen, así que les cortan las alas para que no se puedan ir.

—Pobres bichos. Están atrapados.

Rico pensó que los cuervos estaban como él cuando fue a la universidad. Su abuelo quería que se hiciera cargo de los hoteles Rossi y lo presionó para que estudiara empresariales. Él era el único que podía salvar el negocio. Si no aceptaba la dirección de la empresa, se perderían cientos de puestos de trabajo. Y eso no sería justo.

Pero tampoco era justo que determinaran su vida de esa forma. Se sentía tan frustrado que estuvo a punto de rebelarse. Por suerte, su mejor amigo le hizo ver que aceptar la dirección de los hoteles no implicaba aceptar las directrices de su abuelo; podía hacer con ellos lo que quisiera y llevarlos en la dirección que le pareciera más oportuna.

Por eso, precisamente, iba a adquirir el hotel de Londres. Ahora estaba a cargo y dispuesto a dejar huella. Diversificaría el negocio, lo extendería fuera de Italia y, al final, si todo salía bien, hasta su abuelo tendría que admitir que era un gran profesional.

–Tienen el color de tu pelo –dijo Ella.

–¿Qué?

–Los cuervos. Son tan negros como tu pelo.

Él soltó una carcajada y la besó.

–¡Basta ya! –protestó ella entre risas–. No distraigas a tu guía…

–¿Cuánto tiempo ha pasado desde la última vez que estuviste aquí?

–Ya ni me acuerdo. Han sido muchos años, pero de niña me encantaba. Las joyas de la corona, la armadura de Enrique VIII…

–¿Y qué es esa escultura de un oso polar?

–Por lo visto, aquí hubo una colección de animales salvajes. El emperador Federico II le envió tres leopardos a Enrique III cuando este se caso con su hermana, Eleanor. Y luego, el rey de Noruega le envió un oso polar.

–Vaya…

–Mi madre me dijo que el oso tenía una cadena muy larga, para que se pudiera bañar en el Támesis y capturar peces –explicó–. Más tarde, el rey de Francia regaló a Enrique III un elefante, que al parecer llegó en barco… Mi madre y yo nos inventamos una canción sobre los elefantes de la torre, pero se me ha olvidado.

Rico se dijo que su infancia había sido muy distinta. No recordaba que sus padres lo llevaran de excursión ni, por supuesto, que se inventaran canciones con él. En ese sentido, la niñez de Ella había sido mucho más afortunada que la suya. Puede que su madre no tuviera dinero, pero le había dado la felicidad.

—¿Ocurre algo, Rico? —preguntó.

La voz de Ella lo sacó de sus pensamientos.

—No, no pasa nada, *bellezza*… —dijo con una sonrisa forzada—. ¿Qué hicieron con la colección de animales salvajes?

—Al final, poco antes de que Victoria se convirtiera en reina, lo transformaron en el zoológico de Londres.

—¿El zoológico está en mi lista?

—Podría estarlo. Veremos lo que tú quieras.

Ella le dedicó una sonrisa tan deliciosa que él se estremeció. Fue como si un rayo de sol traspasara las frías tierras de su infancia y derritiera el hielo.

Definitivamente, aquella mujer le hacía feliz. Y le gustaba tanto como le asustaba, porque la consideraba especial y la creía merecedora de un hombre mejor que él; de uno que le pudiera entregar su corazón.

Solo tenía dos opciones: podía seguir un poco más con Ella y marcharse después; o podía aprender a amar, pero no sabía cómo.

Capítulo Nueve

Ella miró la pantalla del teléfono y frunció el ceño al reconocer el número. Rico no la solía llamar en horas de trabajo.

¿Habría pasado algo malo?

—Hola, Rico…

—Hola, *bellezza*. ¿Tienes tu agenda a mano?

—Sí, ¿por qué?

—Porque necesito que me hagas un hueco —contestó—. Para una reunión.

—Pero si nos vamos a ver esta noche… ¿qué sentido tiene que te haga un hueco en mi agenda? —preguntó, extrañada.

—Que la reunión es de negocios, y lo de esta noche… —Rico rompió a reír— es otra cosa.

—¿De qué negocios estás hablando?

—De un posible encargo. Necesito una tarta para una fiesta que voy a dar dentro de un mes. ¿Dónde nos reunimos? ¿En tu cocina? ¿O en mi oficina?

Ella volvió a fruncir el ceño.

—Tu despacho está en Roma, Rico.

Él carraspeó.

—Mi refería a mi oficina de Londres.

—¿Es que has comprado el hotel?

—En efecto. Y vamos a relanzar The Fountain

103

dentro de cuatro semanas. ¿Es tiempo suficiente para preparar una tarta?

–Por supuesto. Pero tendremos que hablar del tamaño…

Rico soltó una risotada tan sensual que Ella se ruborizó. Por lo visto, no estaba pensando precisamente en el tamaño de la tarta.

–¡Oh, Rico!

–Lo has dicho tú, *bellezza,* no yo. Pero está bien, me pondré serio… Supongo que necesitas saber cuántas personas van a asistir y qué tipo de tarta tengo en mente. ¿Cuándo podemos quedar?

–A cualquier hora después de las diez si quedamos en mi casa, y a cualquier hora antes de las diez y media si quedamos en tu oficina.

–No hay prisa. ¿Te parece bien a las cuatro y media en tu casa?

–Me parece perfecto.

–Pero recuerda que esto es un asunto de negocios. No te estoy pidiendo un favor.

–¿Qué quieres decir?

–Que no aceptaré un precio especial –dijo–. En fin, te enviaré los detalles por correo electrónico… nos vemos esta tarde.

Cuando Rico llegó, Ella ya había estudiado los detalles a fondo y llenado tres páginas con bocetos de tartas.

–¿Tengo que elegir entre los bocetos? –preguntó él.

–Solo son sugerencias. Necesito que me des tu opinión… aunque sea contraria a la mía.

–Eres muy creativa. Prefiero dejarlo a tu criterio.

–Muy bien, como quieras –dijo–. Podría hacer una tarta con la forma del hotel…

–Buena idea.

–O preparar una tarta normal y decorarla con la fuente que el hotel tiene en el patio y que le da nombre. Solo tendría que hacer unas cuantas fotografías para asegurarme de que sea exactamente igual.

–Sí, creo que eso me gusta. Una tarta con una fuente… sería perfecto para la ocasión, porque pensaba ofrecer una fuente de chocolate y otra de champán –declaró Rico–. ¿Cuánto me costaría?

Ella no respondió. Se limitó a pasarle una nota con el presupuesto.

Rico le echó un vistazo y asintió.

–*Bene*. Estás contratada.

–Necesito saber cuándo se va a celebrar, para tenerlo todo preparado.

–Será un sábado por la noche. Si quieres, también te puedes hacer cargo del servicio de café…

–Por supuesto.

–¿No será mucho trabajo para ti? Si necesitas ayuda, te enviaré a uno de los empleados de nuestras cocinas.

Ella sonrió.

–Seguro que eso no se lo ofreces a la competencia, ¿verdad?

Él arqueó una ceja.

–Por supuesto que no. Es que siento debilidad por ti y quiero facilitarte las cosas –Rico se inclinó

para robarle un beso–. Tómatelo como un beneficio extraordinario de nuestra relación... Pero no
has contestado a mi pregunta.

–Sí, me vendría bien un poco de ayuda. Alguien
que sirva los cafés.

–De acuerdo.

–¿De qué sabor quieres la tarta?

–De chocolate.

–Pero has dicho que vas a ofrecer una fuente de
chocolate –le recordó–. ¿No crees que será demasiado?

–Nunca se toma suficiente chocolate.

Ella rio.

–Hablas como una chica...

–¿Ah, sí? Ahora tendré que demostrarte que no
lo soy...

Rico la abrazó y la besó con tanto apasionamien-
to que, cuando rompió el contacto, Ella no recordaba ni su nombre.

–Está bien, admito que no tienes nada de chica;
eres un hombre entero y verdadero. Aunque se suponía que esto era una reunión de negocios.

–Y lo era; pero la reunión ya ha terminado. Ahora nos tenemos que ir.

–¿Adónde?

Rico sacó dos entradas del bolsillo y se las enseñó. Eran dos entradas de teatro, para una función
que costaba una fortuna y que, por lo que Ella sabía, tenía vendidas todas las localidades durante varias semanas.

–¿Cómo las has conseguido... ?

–Digamos que ser un niño rico tiene sus ventajas. Venga, ve a vestirte y salgamos a divertirnos un poco.

Durante los días siguientes, se acostumbraron a salir después de trabajar. A veces iban al cine o a cenar a un restaurante y, a veces, él aparecía con una bolsa llena de comida, le llenaba el frigorífico y le preparaba la cena antes de hacerle el amor.

Pero todos los fines de semana, sin falta, se dedicaban a visitar los lugares que estaban en la lista de Rico.

Ella no recordaba haber sido tan feliz. No se habían hecho promesas de futuro, pero empezaba a pensar que le podía confiar su corazón. Quizás, porque Rico demostraba ser el hombre del que se había encaprichado en Roma; porque tras la fachada del presidente de los hoteles Rossi se escondía un guía turístico.

Un domingo por la mañana, Rico la llamó a las seis.

–Levántate e ilumina el mundo, *bellezza* –dijo.

–¿Sabes qué hora es? ¿Por qué me despiertas tan pronto?

–Porque vamos a ir a un sitio que no está en mi lista.

–¿Cómo?

–Ah, será mejor que saques tu pasaporte. Lo vas a necesitar.

Ella estaba tan dormida que tardó un momento en entender sus palabras.

—¿Para qué quiero el pasaporte?

—Confía en mí. Estoy seguro de que te va a encantar… —respondió—. Pasaré a recogerte dentro de media hora.

Desconcertada, se levantó, se duchó y se vistió. Ya estaba preparada cuando Rico llamó al timbre y la llevó en un taxi.

Al llegar al aeropuerto, Ella preguntó:

—¿Adónde vamos?

—En primer lugar, a desayunar.

Tras el desayuno, en el que disfrutaron de un café italiano excelente, Ella miró las salidas de vuelos y volvió a formular la misma pregunta.

—¿Adónde vamos?

—No mires ahí… no te servirá de nada, *bellezza*. No es un vuelo regular.

Ella parpadeó.

—¿Has alquilado un avión privado?

—No. Es de un amigo, igual que el restaurante de Roma al que te llevé… Cosas de niños ricos. Algunos de mis amigos tienen juguetes de lo más interesantes —declaró, sonriendo—. A cambio, Giuseppe podrá usar mi coche durante un mes.

Ella rio.

—No me lo digas. Tu coche es un deportivo italiano.

—¿Tan previsible soy?

—Y más —bromeó—. Pero sigues sin responder a mi pregunta.

Rico se encogió de hombros.

–Vamos a un sitio que está a dos horas y media de viaje.

–Venga, dímelo de una vez…

Rico le dio un beso.

–Es una sorpresa. Espera y lo verás.

Dos horas y media después, aterrizaron en un aeropuerto de la Europa continental. Cuando Ella vio los letreros, se quedó pasmada.

–¡Viena! ¡No puedo creer que me hayas traído a Viena!

–Cuando estábamos en Roma, me dijiste que querías visitarla. Supongo que será porque sus tartas y sus cafés son famosos…

–Por supuesto que sí –dijo, todavía asombrada–. Oh, Rico… es el regalo más bonito que me han hecho nunca. Gracias.

–De nada.

Subieron al tren que llevaba a la ciudad y, a continuación, tomaron el metro y salieron a una calle cercana a la catedral.

–Qué preciosidad –dijo ella, contemplando los edificios–. Viena es magnífica…

–Sí, lo es. Pero sígueme; aún no hemos llegado a nuestro destino.

–¿Y dónde está?

–Ya lo verás.

Ella supo que Rico se había tomado muchas molestias para organizar el viaje, de modo que se sintió más intrigada que molesta por su vaguedad.

Al final, la llevó a una de las *konditoreien* más antiguas de Viena, donde se quedó anonadada por la cantidad de tartas y dulces que ofrecía el establecimiento.

–Sígueme. El café está arriba.

Ella lo siguió por las escaleras.

–¡Esto es maravilloso! ¡Fíjate en esa lámpara de araña! Es como si estuviéramos en el siglo XIX…

–Me alegra que te guste, *bellezza.* ¿Qué te parece si nos tomamos un café y un buen pedazo de tarta?

Se sentaron a una mesa, donde Rico le alcanzó el menú.

–No sé qué elegir, francamente; tienen tantos tipos de tarta que… Aunque estando en Viena, supongo que debería pedir una *sachertorte,* una de chocolate.

Él le dio un beso en el cuello.

–Pide otra cosa. Ya tendrás ocasión de probar la *sachertorte,* en el Café Sacher, adonde te llevaré después.

Ella se decidió por una *esterhazytorte,* una tarta típica de Austria y Hungría que se preparaba con capas de merengue de almendra y de crema.

–Me encantan las tartas de capas –le confesó–. Si eres bueno, te prepararé una.

–¿Bueno en qué? –le susurró al oído.

Ella se ruborizó y él rompió a reír.

–Ah, *bellezza.* Eres tan fácil de provocar…

Ella alcanzó la cucharilla y se llevó un pedazo de tarta a la boca.

–Excelente… será mejor que te tomes la tuya –siguió diciendo.

Cuando terminaron de comer, Rico dejó su taza a un lado y dijo:

—¿Preparada para la siguiente sorpresa?

—¿Es que hay más?

Cuando Rico abrió una puerta lateral y la llevó a las cocinas del establecimiento, donde les esperaba el repostero jefe, los ojos de Ella brillaron con tanta alegría que Rico pensó que sus esfuerzos habían merecido la pena.

Lo que más llamó su atención fue una tarta baja y rectangular, que el jefe de repostería decoró con una réplica preciosa de un *lipizzaner,* uno de los caballos de la famosa Escuela Española de Viena.

—Es increíble. Fíjate en el detalle de las orejas y de la silla de montar…

El repostero jefe le habló sobre las distintas formas de dar color a las tartas. Rico no estaba especialmente interesado en los detalles, pero era feliz por Ella, que escuchó con atención y le formuló un montón de preguntas.

Cuando se marcharon, Rico se sentía profundamente satisfecho de sí mismo.

—No sé cómo darte las gracias —dijo ella—. Ha sido maravilloso.

Él sonrió.

—No es necesario que me des las gracias, *bellezza.* Pero ya que estamos tan cerca del Palacio Imperial de Hofburg, ¿te apetece hacer de turista?

—Cómo no…

Se tomaron de la mano y caminaron por las distintas estancias del palacio, hasta que Ella se detuvo

delante de un cuadro. Era un retrato de la emperatriz Sisí, que llevaba un vestido blanco y una diadema de diamantes.

–Era una mujer preciosa...

–No tanto como tú. Y esa diadema te quedaría
muy bien.

Ella sacudió la cabeza.

–Para llevar esa diadema, tendría que tener el
pelo más largo –replicó–. Pero me ha dado una
idea. Creo que haré una réplica de glaseado.

–¿Se puede hacer?

–Por supuesto que se puede. Si preparo un glaseado blanco y lo pinto con una mezcla de polvo
plateado y alcohol, parecerá la estructura de pla-
ta... y lo que pinte con cristales de azúcar, parecerá
de diamantes.

–¿Cristales de azúcar?

–Sí, con lo que suelo espolvorear las tartas.

Él rio.

–Jamás habría imaginado que los dulces me pudieran interesar tanto...

–Espero no ser muy pesada. Es que estamos en
la capital mundial de las tartas. Es como el dicho...
todos los caminos llevan a Viena.

Él arqueó una ceja.

–El dicho no dice eso, Ella. Dice que todos los
caminos llevan a Roma.

Esta vez fue ella quien rompió a reír.

–Bueno, qué más da.

Al terminar la visita del palacio, estuvieron unos
minutos en la tienda de suvenires. Rico se dio cuen-

ta de que admiraba una réplica de un famoso broche de Sisí con forma de estrella, pero también se dio cuenta de que no lo compró.

Ya en el exterior, se giró hacia ella y dijo:

–No llevas muchas joyas, ¿verdad? Solo un reloj. Y ni siquiera tienes agujeros para ponerte pendientes.

–Soy demasiado miedosa para hacerme agujeros, y los pendientes de pinza me resultan incómodos. A veces me pongo un collar, pero me abstengo de anillos y pulseras porque molestan para trabajar con las manos.

Rico tomó nota de su confesión. A Ella le gustaban los collares. Y al pasar por delante de una joyería, vio una gargantilla muy parecida a la de la réplica del broche, pero con diamantes de verdad.

–Bueno, creo que es hora de probar la *sachertorte*…

Tras llevarla al Café Sacher y sentarla a una mesa, dijo:

–¿Me perdonas un momento?

–Claro.

Rico salió del establecimiento sin que ella se diera cuenta, entró en la joyería y compró el collar, que el dependiente guardó en una cajita. Luego, se guardó la cajita en un bolsillo y volvió rápidamente al café.

–Empezaba a pensar que te habías perdido –dijo Ella–. Tu café se habrá quedado helado…

–Tanto mejor. Ya sabes que a los italianos nos gusta así.

Rico alcanzó la taza y, como de costumbre, se bebió el contenido de golpe.

Al salir del Café Sacher, Ella se detuvo frente a una tienda de chocolates.

—Julia es como tú. Adora el chocolate —explicó—. Me gustaría llevarle algún regalo… Dame un par de minutos. Vuelvo enseguida.

Su visita a Viena terminó poco después. Durante el trayecto de vuelta, Rico no le soltó la mano en ningún momento. Y cuando por fin llegaron al piso de Ella, se giró hacia él y le dio una de las bolsas con las que había salido de la tienda de chocolates.

—¿Es para mí? ¿No era para Julia?

—A Julia le he comprado otra cosa… —respondió, encogiéndose de hombros—. Pero no esperes demasiado. Solo es un detalle. Una forma de darte las gracias por lo que has hecho.

—No tenías que regalarme nada, *bellezza*. Pero te lo agradezco mucho.

Él abrió la bolsa y encontró una caja llena de chocolates *lilliput*, que al parecer eran la especialidad del establecimiento vienés.

—Bueno, ya que tú me has dado un regalo, tendré que darte el tuyo…

Rico se llevó la mano al bolsillo de la chaqueta y sacó la cajita.

Ella se quedó mirando la preciosa cajita con el corazón en un puño. Sabía que no podía contener un anillo; era demasiado grande y, además, no albergaba ese tipo de esperanzas sobre el carácter de su relación.

Cuando la abrió, se quedó anonadada. Contenía una gargantilla con una estrella muy parecida a la de la emperatriz Sisí. Pero la joya no le agradó tanto como el hecho de que Rico hubiera notado su interés por el suvenir del palacio, y de que hubiera recordado que no usaba brazaletes ni anillos.

–Gracias. Es preciosa.

Ella se abrazó a él y lo miró con ternura. No le había regalado un anillo de compromiso, pero tenía la sensación de que aquello significaba algo; como si Rico le estuviera diciendo que estaba dispuesto a abrirle su corazón.

–Ha sido un día perfecto; tanto, que no quiero que termine –continuó–. ¿Te vas a quedar esta noche, conmigo?

Rico permaneció en silencio durante unos segundos.

Nunca había pasado una noche entera con ninguna mujer. Había estado a punto de romper esa costumbre varias veces, y todas con Ella; pero siempre cambiaba de opinión en el último momento.

¿Estaba preparado para dar ese paso?

–¿A qué hora te suena el despertador? –preguntó, con más tranquilidad de la que sentía.

–Me temo que a las cinco y media.

Él sonrió.

–Bueno, no suelo levantarme tan pronto; pero tratándose de ti… sí. Me quedaré.

Capítulo Diez

Un día de esa misma semana, Ella le envió un mensaje de texto para preguntarle si podía probar unas tartaletas cuando terminara de trabajar. Rico aceptó y se presentó en su casa poco después de las seis de la tarde.

–Espero que tengas hambre –dijo ella.

–Mucha…

–Entonces, siéntate.

Ella le sirvió tres tartaletas, un sorbete de limón y un vaso de agua helada.

–¿Para qué es el sorbete?

–Para que te limpies el paladar y puedas distinguir bien los distintos sabores.

Él probó el primero de los dulces.

–Hum… está buenísimo. ¿Qué es? Ah, sí… en Viena me prometiste que me prepararías una tarta de colibrí si era bueno.

–Y cumpliré mi promesa. Si eres bueno –puntualizó con una sonrisa–. ¿Te gusta el glaseado de naranja?

Rico lo pensó un momento antes de responder.

–Sí, está muy bien.

–Pues echa un trago de sorbete para quitarte el sabor.

–¿No me puedo comer el resto?

–Más tarde. Ahora, tienes que seguir probando.

Él tomó un poco de sorbete y, a continuación, se aclaró la boca con el agua fría.

–Bueno, vamos con la segunda… –Rico se llevó un pedazo a la boca–. Vaya, esta me gusta aún más… ¿Qué lleva, lima? Es más intensa que la naranja.

Ella tomó nota.

–Muy bien. Ahora, prueba la tercera.

Rico repitió la operación del sorbete y el agua y probó la última tartaleta.

–No, esta no me gusta. Es demasiado dulce.

–A mí tampoco me agrada, pero quería conocer tu opinión.

–Pues voto por la segunda –insistió él–. ¿Ya está? ¿Solo has preparado tres?

–Es que no quería abrumarte con demasiados sabores…

Rico pareció decepcionado.

–Y yo que pensaba que me estarían esperando un montón de tartaletas… como las que preparaste para tu fiesta de inauguración.

–¿Tanto te gustaron?

–Ya te lo dije en su momento –le recordó–. Pero supongo que son difíciles de hacer…

–Al contrario; son muy fáciles. Si me das unos minutos, te prepararé unas cuantas e incluso permitiré que les pongas tú mismo el glaseado.

–¿En serio?

–Claro que sí. Pero tendrás que quitarte la camisa, porque te vas a manchar.

—¿Cómo?

—Que te quites la camisa –repitió–. Especialmente, si vas a usar glaseado de colores. Deja unas manchas terribles.

—¿Y en qué me convertirá eso? ¿En algo así como el repostero desnudo?

Ella rompió a reír.

—Sí, supongo. Pero te puedo prestar un delantal.

Él la miró con desagrado.

—No, nada de delantales. –Rico se quitó la camisa–. ¿Dónde dejo esto?

Ella alcanzó la camisa, la colgó y admiró su torso desnudo.

—Bonitas pecas, *signor* Rossi…

—¿Y tú? ¿No te vas a quitar la blusa?

—Deja de soñar despierto.

Cinco minutos después, Ella ya había preparado la masa de las tartaletas. Sacó los moldes de un armario y pidió a Rico que vertiera la masa en ellos.

—Esto es muy divertido –dijo él–. No me extraña que te guste tanto… Pero, ¿qué vamos a hacer mientras están en el horno?

—El baño de las tartaletas, por supuesto. Y lo vas a hacer tú.

Ella le explicó todo lo que debía hacer y lo vigiló atentamente, paso a paso. Cuando terminó, la masa de las tartaletas ya se había enfriado. Y Ella le dio un pincel.

—¿Para qué es esto?

—No seas impaciente…

Ella sacó una bolsita y una cánula de boca estrellada y quitó la tapa de uno de los botes de glaseado de colores que solía utilizar.

–Parece tinta… –dijo Rico.

–No está muy lejos de serlo, pero es comestible. Ahora, mete el pincel en el bote y traza una línea dentro de la bolsita. Ah…. procura no mancharte las manos.

Él frunció el ceño.

–¿Por qué? ¿No has dicho que es comestible?

–Por supuesto; pero si te manchas, mañana por la mañana tendrás que explicar a tus colegas por qué tienes las manos de color morado.

–Comprendo.

–Ahora, extiende la línea que has trazado con el pincel. De la forma que prefieras.

Rico miró el pincel y luego la miró a ella con picardía.

–Si esto fuera chocolate fundido…

Ella soltó una carcajada.

–Lo siento, Rico, pero estamos en una cocina profesional. Nada de pintar partes del cuerpo. Va contra las normativas de higiene.

–Aguafiestas… –protestó.

Ella arqueó una ceja.

–Presta atención y cierra la boca.

–Sí, *signorina* –dijo con humor.

–¿Ya has terminado? Entonces, aprieta la bolsita para que el color se extienda bien.

Él obedeció e inspeccionó la bolsita.

–Qué extraño. No parece que tenga ningún color…

–Espera y verás.

Ella le quitó el pincel, alcanzó la crema que tenía preparada y la echó en la bolsita.

–¿Lo ves ahora?

Rico se quedó asombrado al ver el repentino contraste del morado intenso contra el color marfil de la crema.

–Ya solo falta el toque final. En primer lugar, pon la cánula en la bolsita… es lo que llamamos una manga de repostería.

–Ya está.

–Ahora, sitúa la punta de la cánula sobre el centro de una tartaleta y empieza a decorar con movimientos en espiral.

–No sale…

–Porque no la estás agarrando bien. Tienes que apretar la manga con el índice y el pulgar –le informó.

–Es lo que estoy haciendo –se defendió Rico.

Ella se puso detrás de él y cerró los dedos sobre su mano, para guiarlo.

–Prueba ahora. Empuja hacia abajo sin dejar de pinzar con los dedos; así, la crema no se escapará…

–Pero hay un problema.

–¿Cual?

Rico se giró hacia ella.

–Que acabas de dar un paso atrás. Y me gustaba más cuando estabas pegada a mí.

–Me he apartado para que trabajes mejor.

–Así no trabajaré mejor. Y además, no me parece justo que yo me haya quitado la camisa y tú sigas completamente vestida. Sería más divertido si no hubiera nada entre tu piel y la mía –comentó.

Ella estuvo tentada de aceptar, pero sacudió la cabeza.

–Olvídalo, Rico. Estás en mi cocina y te atendrás a mis normas.

Rico no tuvo más remedio que olvidar el asunto. Y un segundo después, trazó una espiral perfecta sobre la tartaleta.

Ella parpadeó, atónita.

–O lo habías hecho antes o tienes un talento natural.

–Lo había hecho antes, pero no precisamente en una tartaleta.

–Entonces, ¿dónde?

Él se dio la vuelta, le dio un beso en los labios y contestó:

–Te lo demostraré.

Antes de que Ella se diera cuenta de lo que pasaba, Rico le levantó la falda, le metió una mano por debajo de las braguitas y le empezó a acariciar el clítoris con movimientos circulares.

–Oh… –gimió ella.

–Estás muy húmeda –susurró él.

–Sí –admitió.

–Deja que te desnude. Y al infierno con las normativas de higiene.

–Pero la persiana está subida…

Rico se giró hacia la ventana y vio que tenía razón, de modo que la dejó un momento y bajó la persiana.

–Problema resuelto –dijo.

A continuación, le subió la falda hasta la cintura, la sentó en la encimera y le quitó las braguitas. Luego, hizo lo mismo con su blusa y su sostén y la penetró.

Ella se olvidó inmediatamente de las normativas. Todo su ser estaba concentrado en las sensaciones que Rico le regalaba, en su forma de arrastrarla hacia el orgasmo, con un ritmo contundente y rápido.

De repente, él le puso un poco de glaseado en un pezón. Ella gimió por el contacto frío y, después, gimió mucho más por la succión de su boca.

El clímax fue tan intenso que se tuvo que aferrar a sus hombros.

Entonces, Rico alcanzó su propio orgasmo y Ella supo que no volvería a preparar tartaletas sin recordar lo que había pasado esa tarde en su cocina.

Pero la aventura vespertina tocaba a su fin y, muy a su pesar, Rico tuvo que volver al hotel que había comprado. Habría dado cualquier cosa por quedarse con Ella y amanecer al día siguiente entre sus brazos.

Cuando salió de la casa, pensó que era una locura. No se podía enamorar. ¿Qué sabía él del amor? La idea de necesitar tanto a una persona le resultaba tan extrañamente atractiva como terrorífica.

Había encontrado a una mujer en quien podía confiar y a quien podía confiarse. Pero no se atrevía a dejarse llevar.

Capítulo Once

—Te recuerdo que el sábado es el día de la fiesta —dijo Rico.

Ella asintió.

—Descuida, todo está preparado. Pero antes de que lo preguntes, no; no te voy a enseñar la tarta. Tendrás que confiar en mí.

Él sonrió.

—Confío en ti, aunque estaba pensando en otra cosa.

—¿En otra cosa?

—Sí. Quiero que asistas a la fiesta en calidad de invitada.

Ella frunció el ceño.

—Rico, voy a estar muy ocupada con la tarta. Alguien la tiene que servir.

—Pero no te llevará toda la noche, ¿verdad?

—No, supongo que no.

—Entonces, serás mi invitada.

—Sinceramente, preferiría mantenerme al margen. No encajo en tu mundo.

—Por supuesto que encajas.

—Vamos, Rico… eres el dueño de una cadena de hoteles de lujo y yo, una vulgar repostera —alegó.

—De vulgar, nada; tus tartas son maravillosas

–puntualizó–. Además, tú misma dices que las diferencias sociales no deberían ser tan determinantes como el carácter y la forma de tratar a la gente. Y la gente se te da bien, Ella. Quiero que estés a mi lado.

–De acuerdo… pero no tengo ni un vestido apropiado ni tiempo para ir de compras.

–¿No puedes comprarlo por Internet?

–Supongo que sí, pero tendría que esperar a que me lo envíen. Y si no estoy en casa cuando llegue, tendré que esperar al día siguiente o ir a buscarlo.

–Esto tiene fácil solución. Da la dirección de mi hotel y elige unas cuantas prendas; le diré a mi secretaria que devuelva las que no te gusten. O si lo prefieres, le pediré que llame a varios diseñadores para que envíen una selección de vestidos.

–¿Me vas a ofrecer un pase de modelos? –Ella sacudió la cabeza–. No, gracias; te lo agradezco mucho, pero ya sabes lo que pienso de la ropa de diseñadores. Es absurdamente cara y, además, no me quedaría bien.

–¿Por qué no? Tienes un cuerpo precioso. Mucho más interesante que el de esas delgaduchas sin forma.

Ella sonrió.

–Anda, deja que te regale ese vestido –insistió él.

–No. Te aseguro que soy capaz de comprármelo yo misma.

Rico la miró con perplejidad.

–Lo sé, *bellezza*. Solo intentaba ayudarte. Como has dicho que no tienes tiempo…

Ella comprendió que había sido injusta con él y se disculpó.

–Lo siento, Rico. No sé por qué he dicho eso. Será la regla…

–No, es que estás muy ocupada. Y yo he sumado una preocupación más a las que ya tienes –declaró–. Pero quiero que asistas a la fiesta.

–Asistiré –le prometió–. ¿Tu familia va a estar presente?

–No. Mis abuelos no pueden viajar; su salud es demasiado frágil.

Una vez más, Ella se extrañó de que Rico no mencionara a sus padres. Y ya se disponía a preguntar al respecto cuando él cambió de conversación y volvió al asunto del vestido. Pero Ella no lo olvidó.

Por fin, llegó el día de la fiesta de The Fountain. Todos los empleados estaban ocupados con la preparación del acto; incluido Rico, que tuvo el tiempo justo para saludar a Ella, sugerirle que hablara con el chef si necesitaba algo de las cocinas y darle la llave de su suite, para que se pudiera cambiar de ropa.

Fue un encuentro breve, pero pudo ver la tarta que había preparado. Estaba recubierta por un ganaché de chocolate blanco y negro y coronada por una preciosa reproducción en azúcar de la fuente que daba nombre al hotel.

–Es maravillosa, *bellezza*. Es absolutamente perfecta.

–¿Te gusta? ¿Lo dices en serio?

Cuando la fiesta empezó, Rico tuvo que conceder un par de entrevistas y posar para las cámaras. Luego, llegó el momento de saludar a los invitados y ejercer de anfitrión, tarea que le llevó casi toda la noche.

Al final, estaba más que satisfecho; la fiesta había sido un éxito y, de paso, había ganado unos cuantos clientes para el hotel. Pero el mejor momento llegó más tarde, cuando todos se marcharon y se quedó a solas con Ella, que llevaba zapatos de aguja, un vestido negro bastante escotado y la gargantilla de Viena.

—Me habría gustado bailar contigo… —dijo él.

Ella sonrió.

—No te preocupes por eso.

—Sé que no te he prestado demasiada atención —se disculpó.

—Estabas trabajando, Rico; no podías hacer otra cosa —Ella le acarició la mejilla—. Olvídalo, por favor… lo entiendo perfectamente.

—Al menos, estarás contenta con la tarta… todo el mundo estaba encantado. Seguro que la prensa te menciona en sus suplementos de gastronomía.

Ella volvió a sonreír.

—Sí, es verdad. Pero asegúrate de poner un enlace de mi negocio en la página web del hotel.

—Eso está hecho.

—Ah… ha sido una noche maravillosa. No imaginas lo feliz que soy.

—Pues está a punto de mejorar.

Ella frunció el ceño.

–¿De mejorar?

–Sí, porque te voy a secuestrar ahora mismo.

Rico la tomó de la mano y la llevó al ascensor.

–¿Me llevas a la suite?

–No. A un sitio más interesante.

Momentos después, Ella se encontró en la suite nupcial del hotel The Fountain, junto a una botella de champán metida en una cubitera. Entonces, Rico encendió el equipo de música, le dio un beso y preguntó:

–¿Bailas conmigo?

Ella le dedicó una mirada cargada de afecto. Había sido un día complicado para Rico; era la fiesta de inauguración de su primer hotel en Inglaterra y necesitaba que todo saliera bien; pero a pesar de ello, había encontrado el tiempo necesario para regalarle una velada romántica en la suite nupcial.

–Por supuesto que sí –respondió.

Mientras bailaban, se dio cuenta de que se había enamorado de él. No estaba segura de cuándo había sucedido, pero se había enamorado. Adoraba su fuerza, su sentido del humor y su inteligencia. Adoraba su manera de restar importancia a los problemas y de valorar lo que realmente merecía la pena.

Por desgracia, no le podía decir lo que sentía. La suya iba a ser una relación pasajera, y no tenía derecho a exigirle más.

Pero se lo podía decir sin palabras. Con su cuerpo.

Cuando Rico la volvió a besar, Ella respondió con toda la pasión que llevaba en su interior. Y como no podía mencionar el amor, dijo lo que más se le acercaba.

–Te deseo, Rico.

–Y yo a ti, *bellezza*.

Ella sonrió. Por la intensidad de sus palabras, tuvo la certeza de que él también se había enamorado.

Rico le bajó la cremallera del vestido y se lo quitó antes de tumbarla en el sofá. La estrella de la gargantilla brilló; todavía no le había dicho que no era un suvenir del Palacio Imperial de Hofburg, sino una pieza extraordinariamente valiosa de diamantes y oro blanco. Pero no era el momento de sacarla de su error.

Le quitó la joya con delicadeza y le dio un beso en el cuello.

–Tu piel es tan suave... –Rico le bajó las tiras del sostén–. Eres absolutamente deliciosa. No sabes cuánto te deseo.

Ella asaltó su boca con pasión y él aprovechó la circunstancia para retirarle las horquillas del pelo y dejarlas caer.

–Creo que estás demasiado vestido, Rico.

Rico consideró la posibilidad de permitir que lo desnudara, pero pensó que tardaría demasiado y su paciencia se había agotado. Rápidamente, se deshizo de su ropa y le quitó el sujetador y las braguitas.

–¿Qué ha pasado con el arte de la seducción? –bromeó ella.

–No puedo esperar. Te necesito ahora, ya.

La penetró hasta el fondo y se empezó a mover. Ella suspiró, le acarició el cabello y le agarró la cabeza para acercarlo y besarlo de nuevo. Rico pensó que aquello era lo único que necesitaba, y que quería que durara eternamente.

Pero no podía ser eterno. Y cuando llegaron al orgasmo, se abrazó a su cuerpo con más fuerza que nunca.

–Quédate conmigo esta noche. Mañana te llevaré a casa… o, si lo prefieres, iré yo a primera hora y te traeré ropa limpia.

Ella sonrió.

–Me quedaré contigo, Rico.

–Excelente… ¡Ah! ¡Había olvidado el champán! ¿Te apetece una copa?

–Claro.

–Vuelvo enseguida.

Rico se levantó y regresó con la botella y dos copas, que llenó a continuación.

–Esto de beber champán en la cama es tan decadente… –observó Ella–. Pero está buenísimo.

–Me alegra que te guste.

–También me gusta tu habitación. Sobre todo, la cama con dosel.

–Pues todavía no has visto el *jacuzzi* del cuarto de baño. De hecho, se me ocurre que las burbujas del agua irían muy bien con el champán.

Lejos de poner objeciones, Ella permitió que la

llevara al *jacuzzi* y que la acariciara y masturbara hasta llevarla a un segundo orgasmo.

Ya en la cama, Ella se durmió. Pero Rico siguió despierto, pensando en la mujer que descansaba a su lado. Estaba asustado. Ni siquiera estaba seguro de que fuera amor. Solo sabía que la necesitaba y que quería mucho más que ser su amante.

Por desgracia, tenía miedo de no ser suficiente para ella. Un miedo basado en el hecho de que nunca había sido suficiente para sus padres ni quizás para sus abuelos, cuyo afecto dependía excesivamente de su capacidad para dirigir los hoteles.

¿Merecía el amor de Ella Chandler?

En cuestión de negocios, Rico era el hombre más seguro del mundo; pero en cuestión de sentimientos, estaba perdido.

Ella abrió los ojos y miró a Rico. Había amanecido, y la luz del sol bañaba el dormitorio de la suite.

—Bueno, señor millonario, ¿qué vamos a hacer hoy?

—Lo que tú quieras. Estoy en tus manos.

—Magnífico, porque tengo una idea que...

La idea de Ella le gustó tanto que no dejo de sonreír, profundamente satisfecho, durante muchos minutos.

Luego, después de ducharse y de tomar un buen desayuno, la llevó a su casa en coche, esperó a que se cambiara de ropa y salieron a pasear.

—¿Qué vas a hacer ahora? Ya has celebrado la

fiesta de inauguración del hotel. ¿Vas a volver a Roma?

–Aún no. Quiero estudiar las necesidades de mi nueva plantilla. La semana que viene, me quitaré el traje de ejecutivo y haré otros trabajos.

Ella le lanzó una mirada llena de humor.

–No me digas que vas a hacer de camarero…

–Entre otras cosas.

–Estoy tentada de pasarme por The Fountain y complicarte la vida.

Él rió.

–Inténtalo. Estoy acostumbrado a los clientes difíciles.

–Hum… ¿Me estás desafiando? Muy bien, tú lo has querido. ¿Cuándo empiezas?

–El martes por la mañana. A las diez en punto.

Ella sonrió.

–Oh, esto va a ser tan divertido…

El martes por la mañana, Ella dejó sus pedidos en las cafeterías de la zona y se dirigió al hotel de Rico.

–Buenos días, *madame* –dijo él cuando la vio–. ¿La acompaño a una mesa?

Ella sonrió y asintió. Fiel a su palabra, Rico se había quitado el traje y se había puesto la camisa blanca, la chaqueta color burdeos y los pantalones negros que llevaban todos los camareros del hotel.

–Sí, gracias. Si es posible, con vistas al jardín.

–Por supuesto, *madame*.

131

Tras sentarla a la mesa, Rico le dio un menú.

–¿Qué me recomienda para desayunar? –preguntó ella, siguiendo con la broma.

–Eso depende de lo que la señora desee. ¿Le apetece algo ligero y banal? ¿O fuerte o intenso?–preguntó con picardía.

Ella rompió a reír.

–Rico, eres un camarero terrible… Espero que no digas esas cosas a tus clientes.

Él sonrió y se sentó a su lado.

–No, solo te las digo a ti. Y en cuanto a mi recomendación para el desayuno, me temo que no estaría en el menú… Pero si yo estuviera en tu lugar, pediría un capuchino y un pedazo de tarta.

–¿Vuestras tartas son tan buenas como las de Viena?

–No, The Fountain no está precisamente especializado en repostería. Pero ese defecto lo vamos a corregir con rapidez. He hablado con el chef y le he propuesto que seas nuestra proveedora habitual.

–¿En serio?

–Sí, claro. John está muy interesado. Quiere que le envíes muestras.

–En ese caso, le llamaré por teléfono, le pediré una cita y le llevaré personalmente esas muestras.

–Hum… Creo que ese día estaré trabajando en la cocina.

–De acuerdo, pero tendrás que portarte bien –le advirtió–. Y de paso, podrías hablar con el jefe de camareros y decirle que despida al señor Rossi. Llevo quince minutos esperando a que me sirva un café.

–No han pasado quince minutos –protestó Rico–. Pero está bien, iré a buscar tu capuchino, *bellezza*…

Él le sirvió el café y se marchó a atender a otros clientes. Ella sintió un acceso de celos cuando se acercó a cuatro mujeres que compartían mesa y les tomó nota; las mujeres se lo comieron con los ojos, pero Ella respiró hondo y alcanzó la taza de café para tranquilizarse un poco y refrenar su rabia.

Sabía verdaderamente mal.

–¿Va todo bien? –preguntó Rico cuando volvió a su lado–. Casi no has tocado el café…

Ella consideró la posibilidad de ser sincera con él, pero aquel brebaje era tan malo que no se atrevió.

–No, es que los capuchinos no me gustan mucho.

Rico frunció el ceño.

–Sé que estás mintiendo. ¿Qué ocurre? ¿Está malo?

Él alcanzó la taza, echó un trago y, a continuación, la miró con extrañeza.

–No lo entiendo. Sabe bien –dijo.

–Será cosa mía –replicó Ella, encogiéndose de hombros–. Últimamente he tomado demasiado café.

–Pues deja que te traiga otra cosa…

Rico regresó al cabo de un par de minutos con un té a la menta, que le borró a Ella el mal sabor de boca.

–Gracias, Rico. ¿Harías eso por todos tus clientes?

–Por supuesto que sí. No creas que recibes un tratamiento especial porque eres la amante del jefe, ¿eh?

–¿Ah, no?

–Bueno, es cierto que no suelo probar los cafés de la clientela y que nunca me siento a hablar con ellos. Pero, ¿qué puedo hacer? Eres una verdadera distracción.

–Pues vuelve a tu trabajo, *garçon* –ironizó.

Él se inclinó y le dio un beso.

–Te veré más tarde. Pero no te olvides de llamar a John. He sido sincero al decir que está muy interesado.

–No lo olvidaré –dijo–. Ah, una cosa más…

–¿Sí?

–¿Puedo pagar el desayuno?

–Ni lo sueñes. Invito yo –respondió–. *Ciao, belleza.*

Aquella tarde, tumbada en el sofá de Rico, Ella extendió un brazo y le apartó un mechón de la frente.

–Siento haberte molestado esta mañana.

–¿Molestarme? Me he divertido mucho contigo. Aunque tuve que explicar a unas damas del restaurante que yo era el dueño del hotel y que tú eras mi novia… Vieron que te besaba y, por supuesto, les extrañó. No les podía dejar con la impresión de que los camareros de The Fountain se dedican a besar a los clientes.

Ella soltó una carcajada.

–Pobres mujeres. Seguro que se llevaron una decepción.

Él rio.

–Lo pícara que puedes llegar a ser…

–Más de lo que imaginas –afirmó–. Pero dime, ¿estás contento con los empleados de tu nuevo hotel?

–Sí, mucho. Es un equipo excelente –dijo–. Me temo que algunos directivos no están a la altura de los trabajadores, pero solventaré ese problema.

–Entonces, te vas a quedar un poco más…

–Sí.

Rico se calló el verdadero motivo de su decisión de permanecer en Londres. No tenía que quedarse allí para sustituir a los directivos; podía llamar al gerente de cualquiera de sus hoteles y pedirle que se hiciera cargo. Seguía en Londres porque quería estar con ella. Y si necesitaba excusas para eso, se las buscaba.

Capítulo Doce

–¿Por qué estás trabajando? –preguntó Rico–. Es la hora de comer.

–Y estoy comiendo…

Ella señaló el plato que tenía en la mesa. Contenía un sándwich de aspecto no muy apetecible.

–Deberías tomar algo decente –comentó él.

–Eso es algo decente. Está muy bueno.

–¿Qué es?

–*Marmite* con apio.

–¿*Marmite*?

–Es un producto típicamente inglés que se hace con extracto de levadura –respondió–. ¿Quieres probarlo?

Rico lo probó y tuvo que echar un trago de agua para quitarse el mal sabor de boca.

–¿Cómo puedes comer eso? ¡Es repugnante!

Ella se encogió de hombros.

–Pues a mí me gusta…

–Sí, te creo. Porque, si no te creyera, pensaría que tienes antojos de embarazada.

–Yo no estoy…

Ella no terminó la frase. Se quedó pálida de repente.

–¿Qué ocurre? –preguntó él.

–Que me acabo de dar cuenta de una cosa.

–¿De qué?

–De que llevo dos semanas de retraso con la regla.

Rico se quedó helado.

–¿Eso te suele pasar?

Ella sacudió la cabeza.

–No, pero he estado tan estresada con el trabajo que tampoco tendría nada de particular. Además, hemos sido muy cuidadosos.

Rico no se sintió más tranquilo por eso. Sabía que los preservativos no eran seguros al cien por cien.

–Será mejor que te hagas una prueba.

–¿No crees que estás exagerando?

–No, no lo creo. Llevas dos semanas de retraso. Tú misma lo has dicho.

–Pero no tengo síntomas de estar embarazada.

–¿Estás segura de eso? El otro día, cuando te serví el café en el hotel, te supo mal; pero estaba perfectamente bien. Y últimamente te cansas demasiado.

–Porque trabajo demasiado –contraatacó.

–Tienes que hacerte una prueba de embarazo –insistió él.

Ella entrecerró los ojos.

–No necesito una prueba, Rico.

Él se cruzó de brazos.

–¿Dónde hay una farmacia?

Como Ella no respondió, Rico sacó el teléfono móvil, se conectó a Internet y buscó una lista de las farmacias de la zona. Luego, localizó la más cercana y dijo:

–Espérame aquí. Vuelvo enseguida.

En cuanto se quedó a solas, Ella sintió pánico. ¿Sería posible que estuviera embarazada? Y si lo estaba, ¿qué pasaría? No sabía si estaba preparada para ser madre. Ni si Rico estaría preparado para ser padre, con independencia de lo que pasara con su relación.

Al cabo de un rato, Rico llamó a la puerta, entró en la casa y le dio el paquete que había comprado.

–Necesito estar seguro, Ella –dijo–. Por favor…

–Está bien.

Ella entró en el servicio y salió poco después con la prueba de embarazo en la mano.

–¿Cuánto tiempo tardaremos en saberlo? –preguntó Rico.

–Según el prospecto, dos minutos.

Él suspiró.

–Dos minutos…

La espera se les hizo eterna. Ella sostenía la prueba con tanta fuerza que los nudillos se le quedaron blancos.

Y entonces, lo vieron.

Había dado positivo.

–Dios mío… No es posible. No puedo quedarme embarazada. Tengo un negocio que sacar adelante… ¿Qué voy a hacer si tengo que cuidar de un bebé?

–Puedes abortar –declaró Rico, tan impactado como ella.

–Sí, claro que sí, pero…

Tras unos segundos de silencio, Ella respiró hondo y añadió:

–No, pensándolo bien, no quiero abortar. Este no es el momento más conveniente para mí, pero siempre he querido ser madre.

Rico guardó silencio. No sabía qué decir.

–No te preocupes por nada –continuó ella–. No espero que te hagas cargo del bebé; ni desde un punto de vista emocional ni económico.

–¿Que no me preocupe? También es mi hijo –le recordó–. No te dejaré sola. Nos casaremos.

–¿Cómo? –preguntó con incredulidad.

–Que nos casaremos.

–¿Por el bebé?

–¿Por qué si no?

–Pero, ¿en qué siglo vives, Rico? Afortunadamente, la gente ya no está condenada a casarse por un embarazo.

–Nos casaremos –insistió.

Ella puso los brazos en jarras.

–De ninguna manera. Además, me dijiste que no querías familia.

–Eso fue antes de que te quedaras embarazada. Tengo que hacer lo correcto.

–¿Lo correcto? ¡Menuda estupidez!

–Quiero que el bebé lleve mi apellido…

–Si eso es lo que te preocupa, olvídalo. Le pondré tu apellido en el certificado de nacimiento. Pero no me voy a casar contigo porque me haya quedado embarazada. Nos arrepentiríamos.

–Ella, por favor… ese niño tiene que vivir con nosotros, con los dos, juntos. Tenemos que casarnos. Por su bien.

–Rico, mi madre me crió sola. Y como puedes ver, salí perfectamente.

–Sí, ya lo sé, yo tampoco quiero que nuestro hijo sufra la infancia que yo tuve. Mi madre cometió el error de…

Rico no terminó la frase.

–¿Qué error cometió? –preguntó Ella con desconfianza.

Él suspiró.

–Se quedó embarazada a los dieciocho años. Lo hizo a propósito –le confesó–. Para que mi padre no tuviera más remedio que casarse.

–¿Estás insinuando que me he quedado embarazada a propósito?

–No, por supuesto que no. Tú no te pareces nada a mi madre… –Rico se pasó una mano por el pelo, desesperado–. Ella… es un asunto complicado. Solo te lo he dicho porque quiero que me entiendas mejor.

–¿Qué quieres que entienda?

–Si te lo digo, ¿me prometes que guardarás el secreto?

–¿Cuándo te he traicionado yo?

–Jamás.

Rico respiró hondo.

–Ella, mis padres y yo no nos hablamos. No quiero saber nada de ellos, aunque les paso una asignación para que vivan mejor.

–¿Una asignación? ¿A tus padres?

–Llegamos a un acuerdo. A cambio del dinero, se mantienen lejos de mí.

Ella lo miró con asombro.

–Pero, ¿cómo es posible?

–Mis padres no me quisieron nunca. Vivir con ellos era una pesadilla… se peleaban todos los días; normalmente, por cosas triviales. Mi padre odiaba a mi madre porque le había tendido una trampa, y a ella solo le preocupaba el dinero. Lo pasé tan mal que me encerré en mí mismo y dejé de hablar. Mis profesores querían enviarme a una institución especial, pero yo no tenía ningún problema… me portaba así porque no soportaba a mis padres.

Los ojos de Ella se llenaron de lágrimas.

–Oh, Rico…

–Déjame hablar, por favor. Necesito que entiendas por qué quiero que nuestro hijo tenga un hogar estable y feliz.

–Está bien, te escucho.

–Cuanto yo tenía cuatro años, se separaron. Y fue casi peor, porque empezaron a competir por mí.

–¿A competir?

–No por mi afecto, sino por lo que yo representaba. Para mi padre, era un instrumento. Malgastaba la fortuna familiar en coches caros, yates e inversiones desastrosas… Mi abuelo lo habría desheredado de buena gana, pero no podía desheredarlo mientras yo dependiera de él. Le hacía chantaje conmigo.

–¿Y tu madre?

–Para ella, yo era una forma de hacer daño a mi padre. Quería quedarse conmigo para molestarle a él. Y para mantener la asignación extraordinaria que recibía por mí –respondió con tristeza–. Viví en su casa durante una temporada, cuando se divorció. Pero no la veía casi nunca. Todas las noches se iba de fiesta, y volvía tan tarde que dormía casi todo el día. Yo me crie con las niñeras y sus novios.

–Qué horror.

–Mi situación era tan lamentable que mis abuelos decidieron intervenir. Llevaron a mi madre a los tribunales y le quitaron mi custodia –explicó–. Luego, me llevaron a varios especialistas y, poco a poco, volví a hablar.

Él respiró hondo y Ella guardó silencio.

–Empecé a trabajar en el negocio de la familia a los catorce años, mientras estaba en el instituto. Mi abuelo quería que dirigiera la empresa, y me presionó para que fuera un estudiante modelo. Si no sacaba sobresalientes, me obligaba a volver a estudiar la asignatura hasta conocerla a la perfección. Y si cometía algún error con la contabilidad de los hoteles, insistía en ello hasta que me estallaba la cabeza.

–¿Te felicitó alguna vez por tus éxitos?

Él se encogió de hombros.

–No, nunca. Aunque hace tres años, cuando dejó el negocio, me nombró presidente de la cadena. Supongo que esa es su forma de felicitarme.

–Puede que no sea hombre de palabras... hay personas que no saben expresar lo que sienten –observó Ella–. ¿Tu padre era hijo único?

142

–Sí.

–Seguramente, tus abuelos lo mimaron demasiado y decidieron no cometer el mismo error contigo. Eso no significa que no te quieran, Rico.

–Tal vez –dijo él–. Pero, en cualquier caso, no me gustaría que mi hijo tuviera una infancia como la mía. Quiero que tenga un padre. Un buen padre.

–Lo comprendo, pero no nos podemos casar por eso. Un matrimonio tiene que estar basado en el amor, Rico.

Él volvió a suspirar.

Ella acababa de poner el dedo en la llaga. Amor. Un sentimiento que no estaba seguro de comprender ni, mucho menos, de sentir. Un sentimiento que le daba miedo, porque nunca lo había sentido en carne propia.

Al ver la cara de terror de Rico, Ella tuvo una revelación.

Rico Rossi, el gran ejecutivo, el hombre que no dudaba nunca en los negocios, estaba completamente perdido en materia de sentimientos. Su infancia había sido tan terrible que jamás podría abrir su corazón a nadie.

A menos que lo enseñara a amar. Que le diera la seguridad que nunca había tenido. Que le hiciera comprender que no lo quería por su dinero ni por sus posesiones, sino por sí mismo, por lo que era.

–Necesito pensar, Rico. ¿Puedes dejarme a solas?

Rico asintió.

–Por supuesto. Pero si decides no casarte conmigo, recuerda que tendrás mi apoyo de todas formas –declaró–. Por favor, llámame cuando quieras hablar.

Rico se dio la vuelta y se marchó.

Ella estuvo a punto de salir en su busca, pero se contuvo. Y una hora más tarde, confundida ante el dilema que la vida le había presentado, salió de la casa y se dirigió al cementerio donde estaba enterrada su madre.

Al llegar a la tumba, se arrodilló y dijo:

–Oh, mamá… no sé qué hacer. Si Rico me confesara que está enamorado de mí, me casaría con él sin dudarlo; pero no me ha pedido matrimonio por amor. Y aquí me tienes, embarazada y soltera, en la misma situación en la que tú te encontraste… Rico es un buen hombre, ¿sabes? No se parece nada a Michael. Tuvo una infancia tan difícil que ahora no sabe si es capaz de amar. Creo que tiene miedo de quererme a mí y de querer al bebé.

Ella estuvo unos minutos más junto a la tumba de su difunta madre. Luego, se incorporó y volvió a su casa, andando y pensando en lo sucedido. ¿Se podía casar con Rico sin estar segura de su amor? Era muy arriesgado. Si estaba en lo cierto, Rico reaccionaría más tarde o más temprano y se daría cuenta de que podía entregarle su corazón; pero si se equivocaba, su matrimonio sería un infierno.

En cuando entró en la casa, lo llamó por teléfono. Había tomado una decisión.

–¿Dígame?

–Soy yo, Rico. Me casaré contigo; pero quiero que sepas que no lo hago por dinero. El dinero no es lo importante. Lo importante es compartir.

–¿Compartir?

–Sí. Eso implica que tendrás que venir conmigo a los exámenes médicos y estar a mi lado durante el parto.

–Por supuesto. Te dije que te apoyaría y cumpliré mi palabra –afirmó.

–Y cuando nos casemos, viviremos juntos.

–Trato hecho. Me quedaré con un apartamento del hotel.

–¿Del hotel? The Fountain está en Belgravia, Rico, a media hora de mi casa actual y de mi negocio. Si viviera en el hotel, tendría que levantarme a las cinco de la mañana para abrir a tiempo.

–Puedes trabajar en las cocinas del hotel…

–No me parece una buena idea. Necesito tener mi propio espacio.

–Bueno, ya se nos ocurrirá algo. No es tan importante.

–Rico, no voy a cometer otra vez el error de depender hasta ese punto de otra persona. Lo hice con Michael y fue un desastre.

–Pero yo no soy Michael.

–Lo sé.

–Y tampoco soy mi padre –insistió–. Puedes confiar en mí. No permitiré que nuestra relación fracase.

–Hablas como si fuera un asunto de negocios.

145

Él suspiró.

–Hablo así porque es la única forma que conozco.

Ella sacudió la cabeza.

–Rico… ¿eres consciente de que todo esto me da tanto miedo como a ti?

–A mí no me da miedo –dijo, orgulloso.

–¿Ah, no? Me prometiste que no volverías a mentir.

Rico pensó que Ella tenía razón y asintió.

–Sí, eso es verdad. Discúlpame. Es que… este asunto me supera. Intento hacerlo lo mejor que puedo, pero…

Ella sonrió y lo dejó pasar.

–Entonces, ¿te vendrás a vivir conmigo?

–¿Tengo elección?

–Claro que sí. Te puedes quedar en tu torre de marfil.

Rico soltó una carcajada.

–Sé que no va a ser fácil para ninguno de los dos, Ella. Yo tampoco estoy acostumbrado a compartir mi espacio con nadie. Ni a vivir en un sitio tan pequeño como el tuyo.

–¿No te crees capaz de sobrevivir a un apartamento, niño rico? –bromeó.

–Será mejor que no conteste a esa pregunta –respondió con humor–. Te veré más tarde, *bellezza*. Y llevaré mi maleta.

–Gracias.

Ella cortó la comunicación y rompió a llorar.

Capítulo Trece

Fiel a su palabra, Rico se mudó a su casa aquella misma noche. Y fue él quien se vio obligado a viajar media hora, todos los días, para llegar al trabajo. Pero no se quejó en ningún momento. Ni del tiempo que perdía ni del tamaño de la residencia de Ella, quien estaba verdaderamente asombrada con su actitud.

Asombrada y desconcertada por volver a vivir con alguien. Por despertar en mitad de la noche y encontrar un hombre a su lado. Por la maquinilla de afeitar que estaba junto a su cepillo. Por el cepillo de dientes que estaba junto al suyo. Y por los trajes que, de repente, ocupaban la mitad la mitad del armario.

Sin embargo, Rico no bajó sus defensas. Dos semanas después de haberse mudado, parecía más encerrado en sí mismo que nunca.

A pesar de ello, era el compañero perfecto; le llevaba flores, se interesaba por su día a día, se aseguraba de que no estuviera demasiado cansada y se mostraba atento a cualquier cosa que pudiera necesitar. Salvo por el detalle de que, cada vez que tocaba algún asunto más personal, él hacía un comentario vago y cambiaba de conversación. O se empeñaba en decir que estaba bien cuando era evidente que no lo estaba.

Por lo visto, llegar al corazón de Rico iba a ser más difícil de lo que había imaginado.

Un día, cuando volvió a casa, le preguntó:

—¿Qué tal te ha ido?

—Bien. Pero tengo que volver a Roma.

Ella se quedó helada. No sabía si tenía que viajar por motivos de negocios o si tenía intención de quedarse. Al fin y al cabo, le había confesado que estaba enamorado de Roma y que era la única ciudad donde quería vivir.

—¿A Roma?

—Sí, me quedaré tres o cuatro días.

Ella se sintió inmensamente aliviada.

—¿Estarás bien en mi ausencia? —continuó Rico.

Ella respiró hondo.

—Sí, por supuesto. Soy una chica dura, ya lo sabes —dijo, forzando una sonrisa—. Sé cuidar de mí misma.

Rico guardó silencio. Y Ella se preguntó si el viaje a Roma serviría para que se diera cuenta de que estaba enamorado o si, por el contrario, lo alejaría un poco más.

Roma.

Por fin estaba en casa.

Rico pensó que debía alegrarse de volver a su hogar, pero se sintió como si estuviera en un lugar desconocido. Tenía la sensación de haber perdido algo importante; la misma sensación que tuvo cuando Ella volvió a Inglaterra.

Y supo por qué.

Sacudió la cabeza y se dijo que era absurdo. Solo iba a estar tres o cuatro días lejos de Ella. ¿Cómo era posible que la extrañara tanto? ¿Y tan pronto?

Intentó afrontarlo con su truco habitual, concentrándose completamente en su trabajo; pero fracasó. Allá donde mirara, veía familias. Bebés, mujeres con carritos de bebé y padres con bebés entre sus brazos.

Entonces, se dio cuenta de que la vida con Ella y con la criatura que llevaba en su vientre no estaba condenada a ser como su infancia. Solo tenía que expresarle sus sentimientos; decirle que la amaba y que no se lo había dicho antes porque no sabía si sería capaz de amar.

Si encontraba las palabras para decírselo.

El primer día de su ausencia, Rico le envió flores; un precioso ramo de margaritas, crisantemos y rosas. Pero Ella pensó que estaría en alguna reunión, así que sacó una foto del ramo y se la envió por teléfono en lugar de llamarlo para darle las gracias.

La respuesta llegó unas horas después, con un *prego* tan escueto que se deprimió al instante. No le había concedido ni dos minutos de conversación telefónica. Aunque al menos se había tomado la molestia de responder.

El segundo día, le envió una caja de bombones de chocolate. Y cuando Rico respondió del mismo modo a su mensaje de agradecimiento, Ella se empezó a preguntar si los regalos se los enviaba él o si había encargado la tarea a su secretaria.

El tercer día, recibió una película que le había mencionado en cierta ocasión. Al verla, Ella sonrió con tristeza. Estaba en formato Blu-ray y no tenía el reproductor adecuado; aunque evidentemente, Rico no lo podía saber.

Esta vez, le faltó poco para llamar por teléfono. Pero se refrenó y, una vez más, le envió un simple mensaje.

–¿Cómo supiste que Sofía era adecuada para ti?

Rico giró la copa de vino que tenía en la mano, cabizbajo. No se atrevía a mirar a Giuseppe a los ojos. Era la primera vez que hablaban de sentimientos; y por si eso fuera poco, estaban en presencia de su esposa, Sofía.

–Lo supe cuando me di cuenta de que no podía vivir sin ella –respondió–. Pero, ¿por qué lo preguntas? ¿Se trata de la mujer de Roma? ¿Por la que me pediste prestado el avión?

–Sí.

Giuseppe arqueó una ceja.

–Vaya, empezaba a pensar que no te enamorarías nunca… ¿Estás bien?

Rico se pasó una mano por el pelo y suspiró. Había considerado la posibilidad de mentir, pero su amigo lo conocía demasiado bien como para hacerle creer algo que no era.

–No. Odio esta situación. He perdido el control.

–Bueno, eso es lógico. Pero no te preocupes; te sentirás mejor con el tiempo.

–¿En serio? ¿Y qué pasa si he cometido un error, si lo he hecho todo mal?

–Que tendrás que aprender a disculparte. Los bombones y las flores suelen funcionar.

–Ya se los he enviado.

–¿Y las palabras? Lo digo porque eso es lo que más le gusta a Sofía, las palabras.

–¿Qué palabras?

–Palabras de amor, Rico. Dile que la quieres.

Él volvió a suspirar. Alzó la cabeza, miró a Giuseppe y a su esposa y preguntó:

–¿Cómo os sentisteis al saber que ibais a ser padres?

–¿Padres? –intervino Sofía–. ¿Insinúas que vas a ser padre?

–Sí, eso me temo.

–Y yo que estaba a punto de dejaros a solas, pensando que hablaríais de coches toda la noche… Pero ya no me voy. Quiero saberlo todo.

Rico miró a Giuseppe con pánico, como esperando que saliera en su rescate.

–Ya has oído a la dama, Rico. Además, yo también quiero saberlo –afirmó–. Aunque ya sé lo más importante… que es una mujer especial.

Rico frunció el ceño.

–¿Por qué dices eso?

–Porque te has enamorado de ella y eso es prácticamente un milagro. Siempre mantienes las distancias con la gente; incluso con nosotros.

–Pues sí, es especial… –dijo Rico, sonriendo por primera vez–. Está bien. ¿Queréis que os hable de Ella? Eso está hecho.

Ella se deprimió mucho el cuarto día, al observar que no llegaba ni un regalo ni un simple mensaje de texto. Para entonces, estaba tan desesperada que empezó a pensar que su relación con Rico era imposible, que jamás la amaría y que, si se casaba con él, su matrimonio sería un desastre.

En un acceso de rabia, alcanzó el teléfono móvil y lo llamó. Pero saltó el contestador automático, y aquello fue la gota que colmó el vaso de su paciencia.

–Rico, soy yo. Lo siento. No puedo seguir adelante –dijo–. Obviamente, permitiré que veas al bebé y que formes parte de su vida, pero no me puedo casar contigo.

Luego, cortó la comunicación y rompió a llorar amargamente.

Ella no podía saber que Rico estaba llegando a Londres en ese momento. Había apagado el teléfono en el avión, y se llevó una sorpresa extraordinariamente desagradable cuando lo volvió a encender y oyó su mensaje.

En cuanto salió del aeropuerto, subió al coche y se dirigió a la ciudad a toda prisa. Necesitaba verla, saber lo que había pasado. Pero Ella no estaba en su casa cuando llegó. Y tenía el móvil apagado.

Caminó de un lado a otro, se preparó un café, intentó localizarla de nuevo y siguió caminando. Ya estaba a punto de volverse loco cuando oyó la puerta.

Por fin había llegado.

—Rico… —dijo ella, sorprendida—. No sabía que hubieras vuelto…

—Tendría que haberte avisado. Lo siento —se disculpó.

Ella tragó saliva.

—¿Has…? ¿Has recibido mi mensaje?

—Sí, lo he recibido. ¿Por qué no te quieres casar conmigo?

—Porque he tenido tiempo de pensar y me he dado cuenta de que no me amarás nunca. Y no me puedo casar sin amor —respondió, con lágrimas en los ojos—. Compréndelo, Rico. No puedo fingir que todo va bien. Y no quiero cometer el mismo error que cometió mi madre al enamorarse de un hombre que no la correspondía.

Rico la miró con ternura.

—No vas a cometer el error de tu madre. No te vas a casar con alguien que no te corresponde, sino con un hombre que no está acostumbrado a expresar lo que siente. Pero intentaré cambiar… y con tu ayuda, puede que lo consiga.

Ella lo miró sin entender nada, como si estuviera delante de un marciano. Rico se acercó a ella y la abrazó.

–Nunca se lo había dicho a nadie. Es la primera vez en mi vida, Ella… Pero te amo. Me da un miedo terrible, pero te amo.

–¿Me amas?

–Con toda mi alma. A ti y al niño que estás esperando –dijo–. No sé si sabré ser un buen padre, pero Sofía dice que nadie es perfecto y cree que lo haré bien.

–¿Quién es Sofía?

–La esposa de mi mejor amigo, Giuseppe. Y ahora que lo mencionas, les pedí que fueran los padrinos de nuestro bebé… espero que no te importe.

Ella parpadeó.

–¿Les hablaste de mí? ¿Y de nuestro bebé?

–Sí, se lo dije todo. Saben que eres especial…

Ella estaba verdaderamente desconcertada.

–¿Es verdad lo que has dicho, Rico? ¿Es verdad que me quieres?

–Bueno, me intenté convencer de que no te quería, de que lo nuestro era una simple relación sexual…

–Conocidos con derecho a roce –ironizó.

–Sí, pero tú eres mucho más que eso. Y hace unos días, cuando llegué a Roma, me di cuenta de que no podía vivir sin ti.

Rico le acarició la cara con suavidad.

–Te necesito, Ella… supongo que debería habértelo confesado entonces, pero no encontraba las palabras necesarias y, por otra parte, no quería decírtelo por teléfono.

–Así que me enviaste flores…

–Exactamente. ¿Me darás otra oportunidad, *bellezza*?

Una lágrima solitaria descendió por la mejilla de Ella.

–Me amas…

–Sí, te amo. Y ardo en deseos de casarme contigo.

Ella no dijo nada. No podía creer lo que estaba oyendo. ¿Sería un sueño, un producto de su imaginación?

–Esta mañana he ido de compras. He ido a comprar algo importante –continuó él–. Puede que no sea el hombre más cariñoso el mundo, pero te doy mi palabra de que me esforzaré por hacerte feliz.

Súbitamente, Rico clavó una rodilla en el suelo, sacó una cajita que llevaba en el bolsillo y la abrió. Contenía un anillo de platino y diamantes.

–Es precioso… –acertó a decir Ella.

–Me alegra que te guste, porque tengo que hacerte una pregunta… ¿Quieres ser mi esposa? No te lo pido porque vayas a tener un bebé. Te lo pido porque te quiero porque mi vida es mejor cuando estás conmigo, porque me siento completo a tu lado.

–Oh, Rico…

–Te necesito, Ella. Te amo.

Ella parpadeó con fuerza, en un intento por apartar las lágrimas de sus ojos.

–Yo también te amo. Te amo por lo que eres

–dijo, emocionada–. Me da igual que tengas dinero o que seas importante… si no tuvieras nada y mi negocio se hundiera en la miseria, saldríamos adelante con nuestro amor. Claro que me casaré contigo, Rico. Y si quieres, nos iremos a vivir a Roma.

–Londres, Roma, Viena… por ti, sería capaz de vivir en Tombuctú. –Rico le dio un beso en los labios–. El lugar carece de importancia mientras estés a mi lado. Lo que importa es el amor. Lo aprendí de ti, y es una lección que no olvidaré.

En ese momento, Ella supo que estaba hablando en serio y que podía confiar en él.

–Tú también me has enseñado muchas cosas, Rico. Y sé que no me dejarás nunca en la estacada.

Rico se incorporó y le puso el anillo en la mano izquierda.

–Aún tenemos muchas cosas que aprender el uno de otro –dijo él–. Pero lo conseguiremos, porque estaremos juntos.

Ella repitió con una sonrisa en los labios:

–Juntos.

DESEO

KIRA SINCLAIR

SECRETOS
EN LAS VEGAS

Capítulo Uno

La mejilla le dolía; normal, teniendo en cuenta que una mujer le acababa de dar una bofetada.

Dominic Mercado suponía que, a lo largo de su vida, se había merecido unas cuantas bofetadas; pero, sorprendentemente, esa era la primera vez que le había ocurrido. Lo que le había puesto de muy mal humor. En primer lugar, porque no se lo había merecido. En segundo lugar, porque quien lo había hecho era la guapísima y activa Meredith Forrester, una pelirroja que le tenía harto.

A Meredith le brillaban los ojos de furia, desilusión e indignación. Estaba claro que había ido a su club para discutir con él. Lo que no debería intrigarle, pero así era. Sobre todo, teniendo en cuenta que no la había visto en casi dos años.

Y la pregunta era: ¿qué demonios había hecho él?

A fin de cuentas, eso daba igual. Aunque regañar con Meredith y su afilada lengua siempre había sido uno de sus pasatiempos favoritos, aquella noche tenía asuntos más importantes con los que ocupar su tiempo, asuntos que había desatendido porque Gray Lockwood le había hecho una visita.

En vez de responder a la agresividad de ella con su propia agresividad, Dominic decidió sonreír.

—Yo también estoy encantado de verte, Meredith.

—A mí no me engañas con esa sonrisa y esa mirada. Te conocía ya cuando tenías la cara llena de granos por el acné juvenil.

La sonrisa de Dominic se agrandó. Esa mujer era un terremoto. El eco de toda esa energía le provocó un vuelco en el estómago, le ocurría siempre que estaba cerca de ella. De ser otra persona, la habría seducido mucho tiempo atrás.

Pero Meredith era la mejor hermana de su hermana y fuera de su alcance.

—Ya veo que no has cambiado nada. Tan aguafiestas como siempre.

—Tú tampoco, si lo que ha llegado a mis oídos es cierto.

Teniendo en cuenta que, como propietario del club de noche más de moda en Las Vegas, se pasaba las noches entre ricos y famosos, cualquier rumor podía haber llegado a oídos de Meredith. Su nombre se asociaba constantemente a un famoso u otro. Solo la mitad de los chismorreos eran ciertos. Pero no lograba adivinar cuál era el que había hecho que Meredith le diera una bofetada.

Meredith evitaba Excess, su club, como la peste. El club no tenía categoría suficiente para ella.

Dominic se acercó a Meredith e, intencionadamente, paseó la mirada por el ceñido vestido plateado que dejaba ver todas las curvas de su cuerpo.

—La verdad es que me da igual lo que hayas oído. Pero como ya no eres una niña, supongo que no deberías prestar atención a los cotilleos.

Meredith le apartó de un empujón en el hombro.

–Yo no soy una cotilla, Nic. Y tampoco me sorprende que no me tomes en serio. Nunca lo has hecho.

Nic lanzó una carcajada.

–¡Por favor! Eres suficientemente seria por los dos. Eres el vivo ejemplo de la seriedad.

Estaba dispuesto a apostar todo el dinero que tenía en el banco a que Meredith nunca en su vida se había saltado una regla ni había quebrado una ley. Su vida entera era perfección y control.

Esa clase de vida le volvería loco a él.

–Y eso, ángel mío, siempre ha sido tu problema –Dominic extendió el brazo y pasó los dedos por esos dorado rojizos cabellos–. No sabes lo que es la diversión.

Meredith movió la cabeza violentamente, librándose de sus dedos, y le lanzó una furiosa mirada.

–Sé lo que es la diversión. Lo que pasa es que no me interesa divertirme contigo.

Meredith no quería tener nada que ver con él. Siempre había sido una chica lista.

–Lo que sí me interesa es lo que me han dicho: que tú y tu club estáis involucrados en tráfico humano.

«¡Mierda!»

Eso sí que no le pilló desprevenido. Pero evitó reaccionar. Se le daba bien disimular sus reacciones debido a años de práctica. El abuso físico y verbal de su padrastro le había enseñado a ocultar lo que pensaba y sentía.

–Meredith, creía que eras lo suficientemente inteligente para distinguir entre rumores y hechos.

5

Los ojos de ella echaron chispas y sus exquisitos labios dibujaron una línea recta.

–Y lo hago. El rumor va acompañado de pruebas. Pruebas de las que todos los medios de comunicación americanos se van a hacer eco a partir de mañana por la noche.

«¡Mierda, mierda, mierda!». Meredith Forrester tenía muy buena reputación desde hacía años, cuando expuso un escándalo de corrupción en el que estaba involucrada la secretaría del vicepresidente, seguido de otro escándalo de abuso sexual en el mundillo de la música.

Las pruebas a las que Meredith se había referido debían ser suficientemente sólidas como para haberse presentado en Excess casi a medianoche para enfrentarse a él. Dominic siempre había sido consciente de la posibilidad de que sus buenas acciones acabaran volviéndose contra él. Simplemente, no había estado preparado.

Tampoco había previsto que Meredith se viera envuelta en ello.

Era un mal momento. Porque si Meredith se marchaba de allí sin más, él iba a añadir otro nombre a la lista de mujeres desaparecidas. Y no porque formara parte de ningún grupo dedicado al tráfico humano, sino porque él, con la ayuda de Gray Lockwood, Anderson Stone y Stone Surveillance, apoyaba y ayudaba a desaparecer a víctimas de abusos.

Justo esa noche lo habían preparado todo para que otra víctima, Tessa, desapareciese. Y aunque lo de Meredith iba a perjudicarle, estaba dispuesto a

6

enfrentarse a lo que fuera con tal de poner a salvo a Tessa.

Meredith, enseñándole los dientes, se le acercó.

–¿Tienes idea del daño que esto le va a hacer a tu hermana? Va a destrozar a Annalise.

A Dominic le dio un vuelco el estómago.

–¿Qué pasa con la presunción de inocencia? –preguntó Dominic arqueando una ceja.

Meredith lanzó un gruñido.

–Soy periodista, no abogada. Si lo que he visto es verdad, doce miembros de un jurado darán su veredicto.

Lo único que Dominic quería era enterrar las manos en esa espesa cabellera rojiza y ahogar las palabras de ella con su boca. Quería absorber el calor de Meredith y saborear ese rígido control que ejercía sobre sí misma.

Por desgracia para él, deseaba a Meredith desde hacía mucho tiempo. Por fortuna para él, no había hecho nada al respecto. Porque lo que menos necesitaba en esos momentos era tener algo que ver con la estricta, idealista y perfeccionista amiga de su hermana menor.

Meredith sacudió la cabeza y dijo:

–Siempre me has parecido unególatra y un hedonista que solo busca el placer a cualquier precio. Pero esto… Jamás creí que fueras capaz de algo tan deleznable.

Las palabras de Meredith le hicieron más daño que la bofetada que le había dado. En un intento por recuperar la compostura, Dominic respiró hondo.

–Por mucho que me agrade charlar contigo…
No, eso no es verdad. Digamos que… por mucho
que me aburra hablar contigo, te agradezco que te
preocupes por mi hermana, pero te aseguro que ni
ella ni yo necesitamos tu ayuda. Y ahora, si no te
importa… Tengo trabajo.

Y una víctima a la que proteger.

Entonces, acercándose a ella, le dio un beso en la
mejilla y murmuró:

–Diles a los camareros que eres mi invitada esta
noche, así que tómate lo que quieras –Dominic se
apartó de ella y esbozó una sonrisa que llevaba per-
feccionando desde los quince años–. Y no hagas
nada que yo no haría.

«No hagas nada que yo no haría», repitió Meredith mentalmente.

Conocía a Dominic de mucho tiempo, desde que
Annalise y ella se hicieron amigas en el colegio. Y
aunque Dominic nunca le había caído bien, comprendía el atractivo que tenía para las mujeres. Era
un hombre encantador y sofisticado, hacía sonreír y
reír a todo aquel que se acercaba a él. Era divertido
y animado. Y, gracias a su personalidad, había tenido
un gran éxito en su negocio.

No quería que la información que había recibido fuera cierta. ¿Dominic involucrado en tráfico de
personas?

Había ido a Excess con la esperanza de que Dominic le diera una explicación. ¿Era posible que al-

guien le estuviera tendiendo una trampa? ¿O que alguien estuviera utilizando el club de Dominic para el tráfico humano sin que Dominic lo supiera?

Pero nada más verle, había estallado, le había acusado y le había dado una bofetada. Se reprochaba haber reaccionado así.

Pero Dominic no le había dado ninguna explicación y, para colmo, no había dejado de sonreír. Lo que era realmente preocupante.

Hasta el momento de recibir ese correo electrónico, Meredith creía que Dominic podía ser muchas cosas, pero no un malvado. No obstante, si estaba involucrado en tráfico de personas…

Meredith sintió náuseas.

¿Por qué se lo estaba tomando como algo personal?

Por supuesto, Annalise era su mejor amiga y una persona sumamente importante en su vida; sin duda, esa información sobre su hermano la afectaría enormemente. Annalise adoraba a su hermano.

Meredith podía retrasar un par de días la publicación de la información recibida, pero no más. En el correo electrónico habían incluido una clara amenaza: si no publicaba lo publicaba ella, lo haría otra persona.

Meredith se sacudió la mano, todavía le dolía de la bofetada que le había dado a Dominic. Nunca antes había pegado a una persona, y se daba cuenta de que su reacción había estado fuera de lugar.

Había sido inaceptable.

Aunque a Dominic no había parecido importarle. Ese hombre tenía la habilidad de sacarla de quicio, de toda la vida. Dominic Mercado le causaba una profunda frustración. De cara a la galería, parecía no importarle nada; pero ella, en lo más profundo de su ser, sabía que no era así.

Porque había visto cómo se preocupaba por su hermana. Él no se preocupaba por las consecuencias de sus actos, todo lo contrario que le ocurría a ella; entre otras cosas, porque no se lo podía permitir. Al contrario que Dominic, ella no tenía un padre multimillonario que le sacara de apuros cuando se metía en líos. No tenía el poder que daba el dinero. De haber hecho algo malo, habría perdido la beca que le había permitido estudiar en un buen colegio, su reputación se habría visto seriamente afectada y ahora podría perder su trabajo.

Con un suspiro, Meredith pensó en acercarse al bar para tomarse una copa de tequila, pero decidió que eso no iba a ayudarle a solucionar el problema que tenía entre manos. Además, la música le estaba causando dolor de cabeza.

Sorteando mesas y gente, Meredith se estaba dirigiendo directamente hacia la salida cuando, de repente, alguien la agarró por el brazo, deteniéndola.

–Hola, guapa, ¿adónde vas?

Meredith alzó el rostro y se encontró delante de un hombre al que no había visto en su vida. No era mal parecido, pero sus ojos no disimulaban sus intenciones. Ella tomó nota del elegante y caro traje, el reloj de marca y unos zapatos que debían costar una fortuna. Borracho y privilegiado. Ese era el motivo por el que nunca iba a Excess.

–Suélteme –dijo Meredith haciendo un esfuerzo por mantener la calma.

–Vamos, no seas tonta, guapa. Solo quiero hablar. ¿Por qué no te tomas una copa conmigo? –dijo el hombre con voz espesa, haciendo uso de su altura para atraerla hacia sí.

Meredith contuvo un súbito ataque de angustia. Ese individuo estaba demasiado borracho y tenía un complejo de superioridad excesivo como para darse cuenta de que a ella no le estaba haciendo ninguna gracia.

Por lo tanto, decidió ser más directa.

Meredith fue a agarrarle la entrepierna con la intención de hacerle tanto daño como pudiera. No obstante, su mano no llegó al objetivo. Otra mano se la agarró. Otro brazo le rodeó la cintura, tirando de ella hacia atrás, hacia un sólido y cálido pecho.

–Eres increíble. No se te puede dejar sola ni cinco minutos sin que te metas en líos.

Esas palabras le habían sido susurradas al oído. Pero, al otro hombre, Dominic le dijo:

–La próxima vez que quiera poner las manos encima de una dama en mi club, le sugiero que antes se asegure de que ella esté de acuerdo.

El hombre balbuceó e intentó disculparse sin éxito. Dominic le ignoró y llamó a uno de los encargados de seguridad.

–Por favor, acompañe a este hombre a la salida y asegúrese de que sale de mi propiedad.

–Pero… estoy aquí con unos amigos, me van a llevar a casa en su coche.

11

Dominic se encogió de hombros.

–En ese caso, le sugiero que busque un taxi. O también puede decirles a sus amigos por qué le hemos echado del club.

El de seguridad, sin siquiera pronunciar palabra, indicó al hombre que se pusiera en marcha hacia la salida, delante de él.

Meredith supuso que Dominic la soltaría en el momento en que aquel tipo desapareciera, pero no fue así. De hecho, se quedaron donde estaban, juntos, en medio del concurrido club, un momento de inmovilidad entre el caos.

Dominic, rodeándole la cintura con más fuerza, la acercó hacia su cuerpo. Ella se quedó muy quieta, el corazón le latía con fuerza y apenas podía respirar.

Tenía miedo de moverse. No porque estuviera asustada ni preocupada, sino porque la sensación de los brazos de Dominic rodeándole el cuerpo era maravillosa.

A pesar de no querer que lo fuese.

Por un lado quería verle la cara; pero, al mismo tiempo, se alegraba de no vérsela. No quería saber si Dominic estaba enfadado con ella, a pesar de tener todo el derecho del mundo a estarlo por lo de antes en su despacho, pero aún no estaba dispuesta a pedirle disculpas por la bofetada.

Tampoco quería ver esa expresión sensual que Dominic había perfeccionado mucho tiempo atrás, una expresión a la que quizá no pudiera resistirse.

Dominic la soltó, muy despacio. Entonces, la apartó de sí y la hizo volverse de cara a él.

–¿Estás bien? –preguntó Dominic con una voz que era puro sexo, a pesar de que su expresión no tenía nada de sensual.

Meredith no sabía por qué se sintió desilusionada.

Tragó saliva, quería sentir la cólera y la decepción que había sentido al ir al club. Desgraciadamente, no lo consiguió.

–Sí, ya estoy bien. Y también lo estaba antes de que aparecieras. Soy mayorcita y sé cuidar de mí misma.

Le vio tensar la mandíbula y empequeñecer sus oscuros ojos.

–Eres demasiado lista como para decir semejante estupidez. Sabes perfectamente lo vulnerables que son las mujeres. ¿Cuántos artículos has escrito sobre abuso sexual? ¿Cuántos has escrito sobre asesinatos?

–Demasiados.

Dominic abrió la boca para decir algo, pero pareció pensárselo mejor. Después, sacudió la cabeza y dijo:

–En estos momentos no dispongo de tiempo para seguir hablando. Pero retiro la invitación, nada de quedarte aquí a tomar una copa, te vas ya mismo.

–¿Por qué me echas? Yo no he hecho nada.

–Te echo porque no tengo tiempo para hacer de niñera.

–No necesito una niñera ni la he necesitado desde hace mucho.

Dominic no respondió, pero enarcó las cejas a modo de desafío. Cosa que la irritó profundamente.

Dominic llamó a otro miembro del equipo de se-

13

guridad, una mujer alta y esbelta vestida de negro. La mujer era preciosa, con piel dorada y ojos oscuros que parecían vigilarlo todo.

—Por favor, acompañe a la señorita Forrester a su vehículo y asegúrese de que se vaya.

En esta ocasión, fue Meredith quien balbuceó. Le resultó frustrante no saber qué decir.

Por segunda vez aquella noche, Dominic la echó y se alejó.

Quiso gritarle e insultarle, pero no lo hizo porque valoraba enormemente su dignidad; además, habría dado lo mismo.

Por tanto, permitió que la otra mujer la sacara del club. No quería causarle problemas y no era culpa suya.

Además, no tenía ningún motivo para quedarse allí.

Una vez en el coche, Meredith lo puso en marcha y ordenó al coche que llamara a su mejor amiga.

Y sintió un gran alivio cuando le salió el contestador automático.

—Annalise, llámame cuando puedas. Tengo que hablar contigo.

Capítulo Dos

Dominic todavía no se había calmado. Le había costado un enorme esfuerzo no tumbar de un puñetazo al sinvergüenza que había tocado a Meredith.

No habría sido aconsejable. Pagaba mucho dinero por el equipo de seguridad que se encargaba de ese tipo de problemas, el dueño del establecimiento no debía intervenir, no era bueno para el negocio. Sus clientes esperaban de él que fuera un tipo divertido y que dirigiera el local de tal modo que les ayudara a relajarse y a pasar un buen rato.

Tumbar a un tipo de un puñetazo destrozaría la imagen de tipo despreocupado que tanto se había esforzado por cultivar.

Dominic se había visto envuelto en muchas situaciones como esa con Meredith, pero jamás había reaccionado de forma tan visceral.

No obstante, no tenía tiempo para analizar su reacción en ese momento.

Delante del ventanal de su oficina desde el que podía ver el club en el piso inferior, Dominic respiró hondo. Se enorgullecía de haber creado un establecimiento en el que la gente se sintiera segura y cómoda, un lugar para divertirse. La realidad no existía dentro de Excess; allí, los problemas se esfumaban.

Su intención era conseguir que todas las noches fueran una fiesta, una oportunidad para desfogarse en un ambiente seguro.

El mejor alcohol, una cocina de cinco estrellas, la música de moda y mucha gente famosa. Cada cliente de Excess podía formar parte de la élite de Las Vegas; al menos, durante un rato.

Jake, a sus espaldas, se acercó:

—Todo arreglado, jefe.

Dominic asintió.

—Vamos a tener que hacer algunos cambios.

—¿Por la marca de una mano que tienes en la cara?

Dominic forzó una sonrisa. Su amigo Jake llevaba con él ocho años, desde que inauguraron Excess, después de que Jake dejara el ejército y mientras buscaba trabajo como agente de seguridad. Ahora, Jake dirigía el equipo de seguridad de los clubs Excess Inc.

Y cuando Dominic le propuso participar en la protección de mujeres víctimas de abusos, Jake no dudó en aceptar.

Esa noche iban a encargarse del caso Tessa. La iban a llevar a un lugar en el que se encontraría a salvo. Después, al día siguiente, se encargaría del lío en el que se podía ver metido debido a la información que Meredith había recibido.

—Sí, pero ya hablaremos de eso más tarde. Tessa nos necesita esta noche. Tienes que ser tú quien se la lleve.

Normalmente era Dominic quien acompañaba a las mujeres en el primer tramo del trayecto. No solo lo hacía por hacerse cargo personalmente de su seguridad sino también porque, con el tiempo, había establecido lazos de amistad con estas mujeres y ellas se fiaban de él.

Por suerte, Jake había asistido a un par de reuniones con Tessa, por lo que esta estaba familiarizada con él.

–¿No te parece arriesgado?

–Creo que no tenemos otra alternativa.

Joker, el extraordinario *hacker* de Stone Surveillance, había sustraído toda la información relevante del ordenador de Meredith a los pocos minutos de que Dominic llamara a su amigo Stone para explicarle el problema. Lo que parecía evidente era que alguien le estaba vigilando muy de cerca. Dado el enfrentamiento que había tenido con Meredith, Stone y él habían estado de acuerdo en que Dominic no podía correr ningún riesgo aquella noche, lo más probable era que alguien le estuviera espiando.

–Tessa va a llegar aquí –dentro de un par de horas.

–No te preocupes, no va a pasarle nada –respondió Jake.

Es era lo que Dominic esperaba. Tessa no era solo una víctima de la violencia machista que había pedido su ayuda, también era amiga de Meredith y Annalise desde el colegio.

Sin duda, era el momento menos indicado para que una de las amigas de Meredith desapareciera; sobre todo, dadas las circunstancias. Tampoco era el momento más propicio para que involucraran a Excess y a él en la desaparición de Tessa.

Pero no podía hacer nada al respecto. Había pasado meses tratando de convencer a Tessa de que dejara a Ben, su marido. Cinco días atrás había sido la gota que colmaba el vaso.

Apoyándose en un borde de su escritorio, Dominic observó a la clientela en el piso inferior y, de repente, se sintió cansado. En general dirigir Excess le daba energía, pero no esa noche.

Tenía que revisar unos informes, firmar papeles, dar el visto bueno a la compra de alcohol para varios establecimientos… toda una actividad normal que prácticamente hacía con los ojos cerrados cotidianamente. Pero, en ese momento, no tenía energía para nada.

Pensó en la entrada de Meredith en su despacho esa noche, en el vestido que llevaba… y tan distinto a lo que solía vestir.

Otro recuerdo, uno que había reprimido, acudió a su mente: Annalise y Meredith en un baile en el colegio. Unas cuantas chicas habían ido a su casa a arreglarse, Meredith entre ellas. Desde el vestíbulo del piso bajo, había oído sus risas, el ruido le había martilleado el cerebro. Había estado preparándose para un examen, no recordaba qué asignatura, y había bajado al jardín trasero para despejarse.

Recordó cómo le había envuelto la fresca noche del desierto mientras contemplaba las tierras de su padre que se extendían más allá de donde alcanzaba la mirada. Su padre no le había exigido nada, pero Dominic había aprendido de él a ganarse la vida por sus propios medios. Había ido a la universidad porque eso había sido lo que se esperaba de él; y había sido un buen estudiante, a pesar de odiar la universidad.

Algo se había movido a su izquierda, una sombra.

Meredith. Abrazándose a sí misma. No parecía contenta.

El deseo de rodearla con sus brazos y protegerla había sido casi irresistible, y no había sido la primera vez que le ocurría. Pero sabía que a ella no iba a gustarle… viniendo de él.

Por lo tanto, Dominic no se había movido de su sitio.

–¿Por qué no estás arriba con las otras chicas?

Sorprendida, Meredith había agrandado sus ojos azul claro.

Guiado por un impulso, Dominic se había acercado a ella.

–Perdona si te he asustado –nada más lejos de su intención que asustarla.

–No me has asustado –respondió ella apretando los labios.

Por supuesto, había mentido.

Dominic sabía que debería haberse dado la vuelta y marcharse. Lo sabía. Pero no lo había hecho. Al contrario, se había acercado a ella tanto como para poder oler la fragancia de su piel, una fragancia con notas de vainilla y almizcle, una mezcla que le turbó.

Meredith pareció abrazarse a sí misma con más fuerza.

–¿Qué te pasa?

–Nada.

Esta vez, Dominic decidió no pasar por alto la mentira.

—Los dos sabemos que eso no es verdad. Vamos, dime qué te pasa.

Meredith se había vuelto para mirarle y vio las preciosas pestañas de ella húmedas.

Iba a matar a alguien. Iba a matar a la persona que había hecho llorar a Meredith.

Meredith sacudió la cabeza, pero decidió responder.

—El chico que me iba a acompañar al baile ha dicho que no puede venir conmigo, justo en el último momento —Meredith echó la cabeza hacia atrás y miró a un firmamento plagado de estrellas—. Sé que es una tontería, ese chico no es nadie especial. No salimos juntos.

—Pero estás disgustada.

—Sí. Y para colmo, algunas no dejan de hablar de sus acompañantes y también de cómo van a hacer el amor en la parte trasera del coche de su chico… —Meredith volvió a sacudir la cabeza.

Dominic no sabía por qué lo había hecho. Bueno, a decir verdad, sí lo sabía. Llevaba años queriéndolo, aunque sabía que no debería.

Pero aquella noche eso había dejado de importarle.

Dominic la había abrazado y la había besado. Y el calor y el sabor de ella le habían llegado a lo más profundo de su ser.

Pero Meredith le había apartado de un empujón.

—¡Pero qué haces! —había exclamado Meredith mirándole como si estuviera horrorizada.

El rechazo de Meredith le había causado un profundo dolor; al menos, ella había dejado de llorar.

Dominic había esbozado esa sonrisa que llevaba tanto tiempo ensayando y, con un encogimiento de hombros, había dicho:

–No quería que te sintieras abandonada, cielo. Ya sabes que, cuando quieras pasar un buen rato, puedes contar conmigo. Y tengo coche, así que… –inclinándose sobre ella, le había susurrado–: Te aseguro que conmigo lo pasarías mucho mejor. Sé lo que me hago.

Sin dignarse a contestar, Meredith le había apartado y se había alejado. Evidentemente, no había querido tener nada que ver con él por aquel entonces y ahora le ocurría lo mismo.

Hacía mucho que no pensaba en esa noche. Años. Pero, por algún motivo, los labios le picaban, igual que esa noche mientras la veía alejarse.

Dominic apretó los dientes y se dio cuenta de que sus manos estaban cerradas en dos puños. Abrió las manos y se las sacudió.

Trabajo. Eso era lo que necesitaba.

Iba a sentarse a su escritorio para echar un vistazo a unos papeles referentes a su club de Londres cuando el móvil que llevaba en el bolsillo vibró. Lo sacó y miró la pantalla. Y suspiró al ver el nombre de su hermana.

Maldita Meredith.

***

El cursor de su ordenador parpadeaba. Se le ocurrieron un sinfín de palabras, pero sus dedos se negaron a teclear.

No podía hacerlo.

Maldito Dominic.

Meredith releyó en el portátil los documento que le habían enviado, artículos sobre mujeres desaparecidas de las que apenas se había hablado.

Era descorazonador la poca importancia que los medios de comunicación daban a estas desapariciones. A veces, se avergonzaba de formar parte de ese mundo.

La persona que le había enviado esa información había realizado una investigación a fondo. Entre el material que había recibido, había fotos de grabaciones de cámaras de vigilancia, imágenes de mujeres entrando y saliendo de Excess días y semanas antes de su desaparición.

No obstante, eso por sí mismo no era prueba de que Dominic tuviera algo que ver con su desaparición, cabía la posibilidad de que alguien fuera a Excess y allí identificara y siguiera a las víctimas. Excess era un buen lugar para que cualquier psicópata se dedicara a la caza y al rapto de mujeres que se sentían solas o mujeres simplemente atrevidas.

Pero no era eso solo lo que había recibido, había más.

Había fotografías de Dominic entrando en un coche negro con un par de mujeres.

Quizá se hubiera acostado con ella, pensó Meredith sintiendo un nudo en el estómago.

No, se negaba a estar celosa.

Lo que la preocupaba en esos momentos más que nada era que, si la información que había recibido se hubiera referido a otra persona, no habría vacilado ni un segundo en escribir sobre ello. Había verificado las fuentes de la información, igual que la información en sí, lo suficiente como para saber que algo estaba pasando.

Pero se trataba de Dominic. Y por mucho que intentara convencerse a sí misma de que su desgana a manchar su nombre se debía a su amistad con Annalise, en el fondo sabía que no era por eso.

El instinto le decía que aquello olía muy mal y que algo pasaba, pero algo le impedía aceptar que Dominic estuviera involucrado.

¿Estaba siendo estúpida o realista?

No lo sabía. Y ese era el problema tratándose de Dominic. Aunque su cerebro advertía peligro cada vez que él estaba cerca, el resto de su ser quería agarrarle y besarle hasta saciarse.

Quizá, si lo hiciera, lograría demostrarse a sí misma que aquel beso, su primer beso, no había sido tan increíble como recordaba.

Debía encontrar algo que demostrara que tenía razón.

A Dominic no le habían interrogado en ninguno de los casos relacionados con las mujeres desaparecidas. Lo que significaba que él no había declarado.

¿Por qué no?

Cabía la posibilidad de que la policía encargada de esos casos desconociera la información que ella tenía. Distintos policías se habían encargado de cada caso, lo que probablemente complicara las cosas.

Pero eso la hizo reflexionar. ¿Por qué la persona que le había enviado aquel material no lo había entregado a la policía? ¿O al fiscal del distrito? ¿Por qué a ella? Aunque, por supuesto, Meredith era conocida por descubrir casos de corrupción y desenmascarar a gente con dinero e influencia.

Pero… algo no acababa de convencerla. De todos era sabido su relación con la familia de Annalise. ¿Podía ser que alguien estuviera tratando de hacer daño a Dominic a través de los medios de comunicación y antes de que la policía se viera implicada? ¿Conseguir que la opinión pública le declarara culpable?

¿Era posible que fuente de información quisiera hacer daño a Dominic por algún motivo personal?

Necesitaba encontrar a un experto en informática que le ayudara a averiguar si las fotografías estaban manipuladas. Desgraciadamente, no conocía a ninguno. Pero sí conocía a una persona con acceso a ese tipo de tecnología.

Annalise regentaba Magnifique, el casino de la familia, y sin duda el equipo de seguridad de Magnifique disponía de esa capacidad.

Meredith había amenazado a Dominic con contarle todo a Annalise, pero esta no había respondido aún al mensaje que le había dejado en el móvil. Lo que no era de extrañar, ya que el trabajo en el casino tenía muy ocupada a Annalise.

Con un suspiro, Meredith volvió a llamar a su amiga.

Esta vez, Annalise contestó.

—Meredith, ¿levantada tan tarde?

Así era. No solía ocurrir que se acostara después de las doce.

—Sí, así es. Oye, necesito que me ayudes.

—Está bien. ¿De qué se trata?

—Necesito ayuda para averiguar si unas fotografías que me han enviado han sido manipuladas, y se me ha ocurrido que tu equipo de seguridad posiblemente sepa averiguar eso.

—Sí, pueden hacerlo. ¿Es… para algún artículo?

Meredith no quería crear un conflicto entre Annalise y su hermano, pero no tenía alternativa. Annalise debía saber qué ocurría, y más si iba a ayudarla.

Con otro suspiro, Meredith dijo:

—Sí. Te lo contaré cuando llegue al casino.

No era el tipo de conversación que se tenía por teléfono.

Capítulo Tres

Esa noche le estaba resultando interminable. Encima de su escritorio, el móvil sonó y vio el nombre de Gray Lockwood en la pantalla. Llevaba tiempo esperando su llamada.

—Me han dicho que tenemos un problema —dijo Gray, yendo directamente al grano.

—Sí, así es.

—Bueno, cuéntame.

Joker debía haberle contado a Gray la situación por encima, pero este quería que Dominic le contara los detalles.

—Una periodista tiene información que nos implica a mí y a Excess en la desaparición de cinco mujeres durante el último año y medio.

Joker soltó una serie de imprecaciones.

—Estoy totalmente de acuerdo contigo —añadió Dominic.

—¿Hay alguna posibilidad de conseguir que eso no se publique?

—Me temo que no. Esta periodista no se deja sobornar.

—¿Y si le contáramos la verdad?

De no tratarse de Meredith, quizá lo haría. Podía ser ventajoso tener un periodista de su lado, alguien

26

que pudiera ocultar o dar la vuelta a una noticia. Pero, por varias razones, no quería ver a Meredith metida en lo que Stone Surveillance y él estaban metidos. Fundamentalmente, porque era peligroso.

–No, no podemos hacerlo –contestó Dominic.

Gray gruñó, pero no cuestionó la decisión de él.

–Bueno, quizá podríamos presionarla para que abandonara la historia.

–Lo dudo. Tiene fama de no dejarse avasallar. No se deja intimidar fácilmente.

–No obstante, valdría la pena intentarlo.

Dominic se encogió de hombros, a pesar de saber que Gray no podía verle.

–Si te sirve de consuelo… Pero te aseguro que esta mujer no va a ceder.

Gray emitió otro sonido, algo parecido a «Ajá».

–Os conocéis. Este asunto, para ella, es algo personal.

–Es la mejor amiga de mi hermana. Hace quince años que conozco a Meredith.

–Deja que lo adivine, ¿a que no le caes bien?

Ahora, quien lanzó un gruñido fue Dominic.

–Digamos que… no. Tiene una mala opinión de mí.

–Es una pena que no la sedujeras con ese encanto de chico malo tan propio de ti.

–Cállate, haz el favor –Dominic no iba a admitir que Meredith era la única mujer a la que jamás podría seducir.

Gray se echó a reír.

–Ah, ya entiendo.

–No sé qué quieres decir.

–Claro que sí que lo entiendes, pero dejémoslo por el momento –dijo Gray–. ¿Y tu hermana? ¿Podría Annalise convencer a su amiga de que no escribiera nada?

Dominic había creído que Meredith había hablado con Annalise. Pero su hermana le había llamado para hablar de su padre y del lío en el que posiblemente se iba a ver metido.

Realmente no quería involucrar a Annalise en ese asunto. Si le contaba lo del artículo, seguramente no le quedaría más remedio que contárselo todo.

–No creo. Mi hermana no le pediría a Meredith que traicionara sus principios, sabe lo importantes que son para Meredith. La verdad es que no quiero contarle a Annalise nada de esto, a no ser que fuera absolutamente necesario.

–En ese caso, empezaremos por una conversación telefónica con la señora Forrester. A ver qué conseguimos. Luego, dependerá de cómo haya ido la conversación.

Dominic gruñó de nuevo. No estaba convencido de que esa conversación no diera lugar a recibir otra visita de Meredith.

–Dominic, no te preocupes –añadió Gray.

Para Gray era fácil decir eso, estaba en Carolina del Sur, lejos de Las Vegas, el centro del huracán. ¿Pero qué otra cosa podía decir Gray?

–Sí, bien.

–Sabíamos que esto podía ocurrir en cualquier momento.

Sí, así era. Tantas mujeres desapareciendo y todas ellas relacionadas, de una forma u otra, a Excess, normal que acabaran atando hilos. Se habían preparado en caso de que la policía investigara una de las desapariciones, pero no a todas.

—Confía en mí, Nic, te tenemos cubierto.

Dominic confiaba plenamente en Gray y en el resto de Stone Surveillance. No le quedaba más remedio, no tenía otra alternativa.

Cuando su móvil sonó, Meredith miró la pantalla. Número desconocido. Normalmente, no se molestaba en contestar llamadas de gente que no conocía; pero dada la situación, respondió a la llamada.

—¿Sí?

—¿Meredith Forrester?

—Sí —respondió ella con precaución.

—Soy Anderson Stone.

Meredith agarró con fuerza el volante del coche. Sabía quién era Anderson Stone, todo el mundo le conocía. Años atrás le habían arrestado en relación con el asesinato del hijo de una importante familia sureña. El caso había salido en la prensa de todo el país, no solo por tratarse de familias conocidas a nivel nacional, sino por la rapidez y la opacidad con la que habían encarcelado a Anderson Stone.

Y se había hablado aún más de su puesta en libertad, tras saberse que sus acciones habían respondido a haber defendido a una amiga de su infancia después de que la violaran.

Stone era un hombre con mucho poder y muy rico. En un artículo sobre él, había leído que Stone había montado un negocio, además de ser miembro de la junta directiva de Anderson Steel.

Pero… ¿por qué le llamaba a ella?

–¿A qué se debe su llamada, señor Stone?

–Llámeme Stone a secas. Quería hablar con usted sobre Dominic Mercado.

¿Dominic? No sabía que Dominic conociera a Anderson Stone. Aunque, por otra parte, no sabía qué amigos tenía Dominic.

–¿De qué quiere hablar conmigo sobre Dominic?

–Está usted cometiendo un grave error.

Meredith sacudió la cabeza y aparcó el coche en la cuneta. Esa conversación iba a requerir toda su atención.

–¿Cómo dice?

–Las apariencias pueden engañar, señorita Forrester. Reconozco que las fotografías y la información que le han enviado pueden parecer sospechosas.

–Nada de pueden, lo son.

Era evidente que Dominic había acudido a un amigo influyente para que este le ayudara a convencerla de que abandonara el asunto. De repente, sintió una profunda decepción. Sin embargo, para desgracia de Dominic, ella no era tan frágil como parecía. Y, por supuesto, no iba a renunciar a investigar algo con implicaciones tan serias.

Iba a decírselo a Stone cuando, de repente, se dio cuenta de que en ningún momento le había dicho a

Dominic lo que había recibido, ni que los archivos que le habían enviado incluían fotografías.

–¿Cómo sabe que tengo fotos?

Oyó una suave y ronca risa.

–Digamos que solo contrato a gente sumamente competente.

–¿Ha entrado en mi ordenador?

–Yo no he dicho eso.

No era necesario que lo hiciera. Solo había una forma de saber que a ella le habían enviado fotografías.

–Deje en paz mi ordenador y, de paso, dígale también a su amigo que me deje en paz.

–¿A qué amigo? Por lo que tengo entendido, Dominic y usted se conocen muy bien.

–Si ha insinuado lo que me parece que ha insinuado, se equivoca rotundamente.

–Por lo que he oído, fue usted quien fue a verle. Y dejó una visible huella en su mejilla. Eso indica que le aprecia… y que, realmente, no quiere escribir ese artículo.

A Meredith no le gustaba estar en desventaja y, en ese momento, Stone parecía tener todos los ases. Y ella ninguno.

Porque Stone tenía razón, ella no quería escribir el artículo.

–Eso no me va a impedir hacerlo.

–Justo eso mismo es lo que Dominic me ha dicho que usted diría.

Meredith necesitaba despertarse. Se le daba muy bien entrevistar a gente, tenía que espabilar. Podía aprovechar esa llamada para sacar información.

–Ya que está claro que usted ha visto esos informes y esas fotos, debe haberse dado cuenta de que no son solo muy dañinos, sino también irrefutables.

–¿Es por eso por lo que todavía no ha escrito el artículo, porque son irrefutables?

–No, es porque soy un ser humano decente y una buena periodista. No voy a escribir algo así, algo que podría destruir la vida de una persona, sin antes asegurarme completamente de que todo encaja.

Stone lanzó una risa incrédula.

–Perdone, pero me cuesta mucho creer eso. No es la primera vez que tengo que tratar con periodistas y, en mi experiencia, no muchos tienen un ápice de integridad.

–Bueno, pues yo sí. Me tomo muy seriamente mi trabajo y mi responsabilidad como periodista.

–Excelente –declaró Stone con tono de autoridad–. En ese caso, olvide que ha visto esas fotos.

Stone podía ser un hombre de negocios de éxito y podía estar acostumbrado a dar órdenes, pero ella no era uno de sus empleados.

–No voy a hacerlo.

Le oyó suspirar y, de repente, se sintió muy cansada.

–Dominic también me dijo eso. Escuche, le aseguro que no es lo que parece.

–¿Por qué voy a creerle? ¿Por qué voy a aceptar la palabra de alguien a quien ni siquiera conozco?

–¿No es lo mismo que está haciendo con la persona que le ha enviado esa información?

A su pesar, Meredith tuvo que reconocer que Stone tenía razón en eso.

—¿Quién ha dicho que lo estoy haciendo? Aunque debería admitir que es difícil ignorar lo que resulta evidente. Hasta el momento, lo único que me ha dicho es que las apariencias pueden engañar. Necesito algo más concreto.

—Eso no puedo dárselo.

—En ese caso, creo que no tenemos nada más que hablar.

—Señorita Forrester, me da la impresión de ser una mujer que valora la honestidad. En su trabajo se ha dedicado a desenmascarar a gente que defrauda y roba.

Meredith trató de averiguar adónde quería ir a parar ese hombre, qué trampa le estaba tendiendo. Porque, evidentemente, le estaba tendiendo una trampa.

—Así es.

—En ese caso, puedo asegurarle que si publica un artículo relacionando la desaparición de esas mujeres con Dominic y Excess va a poner en peligro a mucha gente, gente a la que hay que proteger.

Le resultó difícil ignorar la sinceridad con la que ese hombre había pronunciado esas palabras. No obstante, necesitaba que le diera alguna prueba concreta.

—Lo siento, pero sigo sin entender, señor Stone. ¿Qué es lo que está tratando de decir exactamente?

—No estoy tratando de decirle nada, no puedo ser más claro. Hay gente que va a sufrir, gente cuya seguridad física y mental se va a ver en peligro; eso, sin mencionar el daño que va a causar a la familia de Dominic, incluida su hermana Annalise. Por lo que sé, usted siente la necesidad de destapar una supuesta actividad delictiva.

—Lo que siento es la necesidad de ayudar a esas mujeres que han desaparecido. Y por lo que he visto hasta ahora, a nadie parece importarle que estén desaparecidas.

—Se equivoca. Le aseguro que le importa a mucha gente. ¿Sabía usted que soy copropietario de Stone Surveillance, una empresa de investigación que tiene su base en Charleston?

Meredith sabía que Stone tenía una empresa, pero no qué clase de empresa.

—No, no lo sabía. ¿Qué tiene eso que ver con este asunto?

—Solo quería indicarle que no es solo la policía quien puede estar involucrada en estos casos.

—¿Trata de decirme que su empresa, desde la otra punta del país, se está encargando de la desaparición de unas mujeres en Las Vegas?

—¿Y si le dijera que así es?

Meredith ladeó la cabeza y se tomó unos segundos para reflexionar antes de contestar.

—Le contestaría que son ustedes unos ineptos, teniendo en cuenta la cantidad de mujeres que han desaparecido. Y también me parece que lo único que le interesa es proteger a un amigo.

Volvió a oír una carcajada.

—Dominic me dijo que es usted muy obstinada y que no serviría de nada que le llamara.

–En ese caso, debería haberle hecho caso.

–Lo hice, pero tenía que intentarlo por lo menos. En fin, no voy a hacerla perder más tiempo. Lo único que le pido es que considere lo que le he dicho y, antes de escribir su artículo, piense en las consecuencias de ello.

–Y yo voy a decirle que las consecuencias de no escribir mi artículo son más serias que las de escribirlo.

Stone lanzó un gruñido.

–Piense en lo que le he dicho –tras esas palabras, Stone cortó la comunicación.

Meredith permaneció unos segundos mirando la pantalla en blanco mientras le daba vueltas en la cabeza a lo que Stone le había dicho.

Le había llamado para intimidarle e influenciar su decisión. No era la primera vez que le ocurría; pero, en esta ocasión, era un asunto más personal.

Lo era porque Dominic había utilizado a Stone. Como Dominic no la había convencido, había pedido ayuda a una persona con influencia y recursos. Aunque jamás había creído que Dominic fuera capaz de una cosa así, ahora tenía una prueba irrefutable.

Lo que aumentó su decepción.

De una cosa estaba segura, iba a llegar al fondo de aquel asunto. Tenía que averiguar la verdad.

Capítulo Cuatro

–¿Qué has dicho?

Meredith se encogió ante la ira de su amiga. Temía que Annalise dirigiera su furia a ella como portadora de las malas noticias.

–Ya sé que es difícil de creer.

–Meredith, estamos hablando de Dominic. Sé que puede parecer una persona despreocupada y un mujeriego, pero no puedo creer que se dedique a secuestrar a mujeres, y mucho menos para acostarse con ellas; entre otras cosas, porque no le hace falta llegar a esos extremos. Sabes perfectamente que solo necesita sonreír para que las mujeres se arrojen a sus brazos.

Meredith volvió a encogerse, pero no por el tono de voz de Annalise. Sabía que su amiga tenía razón. Dominic dejaba sin respiración a la mayoría de las mujeres.

Annalise sacudió la cabeza.

–Tiene que haber otra explicación.

Recordó las palabras de Stone, similares a las de Annalise.

–A mí también me gustaría que fuera así, pero…

Annalise apretó los labios con gesto severo.

–Dime, ¿qué es lo que quieres de mí? Me preguntaste si podías consultar con uno de mis informáticos, ¿no?

–Quiero saber si las fotografías que me han enviado no están manipuladas. ¿Tienes algún empleado que pudiera analizarlas?

–Sí, por supuesto.

Annalise agarró el teléfono que había encima del escritorio y dijo:

–Di a Mav que venga a mi despacho. Tengo que hablar con él.

Annalise colgó el auricular y cruzó los brazos a la altura del pecho. Después, respiró hondo y pareció pensativa antes de que una profunda tristeza asomara a sus ojos.

–Lo que dices no puede ser verdad, Meredith.

Meredith quería decirle a su amiga que no, que no podía serlo. Dominic era la persona en la que Annalise se apoyaba, era su protector. Y no solo al modo que podían serlo los hermanos mayores.

Dominic era la clase de hermano con el que Annalise siempre había contado para todo, a pesar de ser varios años mayor que ella. Era una parte fundamental en la vida de Annalise.

Meredith quería decirle a Annalise que no se preocupara, que todo se iba a solucionar. Pero no podía hacerlo.

Y un par de horas más tarde, se alegró de no haberlo hecho.

–¿Estás seguro? –preguntó Annalise secamente.

El tipo alto sentado delante del ordenador se volvió y la miró con expresión de disculpa.

–Sí, lo estoy. Estas fotografías, tomadas con diferentes cámaras, son auténticas, no han sido alteradas.

–Voy a matar a mi hermano –declaró Annalise.

Entonces, Annalise abrió un cajón del escritorio y sacó su bolso. Se dirigió a la puerta a toda prisa, con Meredith siguiéndola.

–¿Adónde vas?

–A discutir con mi hermano.

Aquello no estaba saliendo nada bien.

Lo lógico sería que dejara que Annalise y Dominic hablaran en privado; sin embargo, Meredith se sentía en cierto modo responsable.

Por otra parte, albergaba la esperanza de que, cuando Annalise se enfrentara con él, Dominic acabara por darles una explicación que echara por tierra sus sospechas.

A través de la cristalera, Dominic observó a sus clientes bailar y beber. Gracias a que el lugar estaba insonorizado el ruido no podía molestarle.

–Todo listo, Nic.

Dominic se volvió y asintió en dirección a Jake.

–¿Está lista ya para marcharse?

Jake asintió.

–Me alegro de que no te hayas echado atrás, teniendo en cuenta el lío en el que te estás metiendo. La mayoría de la gente habría tratado de protegerse a sí misma.

Dominic se encogió de hombros.

–A mí no me va a pasar nada, pero Tessa sí está en peligro. La próxima vez ese tipo podría romperle algo más que las costillas y la muñeca.

A su mente acudieron imágenes que se esforzaba por reprimir.

–Tessa quiere verte antes de que nos marchemos –dijo Jake.

Del tubo de escape salía un humo que se disipaba en el ambiente. Dominic abrió una de las portezuelas de atrás y se acomodó en el asiento de la limusina.

–¿Cómo estás?

La mujer que tenía delante era rubia, hermosa y de aspecto frágil. En otra vida, le habría interesado. Pero al pensar en ello, la imagen de Meredith acudió a su mente.

–Estoy bien.

Dominic extendió el brazo, agarró una de las manos de la mujer y le dio un apretón cariñoso.

–Te prometo que no te va a encontrar.

–No puedes hacerme esa promesa.

Tessa ahí se equivocaba, pero ella no le dejó responder.

–Ben tiene mucho poder e influencia. Tiene mucho dinero. Me considera un objeto, como cualquier otra de las cosas que compra, ya sea una casa, un coche o una avioneta.

–Y tú cuentas con una gente que también tiene poder e influencia y que está decidida a protegerte. Gente con recursos. Ben no te va a encontrar nunca.

Sintió la mano de Tessa temblar. Su piel estaba

gélida. Nada que pudiera decir o hacer iba a erradicar el miedo que ella sentía. Solo el tiempo podría curarlo.

Un golpe en el techo del coche la sobresaltó.

–Es hora de que os vayáis –Dominic se inclinó sobre ella y le dio un abrazo–. Todo va a salir bien, ya lo verás. Vas a estar segura y vas a ser feliz.

Tessa también le apretó la mano, con una fuerza que sorprendió a Dominic.

–Gracias –susurró ella antes de soltarle.

Dominic salió del coche, se despidió de Jake y volvió a entrar en el club. No se molestó en volver la cabeza mientras se alejaban. Su equipo le informaría de cómo había sido el viaje al final del primer tramo. Tessa iba a tardar al menos un día en alcanzar su destino final y en asumir la nueva identidad que Joker le había preparado.

Recorrió los pasillos en penumbra de los despachos, valorando la evidencia de la vida y el negocio que había montado. Se enorgullecía de sus logros; sobre todo, porque lo había conseguido él solo, sin la ayuda de su padre.

Después de entrar en su despacho, se acercó al ventanal desde el que podía ver todo lo que había construido. Sabía que debía bajar y relacionarse con la clientela, también porque eso podría proporcionarle una coartada en caso de necesitarla en algún momento en el futuro.

Lo que le irritaba enormemente.

Pero no tenía ganas de bajar. No le apetecía fingir. Y tampoco le apetecía coquetear con mujeres que podían considerarle una conquista o el medio para lograr alguna meta.

Por eso estaba ahí, con las manos en los bolsillos, cuando la voz de su hermana, encolerizada, le sacó de su ensimismamiento.

Meredith, en pos de Annalise, recorrió los vacíos corredores de las oficinas de Excess.

Excess era el club principal, pero Dominic tenía otros clubs repartidos por el mundo: Los Ángeles, Atlanta, Seattle, Miami, Río de Janeiro, Londres y París.

Llegaron a un espacio abierto en el que había una enorme puerta de doble hoja. El ambiente era moderno y el mobiliario de calidad.

Por fin, Annalise abrió la puerta del despacho de su hermano.

–Dominic, ¿qué demonios has estado haciendo? –dijo Annalise, sin saludar, atacando.

Dominic estaba de pie al fondo del inmenso despacho, con las manos en los bolsillos de sus impecables pantalones de sastre. Llevaba las mangas de la camisa blanca remangadas hasta los codos y los fuertes músculos de los antebrazos estaban cubiertos por unos bonitos tatuajes en blanco y negro.

Los tatuajes eran nuevos; al menos, no los tenía de adolescente, cuando Meredith le miraba disimuladamente en la piscina de su casa. Observó más de cerca los tatuajes. Quería acariciarlos y sentir el calor de esa piel. Se preguntó qué significaban, qué representaban.

Pero ese no era el asunto que le había llevado allí.

Dominic, sin siquiera mirar a su hermana, clavó los ojos en ella y arqueó una ceja.

—Ya veo que no has tardado en chivarte.

—Por favor, madura un poco –le espetó Meredith.

Dominic sonrió.

—Esto no tiene ninguna gracia –dijo Annalise alzando la voz–. Lo digo en serio, Nic. ¿Qué demonios está pasando? Y dime la verdad.

—Lo haría, pero no sé qué te ha contado tu amiga.

—Deja de andarte por las ramas –gritó Annalise.

—Al margen de lo que Meredith haya podido contarte, o enseñarte, te aseguro que no es lo que parece.

—Eso creía yo también. Pero uno de los informáticos que trabaja para mí me ha asegurado que las fotografías no han sido manipuladas.

Meredith se mantenía rezagada, observando a los hermanos. Quería ver la expresión de Dominic mientras hablaba con Annalise.

Con los años, la experiencia le había demostrado que, durante una entrevista, lo más revelador no era lo que la persona decía, sino su lenguaje corporal. Su reacción. O lo que trataba de ocultar.

Meredith estaba segura de que Dominic poseía la capacidad de mentirle a alguien en su propia cara sin inmutarse, pero no estaba segura de que pudiera hacerlo con su hermana.

Tras lanzar un cansado suspiro, Dominic dijo:

—Eso es porque no están manipuladas.

Lo que Meredith no había esperado era que Dominic se incriminara a sí mismo.

Capítulo Cinco

Desde el momento en que Meredith había entrado en su club para enfrentarse a él, Dominic sabía que aquella conversación iba a ser inevitable. Por suerte, estaba ocurriendo después de que Tessa se marchara.

Porque si su hermana o Meredith hubieran visto a su amiga delante de las puertas de la parte de atrás del club antes de desaparecer…

Dominic no quería que Annalise ni Meredith se vieran envueltas en aquello.

Y no solo porque las mujeres a las que él ayudaba huían de situaciones peligrosas, sino porque era evidente que alguien, también, estaba decidido a hacerle daño a él.

¿Qué otra explicación tenía que Meredith recibiera anónimamente la información y las fotos que había recibido? Alguien se traía algo entre manos y estaba utilizando a Meredith. Ella no era más que un peón en una partida de ajedrez. Y ahora también había metido a Annalise en ese lío.

Lo que él quería era apartarlas a las dos de ese asunto con el fin de evitar que pudieran hacerles daño o que las utilizaran contra él.

Pero eso era más fácil decirlo que hacerlo, teniendo en cuenta que ambas eran obstinadas, inteligentes y leales.

—¿Qué quieres decir con eso de que no están manipuladas? —preguntó Annalise en tono exigente.

—Que las fotografías son auténticas.

Annalise se lo quedó mirando durante varios segundos antes de preguntar muy despacio:

—¿Estás admitiendo ser una de las últimas personas en haber visto a, al menos, cuatro mujeres que han desaparecido?

—Admito que todas ellas venían a mi club. No tiene nada de extraño que haya charlado con ellas.

—¿Las mismas noches en que desaparecieron? —preguntó Meredith acercándose a Annalise y a él.

Dominic se había preguntado cuánto tardaría en intervenir. Meredith siempre había sido inquisitiva, incapaz de dejar algo hasta llegar al fondo del asunto.

—Se trata de algo más que de estar en el mismo lugar que ellas accidentalmente y lo sabes. En algunas de las fotos se te ve hablando con ellas; en una, tienes el brazo alrededor de una de las mujeres y ella está inclinada sobre ti como si mantuvierais una conversación íntima.

Dominic esbozó una sonrisa y contempló el rostro de Meredith, con los labios apretados y expresión de desprecio en los ojos.

Le dolió la mala opinión que Meredith tenía de él. No quería que fuera así, pero no podía hacer nada al respecto. Quizá fuera por eso por lo que le espetó:

—¿Celosa, cielo?

Annalise se interpuso entre los dos.

–Dominic, esto no tiene sentido.

Verse obligado a desviar la mirada hacia su hermana no le hizo sentirse mejor. La expresión de confusión y dolor que vio en ella le llegó al alma. Conocía esa expresión, la había causado su padrastro.

Dominic le tomó las manos a su hermana.

–Lise, me conoces bien. Sabes perfectamente que no soy capaz de hacer lo que Meredith cree que he hecho.

Meredith emitió un sonido de protesta, pero Dominic la ignoró.

Quería confesarle todo a su hermana; pero, si quería que ella estuviera a salvo, no podía hacerlo. Annalise se lanzaría de lleno a ayudar a esas mujeres y también a protegerle a él.

Y no quería que su hermana corriera ningún riesgo por él. Era él quien debía proteger a Annalise, no al revés. En el pasado, le había fallado y no iba a permitir que ocurriera lo mismo ahora.

–Sé que todo esto da muy mala impresión. Desgraciadamente, no puedo darte una explicación. Pero te prometo que yo no he hecho ningún daño a esas mujeres ni soy responsable de los motivos por los que corrían peligro. Tienes que creerme.

Miró a su hermana a los ojos con la esperanza de que ella creyera la verdad de sus palabras, que aceptara lo que había dicho sin hacerle preguntas que no podía contestar sin ponerla en peligro.

Vio los cambios de expresión en el rostro de Annalise. La lucha entre los hechos y el instinto.

Después de varios segundos que le parecieron siglos, Annalise respiró hondo y soltó el aire despacio.

–No entiendo nada, Nic, pero tienes razón, te conozco de toda la vida, quizá te conozca mejor de lo que te conoces tú a ti mismo. Sé que no eres capaz de hacer daño a esas mujeres. Y es lo que le he dicho a Meredith desde el momento en que me enseñó esa información sobre ti y las fotos.

Con gran alivio, Dominic cerró los ojos y susurró:

–Gracias.

Había tenido miedo a que Annalise, fiándose en las apariencias, no fuera capaz de creerle y confiar en él.

Ver que Annalise había aceptado su explicación le dio la fuerza necesaria para continuar y enfrentarse a lo que se le venía encima.

Porque, sin duda, no se iba a dejar convencer tan fácilmente. Y, además, lo que ella pudiera publicar llegaba al público en general.

No obstante, no podía enfadarse con Meredith porque quisiera utilizar esa información contra él, ella no tenía la culpa. De hecho, admiraba la tenacidad de Meredith… pero sería más conveniente que esa tenacidad no fuera dirigida directamente contra él.

Y no solo por su propio bien, sino porque Meredith podía acabar encontrándose en medio de un juego peligroso del que no sabía nada.

–Sea lo que sea lo que esté pasando, Nic, ten mucho cuidado. Por favor. Alguien quiere hacerte daño.

–Sí, soy plenamente consciente de ello.

Annalise alargó el brazo y le puso la palma de la mano en la mejilla.

–Si puedo ayudarte en algo, dímelo.

–Gracias –respondió Dominic, aunque no tenía intención de aceptar la ayuda de su hermana. Al menos, podía mantener a Lise a salvo.

Su hermana se dio media vuelta y salió del despacho. Oyó el taconeo de Annalise mientras se alejaba.

Pero Meredith no siguió a su amiga; al menos, todavía no. Se había quedado quieta en medio del despacho; obviamente, tratando de encontrar una explicación a lo que había pasado.

La mente de esa mujer no descansaba.

–A mí no me has convencido –dijo Meredith finalmente.

Dominic lanzó una irónica carcajada.

–Tampoco lo esperaba. Te conozco, Meredith. Y me atrevo a decir que quienquiera que haya sido la persona que te ha enviado esas fotos y esa información también te conoce bien.

Dominic había dicho eso con la esperanza de que Meredith se parase y pensase.

–Soy plenamente consciente de que alguien me está utilizando, Dominic –respondió Meredith con una sonrisa burlona–. Pero eso no significa que la información sea falsa. Incluso los peones tienen importancia en el juego del ajedrez.

–Esto no es un juego, Meredith. Estamos hablando de mi vida.

Meredith se puso tensa.

—¿Crees que no me he dado cuenta de ello? Pero no se trata solo de tu vida, Nic. La vida de cinco mujeres está en peligro.

—No, no están en peligro.

Meredith sacudió la cabeza.

—¿Cómo puedes asegurar una cosa así?

Esa era una pregunta a la que no podía contestar sin involucrar a Meredith en aquel lío. Aunque sabía que no le debía protección a Meredith, quería protegerla. Aunque fuera protegerla de sí misma.

Stone se acababa de poner en contacto con unos editores con los que Meredith trabajaba. A pesar de que no le gustaba nada tirar de los contactos, estaba dispuesto a ello con tal de evitar que se publicara nada sobre ese asunto.

Con un poco de suerte, al día siguiente Meredith descubriría que el interés por su historia iba a ser muy limitado. De momento, estaba dando tiempo a Stone para que hiciera ese trabajo.

Pero eso no iba a impedir a Dominic intentar convencer a Meredith.

—Si sabes que estás siendo utilizada, ¿por qué lo permites?

Meredith se encogió de hombros.

—No creo que esté siendo utilizada. Aún no he publicado nada, a pesar de que eso es lo que quieren que haga, o lo que esperan que haga.

—Aún no lo has hecho, pero lo harás.

Meredith apretó los labios; después, se los humedeció con la lengua.

—Meredith, te aseguro que te están utilizando.

Pero lo que realmente me preocupa es que te estás metiendo en un lío tú sola.

–¿Por qué dices eso? –preguntó ella ladeando la cabeza.

¿Todavía no se había enterado? ¿Cómo era posible que no lo viera? No, eso no era posible, Meredith era una de las personas más inteligentes que conocía.

–Esas mujeres han desaparecido. Y eso no ocurre sin más, sin ningún motivo. Y, en este momento, estás involucrándote.

Meredith empequeñeció los ojos, se acercó a él e invadió su espacio personal con intencionado encanto.

–Eso que acabas de decir da a entender que sabes por qué han desaparecido esas mujeres. Y también dónde están. Dímelo.

Chica lista.

Dominic cerró las manos en dos puños. Lo hizo con el fin de evitar abrazarla y besarla. Sabía que, si lo hacía, aquello no acabaría bien.

Sintió el calor del cuerpo de Meredith y la sangre le hirvió. El aroma de ella impregnó sus sentidos, invadiéndole el cuerpo.

Incapaz de resistir un segundo más, Dominic le acarició el espeso y rojizo cabello que le caía por los hombros. No era suficiente. Sin saber cómo, acabó con una mano en la nuca de Meredith. Con el pulgar, le acarició la garganta, absorbiendo la sedosa textura de su piel.

–Hablas como si fuéramos aliados, luchando juntos contra un enemigo común.

–Podría ser así si me lo permitieras –la sincera promesa era tentadora. Demasiado tentadora. Pero Dominic sabía que no era real. Meredith no quería tener nada que ver con él y no tenía idea de lo que le estaba proponiendo.

Dominic tragó saliva. Despacio, la soltó y dio un paso atrás.

–No, nuestros intereses son opuestos.

No debía olvidarlo. Debía recordar por qué nunca había tratado de seducir a Meredith. Meredith no le deseaba. Él no le gustaba a Meredith. Y él no podía ser el hombre que ella necesitaba, el hombre que se merecía.

Pero Meredith no captó la indirecta y le siguió mientras él trataba de retroceder.

–En eso te equivocas, Nic. Si lo que le has dicho a Annalise es verdad, estamos del mismo lado.

Meredith le superaba. No le dejaba espacio para huir de lo que más deseaba. La azul mirada de ella le deslumbró, le retó, le exigió.

–A mí no me lo parece –murmuró Dominic antes de pensar: «Al demonio».

Entonces, tiró de ella hacia sí y acercó los labios a los de ella hasta que sus alientos se mezclaron.

Dominic esperó, dio tiempo a Meredith para que retrocediera si quería. Pero ella no lo hizo. Y él lo dio por bueno.

Dominic encontró los labios de ella y todo lo demás se desvaneció.

***

¿Por qué demonios le estaba besando?

Meredith agarró la camisa de Dominic y tiró de él hacia sí. Tanto sus manos como su boca parecían haber cobrado vida por sí mismas, pero la cabeza era otra cosa.

Dominic estaba haciendo eso intencionadamente. Quería distraerla, convencerla.

Dominic siempre había utilizado el sexo, su encanto y su cuerpo para conseguir lo que deseaba. Y ella no estaba dispuesta a engordar la larga lista de mujeres que se habían dejado engatusar por Dominic.

Era más inteligente que eso.

Haciendo acopio de sus fuerzas, Meredith plantó las manos en el pecho de él y le empujó.

Dominic dio un paso atrás. Suficiente.

Meredith se llenó los pulmones de aire y le dio una bofetada en los labios.

–¡Ay! ¡Eh, me ha dolido! –exclamó Dominic en tono seductor.

Entonces, Dominic se metió las manos en los bolsillos y le sonrió traviesamente.

Esa sonrisa la irritó. No era la primera vez que le veía sonreír así, era una sonrisa falsa.

–Por favor. Tanto tú como yo sabemos que lo que yo pueda decir o hacer no te va a causar ningún dolor. Te conozco desde hace mucho, Dominic, y la única vez que quisiste besarme fue porque te daba pena.

Recordaba aquella noche como si hubiera ocurrido el día anterior. Recordaba la humillación que había sentido cuando él la besó. Ella se había quedado

51

absorta contemplando su rostro bañado por la luz de la luna. Le había deseado. Como siempre.

Y si ese beso no hubiera respondido a una intención de manipularla emocionalmente, le habría encantado. Pero no era real. Dominic no sentía nada por ella.

—Jamás has mostrado ningún interés por mí. Hasta ahora. Y solo con el fin de distraerme y evitar que indague sobre lo que sea que está pasando.

—¿Lo que sea que está pasando? —repitió él—. Yo no he hecho esas cosas de las que me acusas. Ten cuidado, cielo.

Dominic tenía razón. Durante las últimas horas, entre la llamada telefónica de Anderson Stone y el encuentro entre Annalise, Dominic y ella, Meredith había comenzado a preguntarse qué era lo que realmente pasaba, cuál era la verdad.

Y había empezado a creer que, se tratara de lo que se tratase, Dominic estaba metido en un lío.

—Soy periodista, solo busco la verdad. Nada más.

Tras esas palabras, Meredith se dio media vuelta y se encaminó hacia la puerta.

Acababa de cruzar el umbral cuando la voz de él la detuvo.

—Ten cuidado, Meredith. Estás jugando con fuego.

¿Qué podía responder a eso? Los dos sabían que ella no iba a dejar de investigar.

—Y no te engañes a ti misma, cielo. Llevo años queriendo tocarte y besarte.

Capítulo Seis

¿Por qué había hecho esa confesión? Nada bueno podía salir de ahí. No cambiaba ni solucionaba nada.

Pero no había podido contener esas palabras. En el fondo, había sentido la necesidad de que Meredith supiera que no había actuado con segundas intenciones.

Ni siquiera se había dado cuenta de lo que hacía. Se había encontrado delante de ella y, sin más, la había rodeado con sus brazos.

Y lo que había sentido había sido pura perfección, algo que solo le había pasado una vez más en la vida.

Aunque esta vez había sido diferente. Mejor, lo que le sorprendía y le hacía desear más.

Meredith había ardido en sus brazos, se había entregado y había sido exigente. Incluso ahora, el sabor de ella impregnaba sus sentidos.

El problema era que eso no había cambiado nada. De hecho, empeoraba las cosas.

Dominic sabía que no podía volver a tocarla. Meredith se merecía un hombre mejor que él.

Por experiencia, ya que le había ocurrido una vez en la vida, sabía que ninguna mujer estaba a salvo con él. No podía olvidar el dolor de perder a su madre y no quería que volviera a ocurrirle nada parecido.

Meredith, a pesar de su rigidez y de cómo seguía los dictados de sus principios, era sumamente generosa. Anteponía el bienestar de los demás al suyo propio. En su trabajo, se dedicaba a defender a aquellos que no podían defenderse por sí mismos.

Meredith le detestaba y tenía motivos para ello. Dominic, intencionadamente, se había creado una imagen contraria a todo en lo que Meredith creía. Nunca antes le había preocupado la opinión que Meredith pudiera tener de él… porque no era ni más ni menos que la opinión que él tenía de sí mismo.

Pero esa noche, le había dolido mucho que Meredith le rechazara.

Estaba decidido a evitarla a partir de ese momento. Con un poco de suerte, Stone y Joker lograrían el apoyo necesario para evitar que se hiciera público el asunto de las desaparecidas. Preferiblemente, antes de que Meredith se viera envuelta en un peligro del que no podría escapar.

A sus espaldas se abrió la puerta del despacho y Dominic tuvo que contener un gruñido de frustración. ¿Por qué no podían dejarle en paz esa noche?

Jake no esperó a que le saludara.

–Tenemos un problema.

–¿Qué problema?

–Alguien nos ha seguido a Tessa y a mí después de salir de aquí.

–Maldita sea.

–Sí, maldita sea. Al principio, he creído que se trataba de alguien a quien había contratado su marido para que la siguiera.

Con la tecnología actual, era un constante motivo de preocupación. Aunque tomaban precauciones, siempre había riesgos. Salir de allí era el momento en el que el riesgo era mayor cuando ayudaban a una mujer a escapar. Pero también habían diseñado planes para contrarrestar ese riesgo.

–Llamé a nuestros refuerzos para que siguieran a la persona que nos seguía. Al enterarme de que no se trataba del marido de Tessa, pensé que podría tratarse de la persona que le envió esa información a Meredith y me puse a indagar.

Un hombre inteligente, por eso Jake era el jefe del equipo de seguridad.

–¿Y?

–No te va a gustar lo que he descubierto.

–Vamos, dímelo.

–Era un tipo grande, alto y de mucha musculatura.

–¿Contratado por alguien?

–Sí, pero eso es lo que no te va a gustar. Hemos averiguado que, previamente, se había reunido con Meredith.

En esos momentos, a Dominic le entraron ganas de estrangularla. ¿Cómo demonios se le había ocurrido meter a otra persona en ese asunto? Lo que había hecho podía haberle costado a Tessa su libertad.

–Y con Tessa, ¿todo bien?

–Sí. He llamado a Stone y hemos cambiado el itinerario y el destino final como medida de precaución, pero no creo que corra ningún peligro.

Menos mal, era un alivio.

–Eso no significa que esté a salvo completamente. Diles a todos que estén muy atentos. Las primeras horas son cruciales.

Jake asintió.

–Ya lo he hecho.

Al parecer, la promesa que se había hecho a sí mismo de mantener las distancias con Meredith iba a quedar en nada.

Era tarde, muy tarde, más madrugada que noche. Pero Meredith no podía descansar. La cabeza le daba vueltas y no lograba olvidarse del beso.

Con una copa de vino en la mano, la segunda, y asomada a la ventana de su casa en un conjunto residencial, esperaba que el alcohol la ayudara a dormirse. En la distancia, el desierto estaba oscuro, tranquilo y hermoso. Prefería esa parte de Las Vegas al lujo preferido por Annalise o al caos y el exceso que rodeaban a Dominic.

Sacudió la cabeza, vació su copa y se dirigió a su dormitorio. En el cuarto de baño de su cuarto, se puso un suave camisón y, al salir, se quedó de piedra.

Había un hombre allí, pero no necesitó verle la cara para darse cuenta de quién era. Lo reconoció por su postura, por la inclinación de su cabeza, con las manos en los bolsillos de los pantalones… igual que antes aquella misma noche.

La sangre le hirvió al momento.

Dominic paseó la mirada por su cuerpo, desde los

pies descalzos pasando por sus muslos y la seda que le cubría el cuerpo hasta la cara.

La piel le ardía bajo la mirada de Dominic. Sus pezones se endurecieron y él lo notó.

Lo que la enfureció enormemente.

El sentido de supervivencia le dijo que debería cubrirse con algo. Se sentía desnuda. Pero, por otra parte, era él quien había invadido su privacidad y ella tenía derecho a llevar puesto lo que le diera la gana.

–¿Esperabas compañía, cielo?

–No. ¿Cómo has entrado aquí?

–Digamos que tu sistema de seguridad deja mucho que desear.

–Para la mayoría de la gente, un cerrojo y un poco de educación resulta suficiente.

–Yo no soy la mayoría de la gente.

De eso no cabía la menor duda.

–¿Crees que puedes actuar con impunidad y saltarte la ley cuando quieras? Esto es allanamiento de morada, Dominic.

Lo que le describía perfectamente. Dominic se saltaba todas las reglas, para él eran meras sugerencia; por el contrario, ella las cumplía a rajatabla. No comprendía la habilidad de Dominic para hacer lo que le daba la gana sin importarle las consecuencias.

–Llama a la policía –dijo él encogiéndose de hombros–. Pero antes de hacerlo, ¿por qué no hablamos del tipo al que has mandado a que siga a mi jefe de seguridad?

Meredith empequeñeció los ojos. ¿Cómo se había enterado él de eso? Había sido Annalise quien la había puesto en contacto con Ethan, uno de los de su equipo de seguridad, con el fin de averiguar qué estaba pasando, pero también con la intención de proteger a Dominic.

Porque el cabezota de Dominic no iba a pedir ayuda a pesar de necesitarla.

Ethan no había averiguado nada que pudiera servirles de mucho. Había seguido a uno de los coches de Dominic al salir de Excess, pero en él no iba Dominic, aunque sí una hermosa mujer. Ethan le había dicho que ella y el jefe de seguridad de Dominic habían entrado en un hotel por la puerta de atrás.

—Ah, tu jefe de seguridad, ¿eh? ¿Utilizando el coche del jefe para divertirse un rato?

Dominic sonrió.

—Tenía mi permiso para hacer lo que estaba haciendo.

—Sí, no me cabe la menor duda.

—No vas a dejarlo, ¿verdad?

Meredith ladeó la cabeza y contempló a Dominic durante unos segundos. A pesar de la hora que era, se le veía compuesto y despierto.

—¿No voy a dejar qué? ¿La aventura amorosa de tu empleado?

—Deja a Jake en paz, no ha ido al hotel para acostarse con nadie. Y no me refería a eso, sino a este lío porque, claramente, tu investigador creía que me estaba siguiendo a mí. Y tú, pase lo que pase, no vas a parar hasta averiguar qué ocurre, ¿verdad?

Meredith se encogió de hombros. Dominic tenía razón, pero no quería admitirlo. En el fondo, sabía que algo no casaba y que Dominic estaba en peligro. Pero ella no podía abandonar, no era capaz.

–¿Por qué iba a hacerlo?

–Porque te lo pido yo.

Meredith lanzó una seca carcajada.

–Eso no es motivo para mí, Nic.

Dominic dio unos pasos hacia ella, esquivando la enorme cama en medio de la habitación.

Meredith se había sentido más segura con la cama de por medio. No porque tuviera miedo de él, sino porque le daba miedo su propia reacción.

–Suponía que dirías eso. Tu amigo me ha hecho perder mucho tiempo y mucho dinero esta noche.

–No veo por qué –pero si Dominic se dignaba a explicárselo, era todo oídos.

Muy despacio, Dominic se le acercó hasta detenerse a escasos centímetros de ella. La luz de la luna trazaba luces y sombras en su rostro, haciendo que sus pómulos sobresalieran, haciéndole parecer más peligroso de lo que sabía que era.

–Ese es el problema –murmuró Dominic–. Y, a propósito, yo no te debo ninguna explicación.

A Meredith le vibraba todo el cuerpo. Estaba excitada y una energía nerviosa se había apoderado de ella. La piel le picaba. Quería que Dominic se marchara si no quería hacer algo de lo que más tarde se arrepentiría, como aprovecharse de que la cama estaba justo detrás de él.

–Yo no he dicho que me debas explicaciones –respondió ella automáticamente, pensando en otra cosa, pensando en sexo.

Dominic esbozó una ladeada sonrisa, pero sin humor.

–Pero te la voy a dar, con el fin de zanjar el asunto y no volver a hablar de ello a partir de ahora.

¡Ya! Dominic iba a revelarle algo con intención de controlarla, algo que se le daba muy bien. Pero fuera lo que fuese lo que iba a decirle, no era porque Dominic hubiera decidido que ella necesitaba saberlo, sino porque se había dado cuenta de que era la única forma de conseguir lo que quería, que ella dejara ese asunto y renunciara a escribir el artículo.

De eso estaba absolutamente segura.

Dominic entonces la agarró de la mano y, sin pedirle que le siguiera, la acercó a la cama. Ella contuvo la respiración cuando los dedos de él le acariciaron la mano.

De repente, algo cayó encima de la cama con un sonido sordo.

Meredith parpadeó, tardó unos segundos en darse cuenta de lo que estaba viendo. Abierto, encima de la cama, había un archivo lleno de documentos.

En la parte de la izquierda vio una fotografía, la imagen de un rostro que le era de sobra conocido.

–No lo comprendo –dijo volviéndose hacia Dominic.

–Lo sé –respondió él con una triste sonrisa.

–¿Por qué tienes una foto de Tessa?

Hacía meses que no veía a Tessa, una amiga de hacía muchos años.

–Porque es la mujer que tu investigador ha visto entrar en el hotel con Jake esta noche.

60

–¿Qué? –Tessa estaba casada, llevaba casada seis años–. ¿Tiene relaciones con tu empleado?

¿Le estaba contando eso Dominic para desviar su atención? No le iba a salir bien la estratagema.

Meredith hizo un gesto de desdeño con la mano.

–Esto no es de mi incumbencia, Tessa puede hacer lo que quiera con su vida.

Porque, si era sincera, a ella nunca le había gustado el marido de Tessa; las veces que le había visto se había sentido incómoda en su presencia. Así que se alegraba de que su amiga hubiera encontrado a alguien mejor, aunque no estuviera de acuerdo con el modo en que Tessa manejaba la situación. Pero eso no iba a decírselo a Dominic.

–Tessa no tiene relaciones con Jake.

Ahora sí que no entendía nada.

–En ese caso, ¿por qué han ido juntos a un hotel?

¿Y cómo podía estar segura de que era Tessa quien había ido a ese hotel? La mujer que Ethan había descrito no se parecía en nada a su amiga, aunque podía haberse teñido el pelo o disfrazarse.

–Porque Tessa va a desaparecer esta noche.

Meredith, perpleja, arqueó las cejas. Era como si Dominic le estuviera hablando en chino, a pesar de reconocer las palabras que había pronunciado.

–¿Qué quieres decir? –¿estaba admitiendo que iba a secuestrar a Tessa, igual que a las otras mujeres?

–Tessa es víctima de violencia de género, su marido abusaba de ella. Pero, como tú bien sabes, es un hombre respectado en la comunidad y muy influyente.

—Espera un momento… ¿Qué?

Aunque durante los últimos años había visto a Tessa muy poco, ¿cómo no iba a haberse enterado de que su amiga era víctima de abusos?

—Ben siempre ha tenido mucho cuidado en no marcarle la cara, pero hace unos días se pasó mucho. Le rompió cuatro costillas y la muñeca.

—De haber sido así, me habría enterado.

Meredith era una periodista de investigación, estaba acostumbrada a indagar y a descubrir las mentiras que la gente decía con el fin de proteger sus propios intereses.

—Las mujeres que sufren abusos con frecuencia lo ocultan, son especialistas en eso.

Meredith sacudió la cabeza, no lograba encajar las piezas. Agarró el archivo y comenzó a ojearlo. Había mucha información, incluida documentación sobre abusos que habían tenido lugar.

A Meredith se le hizo un nudo en el estómago mientras leía lo que tenía delante. Le dieron ganas de salir corriendo para ir a buscar a Tessa y prometerle que la ayudaría en lo que necesitara.

Con brusquedad, Meredith cerró el archivo, se dio media vuelta y se dirigió hacia la puerta para ayudar a su amiga. Pero el sólido cuerpo de Dominic se interpuso en su camino.

Dominic la agarró del brazo y la hizo detenerse.

—No —murmuró él.

Meredith trató de zafarse de él, pero no le sirvió de nada, las fuertes manos de Dominic la sujetaron, haciendo que sus esfuerzos resultaran inútiles.

Por fin, Meredith se quedó quieta. No porque quisiera, sino porque Dominic le impedía dar escape a la cólera que se había apoderado de ella. Estaba enfurecida y lo pagó con Dominic.

–¿Cómo demonios te has visto tú envuelto en esto? –le gritó ella.

–El marido de Tessa es un cliente habitual de Excess; a veces venía con ella y en otras ocasiones con un grupo de amigos que dejan mucho que desear. Hace unos ocho meses, estaba con ella y con algunos de esos amigos en uno de los reservados VIP del club. Tessa también estaba allí. Estaba borracho como una cuba.

Meredith notó desdén e ira en la voz de Dominic. Jamás le había oído utilizar ese tono de voz: directo, exigente, apasionado. Normalmente, Dominic parecía no darle importancia a nada. Ahora, sus ojos mostraba cólera.

Ese era un aspecto de la personalidad de Dominic que le resultaba completamente desconocido. En otro momento le habría intrigado, pero le interesaba demasiado lo que le estaba contando como para distraerse.

–Le vi abusar verbalmente de Tessa y humillarla. Hubo un momento en el que levantó el brazo para pegarla, pero debió darse cuenta de que estaba en un lugar público y no llegó a tocarla. Sin embargo, la forma como Tessa se encogió y se amagó…

Dominic tensó la mandíbula antes de continuar.

–Me quedó claro que no era la primera vez. Esperé a que Tessa fuera a los servicios; al salir, la estaba esperando para hablar con ella. Le recordé quién era yo y le dije que podía ayudarla. Tessa no estaba preparada aquella noche, le ocurre a la mayoría, pero le di mi tarjeta e insistí en que acudiera a mí cuando quisiera, que podía ayudarla. Al final, acabó llamándome.

A Meredith le dio un vuelco el estómago, pero todavía le quedaban preguntas por hacer.

–Entonces… ¿la pusiste en contacto con un grupo que podía ayudarla?

Dominic esbozó una sonrisa.

–En cierto modo. Tengo amigos influyentes que diseñaron un plan para ayudar a Tessa a desaparecer. Le han proporcionado una nueva identidad y un lugar en el que rehacer su vida.

Meredith sacudió la cabeza.

–¿Qué? ¿Algo así como los programas de protección de testigos?

–Algo así.

Si era eso lo que pasaba con Tessa…

–¿Ha pasado lo mismo con las otras desaparecidas, también eran víctimas de abusos?

Dominic asintió.

–¿Y por qué demonios no me lo has dicho antes?

–Porque toda persona que lo sabe representa un posible peligro para esas mujeres. En todos y cada uno de los casos han huido de hombres con mucho poder e influencia. Tenían motivos para escapar en vez de acudir a la policía a denunciarlo. Se trata de oficiales de la policía, abogados, hombres de negocios, jueces, multimillonarios… Hombres con recursos e influencia.

Capítulo Siete

Dominic observó a Meredith. Estaba pensando, atando cabos.

Lo extraño fue verla cambiar de opinión respecto a él completamente.

Él nunca le había caído bien a Meredith.

Meredith no se había molestado en disimular que no aprobaba su estilo de vida. No le gustaba la forma como él trataba a las mujeres, aunque Meredith nunca había comprendido que las mujeres con las que él tenía relaciones estaban perfectamente de acuerdo con ese tipo de relaciones. Meredith pensaba que su negocio no beneficiaba en nada a la sociedad y, en alguna ocasión, le había instado a que hiciera algo positivo, a que contribuyera al bienestar de la gente en general.

Le veía con un hombre que se limitaba a beneficiarse económicamente de Excess y que llevaba una vida semejante a la que promocionaba.

Siempre se había dicho a sí mismo que la opinión de ella no le importaba y no se había molestado en aclararle la situación. Nunca había dicho a Meredith que, con las ganancias de Excess Inc. participaba en numerosas ONG a nivel mundial. Tampoco le había dicho que, personalmente, había dado ayudas a chicos para que pudieran estudiar ni que había pagado por tratamientos médicos de gente que pasaba por momentos difíciles. Eso sin contar los generosos beneficios que repartía entre sus empleados.

Meredith quería verle como un encantador *playboy* a quien solo le importaba su propio bienestar, y él nunca la había disuadido.

Porque le gustaba el muro que les separaba. Evitaba que deseara algo que no podía tener. Era más fácil y le evitaba enfrentarse a lo mucho que la deseaba, le evitaba pensar que podía arriesgarse.

Meredith le miró durante unos segundos, reflexivamente.

—Proteges a mujeres víctimas de abuso y les proporcionas nuevas identidades —declaró ella finalmente.

—Sí —respondió Dominic, aunque no había sido una pregunta.

—Eso debe ser muy caro.

—Sí.

—¿Lo pagas tú de tu bolsillo?

Dominic quería responder que no. Quería que se desvaneciera esa mirada de admiración en los ojos de Meredith y que volviera a adoptar esa expresión ligeramente desdeñosa cada vez que le veía.

Era mucho mejor. Más seguro.

Pero no podía mentirle.

—No todo.

—Pero parte.

—No soy yo solo, somos varios los que hacemos esto —respondió Dominic encogiendo los hombros.

–Anderson Stone.

A Stone no le iba a hacer gracia que se descubriera que estaba involucrado en ese asunto, y menos que lo supiera una periodista. Cuando llegara el momento, ya vería qué hacía.

–Sí, Stone Surveillance está involucrado en esto.

Esperaba que Meredith le hiciera preguntas sobre cómo operaban, sobre el papel que cada uno jugaba, sobre el paradero de las mujeres, algo que no revelaría nunca, ni siquiera a Meredith.

Sin embargo, ella le hizo una pregunta que no esperaba. Y como no había estado preparado para ello, respondió con sinceridad, antes de darse cuenta de lo que hacía.

–¿Por qué? ¿Por qué decidiste ayudar a esas mujeres?

–Porque nadie protegió a mi madre y mi vida habría sido completamente diferente si alguien lo hubiera hecho.

La noche en que su madre murió a manos de su marido, el padrastro de él, había sido la peor experiencia de su vida. Jamás hablaba de ello y tampoco quería hacerlo ahora.

Pero Meredith, siendo como era, sin duda iba a acribillarle a preguntas.

Apretando los dientes, Dominic se preparó, decidido a hacerla callar. Pero ella no le hizo ninguna pregunta, sino que le miró de arriba abajo y se le acercó.

Meredith no le tocaba, pero estaba lo suficientemente cerca como para que él pudiera sentir el calor de su cuerpo. También le llegó su aroma, una mezcla de vainilla y flores, algo que se debía haber frotado antes de ponerse ese camisón.

—Nunca le he preguntado nada a Annalise, pero sabía que algo pasó aquella noche. Y lo que se contó después no era verdad.

Era natural que Meredith se hubiera dado cuenta, porque era inteligente y la explicación que se había dado estaba llena de inconsistencias. Pero su padrastro tenía mucho poder, al igual que los hombres que habían abusado de las mujeres que él había rescatado. Y, aquella noche, había sido la palabra de su hermana y la de él contra la versión de los hechos de su padrastro.

Annalise tenía ocho años y él diez cuando ocurrió. Asustados y traumatizados. Pero los policías, sin duda corruptos y recibiendo dinero de su padrastro, se aprovecharon de que eran pequeños para confundirles y liarles con el fin de que su versión resultara no fiable.

Su declaración, oficialmente, resultó ser la declaración de dos niños asustados que no sabían lo que había pasado y que, fundamentalmente, intentaban proteger la memoria de su madre, que sufría una enfermedad mental, e intentaban culpar a alguien de su muerte.

Y su padrastro se había salido con la suya.

Dominic no vio razón para confirmar lo que Meredith había dicho, se limitó a contemplarla en silencio, a pesar de estar deseando abrazarla.

Quería volver a saborear esa boca. Quería volver a

acariciar esa piel. Quería arrancarle esa fina seda que la cubría y descubrir ese cuerpo, centímetro a centímetro. Quería oírla gritar su nombre y suplicarle.

Quería lo que jamás se había permitido tomar.

—Tu madre no estaba loca. Tu madre no atacó a tu padrastro. No fue un accidente.

Dominic sacudió la cabeza lentamente. Que después de tantos años alguien más supiera la verdad le causó un gran alivio; no se había dado cuenta hasta ahora de lo mucho que lo había necesitado.

—Y por eso es por lo que ayudas a otras mujeres.

Dominic tragó saliva, se le había hecho un nudo en la garganta. Sí, evidentemente era por eso por lo que lo hacía, aunque no lo había sabido nadie más que él, ni siquiera Gray o Stone. Nunca le habían preguntado por qué gastaba tanto dinero en eso o por qué utilizaba su negocio y arriesgaba su reputación con el fin de ayudar a unas desconocidas. Quizá no se lo habían preguntado porque ellos hacían lo mismo.

Pero le gustó que otra persona lo reconociera y lo comprendiera.

Meredith se le acercó, le puso una mano en el pecho y se alzó de puntillas.

—Por fin te veo tal y como eres, Nic. Por fin.

Entonces, le besó.

Meredith no pudo evitar besarle. Por fin, ese profundo deseo que llevaba años ignorando exigió ser liberado.

Quizá lo hizo al ver la expresión de los ojos de

Dominic, una expresión de confusión y profunda tristeza que le llegó al alma. Lo que quería era darle algo, algo mejor en lo que pensar para ayudarle a olvidar el doloroso pasado que aún le afligía.

Le había resultado más fácil contener su deseo y adoptar una actitud de fría indignación al considerarle un hombre superficial y díscolo. Pero ahora que Dominic se había quitado esa máscara, ella se había hecho eco de su dolor y lo único que quería era hacerlo desaparecer.

El beso fue suave al principio, tierno, sutil.

Pero no por mucho tiempo.

Al principio, Dominic aceptó lo que ella le ofrecía. La dejó hacer. Pero no tardó mucho en enterrar las manos en sus cabellos y tirar de su cabeza hacia atrás para tener acceso a más.

Le penetró la boca con la lengua, acometió, exploró, la excitó…

Despacio, fue empujándola hacia atrás hasta hacerla toparse con el borde de la cama. Pero no cayó encima. No estaba preparada. Quería más.

Dominic apartó la boca de la suya y Meredith se llenó los pulmones de aire justo antes de que él le cubriera la garganta con los labios.

La piel le picaba y le ardía. Dominic la estaba haciendo enloquecer y solo la había abrazado y besado. El sexo le latía y anhelaba un alivio que solo Dominic podía darle. ¿Era posible que unos besos produjeran un orgasmo?

Meredith sacudió la cabeza, era una estúpida y no solo por la forma como su cuerpo reaccionaba. Una cosa era reconocer que Dominic tenía más integridad de la que fingía tener; no obstante, su reputación con las mujeres no era fingida, sino real. Dominic se negaba a tener relaciones serias con una mujer. Era encantador y las mujeres se rendían a sus pies, pero ella nunca había querido formar parte de ese séquito.

Meredith nunca se había molestado en preguntarle por qué. No importaba. Pero esa noche todo era diferente. Dominic parecía diferente. Dominic la deseaba de verdad.

¿Podría arriesgarse a hacer lo que quería sin preocuparse de las consecuencias?

De repente, Dominic dejó de besarla. Deslizó los dedos por debajo del fino tirante del camisón y le acarició la piel. Se la quedó mirando con una intensidad sobrecogedora. Sus oscuros ojos la devoraron. Lo vio todo. Y, durante un segundo, ella se preguntó si así era realmente.

Meredith nunca se había sentido tan desnuda. Le resultó excitante y, al mismo tiempo, le asustó.

–Dime que pare –dijo Dominic con voz ronca.

–No –respondió ella.

No podía decirle que parara. No quería que parase.

Dominic le arrancó parte del camisón de un tirón y ella emitió un quedo grito de sorpresa. No sentía que le hubiera roto esa diminuta prenda de lencería, lo que sí sentía eran sus erguidos y sensibles pezones.

Siempre había sospechado que Dominic sería un amante exigente, ahora tenía la prueba, de primera mano. Y aunque era intimidante, también era excitante. Dominic la hacía sentirse… poderosa, deseada y sexy. Y no iba a desperdiciar la ocasión.

El tejido de seda le cayó por medio cuerpo, hasta la cintura, dejando uno de sus pechos al desnudo. Dominic no perdió el tiempo, bajó la cabeza, atrapó el pezón con su boca y se lo chupó. Una deliciosa sensación la embargó. Echó la cabeza hacia atrás y cerró los ojos, entregándose al placer que eso le producía.

Meredith agarró la cabeza de Dominic con ambas manos, instándole a que continuara, pidiéndole más, sintiendo cómo la mordisqueaba y la lamía.

Meredith estaba entregada a ese placer, pero no era suficiente. Levantó una mano y se bajó el otro tirante del camisón, que acabó cayendo al suelo, arremolinado alrededor de sus pies.

Meredith era preciosa. Sus rojizos cabellos, normalmente recogidos en una coleta o un moño, le caían sueltos por los hombros. Le encantaba. La hacía parecer más libre, menos seria y contenida.

Había dado a Meredith la oportunidad de decirle que no, pero ella la había rechazado. Y él no tenía fuerza suficiente para negarse ese placer.

La luz de la luna se filtraba por la ventana e iluminaba la piel color oliva de ella. Y los ojos de Meredith, los ojos azul grisáceos más bonitos que había visto nunca, ardían.

—Eres preciosa.

Meredith ladeó la cabeza. No intentó cubrir su cuerpo ni esconderse de él. No se hizo la tímida. Contenta consigo misma, le dejó que la mirase.

Pero por mucho que le gustara admirar la belleza de ese cuerpo, no quería limitarse a contemplarla. Quería devorarla, quería saborear y manosear.

Con una gesto de la mano, sin mediar palabra, Meredith le indicó que se desnudara. Dominic quería que ella le acariciara, pero le encantó que ella quisiera contemplarle.

Mirándola a los ojos, Dominic comenzó a desabrocharse los botones de la camisa; después, se la quitó y la tiró encima de una silla. A continuación se quitó el cinturón. Lentamente, se bajó los pantalones y los calzoncillos, se despojó de los zapatos y se sacó la ropa por los pies.

En vez de abrazarla, se quedó plantado con las piernas separadas y dejó que ella le mirara.

La vio pasarse la lengua por los labios mientras paseaba la mirada por todo su cuerpo.

Y esperó a ver qué hacía ella. Nunca en la vida se había puesto nervioso por estar desnudo delante de una mujer. Sabía que complacía a las mujeres. Sabía lo que les gustaba y, sobre todo, lo que necesitaba. Pero con Meredith… lo que ella opinara de él le importaba.

Más de lo que debería.

Por fin, Meredith dijo:

–Te diría algo halagador, pero no creo que pudiera decir algo que no te han dicho ya cientos de veces. Eres un hombre sumamente guapo y lo sabes.

Inesperadamente, Dominic se echó a reír.

–Puede que sea verdad, pero no me importaría oírtelo decir a ti. Los halagos no tienen nada de especial, no les doy importancia, a menos que vengan de alguien a quien se respeta.

–Tú no me respetas.

Dominic se acercó a ella, le agarró el pelo, acarició esa suave y aterciopelada textura y la miró fijamente a los ojos.

–Eso es mentira y lo sabes tan bien como yo. Siempre te he respetado, y mucho. ¿Por qué crees que nunca me he insinuado contigo durante todos estos años? El sexo es fácil, cielo. Pero tú no eres fácil, eres una complicación personificada.

Capítulo Ocho

Sintió un profundo calor en el cuerpo, no era solo físico, sino algo más profundo. Algo parecido a la felicidad, algo parecido a la buena comida casera preparada con amor.

¿Y qué iba a hacer?

Meredith trataba desesperadamente de no perder el sentido de la realidad, no centrarse únicamente en Dominic, en aquello que estaba viviendo. Quería disfrutarlo por lo que era, un encuentro sexual que, sin duda, iba a dejarla sin sentido.

Pero si Dominic continuaba diciendo cosas así…

–Bueno, no compliquemos las cosas. Sé perfectamente de qué vas, Nic. No tengo problema en seguir tus reglas.

Dominic apretó los labios.

–¿Y cuáles crees tú que son esas reglas?

Meredith se encogió de hombros, no solo quería dar la impresión de no importarle, quería creérselo.

–Como tú has dicho, el sexo es fácil. Es evidente que nos tenemos ganas, no tiene por qué ir más allá de eso. Pasémoslo bien esta noche, nada más. Mañana volveremos a la normalidad.

La normalidad para Meredith sería intentar evitar a Dominic tanto como le fuera posible.

La reacción de Dominic la sorprendió. Imaginaba que Dominic estaría de acuerdo con ella; sin embargo, él empequeñeció los ojos y la atrajo hacia sí.

Meredith se sintió atrapada y querida al mismo tiempo. Era una sensación a la que no estaba acostumbrada y se sintió incómoda. ¿Por qué Dominic no volvía a besarla sin más?

La dura evidencia del deseo de Dominic le presionaba la pelvis. La deseaba. Y ella a él. ¿No podía ser eso suficiente?

Con un brusco movimiento, Dominic la tumbó en la cama.

Le besó todo el cuerpo. La chupó. Le lamió los pezones…

Meredith se agitó bajo el cuerpo de él. En silencio, buscó alivio a la necesidad que él había creado. Algo, cualquier cosa, que aliviara esa desazón…

Se manosearon mutuamente. Dominic emitió un sonido entre gruñido y gemido cuando ella, por fin, le agarró el miembro y se lo acarició.

Ese sonido la hizo sentirse poderosa, provocativa… y muy sensual, ya que era ella quien lo había provocado.

Con fuerza, y aprovechando el elemento sorpresa, Meredith empujó a Dominic agarrándole de los hombros hasta tumbarle a su lado bocarriba. Entonces, le montó.

Con las piernas a ambos lados del cuerpo de él, Meredith apretó el sexo contra el de él, frotándoselo. Necesitaba alivio. Lo exigía. Y esa deliciosa sensación la hizo echar la cabeza hacia atrás.

Pero no fue suficiente.

Estirándose, abrió un cajón de la mesilla de noche y rebuscó durante varios segundos hasta encontrar lo que quería.

Dominic lanzó una queda carcajada al ver que ella tenía un condón en la mano y se lo quitó.

–Siempre preparada para cualquier ocasión, ¿verdad? Debería haberlo supuesto.

Meredith se encogió de hombros. Las mujeres tenían que cuidar de sí mismas.

Sin esperar a que Dominic se encargara de esa tarea, Meredith le quitó el sobre con el condón, lo abrió y enfundó con él el miembro de Dominic en un abrir y cerrar de ojos.

La ventaja que creía que tenía se vio frustrada en el momento en que Dominic, con un rápido movimiento, la movió hasta dejarla tumbada bocarriba.

Una lucha por el poder, incluso en la cama. Con él siempre sería así. Pero, esa noche, Meredith estaba dispuesta a ceder porque no le cabía ninguna duda de que, a cambio, iba a ser recompensada con creces.

Dominic le separó las piernas; pero en vez de penetrarla, le acarició el interior de los muslos con las yemas de los dedos. Con un pulgar, comenzó a tocarle el sexo.

La tenía sujeta, sin dejarla moverse, como él quería.

Meredith le necesitaba dentro; pero, al parecer, Dominic tenía otras ideas. Era demasiado y, por fin, estalló la tensión que había estado acumulando.

El orgasmo la hizo arquearse y alzar las caderas

mientras el mundo a su alrededor se disipaba y lo único que existía era el placer que sentía.

Meredith ni siquiera tuvo tiempo de recuperar la respiración antes de que él le diera lo que ella quería desde el primer momento. La penetró profundamente y se movió dentro de ella; despacio al principio, más rápido y más rápido después hasta que ambos se encontraron en el epicentro de un frenesí.

Jadearon y sus alientos se mezclaron. La boca de Dominic cubrió partes de su cuerpo: garganta, pecho, hombro... La luz de la luna bañaba el glorioso cuerpo de él.

Juntos se encaminaron hacia ese hermoso momento del alivio.

El segundo orgasmo fue demoledor, lo único que existía para ella era Dominic y lo que la hacía sentir. Dominic echó la cabeza hacia atrás al alcanzar el clímax y ella sintió el orgasmo en lo más profundo de su ser.

Ambos se desplomaron en la cama, sus piernas y brazos enlazados, los corazones latiéndoles con fuerza. El peso de él debería haberle resultado sofocante, pero le pareció perfecto. No quería que Dominic se moviera... de momento.

Pero la realidad y el agotamiento la devolvieron a la realidad. Y empezó a darle vueltas en la cabeza a las posibles consecuencias de lo que habían hecho.

Cambió de postura hasta ponerse de lado, de espaldas a Dominic, y él pegó su cuerpo a la espalda de ella, abrazándola. Debería haberle molestado, pero no fue así.

En esos momentos, estaba demasiado cansada para preguntarse por qué mientras el calor del cuerpo de Dominic la envolvía.

Sin pensar, Meredith murmuró antes de dormirse:

–Quédate.

Pero cuando se despertó, se encontró completamente sola.

A Dominic le daba igual si pasaba la noche entera con una mujer o no. Nunca había pasado más de unos días con ninguna.

La pregunta que se hizo fue: ¿por qué no había podido dormirse con Meredith a su lado?

Ella se había dormido al instante. Él, por el contrario, no había podido. Lo que no era normal.

La idea de despertar con ella a su lado le había parecido… perfecta.

Por eso se había marchado.

No había nada perfecto. No podía correr ese riesgo. Sobre todo, con Meredith.

Había agarrado su ropa y se había vestido en el vestíbulo de la casa, delante de la puerta, para no hacer ruido y evitar despertarla.

Estaba decidido a no volver a verla durante un tiempo. Meredith y él se habían evitado durante años, así debía continuar. Estaba casi seguro de que la había convencido de no escribir el artículo, lo que apartaría cualquier tipo de peligro para ella.

Lo que no significaba que él no corriera peligro.

Habían transcurrido varios días desde que Meredith se despertó sola en la cama. Durante esos días, se había entregado a su trabajo a fondo con el fin de no pensar en Dominic ni en el tiempo que habían pasado juntos.

La irritaba enormemente que le resultara tan difícil olvidarlo. De vez en cuando, se sorprendía a sí misma con la mirada perdida, recordando.

Y le irritaba aún más comprender por qué tantas mujeres se arrojaban a los pies de Dominic. Él era guapísimo, carismático, sexy y magnífico en la cama.

Eso sin contar con que, al final, había resultado ser buena persona.

—¿Qué demonios te pasa?

Annalise, por supuesto, empezaba a notar que algo le ocurría.

—¿Sigues dándole vueltas a lo de Dominic?

Un súbito pánico se apoderó de ella. ¿Cómo se había enterado Annalise?

Pero cuando Annalise continuó, Meredith sintió un inmenso alivio.

—Sé que no has escrito el artículo, así que supongo que has descubierto algo que te ha impedido hacerlo.

Meredith no había vuelto a mencionar el artículo, no podía explicar por qué no lo había escrito sin revelar el secreto de Dominic. Como tampoco podía

80

decirle a su amiga que se habían acostado juntos y que después Dominic se había marchado sin despedirse siquiera.

Eso era lo que la enfadaba. No sabía si Dominic era un sinvergüenza o un cobarde. Aunque como no creía que fuera un cobarde, debía ser un sinvergüenza.

Por lo que Dominic le había revelado sobre la desaparición de las mujeres, sabía que él era capaz de hacer cosas buenas. Al parecer, debería haberse dejado guiar por el instinto y por la opinión que había tenido de él desde la adolescencia: Dominic era un narcisista y un egocéntrico, punto.

Annalise la miraba fijamente. Meredith se dio cuenta de que llevaba callada mucho tiempo y tenía que responder.

—No, no voy a escribir el artículo. Al final, me he dado cuenta de que no era verdad. Siento no habértelo mencionado.

Esperaba que su amiga se diera por satisfecha. Estaban almorzando en la terraza del piso que Annalise tenía en el ático del casino. Vivir y trabajar en el mismo edificio, con servicio gratis de habitación, tenía sus ventajas.

En la mesa había fiambres y quesos variados acompañados de diversos tipos de pan tostado, además de frutas silvestres, pasteles y chocolates de postre. La comida en el casino Magnifique era excelente y las vistas le dejaban a uno sin respiración.

Hacía sol y soplaba una fresca brisa. Meredith agarró su cóctel de champán y se dio cuenta de que Annalise ya llevaba dos.

–Aún no me puedo creer que Tessa haya desaparecido. Sé que hacía bastante tiempo que no la veíamos, pero era amiga nuestra. No quiero ni pensar lo que debe estar pasando.

Dos días después de acostarse con Dominic se había hecho pública la noticia de que Tessa había desaparecido. Meredith no pudo evitar el sentimiento de culpa, tanto por Tessa como por no decirle la verdad a Annalise.

Pero le había prometido a Dominic no contarle a nadie lo que había ocurrido. Y aunque Dominic no se mereciera su lealtad, ella no rompía sus promesas. Además, sabía que Dominic tenía razones de peso para evitar contarle la verdad a su hermana.

Por otra parte, alguien estaba decidido a hacer daño a Dominic. O a destrozar su vida acusándole de serios delitos. Dominic no quería que su hermana se viera mezclada en eso.

Meredith respiró hondo. Después de unos días más, se dejaría de hablar de la desaparición de Tessa. Lo que la entristecía y, simultáneamente, la esperanzaba.

Tessa merecía ser feliz, y si para eso tenía que desaparecer…

Meredith murmuró estar de acuerdo con Annalise y se inclinó hacia delante.

–No sé tú, pero yo estoy por comer otro de esos pasteles de limón –tras pronunciar esas palabras, Meredith se metió un pastel en la boca.

De repente, las puertas de cristal que daban a la terraza se abrieron. Meredith estaba de espaldas a las puertas, pero le enorme sonrisa de Annalise le indicó que se alegraba de la presencia de la persona que acababa de llegar.

Imitando la sonrisa de su amiga, Meredith se volvió. Su sonrisa se desvaneció al ver a Dominic.

En vez de acercarse a su hermana, Dominic se dirigió a ella directamente.

—Tenemos que hablar.

Meredith sacudió la cabeza.

—¿De qué tenemos que hablar tú y yo?

Nada más contestar, se dio cuenta de que Dominic iba a suponer lo enfadada que estaba con él porque hubiera desaparecido esa noche.

Dominic ladeó la cabeza y, sin contestar, hizo un gesto indicándole que fuera lo que fuese lo que tenía que decirle Annalise no debía oírlo.

Lo que presentaba un problema, teniendo en cuenta que se había enterado de que estaba en casa de Annalise.

—¿Cómo sabías que estaba aquí?

—Annalise me comentó que ibais a pasar el día juntas.

Meredith desvió la mirada hacia su amiga y Annalise se encogió de hombros.

—¿Qué pasa? No creía que fuera un secreto.

La burlona expresión de Annalise mientras miraba a uno y a otro hizo que el estómago le diera un vuelco. ¡Genial! Ahora su amiga sospechaba lo que había ocurrido entre los dos.

—¿Cómo es que lo sabes?

—¿Te refieres a cómo he notado que saltan chispas cada vez que estáis juntos en el mismo sitio?

–No salta ninguna chispa –protestó Meredith.

–¡Por favor, no me hagas reír!

Annalise se levantó de su asiento; al parecer, había decidido que necesitaban estar solos. De camino a las puertas de cristal que daban al interior del piso, le dio un beso a su hermano en la mejilla antes de desaparecer.

Meredith se puso en pie dispuesta a marcharse. No quería oír nada de lo que pudiera decirle Dominic. Pero no llegó muy lejos, él la agarró por el brazo, deteniéndola.

–Tenemos que hablar.

–Eso ya lo has dicho –le molestaba que Dominic creyera que solo tenía que mover un dedo para hacer con ella lo que quisiera–. No he escrito el artículo. Y tú me dejaste muy claro que no querías ni necesitabas más de mí cuando te marchaste de mi casa a escondidas en mitad de la noche. Así que tú y yo no tenemos nada de qué hablar.

Dominic le agarró el brazo con más fuerza antes de tirar de ella hacia sí.

–No te pongas huraña, Meredith, no te sienta bien.

Meredith, por fin, le miró a los ojos.

–¿Huraña? ¿Yo? Eso nunca –respondió ella con una sonrisa falsa.

Los ojos de él eran dos oscuros pozos marrón verdoso. Le hicieron pensar en un bosque antes del anochecer. Eran ojos con sombras, ojos peligrosos. Dominic era peligroso.

El estómago le dio un vuelco, pero no de miedo, sino de deseo.

Pero Dominic le había dejado claro que no iba a volver a ocurrir y ella no iba a suplicarle.

Dominic aflojó la presión que ejercía en su brazo, pero no la soltó.

–Meredith, siento haberme marchado sin despedirme.

–No es necesario que te disculpes. Los dos conseguimos lo que queríamos.

–Yo no diría eso –murmuró él con voz baja y ronca.

–¿Qué? Sabes tan bien como yo que fue estupendo. Espectacular. Así que no intentes engañarme.

Dominic cerró los ojos y respiró hondo antes de tirar de ella y colocarla con la espalda contra la pared de piedra. Ahí Annalise no podía verles.

Meredith se vio atrapada entre la pared y él. Pero… no quería estar en ningún otro sitio.

Cosa que la enfureció. ¿Desde cuándo perdía ella el control sobre su cuerpo? El pulso se le había acelerado. El corazón parecía querer salírsele del pecho. Y su sexo latía con el recuerdo del placer que Dominic le había dado. Con el cuerpo de Dominic pegado al suyo, se le humedecieron las bragas.

Maldito Dominic.

–No es eso lo que he querido decir –murmuró él–. Me marché porque los dos sabemos que no puede haber nada entre los dos. Somos muy diferentes. ¡Qué digo! Ni siquiera te caigo bien.

Meredith abrió la boca para protestar, pero volvió a cerrarla. Sí, le había dicho muchas veces que no le tenía ninguna simpatía.

Pero… ¿y si no era verdad?

–Quería quedarme contigo, Meredith, por eso precisamente me fui. Los dos lo pasamos estupendamente. Quería guardar ese recuerdo: tú, sexy, dormida a mi lado, en mis brazos… No quería que nos levantáramos, que no supiéramos cómo comportarnos y que eso destrozara lo que habíamos compartido.

Meredith no sabía qué pensar. Dominic la había hecho sentirse en la gloria en un momento para después dejarla en la más absoluta miseria.

Pero… ¿no tendría razón Dominic?

Con un suspiro, Meredith se dio por vencida.

–Está bien, ya no estoy enfadada porque te marcharas.

–Mentira. Pero por si te sirve de consuelo, te diré que yo estoy enfadado conmigo mismo por haberlo hecho –Dominic le acarició el cabello–. Pero lo que realmente me enfadaba era que quería quedarme contigo.

Maldito Dominic.

Meredith sacudió la cabeza para desasirse de él. No quería que le picara el cuero cabelludo. Sabía que Dominic tenía razón, no podía haber nada entre los dos.

–Está bien. Dime, si no era de eso de lo que querías hablar conmigo, ¿para qué has venido a verme?

Dominic dio un paso atrás y se quedó plantado con las piernas separadas. Meredith se dio cuenta de que adoptaba esa postura cuando se enfrentaba a algo que no le apetecía.

–Quería preguntarte a quién le has contado lo de la desaparición de Tessa.

–A nadie.

–¿Ni siquiera a Annalise?

Meredith frunció el ceño.

–No, me pediste que no lo hiciera y no lo he hecho. Puede que no esté de acuerdo contigo, pero yo no rompo mis promesas.

La sombra de una sonrisa asomó a los labios de Dominic.

–Te lo agradezco.

Dominic giró como para marcharse, pero fue ella quien le detuvo en esta ocasión.

–Dime por qué me has preguntado eso.

–Tessa tenía que ponerse en contacto con nosotros pero lleva tres días sin dar señales de vida.

Capítulo Nueve

Dominic trató de esquivar a Meredith, pero ella se interpuso en su camino.

—¿Adónde vas?

—Yo… Me voy.

—No, de eso nada. No voy a permitir que vengas a verme, me digas lo que me has dicho y después te vayas sin más.

Dominic sonrió.

—¿Y quién me lo va a impedir?

—Dominic, estoy hablando en serio. ¿Crees que me voy a quedar cruzada de brazos después de decirme que puede que mi amiga esté en peligro?

Dominic no había pensado en nada. La primera vez que Tessa no había llamado para decir que todo estaba bien, tal y como habían quedado, se había quedado preocupado, pero no asustado. La segunda vez, había temido que, aunque Meredith no había escrito el artículo, quizá se lo hubiera contado a alguien.

Pero la creía, sabía que si Meredith le había dicho que no había abierto la boca así debía ser. Lo que significaba que ocurría algo y debía averiguar qué era. Ya. Tessa llevaba perdida tres días.

No debería haber esperado tanto tiempo para actuar.

Desasiéndose de Meredith, dijo:

—Esto no es asunto tuyo.

—Claro que lo es. Tessa es mi amiga.

—Era tu amiga. Me atrevería a decir que vuestra relación se había enfriado hace mucho.

La culpa que vio reflejada en el rostro de Meredith le hizo sentirse un desalmado, justo lo que era. Le había dicho eso a propósito, pero la expresión de ella se le clavó en el alma.

«¡Sinvergüenza!».

—Perdona, no debería haber dicho eso. Nada de lo que pasa es culpa tuya.

—Es posible –el tono de voz de Meredith sugirió que no le creía, pero Dominic no tenía tiempo para convencerla–. ¿Qué vas a hacer?

—Buscarla –respondió Dominic encogiéndose de hombros.

—¿Cómo?

—Voy a subirme a un avión y a ver si logro adivinar adónde ha ido y por qué está perdida. Teníamos vigilado a su marido, por eso sabemos que él no la ha seguido.

Pero eso no significaba que estuviera a salvo. Ben era lo suficientemente inteligente y disponía de los recursos necesarios para tener una coartada en caso de que algo le ocurriera a Tessa. Podía haber contratado a alguien para que buscara a su esposa.

—Voy a ir contigo.

No debería haberle sorprendido que Meredith dijera eso, pero así era.

—¡Ni en broma!

–Necesitas ayuda. Yo soy periodista de investigación, estoy acostumbrada a indagar y a atar cabos.

Dominic apretó los labios. Lo que Meredith acababa de decir tenía sentido. Ella era una buena periodista de investigación. ¿Le costaba aceptar su ayuda por la atracción que aún había entre los dos?

Si ese era el caso, ¿no sería una cobardía rechazar la oferta de ella? Además, se trataba de la seguridad de Tessa.

–Está bien –dijo Dominic por fin.

–No pongas esa cara tan larga, ya verás como va a ser mejor.

–Me marcho dentro de una hora. Ve a tu casa, mete lo que necesites en una bolsa y reúnete conmigo en Excess dentro de tres cuartos de hora. Si en cuarenta y cinco minutos no estás allí, me marcho sin ti.

Dominic se volvió y echó a andar y le sorprendió que Meredith le siguiera.

Annalise, sentada en una banqueta en la cocina con una copa en la mano le sonrió.

–¿Podríais decirme qué hacíais escondidos para que no os viera?

La sonrisa traviesa de su hermana le puso los nervios de punta. No tenía ninguna gana de que Annalise empezara a imaginar cosas sobre Meredith y él. Decidió que lo mejor era ignorar la pregunta.

–Hasta luego, cariño mío –dijo a su hermana antes de marcharse de la casa.

A sus espaldas, oyó a Annalise decir:

–Eh, ¿tú también te vas?

–Sí, voy a estar fuera un par de días –respondió Meredith–. ¿Te importaría regarme las plantas?

Genial. No se necesitaría ser una lumbrera para adivinar que Meredith se iba con él.

Cuarenta y cinco minutos no era mucho tiempo y Dominic lo sabía. Meredith no dudaba que lo había hecho aposta con la esperanza de que llegara tarde.

Pero se iba a llevar una sorpresa.

–Ah, ya estás aquí –dijo Dominic en un tono de evidente decepción desde el fondo de la sala de oficinas con gente trabajando delante de ordenadores, hablando por teléfono, removiendo papeles…

Dominic esperó a que ella se le aproximara.

–Claro que estoy aquí. Pero aún no me has dicho adónde vamos. Y no me lo vas a decir, ¿verdad?

–No –respondió él esbozando esa endiablada sonrisa tan suya.

Meredith no sabía qué prefería hacer, si besarle o quitarle la sonrisa de una bofetada. Era una cuestión de poder. Dominic sabía algo que ella no sabía y no iba a decírselo.

–Eres un malvado –dijo ella, y Dominic se limitó a encogerse de hombros.

A sus espaldas, oyó a alguien murmurar:

–Qué romántico.

Al parecer, la gente que estaba allí creía que Dominic la iba a llevar a un lugar secreto para pasar unos días de romance con ella.

Dominic cruzó la puerta de su despacho, agarró una

bolsa y se la echó al hombro antes de cerrar la puerta. Después, se inclinó sobre ella y le susurró al oído:

—No tienes por qué venir si no quieres. No te necesito.

Oyó suspirar a alguien cerca de ellos. Era evidente que los que estaban ahí creían que eran amantes.

Sus esperanzas se habían visto frustradas, Meredith no se había echado atrás. Cuando a Meredith se le metía algo en la cabeza… Siempre había sido muy tenaz.

De momento, estaba tranquila y callada, pero solo porque estaba dormida. No había dejado de acribillarle a preguntas desde el momento que se habían subido a su avión privado.

Sabía que Meredith estaba enfadada con él por no decirle adónde iban. Pero lo cierto era que no se lo había dicho porque habían estado rodeados de gente y no quería que nadie se enterara. Cuantos menos supieran cuál era su destino mayor seguridad para Tessa una vez que la encontraran.

Joker estaba aprovechando el trayecto para rastrear la huella digital de Tessa con el fin de localizarla y lograr descubrir qué era lo que la había asustado y la había hecho huir.

El piloto puso en funcionamiento el tren de aterrizaje y, aparentemente, el ruido y las vibraciones despertaron a Meredith.

—¿Qué pasa? —preguntó ella con voz enronquecida por el sueño.

–Que vamos a aterrizar en poco tiempo.

Meredith se miró el reloj de pulsera. Evidentemente, estaba calculando la duración del vuelo con intención de adivinar los posibles lugares en los que iban a aterrizar.

–No en Estados Unidos, ¿verdad?

–No.

Meredith se giró en el asiento hacia él y le miró con esos ojos azules que le hacían pensar en cielos azules y soleados.

–¿Vas a seguir sin decirme dónde? El mundo es bastante grande y llevamos volando mucho tiempo.

–París.

Meredith agrandó los ojos.

–Menos mal que llevo conmigo el pasaporte.

De no llevarlo, no habría sido un problema, el dinero y el estatus rompían muchas barreras.

Meredith subió la persiana de la ventanilla y pegó la nariz al cristal.

–No he estado nunca en París.

Dominic no pudo evitar que la satisfacción que sintió asomara a sus labios haciéndole sonreír. No era fácil entusiasmar a Meredith y, aunque intentara disimularlo, lo oyó en su voz.

–Ojalá no viniéramos aquí por el motivo por el que venimos –comentó ella.

–Te traeré otra vez, cuando podamos disfrutar París de verdad, con todo lo que puede ofrecer –dijo él antes de darse cuenta de lo que decía.

¿Por qué había hecho esa invitación cuando sabía que no iba a cumplirla?

Meredith se volvió para mirarle. Arqueó las cejas y paseó los ojos por su rostro antes de volver la cabeza para contemplar la ciudad que, por fin, estaba a la vista.

Esa había sido la única respuesta de Meredith a lo que él había dicho. No protestó. No aceptó. Simplemente le ignoró.

Y, en ese momento, Dominic se dio cuenta de que realmente quería volver allí con ella. No solo porque sabía que Meredith disfrutaría, sino porque ella creía que él no lo haría.

¿Qué demonios le pasaba?

–¿Por dónde vamos a empezar? –preguntó ella.

Dominic sacudió la cabeza ante la inesperada pregunta de Meredith.

–Primero vamos a ir al piso en el que ella estaba, a ver si encontramos alguna pista. Hablaremos con los vecinos, a pesar de que ha estado poco tiempo. Ya veremos si eso nos lleva a alguna parte.

También iba a hablar con Joker para ver si había descubierto algo mientras volaban.

El avión tomó tierra. Meredith se levantó de su asiento inmediatamente y fue a por su bolsa de viaje que estaba en un compartimento en la parte delantera del avión.

Meredith estaba de pie delante de la puerta, esperando pacientemente a que se pararan y la azafata abriera la puerta para que pudieran desembarcar.

Dominic agarró su bolsa y se dirigió a la puerta. El tiempo se le iba a hacer muy largo.

Capítulo Diez

Por mucho que le hubiera gustado conocer París, una ciudad maravillosa, tenían cosas que hacer, aquello no eran una vacaciones.

Habían llegado a media mañana y Dominic se hizo con el control de la situación al instante. Puso el equipaje en un coche, sin duda para que lo llevaran al lugar en el que se iba a hospedar. Después, la condujo a otro coche.

Meredith miró por la ventanilla mientras el coche entraba y salía de la ciudad. No debería haberle sorprendido que Dominic hablara francés, se había comunicado con el conductor sin ningún problema, pero le sorprendió.

–Hablas francés –declaró ella, no era una pregunta.

–Hablo francés, español y un poco de mandarín.

Cuando estaban en el colegio, Annalise se había quejado muchas veces de que a Dominic no le interesaban los estudios. En cierto modo, Annalise había asumido el papel de madre y le había instado a que hiciera lo que tenía que hacer. Lo que, por supuesto, no había logrado. Dominic se saltaba todo tipo de reglas y no hacía lo que se esperaba de él.

Por todo eso, Meredith había supuesto que a Dominic le había ido mal en el colegio. Sabía que no había terminado los estudios universitarios, que antes de acabar se había puesto a trabajar en el club de Magnifique y dos años después había inaugurado Excess.

—¿Cómo es eso? —sentía verdadera curiosidad. Al fin y al cabo, Dominic no necesitaba hablar esos idiomas para su trabajo.

Dominic sonrió.

—Me gustan los idiomas y tengo negocios en países en los que se hablan los idiomas que he aprendido. No me gusta estar en desventaja ni depender de intérpretes; sobre todo, tratándose de negocios.

Debería haberlo supuesto. Era una cuestión de control. No obstante, le impresionaban la tenacidad, ambición e inteligencia de Dominic.

—Estoy impresionada.

Dominic lanzó una carcajada, pero sin humor.

—¿Por qué soy capaz de aprender idiomas o porque me he molestado en aprenderlos?

Meredith se encogió de hombros.

—Por ambas cosas. No te hagas el tonto, Dominic. He empezado a darme cuenta de que te has creado una imagen ficticia. Sé que se te dan bien los negocios, pero también me he dado cuenta de que no eres el inconsciente y carismático chico guapo al que le da igual casi todo.

Esta vez sí vio humor en la sonrisa de Dominic.

—No se lo digas a nadie —le dijo Dominic inclinándose sobre ella—. Me estropearías el montaje.

—Es decir, que quieres que la gente piense de ti que lo único que te importa es el entretenimiento, la diversión y el sexo.

–Me gusta divertirme –Dominic alzó una mano y le acarició la mandíbula con la yema del dedo índice, y la garganta y el escote–. Y me encanta el sexo.

Meredith tragó saliva. Quería que Dominic continuara, que le arrancara los botones de la camisa y pusiera la boca donde había puesto el dedo. Quería más noches como la que habían pasado juntos.

El cuerpo entero le ardía y en los ojos de Dominic vio que a él le pasaba lo mismo.

Meredith abrió la boca para decirle que no parase, para suplicarle más, pero el brusco parón del coche la devolvió a la realidad.

El conductor pronunció unas palabras rápidamente en francés, Dominic respondió y, con un gesto con la mano, indicó claramente que quería que parase el coche.

Dominic abrió la puerta y salió a la acera delante de un edificio anodino. Después, le ofreció la mano a ella para ayudarla a salir.

Meredith miró a su alrededor. Se encontraban en un barrio con edificios de cinco o seis pisos. Habían dejado atrás los barrios más comerciales y turísticos de la ciudad.

El lugar en el que se encontraban era tranquilo. Una mujer se acercaba por la calle con dos niños pequeños y un perro. Meredith oyó en la distancia risas de niños. El aire era fresco y seco.

Aún tomándole la mano, Dominic la condujo al interior del edificio. En el vestíbulo, había un conserje detrás de un mostrador.

Dominic habló con él y después de varios minutos les acompañaron a un ascensor y les permitieron subir.

En el ascensor, Meredith no se volvió hacia Dominic mientras preguntaba:

—¿Qué le has dicho?

—La verdad. Soy el dueño del piso y hemos venido a visitar a la amiga que nos lo tiene alquilado.

—¿El piso es tuyo?

—Bueno, es de uno de los negocios de los que yo soy copropietario.

Por la forma como lo había dicho, Meredith sospechó que encontrar el nombre de Dominic en las escrituras sería prácticamente imposible, a pesar de ser el dueño.

—¿Has utilizado este piso en más ocasiones?

—No, aunque hace tiempo que lo tenemos. Lo teníamos alquilado hasta hace unos meses.

—¿Eres copropietario de una empresa inmobiliaria?

—Algo por el estilo —respondió Dominic sonriendo.

Meredith se dio cuenta de lo valioso que eso podía ser para esconder a gente que necesitaba un lugar seguro en el que empezar una nueva vida.

Las puertas del ascensor se abrieron y salieron a un largo pasillo. Había cuatro puertas, lo que indicaba que los pisos debían ser bastante grandes. Dominic se detuvo delante de la última puerta, tecleó un número en la cerradura electrónica y la puerta se abrió.

Dentro, Meredith vio que el ambiente era una

mezcla de moderno y clásico en un espacio abierto con paredes de ladrillo. La zona de cocina era moderna, con muebles de color gris, acero y suelos de mármol. La zona de estar tenía un sofá en forma de ele de cuero color turquesa.

Todo estaba limpio, era acogedor y, no obstante, parecía inhabitado.

Meredith se lanzó a la tarea de buscar alguna pista que le indicara que Tessa había estado allí. Pero no había fruta en el frutero encima de la mesa, ni revistas, ni libros, ni platos en el fregadero…

Dominic abrió tres puertas y ella le siguió. Asomó la cabeza en la habitación segunda habitación, el baño de invitados y, por último, en el dormitorio principal con baño propio.

El resto de la casa indicó lo mismo: nada.

Dominic abrió las puertas de un armario empotrado grande y se metió dentro, ella eligió examinar el cuarto de baño. Estaba claro que el piso había sido modernizado, tenía el encanto de lo antiguo mezclado con utensilios y aparatos modernos. Al fondo del cuarto de baño había una bañera al lado de una ducha enorme cerrada por paneles de cristal. En la pared opuesta había un lavabo encajado en un mueble y Meredith, inmediatamente, empezó a abrir cajones.

–Nada. Ni una sola prenda de ella en el armario. Habíamos abastecido el piso con todo lo necesario antes de que ella viniera, pero toda la ropa ha desaparecido.

Meredith se volvió.

–Pasa lo mismo aquí. Los cajones están todos

vacíos. No he encontrado ni un tubo de crema de dientes.

De repente, algo atrajo su atención. Una pequeña papelera debajo del borde del mueble del lavabo. Meredith se agachó, agarró la papelera y la colocó en la encimera. Dentro vio varias cajas y envolturas.

Estaba claro que alguien había abierto cajas de productos y los había dejado allí.

—Tessa ha estado aquí.

—¿Cómo puedes estar tan segura?

Meredith sacó de la papelera una caja con un estampado de flores.

—Porque Tessa utilizaba este perfume cuando estábamos en el colegio. Es un perfume francés.

Dominic se pasó los dedos por sus cabellos caoba oscuro. Recorrió la habitación con la vista una vez más y después salió e hizo lo mismo en el resto del piso.

De no haber sido por lo que Meredith había encontrado en el cuarto de baño del dormitorio principal, nadie habría imaginado que Tessa hubiera estado allí.

—Eres muy observadora —dijo él.

—No se necesita ser un genio para echar un vistazo a una papelera.

Quizá Meredith tuviera razón, pero a él no se le había ocurrido. Aunque, al final, era posible que lo hubiera hecho.

—En fin, lo bueno es que no parece que haya habido violencia. Nada de muebles tirados ni jarrones rotos ni revistas por el suelo –dijo Meredith.

De nuevo, ella tenía razón.

–Sí, da la impresión de que todo está en su sitio.

–Si alguien hubiera venido para llevársela, no se habría molestado en meter su ropa y sus artículos de aseo en una maleta.

–Cierto –respondió Dominic con cierto alivio; no obstante, seguían sin saber dónde estaba Tessa–. En ese caso, algo debe haberla asustado.

–Sí, está claro que ha huido –dijo Meredith asintiendo con la cabeza.

–La pregunta es… ¿por qué?

Dominic giró sobre sí mismo, buscando con la mirada alguna pista, algo que pudiera ayudarle. Pero nada.

Meredith hizo lo mismo y después se acercó a él con expresión sombría.

–¿Y adónde?

Como no habían encontrado nada en el piso, decidieron hablar con los vecinos. Pero Tessa había estado allí muy poco tiempo y, unas horas después, se encontraron con que sus pesquisas no habían dado resultados.

Dominic, cada vez más preocupado, llamó al chófer para que les llevara al hotel. Durante el trayecto, llamó a Joker para decirle que no habían encontrado nada.

Habían proporcionado a Tessa una nueva identidad, incluidos todos los documentos, tarjetas de crédito y dinero. No obstante, según Joker, ella no había utilizado ninguna de las tarjetas. Aunque eso no era extraño, ya que tenía dinero de sobra en metálico.

Encontrarla podía llevarles días, lo que no le apetecía nada. Tenía el presentimiento de que Tessa tenía problemas.

Además, para colmo, la idea de pasar semanas recorriendo Europa con Meredith le parecía muy peligrosa a muchos niveles; sobre todo, porque no podía dejar de pensar en la noche en que se habían acostado.

Sabía que si lo repetían ambos se arrepentirían. Meredith quería más de lo que él estaba dispuesto a dar.

No por primera vez, se preguntó cómo podría convencerla de que volviera a casa. Pero como sabía que no lo lograría, decidió dejar las cosas como estaban… de momento.

Meredith trató de disimular lo impresionada que estaba. La suite del hotel que Dominic había reservado era increíble. Incluso había un pequeño piano en mitad de una de las habitaciones.

Pero era la vista lo que la dejó sin respiración.

Era de noche y, después de deshacer la bolsa con las pocas cosas que había metido en ella, Meredith se había encontrado con que no tenía nada que hacer.

Había vuelto al salón y se había acercado a la pared de cristal con vistas a la ciudad. Al otro lado de la calle había un pequeño restaurante con unas doce mesas en la acera. Había velas, la gente reía y el vino corría. Vio parejas paseando por la calle empedrada y, en la distancia, la torre Eiffel iluminada.

Era pura magia y le entraron ganas de salir a pasear. Pero, por otra parte, eso la hizo sentirse culpable, ya que su amiga debía estar sola y asustada.

Aunque pasar en la suite toda la noche sola no iba a ayudar a Tessa en nada.

Meredith acababa de convencerse de que no era egoísta por su parte salir a dar un paseo durante una o dos horas cuando Dominic entró en la suite.

Dominic la miró, fijándose en los raídos pantalones y la enorme camiseta que se había puesto al llegar al hotel. Él sonrió al clavar los ojos en sus pies descalzos.

—¿Qué pasa? —preguntó ella a la defensiva.

—Nada.

—Pues, por la cara que pones, no lo parece.

Dominic se encogió de hombros y se dirigió a la cocina que estaba al fondo de la zona de estar.

—Es solo que no sabía que te gustara el azul eléctrico, nada más.

Meredith se miró las uñas de los dedos de los pies y los arrugó encima de la espesa alfombra.

—¿Qué tiene de malo el azul eléctrico?

—Nada.

¿Qué le importaba a ella lo que Dominic opinara sobre su pedicura? Nada.

—¿De qué color esperabas que llevara pintadas las uñas de los pies?

—Un color crudo. O rosa pálido. Incluso un rojo. Algo convencional.

–¿Convencional? Quizá no me conozcas tan bien como crees.

Esta vez, la sonrisa de Dominic brilló en sus ojos verde oscuro.

–Evidentemente. Pero me parece un poco triste que solo seas atrevida en lo que al esmalte de las uñas de los pies se refiere.

Meredith no pudo contenerse y le siguió a la cocina.

–Yo me enfrento a riesgos todos los días, Dominic, mi trabajo lo exige. Y no te quepa duda de que me enfrenté a un riesgo muy grande la otra noche contigo.

Esta vez, cuando Dominic se acercó a ella, se valió de su altura y sus anchos hombros para intimidarla. Meredith pegó la espalda al mostrador y parpadeó.

El corazón le palpitó con fuerza cuando Dominic plantó las manos en las caderas de ella. Entonces, se inclinó y el calor de sus palabras le rozaron la garganta.

–Eso no fue un riesgo, Meredith. Fue un estallido que ninguno de los dos pudo impedir.

Antes de poder responder, Dominic se apartó de ella.

Meredith sintió un insoportable calor en todo el cuerpo. El sexo le latía. Quería más. Dominic la consumía… y ni siquiera la había tocado.

Entretanto, Dominic se había puesto a rebuscar en el frigorífico como si nada.

¡Maldito Dominic!

Capítulo Once

Dominic tenía hambre, pero lo que le apetecía no era precisamente la comida que estaba a punto de preparar. No obstante, mejor hacer algo productivo con las manos que enredarlas en los cabellos rojizo dorados de Meredith.

Dominic sacudió la cabeza y sacó de la nevera los ingredientes que iba a necesitar. Podía preparar una cena sencilla, pero decidió que algo más complicado le distraería más y así dejaría de pensar en otras cosas.

Le gustaba cocinar, pero ni cortar, pasar por la plancha o el calor del horno lograron abstraerle del hecho de que Meredith, sentada al otro lado de la isla de la cocina, le observaba en silencio.

–¿Dónde has aprendido a utilizar el cuchillo con tanta habilidad? –le preguntó Meredith de repente.

Dominic apartó la vista de las verduras que estaba cortando y clavó los ojos en los de Meredith.

–Pasé mucho tiempo en el casino de mi padre.

–Eso no me dice nada –respondió Meredith indicando las verduras perfectamente cortadas.

–El casino tiene varios restaurantes, bares y clubs. En todos ellos se sirven comidas. Mi padre era de la opinión de que, aunque Annalise y yo disfrutábamos de todo lo que el dinero podía ofrecer, teníamos que aprender a ganarnos la vida con nuestro propio esfuerzo y a valorar el trabajo. Además, quería que estuviéramos familiarizados con todos los aspectos del casino para cuando nos tocara hacernos cargo de él. Nos puso a trabajar en distintos sectores del negocio cuando éramos adolescentes. Yo pasé mucho tiempo en las cocinas.

—Sabía que Annalise había pasado mucho tiempo aprendiendo a llevar el casino —comentó Meredith asintiendo—, pero suponía que era porque le gustaba.

—Y le gustaba. Sobre todo, el aspecto del negocio en sí.

—¿Y a ti no?

—El casino era de ella —dijo Dominic encogiéndose de hombros—. A mí me interesaban otras cosas.

—Como el club.

Notó un tono burlón en la voz de Meredith y sonrió.

—¿Qué tienes en contra de mis clubs?

—Nada.

—Mentira.

Meredith suspiró, se puso en pie, abrió uno de los muebles de la cocina, sacó una copa y se sirvió un vino tinto de una botella abierta que había encima del mostrador. Él lo había dejado ahí abierto para que respirara antes de la cena, pero…

—No, no es mentira —dijo Meredith apoyando una cadera en el mostrador—. No tengo nada en contra de tus clubs.

–Entonces, es algo personal.

–No, no se trata de ti, sino de mí.

Dominic la miró fijamente y vio en la expresión de ella confusión y desilusión.

–Explícate.

–Se te da bien lo que haces. Es evidente, teniendo en cuenta que tienes clubs por todo el mundo y también dinero propio en el banco, sin contar con el dinero de tu familia.

¿Por qué esas palabras parecían más una acusación que un halago?

–Sé que tu equipo de seguridad es excelente y que proteges tanto como puedes a la gente que va a tus clubs –Meredith lanzó una queda carcajada–. Lo he visto con mis propios ojos.

–Cierto.

–Yo tenía una amiga en la universidad a la que un día, en un club, le pusieron droga en una copa y la violaron. Nunca olvidaré lo asustada que estaba cuando me puse a buscarla y no la encontraba. Y tampoco olvidaré lo que sufrió después de despertar y darse cuenta de lo que le había pasado.

–Siento mucho lo que le pasó a tu amiga, pero eso no tuvo nada que ver con Excess. Ni conmigo.

Dominic echó las verduras en una sartén y luego comenzó a preparar los ingredientes para una crema de ajo.

–Lo sé. Por eso he dicho que es un problema mío.

–Eso es lo que dices, pero cada vez que hablas de cómo me gano la vida lo haces con desdén. Siempre ha sido así.

Meredith abrió la boca, claramente para protestar, pero volvió a cerrarla. Por fin, al cabo de unos segundos, dijo:

–Es más fácil así.

–¿Qué quieres decir?

Meredith bebió un trago de vino.

–Me resulta más fácil distanciarme de ti si me convenzo a mí misma de que no me gusta cómo eres ni cómo te ganas la vida.

Lentamente, Dominic dejó encima del mostrador la cuchara que había estado utilizando y cerró las manos en dos puños.

–¿Por qué quieres distanciarte de mí?

–Sabes perfectamente por qué –susurró ella.

Dominic echó una mano hacia atrás y con ella apagó el horno y los fuegos que había estado usando. Después, le quitó de las manos la copa a Meredith.

–Quiero oírtelo decir.

Meredith le puso una mano en la cadera y la otra en el cuello y tiró de él hacia sí.

–Te deseo. Siempre me has gustado. Sueño contigo, Nic. Me vuelves loca. Y eso me asusta mucho porque no puedo controlarlo.

Dominic la comprendía perfectamente, a él le pasaba lo mismo.

Pero esa noche, el deseo era más fuerte que el miedo.

Dominic la alzó en sus brazos y Meredith le rodeó la cintura con las piernas.

–Por suerte, no te pasa solo a ti –gruñó él al tiempo que echaba a andar.

Debería haber supuesto que así era como iban a acabar. Aunque, en realidad, había imaginado que así sería. ¿No era por eso por lo que había tratado de mantener las distancias con él desde el momento en que se subieron al avión?

Pero era inútil. Cada día que pasaban juntos le deseaba más. Y no solo por la atracción física, sino porque realmente Dominic le gustaba como persona.

Tenía las fuertes manos de Dominic en las nalgas, apretándola contra él. Con cada paso, su sexo frotaba la rígida erección de él. Le besó la garganta, se la lamió y la chupó. Dominic sabía a sal y a pecado.

Le puso una mano en la espalda y tiró de la camisa para sacársela de debajo de los pantalones y le acarició la piel. Estaba dispuesta a disfrutarle al máximo. Lo quería todo.

Paseó las manos por los hombros, el pecho y las costillas de Dominic. Sus labios imitaron el recorrido de sus manos tanto como la posición le permitió. Le chupó la garganta mientras jugueteaba con uno de los pezones de él.

Dominic emitió un sonido gutural.

–Ten cuidado, cielo –murmuró él lamiéndola.

–¿Y si no, qué? –preguntó ella con osadía.

Entraron en la habitación principal, la que Dominic le había ofrecido a ella. Había una lámpara encendida, la que estaba encima de una mesilla de noche, e iluminaba la cama, dejando el resto de la estancia en la penumbra.

Dominic la tumbó en la cama.

–Si no te voy a torturar. Te voy a hacer rogar. ¿Cuántos orgasmos crees que vas a poder soportar?

El sexo le latía.

Apoyándose en un codo, Meredith se llevó una mano a la camisa y comenzó a desabrocharse los botones lentamente. Le encantó la forma como él la miraba, cómo seguía con los ojos cada uno de sus movimientos. Se abrió la camisa y se acarició el cuerpo con la yema de un dedo. Paseó el dedo por el tirante del sujetador, por las costillas, por el ombligo… Bajó hasta la cinturilla de las bragas de encaje; después, subió la mano y se acarició un pecho. Se metió la mano por debajo de la copa del sujetador y jugueteó con el pezón.

Los ojos de Dominic ardían.

–Tócame, Nic.

Dominic no se hizo de rogar. Inmediatamente, le desabrochó los pantalones y se los sacó. Le besó y le chupó la cintura, las caderas y la parte interior de los muslos. Entonces, Dominic tiró de ella hacia el borde de la cama y se arrodilló. Con las palmas de las manos le separó los muslos y le cubrió con la boca el sexo.

Sin dejar de mirarla a los ojos, Dominic sacó la lengua y la saboreó.

No podía soportar más. Meredith echó la cabeza hacia atrás y lanzó un grito de placer por las sensaciones que la bombardeaban.

Dominic la torturó con boca y lengua, la chupó, la mordisqueó y la lamió. La hizo enloquecer, la llevó al borde del placer absoluto pero se retiró antes de que alcanzara el orgasmo.

–Por favor… Nic, por favor…

Pero Dominic la tenía sujeta y parecía dispuesto a prolongar la tortura… Hasta que ella se hartó, le agarró la cabeza y se la pegó a su sexo. Y consiguió lo que necesitaba.

Su cuerpo palpitaba y temblaba, pero Dominic continuó con la lengua hasta que el primer orgasmo dio paso a otro.

Por fin, Meredith, desplomada en la cama e incapaz de soportar más, utilizó los talones para apartarse de la torturadora y perfecta boca de Dominic.

Capítulo Doce

¡Era magnífica! Dominic no lograba saciarse de ella. Le encantaba darle placer, le encantaban sus gemidos y gritos. Podía pasarse toda la noche viendo sus orgasmos…

Pero su propio cuerpo le exigía satisfacción.

Le gustaba el sexo, y mucho, pero nunca había sentido nada parecido a lo que sentía con Meredith. Con otras mujeres había sido una cuestión de gratificación sexual mutua; pero con Meredith, saber que la daba placer era casi suficiente.

Casi.

Se quitó los pantalones y los calzoncillos mientras le daba un pequeño respiro a Meredith. Después, se subió a la cama, se colocó encima de ella y comenzó a besarle el cuerpo.

Meredith tenía una piel pálida y perfecta. Sedosa y suave.

Muy despacio, Meredith abrió los ojos y sonrió.

–Me has dejado destrozada.

–No lo creo –respondió Dominic lanzando una ronca carcajada.

Meredith extendió los brazos hacia él y le acarició el cuerpo. Después, le puso las manos en el rostro y tiró de él para que la besara.

Fue un beso suave al principio. Meredith abrió los labios y le acarició el interior de la boca con la lengua, haciéndose eco de lo que él quería hacerla en todo el cuerpo. Se onduló bajo él, se frotó contra él. Entonces, se abrió de piernas y le agarró por las caderas, indicándole lo que quería.

Eso mismo era lo que quería él y no se hizo de rogar.

Con el pene cubierto por un condón, Dominic se posicionó y la penetró profundamente.

Meredith cerró los ojos y lanzó un gemido de placer. Pero no, así no era como él quería.

—Mírame —quería ver el placer reflejado en los ojos de ella. Y quería que ella le mirase, que supiera lo mucho que la deseaba.

Meredith le obedeció y clavó los ojos en los suyos. Y así comenzó a moverse, dentro y fuera. Dentro y fuera. Una y otra vez. El ritmo de sus movimientos se aceleró en busca de ese momento álgido.

Ambos estallaron en un clímax perfecto. En ese momento, lo único que veía eran los ojos azules de Meredith.

Algo en lo más profundo de su ser estalló justo con el resto de su cuerpo. Sintió una especie de dolor y después… paz.

Dominic se derrumbó al lado de ella y, abrazados, se quedaron quietos. Al cabo de unos minutos, Dominic le acarició la cabeza y dijo:

—Duérmete, cielo.

Con la cabeza en el hombro de él, Meredith asintió.

–¿Vas a estar aquí cuando me despierte? –murmuró Meredith.

–No voy a ir a ninguna parte –susurró él antes de darle un beso en la cabeza.

Mientras despertaba, Meredith alargó el brazo hacia el otro lado de la cama. Al sentir la sábana fría, se incorporó bruscamente hasta sentarse en la cama. Miró a su alrededor, las cortinas estaban corridas y la habitación en penumbra.

¿Qué hora sería?

Y Dominic se había marchado otra vez.

Se levantó de la cama de un salto, agarró una camisa que estaba en el suelo, se la puso y se dirigió a la puerta. La abrió bruscamente, echó a andar por el pasillo y se detuvo al llegar a la zona de estar y ver a Dominic delante de la ventana, de espaldas a ella, con solo unos vaqueros y el torso desnudo. Tenía una mano metida en un bolsillo y en la otra el móvil.

Sintió un inmenso alivio. Y tan distraída estaba mirándole que tardó en notar lo tenso que estaba Dominic.

–Sí, lo entiendo perfectamente –dijo él–. Iremos para allá en media hora.

Dominic guardó silencio mientras escuchaba a su interlocutor. Meredith se acercó a él y tuvo que reprimirse para no rodearle la cintura con los brazos.

Pero lo pensó mejor y no vio motivo que le impidiera seguir su instinto.

Al tocarle, había supuesto que Dominic daría un

respingo, pero se inclinó hacia ella. Eso la animó para ponerse de puntillas y, pegando el cuerpo a la espalda de él, le dio un beso en el hombro.

Dominic sacó la mano del bolsillo y le agarró la suya, entrelazando los dedos y tirando de ella hacia sí.

–Sé que aún debe estar yendo de un sitio a otro, pero es un buen lugar para empezar. Además, ahora sabemos qué dirección ha tomado. Díselo a Stone y pongamos más gente a buscarla. Y a ver si se te ocurre dónde va a ser su próxima parada.

Dominic se despidió y cortó la comunicación.

–Joker tiene información sobre Tessa.

–¿Dónde está?

–Bueno, estuvo en Marsella hace día y medio.

–Pero no crees que siga allí, ¿verdad?

–No lo sé con certeza, pero voy a dar por bueno que no. No obstante, viajaremos en esa dirección. Estaremos en Marsella dentro de unas horas.

En esta ocasión, tuvieron un poco más de suerte. Joker les dijo que Tessa había utilizado una de las tarjetas de crédito para pagar una habitación por una noche. Al parecer, el hotel no aceptaba pago en metálico por cuestiones de seguridad. Y cuando Meredith y él llegaron al hotel, la propietaria no se mostró reacia a contestar a sus preguntas.

Lo que era una suerte para ellos, pero una mala noticia si alguna otra persona estaba siguiendo a Tessa. Por fortuna, la propietaria, una mujer de unos cincuenta años con pelo canoso recogido en un moño y ojos avispados, les dijo que nadie más había preguntado por Tessa.

—No habló con nadie. No salió a ninguna parte y pidió que le lleváramos la cena a su habitación —la propietaria del hotel se encogió de hombros—. ¿Quién viene a Marsella y no se da un paseo por sus calles? Me pareció extraño.

—¿Estaba sola? —preguntó Meredith—. ¿Nadie vino a visitarla ni preguntó por ella?

—No, nadie —la mujer hizo una pausa—. Parecía algo… angustiada, no dejaba de mirar hacia atrás y a la puerta.

—¿Cuándo se marchó? —preguntó Meredith.

—Mmm… Sí, ayer por la mañana, muy temprano, a eso de las siete.

—¿Mencionó adónde iba?

—No. Se lo pregunté, pero me respondió con evasivas. Yo solo quería ayudar y sugerir lugares bonitos que pudiera visitar de camino, pero ella no me dijo adónde iba. Lo que sí me dijo es que no tenía un destino fijo y que lo decidiría en la estación de ferrocarril.

Mientras él salía para llamar a Joker, Meredith se encargó de darle las gracias a la propietaria del hotel y despedirse de ella. Comunicó a Joker la poca información que había recogido antes de meterse el móvil en el bolsillo.

En medio de la acera, mirando a los transeúntes, no pudo evitar que una profunda frustración le invadiera. Tenía miedo por Tessa.

116

–No sé qué hacer –dijo Dominic por fin.

Meredith le puso una mano en el brazo, un gesto de apoyo.

–Puede que no sepamos mucho, pero más de lo que sabíamos al principio. La dueña del hotel ha dicho que Tessa iba a la estación de ferrocarril.

–Eso si Tessa le dijo la verdad. Puede que mintiera para despistar si sospechaba que la estaban siguiendo.

–Es posible. Pero… ¿y si no mintió? ¿Y si simplemente se le escapó? Yo creo que valdría la pena averiguarlo. Además, no tenemos otra cosa.

Meredith tenía razón. Joker estaba haciendo su trabajo y mientras esperaban a ver si obtenía resultados ellos podían seguir la única pista que tenían hasta ese momento, a pesar de que probablemente no les condujera a nada.

Tomaron un taxi y fueron a la estación de ferrocarril. Dominic no dejaba de mirar a toda mujer que veía con la esperanza de encontrar a Tessa entre la multitud.

–Tessa dijo a la dueña del hotel que decidiría el destino que iba a tomar cuando llegara a la estación. ¿Y si su plan era subirse al primer tren que saliera de aquí?

Eso tenía sentido. No creía que Tessa hubiera querido pasar horas en un sitio si temía que alguien la seguía.

–Sí, buena suposición.

Cinco minutos más tarde, Dominic recibió un mensaje en el móvil.

–Según Joker, hay dos posibilidades: la primera, que tomara el tren de las siete cincuenta de la mañana de vuelta a París; la segunda, que tomara el de las ocho y cinco con destino a Monte Carlo.

–Monte Carlo –dijeron ambos al unísono.

–No creo que haya querido volver al sitio de donde huyó.

Dominic sacudió la cabeza. Lo más probable era que no, pero no podían estar seguros. En cualquier caso, estaba claro que Tessa ya no se encontraba en Marsella. De eso estaba seguro.

Dominic se acercó a las ventanillas y compró dos billetes para el primer tren con destino a Monte Carlo.

Capítulo Trece

Meredith nunca había estado en Monte Carlo, ni en Mónaco, por supuesto. A veces la vida era muy extraña.

La ciudad, situada entre el Mediterráneo y los Alpes, era una preciosidad. La atmósfera era completamente diferente a la de París, había mucho lujo y era excitante.

Pero no habían ido allí para jugar a la ruleta en el casino ni para ver carreras de coches.

Meredith no podía quitarse de encima la sensación que la había asaltado desde el momento de bajarse del tren la sensación de que alguien les vigilaba.

Pero cada vez que se volvía, lo único que veía era gente que iba y venía, gente preocupada con lo suyo.

Fuera de la estación, Dominic tiró de ella hacia un lado. Meredith miró a su alrededor y preguntó:

–¿Y ahora qué?

Dominic frunció el ceño y también paseó la mirada por el entorno.

–La verdad es que no estoy seguro. Esperaba que Joker nos hubiera llamado ya.

–Esta ciudad es demasiado grande como para ponernos a pasear con la esperanza de encontrar-

119

nos a Tessa por la calle. Ni siquiera sabemos si está aquí.

—Cierto, pero tiene sentido.

—Tessa ha huido y está asustada, no sabemos si se está comportando con lógica. Si tenía miedo, ¿por qué no te llamó? ¿Por qué no te pidió ayuda?

—Buena pregunta —respondió Dominic con un suspiro—. Pero eso no lo sabremos hasta que no encontremos a Tessa.

Dominic tecleó algo en el móvil, le agarró la mano y empezó a caminar.

—¿Adónde vamos?

—Mientras esperamos a que nos den más información, será mejor que reservemos una habitación. Vamos a hospedarnos en el casino.

Por supuesto. ¿Adónde si no?

—No vamos a tener tiempo para jugar en el casino, Dominic —Meredith no se molestó en ocultar la irritación que sentía.

—Claro que no —respondió Dominic con el ceño fruncido—. Pero si Tessa actúa con lógica, el casino es el lugar perfecto para ocultarse. Ahí es donde vamos a empezar.

¡Maldición! Meredith había vuelto a ser víctima de sus prejuicios, había vuelto a permitir que la opinión que antes tenía de Dominic le ofuscara el sentido. ¿Cuándo iba a aprender?

—Perdona.

—¿Por qué?

—Por pensar lo peor de ti cuando no te lo mereces.

Dominic emitió un quedo gruñido.

–Eso no es del todo verdad, te he dado motivos más que suficientes para que pienses mal de mí. Me he construido una cierta imagen.

–Pero tú no eres así realmente.

Dominic se encogió de hombros y siguió mirando a la gente a su alrededor.

–¿No?

–No, y los dos lo sabemos. Así que, repito, perdona.

–Gracias –respondió Dominic con una leve sonrisa.

Meredith guardó silencio durante el resto del camino. Llegaron al hotel de París y reservaron una habitación. Dominic pidió que les llevaran el equipaje a la habitación y después se encaminaron hacia el casino.

Eran primeras horas de la tarde, por lo que no había mucha gente. No obstante, el casino también era un punto turístico y a su alrededor la gente hablaba en todo tipo de idiomas.

La decoración era lujosa. Estaba claro por qué la gente se refería a Mónaco como una ciudad para los ricos.

De la mano, se pasearon por el casino. Meredith, en vez de fijarse en la arquitectura y elegancia del entorno, paseaba la vista por todas las mujeres que veía. Tessa debía haberse teñido el pelo y quizá llevara ropa distinta a la habitual en ella, pero esperaba reconocer a su amiga si la veía.

Después de una hora, Meredith notó la creciente frustración de Dominic.

–¿Qué te parece si nos tomamos un descanso? –sugirió ella–. Me duelen los pies de tanto andar, creo que necesito cambiarme de calzado.

Eso no era del todo verdad, pero no veía que tuviera sentido seguir paseándose. Dominic asintió y se encaminaron al hotel.

Su habitación era amplia y lujosa. Y, al contrario que en París, solo había un dormitorio y una cama.

–¿Tienes hambre? –preguntó Dominic delante de la ventana con unas preciosas vistas al mar.

Meredith se quitó los zapatos y descalza se acercó a la espalda de él y le abrazó.

–No te preocupes, todo va a salir bien –susurró ella.

–¿Tú crees?

–Sí. Sé que vas a hacer todo lo que esté en tu mano para encontrar a Tessa.

–Me alegra que estés tan segura, porque yo no lo estoy. Ya la he fallado, Meredith. Está claro que no la he sabido proteger porque ha tenido que escapar.

Meredith le soltó y se colocó delante de él. Pegó la espalda en el frío cristal y, con las manos, buscó el calor de Dominic.

–Para con eso. No le has fallado, Dominic. Tú la has salvado, la has protegido. Y si en estos momentos está en peligro tú no tienes la culpa y, desde luego, no es porque no hayas tratado de protegerla. Has hecho todo lo que has podido por Tessa.

–Y si le pasa algo, ¿de qué servirá lo que yo haya podido hacer? –preguntó él con evidente angustia.

Meredith no comprendía la reacción de él.

—A Tessa no le ha pasado nada –insistió ella.

—Eso no lo sabemos.

—Sabemos que es una mujer lista, como lo demuestra que ni tú, con todos los medios que tienes a tu alcance, hayas podido encontrarla. Está a salvo. Tengo que creerlo.

Meredith se abrazó a él con fuerza y continuó.

—Me parece que no estás pensando en Tessa precisamente, ¿verdad?

Muy despacio, Dominic sacudió la cabeza.

—¿Se trata de tu madre?

Ni Dominic ni Annalise le habían contado todo lo referente a la muerte de su madre. Había oído rumores, muchos de ellos contradictorios. Sabía que su madre había sufrido una muerte trágica, pero nada más.

Dominic cerró los ojos con fuerza mientras su cuerpo entero se ponía tenso. Cerró las manos en dos puños y se las metió en los bolsillos del pantalón.

—La pegaba con relativa frecuencia –dijo Dominic de repente, con voz áspera–. No ocurría siempre que estábamos allí, pero a menudo –Dominic lanzó una triste carcajada–. Y yo no hice nada por impedirlo… hasta esa noche.

Dominic se llenó de aire los pulmones y lo soltó despacio antes de continuar.

—Yo tenía diez años, Annalise tenía ocho. Estaba harto y esa noche decidí que era lo suficientemente mayor como para poder proteger a mi madre. Era mi responsabilidad.

A Meredith se le hizo un nudo en la garganta.

Imaginaba la dirección que iba a tomar la confesión.

—Cuando él empezó a pegarla, mi madre nos gritó a Lise y a mí que nos fuéramos, pero los dos estábamos como pegados al suelo.

Echando la cabeza hacia atrás, Dominic abrió por fin los ojos y se quedó mirando al techo. Solo veía el pasado.

—No lo recuerdo todo, pero sí recuerdo que le agarré un puño con mis dos manos. Y también recuerdo el golpe que me dio.

Por fin, Dominic bajó la mirada y clavó los ojos en los de ella.

—Traté de protegerla, pero no hice más que empeorar la situación. No volvió a tocarme, ojalá lo hubiera hecho. Me gritó y me dijo que la culpa de lo que había pasado la tenía yo. Mi madre había salido corriendo, él la agarró, ella se cayó y se dio un golpe en la cabeza con la mesa.

Meredith sintió náuseas. Le abrazó con más fuerza.

—Creo que fue entonces cuando se dio cuenta de lo que había hecho. Nos amenazó a Annalise y a mí. Bajó a mi madre hasta el pie de las escaleras y luego llamó por teléfono pidiendo una ambulancia. Dijo que mi madre se había caído por las escaleras.

—Pero tú contaste la verdad cuando llegó la policía y la ambulancia.

Dominic asintió.

—Sí, pero el detective que vino era amigo de mi padrastro. Cuando acabó de interrogarnos a Annalise y a mí, había convencido a los otros agentes de policía de que los dos estábamos traumatizados y de que lo que queríamos era proteger la memoria de nuestra madre. El informe de la policía decía que mi madre estaba completamente borracha, que había intentado agredir a mi padrastro, que había perdido el equilibrio y se había caído por las escaleras; y, por supuesto, mi padrastro solo había tratado de calmarla.

—Y tu padrastro acabó pareciendo un héroe.

Los ojos verde oscuro de Dominic parecieron negros.

—Sí. Pero, al final, conseguí que pagara por lo que hizo. Hice que lo perdiera todo. Sin embargo, no ha sido suficiente.

Se miraron a los ojos. La tristeza y el dolor de él se le clavaron como puñales en el corazón.

—Debería haberla protegido. En vez de eso, yo tengo la culpa de que muriera.

El horror que vio en los ojos de Meredith no era menos de lo que había esperado. Lo que había ocurrido era horrible y más horrible aún su parte en la tragedia.

Se apartó de Meredith y se dirigió hacia la puerta. Necesitaba aire fresco. Necesitaba soledad.

—¿Adónde vas?

—A la calle. No puedo soportar la forma como me miras. Te parezco un monstruo, ¿verdad?

—Eres tonto —dijo ella a sus espaldas—. Tú no eres el monstruo de ese suceso, Dominic, tú eres el héroe.

Dominic lanzó una burlona carcajada.

–Ni mucho menos. Si hubieras prestado atención a lo que te he contado no dirías eso.

–Dominic, hablo en serio. He prestado atención a todas y cada una de las palabras que has pronunciado. Nadie, y mucho menos un niño, debería pasar por lo que pasaste tú. Pero lo peor es que te culpes de algo de lo que tú no tuviste ninguna culpa.

Meredith le sacudió por los hombros.

–Dominic, tú no eres el responsable de la muerte de tu madre.

–Mentira.

–No eres responsable de la muerte de tu madre –repitió Meredith mirándole fijamente a los ojos–. Tú no podías hacer nada por salvarla. Nada. Fue tu padrastro, un hombre evidentemente violento que, antes o después, la habría matado, contigo o sin ti. Pero tú…

Meredith le puso las manos en las mejillas, sujetándole la cabeza, obligándole a mirarla.

–Tú fuiste increíblemente valiente, Dominic. Un niño de diez años enfrentándose a algo tan aterrador. Tú protegiste a tu madre entonces y, con cada mujer a la que ayudas, continúas protegiéndola.

Dominic quería creerla. Quería considerar la situación desde otra óptica, una óptica que no fuera la suya. Pero no podía.

–Te equivocas. Tú no estabas allí.

–Tienes razón, no estaba allí. Pero te conozco. No eres el hombre que finges ser de cara a la galería, eres un hombre amable, cariñoso y leal. Y te aseguro que, si le preguntara a Annalise, estaría completamente de acuerdo conmigo. Sé que te adora, te ve como su protector. Y ahora comprendo que es porque lo eres.

Dominic lanzó un gruñido.

–No sé… Se enfada mucho cuando me entrometo en sus relaciones si sale con un tipo que no me inspira confianza.

Meredith sonrió.

–Sí, lo sé. Pero los hermanos son así, excesivamente protectores, ¿no?

La atmósfera se relajó y Dominic pensó que tenía delante a la mujer más maravillosa que había visto en su vida. Lo que le asustaba bastante.

En vez de examinar sus sentimientos, Dominic decidió aprovecharse de la situación. Bajó la cabeza y la besó antes de levantarla en sus brazos para llevarla a la cama.

Capítulo Catorce

El teléfono móvil de Dominic les despertó.

—Ha llamado —dijo Joker al momento de que Dominic contestara la llamada.

Dominic saltó de la cama y, con la mano libre, comenzó a vestirse.

—¿Dónde está? ¿Por qué escapó? ¿Está a salvo?

—Tranquilo —respondió Joker—. Está bien, de momento. Ha llamado desde uno de esos móviles de usar y tirar.

—Una chica lista.

—Sí, prestó atención a lo que le dijimos respecto a medidas de seguridad. Al principio, no llamó porque tenía miedo de que la persona que la estaba siguiendo fuera parte del equipo. Pero ahora que le quedaba ya poco dinero en metálico ha decidido pedir ayuda.

—¿Dónde está? —Dominic quería hacer muchas más preguntas; pero, en ese momento, esa era la más importante. Ya se encargarían del resto una vez que Tessa estuviera a salvo.

—Está en Mónaco. Acertaste.

—Voy contigo —declaró Meredith.

—No, de ninguna manera, voy a ir yo solo. Tessa me conoce y se fía de mí. Podría asustarse si viera a otra persona.

Meredith arqueó las cejas.

–Conozco a Tessa desde mucho antes que tú.

–Eso no te lo discuto. Pero a ti no te contó lo que le pasaba, me lo contó a mí.

La flecha de Dominic había dado en la diana, Meredith esperaba que no lo hubiera hecho intencionadamente. Dominic, además de tener prisa, estaba en plan héroe, un papel que asumía con frecuencia.

Gracias a la conversación de la noche anterior, ahora comprendía por qué, lo que le ayudaba a controlar la irritación que sentía.

Al parecer, Dominic se dio cuenta de lo que había hecho, porque se detuvo, cerró los ojos y lanzó un suspiro. Le agarró las manos y tiró de ella hacia sí.

–Perdóname, no he querido decir…

Meredith asintió y aceptó la disculpa de él en silencio.

–Si han seguido a Tessa significa que está en peligro; en cuyo caso, lo mejor es actuar con la mayor discreción posible. Y cuanta menos gente sepa lo que pasa, mejor.

–Yo ya sé lo que pasa.

–Sí, lo sé –Dominic le estrechó las manos–. Pero lo mejor es seguir el protocolo y que solo una persona vaya a buscarla. Además, si voy solo llamaré menos la atención.

Meredith se dio cuenta de que, por la razón que fuera, Dominic prefería ir solo. Y aunque Tessa era su amiga, Dominic sabía lo que se hacía.

–De acuerdo –si quería ir solo, le dejaría.

–Gracias –dijo Dominic antes de inclinarse para

darle un beso–. Creo que lo mejor sería que te encargaras de los equipajes y de tenerlo todo listo para así podernos marchar en cualquier momento.

¡Maravilloso! Ahora era la encargada de los equipajes.

–Lo que tú digas –refunfuñó ella.

Dominic sonrió. No era la típica sonrisa suya que utilizaba con la mayoría de la gente, sino la auténtica. La sonrisa que le dedicaba a ella cada vez con más frecuencia.

Meredith le vio agarrar el móvil, la cartera y la llave de la habitación antes de dirigirse precipitadamente hacia la puerta. Tan pronto como Dominic se hubo marchado, se dio cuenta de que no le había dicho adónde iba. Ni cuándo volvería.

Encogiéndose de hombros, pensó que probablemente daba igual. Fue al dormitorio y comenzó a recoger las cosas de ambos.

En cierto modo, le pareció íntimo doblar la ropa de Dominic y meterla en su bolsa que arrancársela del cuerpo como había hecho unas horas antes.

Meredith pasó unos veinte minutos o media hora, no estaba segura, haciendo el equipaje. Lo había hecho con lentitud, prolongando la tarea, consciente de que una vez que terminara no le quedaba más remedio que sentarse a esperar. Pero no había pasado mucho tiempo cuando oyó la llave en la cerradura de la puerta.

Rápidamente, metió un par de cosas que le faltaban en su bolsa y salió del dormitorio de la suite.

–Bueno, no te ha llevado mucho tiempo…

Pero se interrumpió al ver a un desconocido en la zona de estar de la *suite*.

–¿Quién es usted?

Dominic llamó a la puerta de la habitación de un hotel nada lujoso. El lugar en el que, según Joker, se hospedaba Tessa. Mientras miraba a su alrededor, le dieron ganas de dar un puñetazo a alguien.

Monte Carlo era una ciudad bonita y opulenta, pero eso no significaba que no hubiera partes que dejaban mucho que desear. Al parecer, ahí era donde estaba Tessa.

La puerta se abrió mínimamente y solo vio un solo ojo por la rendija. Se quedó quieto, con cuidado de no hacer ningún movimiento brusco hasta que Tessa no se sintiera segura y abriera del todo.

Con un gemido ahogado, Tessa abrió y se arrojó a sus brazos después de que Dominic cruzara el umbral.

–Menos mal que estabas cerca –fue lo primero que dijo ella antes de esconder el rostro en su pecho.

Las lágrimas de Tessa le empaparon la camisa, pero le dio igual. Era evidente que Tessa estaba muy asustada.

Dominic la dejó llorar mientras se adentraban en el dormitorio y se acercaba a la cama, que prácticamente ocupaba todo el espacio. Cuando ella dejó de llorar, Dominic comenzó a hacer preguntas.

–¿Por qué estás aquí, Tessa? ¿Qué ha pasado?

Tessa se apartó de él por fin y con una mano se secó las lágrimas de las mejillas. Parecía otra mujer, ni cabellos rubios, ni pestañas postizas, tampoco bolsos, zapatos y ropa de diseño.

Tessa, antes rubia platino, se había teñido el pelo de color castaño, lo llevaba recogido en una coleta e iba sin maquillar. Antes tenía un aspecto superficial y se la veía decaída; ahora, a pesar de las lágrimas, parecía más joven y más contenta.

–Alguien me ha estado siguiendo.

–¿Estás segura?

–Sí –respondió ella asintiendo–. Al principio, pensaba que era pura paranoia. Pero luego noté que había un tipo que me seguía, lo veía en todas partes. Y no tenía aspecto de buenos amigos.

Dominic puso en duda las palabras de Tessa.

–Una noche, cuando volvía de un restaurante en el que había cenado, al doblar una esquina a dos manzanas de la casa, lo vi ahí, agazapado en las sombras. Salí corriendo de vuelta al restaurante en el que había cenado y pedí ayuda.

Menos mal que alguien la había ayudado.

–Me siguió y entró en el restaurante, pero yo había salido por la parte de atrás, fui a la casa, agarré mis cosas y huí.

Dominic le acarició un brazo con intención de reconfortarla.

–¿Le reconociste?

–No. Y eso me asustó aún más.

–Sí, lo entiendo –respondió Dominic sacudiendo la cabeza–. ¿Podrías describirle?

Tessa asintió y agarró un cuaderno que tenía encima de la mesilla de noche.

–He dibujado un bosquejo de él.

Dominic arqueó las cejas cuando Tessa le dio el dibujo en blanco y negro. El dibujo retrataba al hombre perfectamente y Dominic lo identificó al instante.

Una profunda ira se apoderó de él, pero logró controlarse, por Tessa.

–Voy a salir un momento para hacer un par de llamadas. Recoge tus cosas y sal cuando hayas terminado.

Tessa le agarró la mano y se la sujetó durante unos instantes; después, le soltó.

Fuera, Dominic llamó a Joker inmediatamente.

–Tenemos un serio problema. Sé quién ha estado siguiendo a Tessa.

Capítulo Quince

Dominic se detuvo delante de la puerta de la habitación del hotel en el que Meredith y él se hospedaban. Tan distraído había estado que había olvidado decirle a Tessa que su amiga estaba allí.

–Te va a alegrar ver a la persona que está ahí dentro.

–¿Qué? –preguntó Tessa arrugando el ceño.

–Meredith ha venido conmigo.

Tessa abrió la boca, pero la cerró sin hacer las preguntas que Dominic vio formarse en sus ojos.

–Bien –dijo ella por fin.

Cuando entraron en la *suite* la encontraron vacía. Meredith no estaba allí. Los nervios se le agarraron el estómago al ver que no estaba ni en el dormitorio ni en el cuarto de baño. Debía haber una explicación lógica. ¿Y si Meredith había salido a comer algo? Pero no lo creía, Meredith sabía lo que él había ido a hacer y estaba seguro de que le habría estado esperando en la habitación.

–Dominic… –dijo Tessa con voz temblorosa.

Dominic se acercó a Tessa y el corazón le dio un vuelco al ver el teléfono del hotel en el suelo hecho pedazos. Un profundo miedo y pesar se apoderaron de él. La había dejado sola. La había puesto en una situación peligrosa y no había sabido protegerla.

–Dominic… –Tessa le puso una mano en el brazo.

Tenía que encontrar a Meredith como fuera. Ya.

Agarró el móvil y llamó a Joker.

–Se ha llevado a Meredith. Hemos vuelto al hotel, Meredith no está y el teléfono está destrozado.

Oyó un gruñido seguido de un furioso tecleo.

–Estoy jaqueando el programa de seguridad del hotel. ¿Crees que ha sido Michael?

–Sí, eso creo –respondió Dominic–. Encuéntrala.

No quería pensar en lo que ese psicópata podía hacerle a Meredith. Michael era el exmarido de Amanda, una mujer a la que habían ayudado a escapar dos años atrás. Era el clásico hombre que, de haber averiguado su intervención en la huida de su exmujer, buscaría vengarse de él. Antes de escapar, Amanda le había dicho que Michael era un psicópata narcisista dispuesto a hacer daño a cualquiera que se interpusiera en su camino.

Stone le había estado vigilando durante meses después de hacer desaparecer a su esposa; pero tras ver que Michael seguía haciendo una vida normal sin informar a nadie que su esposa había desaparecido, abandonaron la vigilancia.

Por desgracia, pensó Dominic. Porque el dibujo de Tessa no dejaba lugar a dudas de que la persona que la había seguido era Michael. No sabía exactamente por qué había seguido a Tessa, pero imaginaba que tenía que ver con su deseo de encontrar a Amanda.

Meredith, por supuesto, no podía ayudarle con eso. Pero quizá Michael pensaba que, a través de ella, podría lograr que Dominic le diera la información que necesitaba.

Dominic se paseó por la suite en busca de alguna pista que pudiera ayudarle a averiguar el paradero de Meredith. Pero nada, nada en absoluto. No obstante, tenía que hacer algo, no podía quedarse quieto y esperar.

Le dijo a Tessa que cerrara la puerta con llave y que no dejara entrar a nadie que no fueran Meredith o él y se marchó. Mientras se dirigía al ascensor examinó la moqueta en todas direcciones, en busca de… cualquier cosa.

Dominic pulsó la tecla de llamada del ascensor y, al poco, las puertas se abrieron. Simultáneamente, otra puerta del pasillo se abrió. Dominic se volvió, con un pie en el ascensor y otro fuera, a tiempo de ver a Meredith, ensangrentada, salir al pasillo tambaleándose.

Capítulo Dieciséis

A pesar del mareo y la falta de equilibrio, Meredith sabía que tenía que moverse, tenía que huir.

Michael, el hombre que había irrumpido en su habitación, la había obligado a salir y la había metido en otra habitación en el mismo pasillo. En la otra habitación, después de atarla a una silla y entre golpes, había hablado incoherentemente de Dominic, una tal Amanda y de que ella no hubiera publicado lo que él había querido que publicase.

Dos cosas estaban claras: ese hombre estaba loco y también era quien le había enviado los correos electrónicos. Por suerte, había cometido la equivocación de permitir que la ira le ofuscase y ella se había aprovechado de ello y había escapado.

Meredith le había dado un golpe y le había dejado inconsciente, pero no creía que fuera por más de unos minutos.

–¡Meredith!

Oyó la voz de Dominic. Todo le daba vueltas. Levantó la vita y le vio borroso corriendo hacia ella. En el momento en que Dominic la agarró, Meredith comenzó a sollozar. Estaba a salvo.

–Dominic… –se dejó sujetar. Pero no, no podían quedarse allí, por mucho que quisiera deleitarse en la protección que esos brazos le ofrecían–. Tenemos que bajar y llamar a los de seguridad.

–Sí, cielo, no te preocupes –Dominic la levantó en sus brazos y la llevó a su habitación. Entonces, Dominic llamó a la puerta y se identificó. Cuando la puerta se abrió, vio a Tessa en el interior de su *suite*.

Meredith sonrió.

–Me alegro mucho de verte –dijo ella.

–Tienes un aspecto terrible –murmuró Tessa.

–Vaya, gracias.

Durante las horas que siguieron, Meredith hizo declaraciones ante el equipo de seguridad del hotel, a la policía y después al equipo médico que acudió al hotel para examinarla y tratarla.

En un momento durante todo aquello, oyó a alguien decirle a Dominic que habían detenido a Michael. Eso debería haberla tranquilizado; pero desde la llegada de las autoridades, Dominic apenas le había dirigido la palabra, excepto para regañarla por negarse a ir al hospital. Dominic había recuperado la actitud de siempre, distante y arrogante.

Y eso la asustaba.

El instinto le decía que algo andaba mal. Pero cada vez que intentaba hablar con él, Dominic buscaba alguna excusa para negarse. Para rechazarla. Ni siquiera la miraba y, cuando lo hacía esos ojos verdes se mostraban distantes.

Lo que quería era que todo el mundo, excepto Dominic, desapareciera. Quería que Dominic la estrechara en sus brazos. Sin embargo, era Tessa quien estaba a su lado, agarrándole la mano y contándole todo lo que había pasado.

Cuando por fin se subieron al avión de Dominic, que esperaba en el aeropuerto, la situación seguía igual. Dominic encontró un pretexto para sentarse lo más lejos de ella que pudo.

–Tengo que atender a unas llamadas y no quiero molestarte. Tú descansa.

Pero cuando aterrizaron en Las Vegas, Meredith estaba hecha un manojo de nervios. Lo primero que hizo Dominic fue dirigirse a Tessa.

–Hay un coche esperando que te va a llevar a tu destino, donde encontrarás todo lo necesario para empezar de nuevo. Siento mucho lo que te ha pasado; sobre todo, porque tú no tenías nada que ver en ello. No obstante, ahora estás a salvo.

–Gracias –dijo Tessa asintiendo. Después, le agarró la mano a Meredith y se la apretó–. ¿Estás bien?

–Sí, estoy bien –respondió Meredith–. Buena suerte. Y cuando tengas ganas y te sientas segura, dime dónde estás. Siento mucho no haber estado ahí cuando necesitabas una amiga.

Tessa bajó la escalerilla del avión y Meredith la oyó saludar al hombre que la estaba esperando para llevarla a su nuevo destino. Meredith se volvió y esperó a que Dominic dijera algo. Cualquier cosa. Lo que vio fue una fría y distante mirada.

–El conductor de tu coche te está esperando –dijo él por fin.

–¿El conductor de mi coche?

–Sí. Él te llevará a tu casa.

–Creía que íbamos a ir juntos.

Dominic dio un paso hacia ella y alzó una mano como para acariciarla, pero la bajó antes de tocarla.

–Meredith, sabes cómo soy. Yo no valgo para esto. No voy a negar que hay una atracción física y, en París, todo era más fácil. Pero… lo mejor es que cada uno siga con su vida. Yo no puedo darte lo que tú quieres.

Meredith se sintió como si le hubieran dado un puñetazo en el estómago. Las lágrimas amenazaron con asomar a sus ojos, pero logró contenerlas.

¿Acaso no sabía de siempre cómo iba a acabar una relación con Dominic? ¿No era por eso por lo que había mantenido las distancias con él durante tantos años? Sí, Dominic era increíblemente atractivo y, durante las últimas semanas, había visto otros aspectos de su personalidad desconocidos hasta entonces. Pero, en el fondo, era un egoísta.

–Como tú digas –contestó ella antes de darse la vuelta y bajar del avión.

Quería volver atrás y luchar por él, pero sabía que eso no la llevaría a ninguna parte. Además, el orgullo le impedía tratar de convencerle de que entre ellos había algo por lo que merecía la pena luchar.

Si Dominic no la quería, ella tampoco a él.

Pero le dolía mucho más que los golpes que Michael le había infligido. Mucho más que las magulladuras en las costillas y el corte en el labio. Sí, las heridas que Dominic le había abierto eran mucho más profundas.

–Lléveme al casino Magnifique –le dijo al conductor.

No quería estar sola, no podía.

Dominic quería romper algo, lo que fuera. Ver a Meredith alejarse de él le había dejado destrozado. Pero la triste mirada de ella, los cortes y los hematomas en su cuerpo, le habían afianzado en la idea de que Meredith estaba mucho mejor sin él.

No había conseguido protegerla. Y lo peor era por culpa de él la vida de Meredith había corrido peligro. Ella había pagado el precio de las decisiones que él había tomado, igual que su madre.

Ni siquiera había encendido las luces en su despacho, aún no le había dicho a nadie que estaba de vuelta. Quería estar solo. Agarró el vaso de whisky casi lleno. El alcohol atenuaría el dolor que sentía; al menos, durante un rato.

La puerta se abrió y se cerró suavemente a sus espaldas. Dominic se contuvo para no gritar a la persona que osaba molestarle. Pero solo una persona sabía que estaba allí y no tenía sentido gritar a la persona que le llevaba la información que él mismo había pedido.

Jake se acercó a él.

–Tessa está ya en el avión. Van a hacer varias paradas, pero llegará a su destino final mañana a mediodía.

–Cuando llegue, avísame.

–Lo haré –respondió Jake asintiendo.

Jake no se movió de donde estaba.

–¿Alguna cosa más? –preguntó Dominic con irritación.

–Puede que te interese saber que Meredith no ha ido a su casa.

–¿Qué? –Dominic era todo oídos de repente.

–Ha ido a Magnifique.

Annalise. Había ido a ver a su mejor amiga. Era tarde, pero Lise tenía un horario de trabajo muy raro, como el de él.

Dominic no quería que su hermana se viera envuelta en ese asunto y habría preferido que ella no supiera la verdad. Pero después de todo lo que le había pasado, Meredith necesitaba a alguien. Y ese alguien no podía ser él, así que no podía impedirle que buscara apoyo en su amiga.

–Puede ir adonde le dé la gana.

–Cierto –respondió Jake–. Pero he pensado que te gustaría saber dónde está; por si, por fin, dejas de esconder la cabeza en la arena y decides ir a buscarla. Esa mujer es extraordinaria y la quieres.

–No, no la quiero.

–Mentira. Puedes mentir a quien quieras, pero deja de mentirte a ti mismo. Te he visto con montones de mujeres durante todos estos años y sé que ella es diferente.

Jake le puso una mano en el hombro.

–Te voy a dar un consejo, aunque no me lo hayas pedido: ve a buscarla antes de que sea demasiado tarde.

Tras esas palabras, Jake se marchó, dejando a Dominic completamente confuso.

¿Estaba enamorado de Meredith?

Quizás.

No, nada de quizás. La quería y, en cierto modo, siempre había sabido que si no mantenía las distancias con ella eso era justo lo que iba a pasarle. Por eso no había querido tener nada que ver con Meredith durante años.

La cuestión era si estar enamorado de ella cambiaba en algo las cosas.

Evocó la imagen de Meredith con un corte en el labio y moratones, ensangrentada y tambaleante. Jamás olvidaría ese momento ni el sentimiento de culpa que se apoderó de él. El mismo sentimiento de culpa que había sentido años atrás y que se había jurado a sí mismo no volver a sentir por nadie. Además, Meredith no podía estar enamorada de él, le había fallado, igual que había fallado a su madre.

Meredith entró en el despacho de Annalise en Magnifique. No era la primera vez, había estado allí cientos de veces. Pero la última vez, había ido para preguntarle a su amiga sobre la integridad y humanidad de Dominic.

Ahora, no tenías dudas al respecto. Dominic era un buen hombre, lo sabía, a pesar de cómo la había despreciado y de cómo había dado por terminada su relación. Era testigo, lo había visto con sus propios ojos, a pesar de los esfuerzos de Dominic por ocultar su verdadera personalidad.

Quizá por eso le dolía tanto. Sabía que Dominic

era capaz de tratarla mejor de como lo había hecho al despedirse de ella.

Annalise apartó los ojos de la pantalla del ordenador, la miró y frunció el ceño. Tenía arrugas en las comisuras de los labios, unos labios apretados.

–¿Qué te pasa? –preguntó Meredith.

–¿A mí? –Annalise parpadeó y suavizó su expresión–. Ah, no es nada. Estaba examinando unos números que no me cuadran. Ya averiguaré qué pasa.

De eso Meredith no tenía duda. Su amiga no solo era una buena mujer de negocios, también tenía una gran tenacidad. Y no soportaba el desorden. Si algo no le cuadraba, llegaría hasta el final.

–Dime por qué has estado llorando –preguntó Annalise–. ¿Quién es el imbécil a quien tengo que asesinar por hacerte llorar?

Meredith, una vez en el coche, había dado rienda suelta al dolor y la tristeza que la embargaban.

Se dejó caer en el sofá al fondo de la estancia y apoyó la cabeza en el respaldo. Después, se restregó los ojos.

–Vamos, suéltalo –dijo Annalise sentándose en el otro extremo del sofá.

Meredith se quedó mirando el techo, era más fácil que mirar a su amiga mientras se lo contaba.

–Tu hermano.

Su amiga guardó silencio. Quizá se había enfadado, o con Dominic o con ella, no estaba segura.

Por fin, Meredith volvió la cabeza para mirar a Annalise y vio que su amiga sonreía.

–¿Qué te hace tanta gracia?

–Me alegro de que, por fin, hayáis dejado de negar que os gustáis desde hace años. ¿En serio creías que no me había dado cuenta?

–¿Y tú, no te has dado cuenta de que llevo veinte minutos llorando porque tu hermano me ha destrozado el corazón?

Annalise alargó un brazo y le puso una mano en el hombro.

–Perdona. Pero estoy segura de que, haya hecho lo que haya hecho, mi hermano recapacitará.

–Y si él no ha hecho nada y soy yo quien tiene la culpa.

Lise arqueó las cejas.

–Las dos sabemos perfectamente que es él quien tiene todas las probabilidades de estropear las cosas. Vamos, cuéntame qué ha pasado.

Meredith pasó veinte minutos contándole a su amiga lo del viaje por Europa. Annalise ni siquiera pestañeó cuando mencionó a Tessa. Su única respuesta fue:

–Me alegro de que haya salido de esa situación tan horrible.

Annalise volvió a sonreír cuando ella mencionó que Dominic le había contado lo ocurrido con su madre, pero volvió a apretar los labios y a fruncir el ceño al oír lo ocurrido con Michael.

–Eso explica los moratones y los cortes. Sabía que Dominic no era el causante.

–No, claro que no, él jamás haría eso –respondió Meredith sacudiendo la cabeza.

–Exactamente.

Cuando acabó de contarlo todo, Meredith se sintió… perdida. Y más sola que nunca, a pesar de llevar casi diez años viviendo sola.

–Estás enamorada de él –declaró Annalise.

Meredith abrió la boca para negarlo, pero…

–Sí –susurró ella finalmente.

Annalise lanzó un pequeño grito y la abrazó con fuerza.

–No sabes cuánto me alegro, por los dos.

La reacción de su amiga la dejó atónita.

–He dicho que le quiero, pero es evidente que él no me quiere a mí. Me ha dicho que lo nuestro ha acabado. Ya está, punto final. ¿O es que no me has oído?

Annalise hizo un gesto de no darle importancia.

–Tonterías. ¿Es que no lo entiendes? Está asustado. Tiene miedo de enamorarse. Tiene miedo de perder otra vez a un ser querido.

Era una interpretación plausible.

–¿Tienes una licenciatura en psicología?

–No la necesito. He estado en muchas sesiones de psicoterapia y conozco bien a mi hermano. Es muy buena persona, pero prefiere disimularlo.

Eso era cierto.

–Lo que te ha pasado con Michael ha confirmado sus más profundos temores, Meredith. Le importas y te han hecho daño. En mi opinión, cree que la culpa la tiene él y que lo mejor para ti, que el modo de protegerte, es mantenerse alejado de ti. Y, de paso, así se protege a sí mismo.

Meredith le dio vueltas en la cabeza a las palabras

de su amiga. Las sopesó. Las racionalizó. Y se dio cuenta de que tenían sentido.

Dominic había comenzado a distanciarse de ella desde el momento en que vio que estaba a salvo. Meredith había visto auténtico horror en la expresión de él en el pasillo del hotel.

—No se me había ocurrido esa posibilidad.

Annalise esbozó una triste sonrisa.

—Es natural. Tú no pasaste por lo que Dominic y yo pasamos.

Una llama de esperanza se encendió. Despacio, Meredith comenzó a salir de la desesperación en la que se había sumido.

—Pero eso no significa que esté enamorado de mí. Solo hemos estado juntos unos días.

—Eso da igual, os conocéis desde hace mucho tiempo. Y os llevabais mal porque ninguno de los dos queríais admitir que el otro os atraía. Os protegíais el uno del otro. Pero Dominic ya no hace eso.

Meredith lanzó una carcajada.

—¿Lo dices en serio? ¿Y cómo llamarías tú a lo que me acaba de hacer?

—Diría que son los últimos coletazos. Meredith, confía en ti lo suficiente como para contarte lo de nuestra madre. Te ha contado lo peor que le ha ocurrido en la vida; lo peor que, según él, ha hecho en la vida. Dominic nunca habla de esa noche, ni siquiera conmigo. Y yo estaba allí, con él. Si no te quisiera no te lo habría contado.

A Meredith se le cerró la garganta. Las lágrimas afloraron a sus ojos.

Annalise volvió a rodearla con los brazos, reconfortándola.

—¿Qué le ha pasado a esa amiga mía tan tenaz? La mayoría de la gente le tiene miedo a Dominic, pero a ti nunca te ha pasado eso. Tú siempre te has enfrentado a él. ¿Por qué no lo haces también esta noche? Vamos, ve a buscar a mi hermano y dile que es un imbécil. Dile también que le quieres y que es un buen hombre. Y no te marches hasta que confiese que también te quiere.

Meredith se echó a reír.

—Lo dices como si fuera la cosa más fácil del mundo.

Apartándose de ella, Annalise la miró fijamente.

—Claro que no lo es. Pero la vida es demasiado corta como para desperdiciarla. No dejes que el orgullo te impida ir a por lo que quieres.

Annalise tenía razón. ¿Por qué estaba en Magnifique cuando debiera haber ido a Excess?

Capítulo Diecisiete

La puerta del despacho dio un golpe fuerte en la pared y rebotó.

–¡Desgraciado! –la exclamación siguió de inmediato al golpe de la puerta contra la pared.

Meredith entró en el despacho sin molestarse en cerrar la puerta otra vez. Aunque no tenía importancia ya que no había nadie en la oficina a esas horas de la noche. Jake seguía ocupado con el asunto de Tessa y el resto del equipo de seguridad estaba abajo, en el recinto del club, que cerraría en una hora.

Los ojos azules de Meredith echaban chispas.

A Dominic le embargó una súbita y profunda alegría, pero al instante la reprimió. No, no podía alegrarse de verla. Y, además, estaba claro que a Meredith no le hacía feliz verle a él, a juzgar por lo enfadada que se la veía.

Dominic cruzó los brazos y separó las piernas como si se preparara para recibir un golpe.

Si era sincero consigo mismo, había imaginado que, antes o después, tendrían una confrontación. Meredith jamás aceptaría la forma como él la había rechazado sin protestar y pelear. No obstante, había supuesto que Meredith dejaría pasar un par de días.

En cualquier caso, estaba dispuesto a darle a Meredith lo que necesitara con el fin de que siguiera con su vida, para que pudiera encontrar a alguien mucho mejor que él.

—No creo que merezca ese calificativo, pero tú misma. ¿Qué se te ofrece, Meredith? Creía que te había dejado claro que ya no tenemos nada de qué hablar, ningún asunto pendiente.

Meredith cruzó la habitación en dirección a él.

—Dejaste claras algunas cosas, pero ahora me toca a mí.

Meredith se detuvo a escasos centímetros de él, le agarró de los hombros, tiró de él hacia sí y le cubrió la boca con la suya. El beso fue brutal y agresivo. Un beso lleno de exasperación; pero, bajo esa apariencia, subyacía la pasión que surgía cada vez que se tocaban y una compleja mezcla de emociones, sentimientos y deseo.

Y una débil llama de esperanza.

—Te quiero, tonto —susurró Meredith separándose de él.

Dominic parpadeó. Los oídos le zumbaban. Estaba convencido de que no había oído bien.

—¿Qué?

La expresión en los ojos de Meredith se suavizó. Le acarició los hombros y después le puso ambas manos en el rostro.

—Te quiero —repitió Meredith mirándole fijamente a los ojos, penetrándole hasta el alma.

A Dominic se le cerró la garganta y el estómago le dio un vuelco; pero no de felicidad, sino debido a una mezcla de miedo, esperanza y sentimiento de culpa.

–No, no es posible –Dominic sacudió la cabeza–. No debes. Yo no me merezco tu amor.

Los labios de Meredith temblaron y unas lágrimas le empañaron los ojos.

–Pues lo siento, pero te quiero. Y no voy a parar hasta convencerte de que sí te mereces mi amor, y el amor de todo el mundo que te conoce y que te quiere. Eres un hombre bueno, Dominic. Eres un hombre fuerte, cariñoso y mereces todo el cariño del mundo.

–No, no es verdad.

–Sí lo es.

–Meredith, lo has pasado muy mal y todo por mi culpa, por lo que hice y cómo lo hice –Dominic tenía un nudo en la garganta, pero hizo el esfuerzo necesario para susurrar–: Igual que pasó con mi madre.

–Tú no has tenido la culpa de lo que me ha pasado, la culpa la tuvo un loco, y tú protegiste y salvaste a una mujer de las garras de ese psicópata. Y tu madre no murió por lo que tú dijiste o hiciste, tu madre murió porque se casó con un ser despreciable. Tu padrastro, antes o después, esa noche u otra, habría acabado matándola, y ni tú ni nadie hubiera podido impedirlo.

Sintió presión en el pecho. Quiso apartar a Meredith, pero ella se negó a soltarle, le obligó a acercar el rostro al suyo y le miró a los ojos.

–Te conozco, Dominic. Sé cómo eres de verdad. Te has pasado la vida protegiendo a la gente cercana a ti y también a completas desconocidas. Eres un buen ser humano y te mereces ser feliz. Y ahora, si realmente quieres decirme que no me amas, saldré por esa puerta y no volverás a verme jamás. Pero, si por el contrario, el único motivo por el que me rechazas es por no creerte digno de mi amor, te aseguro que no me voy a mover de aquí.

Dominic quería decirle que no la amaba, pero las palabras se negaron a salir de su boca… porque no era así.

Meredith era lo que más quería en su vida. Era buena y cariñosa, fuerte y exigente. A veces era muy testaruda y le irritaba enormemente cuando se enfrentaba a él, pero prefería eso a una mujer que le dijera que sí a todo, prefería una mujer que se opusiera a él cuando lo creía conveniente.

Necesitaba a una mujer fuerte en su vida. Una mujer que no desapareciese bajo el peso de su fuerte personalidad.

Meredith era la mujer perfecta para él y siempre lo había sido.

—Sin duda alguna, te quiero desde esa primera noche que te besé y tú me mandaste a paseo.

Una leve sonrisa iluminó el rostro de ella. Una sonrisa que hizo que le brillaran los ojos y que pura felicidad emanase de todos los poros de su cuerpo. Y aunque le gustaba enfadarla y discutir con ella, lo que sintió al hacerla feliz era mil veces mejor.

Por eso, lo repitió.

—Meredith Forrester, te quiero.

Meredith lanzó un grito de alegría, que le pilló totalmente por sorpresa, se arrojó a él dando un salto, le rodeó la cintura con las piernas y se abrazó a él como si su vida dependiera de ello.

Le regó de besos toda la cara antes de encontrar sus labios. El beso fue profundo y sí, su cuerpo respondió al instante. Pero se trataba de mucho más que de una reacción puramente física.

Una intensa felicidad se extendió por todo su cuerpo. La abrazó con fuerza. Tendrían que acomodarse el uno al otro, pero lo conseguirían.

De momento, solo le importaba saber que Meredith era suya.

Epílogo

Annalise contempló a la pareja al fondo de la estancia y sonrió. Le encantaba ver a su hermano y a su mejor amiga tan felices.

Dominic y Meredith llevaban juntos un par de meses y esa fiesta se celebraba por motivo del anunció de su compromiso matrimonial.

Era normal que se alegrara por los dos, ambos se lo merecían. Y tuvo que admitir que también le gustaba que su mejor amiga fuera a ser su cuñada. En realidad, siempre había pensado que Meredith acabaría siéndolo.

Dado que Dominic era el propietario de uno de los clubs más selectos de Las Vegas, estaba dando una fiesta por todo lo alto. Precisamente por eso, ella se encontraba sola, en un rincón; y no solo porque la mayoría de los allí presentes eran amigos y compañeros de trabajo de Dominic, sino porque ella no estaba de humor para fiestas precisamente.

Por supuesto, no quería estropearles la noche a Meredith ni a Dominic, pero sabía que debería estar en Magnifique tratando de averiguar quién era el sinvergüenza que la estaba robando.

—Una mujer tan hermosa como tú no debería estar sola en un rincón.

Annalise se volvió y vio a un hombre alto, moreno y guapo delante de ella. Un extraño temblor le recorrió el cuerpo.

–¿Es ese comentario un pobre intento de seducción? –preguntó ella arqueando las cejas.

–No, es simplemente una observación –un brillo burlón asomó a los ojos grises del hombre.

Estaba bromeando, algo que no le habría importado tratándose de otra persona, pero teniendo en cuenta quién estaba ahí junto a ella...

–Creo que tendrías más suerte con alguien que no conociera tu habilidad para engañar y manipular.

Una expresión de sorpresa asomó al rostro del hombre; pero, rápidamente, lo disimuló.

Sí, le conocía. Recordaba muy bien esa noche ocho años atrás en la que su padre echó a Luca Kilpatrick de Magnifique por hacer trampas.

Difícil olvidar ese rostro aristocrático y encantador de ojos grises como el acero. Eso, sin mencionar el alto y fuerte cuerpo tan raro en un hombre que pasaba horas sentado jugando a las cartas.

Por aquellos tiempos, Annalise había estado aprendiendo el negocio, su padre se encargaba de ello. Incluidos los aspectos menos agradables de dirigir un casino, como qué hacer con los tramposos.

Pero eso había ocurrido hacía mucho.

–Mejor te vas antes de que llame a los de seguridad –dijo Annalise con desdén–. Estoy segura de que a mi hermano no le haría ninguna gracia que estés aquí sin haber sido invitado.

Luca sonrió, se acercó a ella y, acariciándole el rostro con el aliento, contestó en un susurro:

–Cielo, Dominic me ha invitado. Le ha parecido buena idea presentarte al tipo que le pediste que contratara para ayudarte.

Mentira. Y, rápidamente, se cruzó de brazos para ocultar sus erectos pezones. Pero… ¡Qué! ¿Qué acababa de decir Luca?

Luca se apartó de ella, se metió las manos en los bolsillos y encogió los hombros.

–Soy el consultor que has contratado para ayudarte solucionar ese pequeño problema que tienes. Tengo entendido que alguien te está robando.

Parecía encantado consigo mismo y eso la enfureció. Maldito Luca, parecía estar disfrutando de lo lindo.

–Nada de ese problema es pequeño –incluido el dinero que habían robado del negocio familiar–. Y puedes estar seguro de que no voy a permitirte poner un pie en Magnifique.

Luca volvió a encogerse de hombros.

–Como quieras.

Annalise iba a asesinar a su hermano.

DESEO

JENNIFER LEWIS

APOSTAR POR
LA SEDUCCIÓN

Capítulo Uno

Capítulo Uno

–Líbrate de ella lo antes posibles. Es peligrosa.

John Fairweather miró ceñudo a su tío.

–Estás loco. Deja de pensar que todo el mundo va a por ti.

John no quería reconocerlo, pero estaba nervioso. Le preocupaba que la Oficina de Asuntos Indios fuera a mandar a una contable para fisgonear en los libros del New Dawn. Paseó la mirada por el espléndido vestíbulo del hotel casino: empleados sonrientes, relucientes suelos de mármol, clientes relajándose en grandes sofás de piel. Sabía que estaba todo en orden, pero aun así…

–John, tú sabes tan bien como yo que el gobierno de Estados Unidos no es amigo de los indios.

–Yo sí lo soy. Nos han reconocido como tribu. Hemos conseguido lo que queríamos, hemos construido todo esto. Tienes que relajarte, Don. Solo van a hacer una auditoría de rutina.

–Te crees un gran hombre, con tu título de Harvard y tu brillante currículum, pero para ellos no eres más que otro indio que intenta meter la mano en el bolsillo del tío Sam.

Dentro de John se agitó un sentimiento de exasperación.

–Yo no he metido la mano en el bolsillo de nadie. Hablas igual que los dichosos periodistas. Hemos levantado este negocio con muchísimo trabajo y tenemos tanto derecho a obtener beneficios de él como los tenía yo en mi empresa de *software*. ¿Dónde se ha metido, además?

En ese momento se abrió la puerta y entró una chica joven. John consultó su reloj.

–Seguro que es ella.

Su tío miró a la chica, que llevaba un maletín.

–¿Me tomas el pelo? No parece tener edad suficiente ni para votar.

Llevaba los ojos ocultos tras unas gafas. Se detuvo en el vestíbulo, desorientada.

–Coquetea con ella –susurró su tío–: Muéstrale el encanto de los Fairweather.

–¿Te has vuelto loco? –John vio que la mujer se acercaba al mostrador de recepción. La recepcionista la escuchó y a continuación lo señaló con el dedo–. Oye, puede que sí sea ella.

–Lo digo en serio. Mírala. Seguramente ni siquiera la han besado nunca –siseó Don–. Coquetea con ella, ponla nerviosa. Así se asustará y saldrá huyendo.

–Ojalá pudiera asustarte a ti. Piérdete. Viene para acá –avanzó hacia la joven, tendiéndole la mano con una sonrisa–. John Fairweather. Usted debe de ser Constance Allen.

Le estrechó la mano, que era pequeña y suave. Parecía nerviosa.

–Buenas tardes, señor Fairweather.

4

–Puede llamarme John.

Llevaba un traje de verano azul, más bien suelto, de color marfil, y el pelo recogido en un moño. De cerca seguía pareciendo muy joven y bastante bonita.

–Siento llegar tarde. Me equivoqué de desvío en la autopista.

–No se preocupe. ¿Había estado antes en Massachussets?

–Es la primera vez.

–Bienvenida a nuestro estado y a las tierras de los *nissequot* –dijo con satisfacción–. ¿Le apetece beber algo?

–¡No! No, gracias –miró el bar horrorizada.

–Me refería a un café o un té –él sonrió, tranquilizador–. A algunos de nuestros clientes les gusta beber durante el día, pero los que trabajamos aquí somos mucho más aburridos y predecibles –advirtió con fastidio que su tío Don seguía tras ellos–. Ah, este es mi tío, Don Fairweather.

Ella se subió las gafas por la nariz antes de tenderle la mano.

–Encantada de conocerlo.

–Permítame acompañarla a nuestras oficinas, señorita Allen –dijo John–. Don, ¿puedes hacerme el favor de ver si el salón de baile está ya montado para la conferencia de esta noche?

Su tío lo miró con enfado, pero se alejó en la dirección correcta. John exhaló un suspiro de alivio.

–Deje que le lleve el maletín. Parece que pesa.

–Ah, no. No se preocupe –se apartó dando un respingo cuando John hizo amago de agarrarlo.

–Descuide, no muerdo. Bueno, no mucho, al menos –quizá debía coquetear con ella. Necesitaba que alguien la ayudara a relajarse un poco.

Ahora que la veía mejor, notó que no era tan joven. Era menuda, pero tenía una expresión resuelta que demostraba que se tomaba muy a pecho su trabajo, y a sí misma. Lo cual le suscitó el deseo perverso de buscarle un poco las cosquillas.

–¿Te importa que te tutee?

Ella pareció dudar.

–De acuerdo.

–Espero que disfrutes de tu estancia en el New Dawn, aunque hayas venido a trabajar. A las siete hay una actuación en directo. Estás invitada a verla.

–Seguro que no tendré tiempo –se detuvo y miró las puertas del ascensor mientras esperaban.

–Tus comidas corren por cuenta de la casa, por supuesto. Aquí se come tan bien como en cualquier restaurante caro de Manhattan. Y quizá quieras pensarte lo de la actuación. Hoy actúa Mariah Carey. Las entradas se agotaron hace meses.

Se abrieron las puertas del ascensor y Constance se apresuró a entrar.

–Es usted muy amable, señor Fairweather…

–Por favor, llámame John.

–Pero estoy aquí para hacer mi trabajo y no sería oportuno que disfrutara de ciertos… alicientes.

Su forma de fruncir los labios hizo pensar a John en lo divertido que sería besarlos.

–¿Alicientes? No estoy intentando sobornarte, Constance. Es solo que estoy orgulloso de lo que hemos levantado aquí, en el New Dawn, y me gusta compartirlo. ¿Tan mal te parece?

—La verdad es que no tengo ninguna opinión al respecto.

Cuando llegaron a la planta de las oficinas, Constance se apresuró a salir de ascensor. Había algo en John Fairweather que la hacía sentirse muy incómoda. Era un hombre grandullón, imponente y de anchísimos hombros, y hasta el amplio ascensor le parecía estrecho encerrada allí dentro con él.

Recorrió el pasillo con la mirada, sin saber adónde dirigirse.

—Por aquí, Constance —él sonrió.

Constance deseó que dejara de prodigarle aquella simpatía hipócrita.

—¿Qué te está pareciendo nuestro estado hasta ahora?

Otra vez aquel encanto seductor.

—La verdad es que solo he visto la autopista, así que no estoy muy segura.

Él se rio.

—Pues eso habrá que solucionarlo —abrió la puerta de una oficina espaciosa y diáfana.

Constance vio cuatro o cinco habitáculos vacíos y varias puertas de despacho.

—Este es el núcleo central de nuestra empresa.

—¿Dónde está todo el mundo?

—Abajo, en el hotel. Todos pasamos parte del tiempo atendiendo a los clientes. Es el alma de nuestro negocio. Kathy se encarga de responder al teléfono y de los archivos —le presentó a una guapa morena–. A Don ya lo conoces. Se encarga de la publicidad y la promoción. Rita se ocupa de la informática y hoy está en Boston. De la contabilidad me ocupo yo mismo –le sonrió–. Así que puedo enseñarte los libros.

John le lanzó una mirada cálida, y Constance notó en el estómago una sensación molesta. Era evidente que John Fairweather estaba acostumbrado a que las mujeres comieran de su mano. Por suerte ella era inmune a esas tonterías.

–¿Por qué no contrata a alguien para que se ocupe de las cuentas? ¿No está muy ocupado siendo el consejero delegado?

–Soy jefe de contabilidad y consejero delegado. Me enorgullece ocuparme personalmente de todos los aspectos financieros de la empresa. O puede que sea que no me fío de nadie –le enseñó sus dientes blancos y perfectos–. El responsable soy yo –añadió señalándose con el dedo.

«Qué interesante». Constance tuvo la sensación de que acababa de desafiarla a encontrar algún error en sus libros de contabilidad.

–La nuestra es una empresa familiar. Muchos de los empleados de la oficina son miembros de la tribu.

–¿Y dónde está el pueblo? He reservado una habitación en el Cozy Suites, pero no he visto el pueblo al venir hacia aquí.

John sonrió.

–El más cercano es Barnley, pero no te preocupes. Aquí puedes disfrutar de una cómoda habitación.

–Lo cierto es que prefiero alojarme en otra parte. Como te decía, es importante mantener la objetividad.

–No veo en qué va a afectar a tu objetividad dónde te hospedes –sus ojos oscuros la observaron fijamente–. No pareces de las que se dejan influir por halagos. Estoy seguro de que tus principios son demasiado firmes para eso.

–Sí, en efecto –respondió ella–. Nunca permitiría que nada afectara a mi criterio.

–Y una de las mejores cosas de los números es que nunca mienten –él le sostuvo la mirada.

Constante no apartó la suya, a pesar de que el corazón empezó a latirle a toda prisa. ¿Quién se creía que era para mirarla así? Por fin desvió los ojos, sintiendo que acababa de perder una escaramuza. Pero daba igual: al final, ganaría la guerra. Tal vez los números no mintieran, pero la gente que los presentaba sin duda podía mentir. La Oficina de Asuntos Indios había contratado a su empresa, Creighton Waterman, para auditar los libros del casino New Dawn. Estaba allí para cerciorarse de que el casino no mentía al presentar sus balances de ingresos y beneficios, y de que nadie se saltaba ningún procedimiento.

Se armó de valor para mirarlo de nuevo.

–Mi especialidad es ver qué hay por debajo de las relucientes filas de números que presentan las empresas en sus declaraciones anuales. Te sorprenderían las cosas que salen a la luz cuando empiezas a escarbar.

–Para la tribu *nissequot* es un placer someterse a tu escrutinio.

La sonrisa de John Fairweather volvió a producirle una sensación extraña.

–Confío en que los resultados sean satisfactorios.

John le indicó que entrara en uno de los despachos. Era un despacho amplio, pero utilitario. Él abrió un cajón.

–Los balances de ingresos diarios en efectivo, ordenados por fecha. Yo mismo anoto las cifras a primera hora de la mañana, todos los días –apoyó una mano sobre el informe de resultados del año anterior. Era indecente tener unas manos tan grandes.

Desde luego, no se parecía a ningún jefe de contabilidad que Constance hubiera conocido hasta entonces. Razón de más para desconfiar de él.

–Ponte cómoda –John miró su silla.

Constante tuvo que pasar a su lado, rozándolo, para llegar hasta la silla, lo que hizo que se le erizara la piel. John acercó otra silla y se sentó justo a su lado. Abrió el informe de resultados más reciente y señaló el dato de beneficios que figuraba en lo alto de la primera página.

–Como ves, aquí en New Dawn no nos andamos con bromas.

Cuarenta y un millones de dólares de beneficios netos no eran ninguna broma, desde luego.

–Lo que me interesa son los datos en bruto.

John sacó un ordenador portátil del cajón de la mesa y, tecleando, abrió un par de páginas.

10

–Con esta información te harás una idea bastante clara de nuestro funcionamiento diario. Constance puso unos ojos como platos al ver que le estaba dejando echar un vistazo a los balances diarios. Las cifras podían ser falsas, desde luego. Pero le impresionó lo rápido que John podía pasar de pantalla en pantalla con aquellos dedos tan grandes. ¿Llevaba colonia? Quizá fuera solo desodorante. Su olor se le metía constantemente en la nariz. Su traje gris oscuro no conseguía ocultar la mole viril de su cuerpo, que se hacía aún más evidente ahora que estaba sentado a apenas unos centímetros de ella.

–Esto son informes mensuales que hago de todas nuestras actividades. Si ocurre algo fuera de lo corriente, lo anoto.

–¿A qué te refieres con «algo fuera de lo corriente»? –fue un alivio distraerse y dejar de fijarse en el vello oscuro y suave de sus fuertes manos.

–A que alguien gane una cantidad de dinero sospechosamente grande, a que expulsemos a alguien del casino o a que haya quejas del público o del personal. Me gusta mantenerme al tanto de todos los pequeños detalles para que los grandes no me pillen por sorpresa.

–Es muy sensato –Constance sonrió.

Aquel hombre sabía que la ponía nerviosa.

–¿Cómo es que presentas informes anuales si no sois una sociedad anónima?

–No tengo que rendir cuentas delante de inversores, pero tengo una responsabilidad mayor: respondo ante el pueblo *nissequot*.

11

Por lo que Constance había leído en Internet, la tribu *nissequot* estaba formada principalmente por su familia inmediata, y la reserva en su conjunto era una interpretación un tanto fantasiosa de la historia local con el único propósito de montar un negocio muy rentable.

—¿Cuántos sois?

—Ahora mismo, unos doscientos que vivan aquí, pero hace unos años solo éramos cuatro. Espero que dentro de unos años seamos miles.

Otra vez aquella sonrisa. Constance apartó la mirada y la fijó en la pantalla.

—Seguramente no os será difícil convencer a la gente de que venga si les ofrecéis beneficios millonarios.

El silencio de John la hizo levantar la mirada. Tenía aquellos ojos penetrantes clavados en ella.

—Nosotros no damos donativos. Animamos a los miembros de la tribu a venir aquí a vivir y a trabajar. Los beneficios van a un fondo fiduciario para toda la tribu y sirven para financiar iniciativas sociales.

—Lo lamento si te he ofendido —tragó saliva—. No era esa mi intención.

—No me has ofendido —John la miró amablemente—. Sería más fácil reconstruir la tribu si repartiéramos cheques, pero prefiero atraer a la gente más despacio, porque de verdad deseen vivir aquí.

—Es lógico —intentó sonreír, pero no estaba segura de que su sonrisa pareciera convincente.

John Fairweather tenía algo que la desconcertaba. Era tan… tan guapo.

—¿Te encuentras bien?

—Quizá me vendría bien una taza de té, después de todo —contestó azorada.

Tumbada a oscuras en su cama del motel Cozy Suites, miraba fijamente el ventilador del techo. Estaba demasiado alterada para dormir. Quería impresionar a su jefa para poder pedirle un aumento y dar la entrada para comprarse una casa. Iba siendo hora de alejarse del ala protectora de sus padres.

Una cosa era volver a casa después de la universidad para ahorrar y otra muy distinta seguir allí seis años después, cuando ganaba un sueldo decente y podía permitirse vivir sola. En parte se debía a que necesitaba conocer a un hombre. Si tuviera una relación de pareja, con un hombre sensato y agradable, los seductores consumados como John Fairweather no surtirían ningún efecto sobre ella, por muy anchos que tuvieran los hombros.

Sus padres no se fiaban prácticamente de nadie, creían que el mundo estaba lleno de sinvergüenzas de los que había que huir como de la peste. Cuando les había dicho que iba a Massachussets a auditar los libros de un casino, habían reaccionado como si acabara de anunciarles que pensaba jugarse todos sus ahorros a los dados. Ella había intentando explicarles que era un gran honor que la empresa la hubiera elegido para cumplir un encargo tan importante de un organismo oficial. Pero se habían limitado a repetirle sus advertencias de siempre acerca de los sinvergüenzas y a recordarle que podía trabajar en la ferretería de la familia.

Pero Constance no quería pasarse la vida mezclando pintura. Intentaba ser una buena hija, pero era inteligente y quería sacar el mayor partido posible a su talento natural. Y si para eso tenía que cruzar fronteras entre estados y codearse con unos cuantos sinvergüenzas, que así fuera.

Si pudiera calmarse un poco…

Una alarma estridente la despertó de pronto y la hizo incorporarse. En el techo comenzó a brillar una luz casi cegadora. Buscó a tientas el interruptor de la luz, pero no lo encontró. Consiguió encontrar sus gafas, salió de la cama y avanzó a tientas hasta encontrar el interruptor, solo para descubrir que no funcionaba.

Un chorro de agua cayó de pronto sobre ella. Ahogó un grito y empezó a balbucear. El aspersor del techo. ¿Un incendio? Corrió hacia la puerta y entonces se acordó de que tenía que llevarse el maletín con el portátil y la cartera. Acababa de encontrarlo junto al armario cuando notó un olor a humo. Frenética, agarró el maletín y corrió de nuevo hacia la puerta. Fuera, en el pasillo de la primera planta del motel, vio que otros huéspedes salían de sus habitaciones. El humo salía de una puerta abierta, dos habitaciones más allá.

Había olvidado ponerse los zapatos. Y la ropa. Tenía un aspecto más o menos decente con el pijama, pero no podía ir así a ningún sitio. ¿Detrás de ella, alguien se puso a toser cuando la brisa empujó el denso humo negro hacia aquel lado del pasillo. Oyó llorar a un niño en una habitación cercana.

–¡Fuego! –gritó instintivamente, y, con el maletín apretado contra el pecho, corrió por el pasillo aporreando todas las puertas y avisando a la gente de que saliera.

Empezó a salir más gente al pasillo. Constance ayudó a una pareja a llevar a sus tres niños pequeños por las escaleras. ¿Estaban todos a salvo?

Oyó que alguien llamaba a emergencias. Subió corriendo las escaleras para ayudar a una pareja de personas mayores que se esforzaba por bajar en medio de la oscuridad y el humo. Corrió luego por el pasillo, golpeando de nuevo las puertas que seguían cerradas.

Sintió una oleada del alivio al ver que varios camiones de bomberos entraban en el aparcamiento. Poco después, los bomberos acabaron de evacuar el edificio y trasladaron a todo el mundo al otro extremo del aparcamiento. Dirigieron sus mangueras hacia el fuego, pero cada vez que las llamas desaparecían en una zona volvían a aparecer en otra. Al poco rato, todo el motel estaba en llamas.

Constance se dio cuenta de que había dejado su maletín en el suelo mientras ayudaba a la gente y no tenía ni idea de dónde estaba. Contenía su ordenador portátil, su teléfono y todas las notas que había tomado para preparar la auditoría. ¡Y su cartera, con su permiso de conducir y sus tarjetas de crédito! Empezó a vagar por la oscuridad, escudriñando el suelo empapado.

–No puede acercarse ahí, señorita. Es muy peligroso.

–Pero mi maletín… Llevaba dentro documentos importantes –su voz sonó patética mientras escrutaba el asfalto del aparcamiento.

–Constance…

Levantó la mirada y vio a John Fairweather delante de ella.

–¿Qué haces tú aquí?

–Soy bombero voluntario. ¿Tienes frío? Llevamos mantas en la camioneta.

–No, estoy bien –refrenó el impulso de mirarse el pijama. ¡Qué vergüenza que la viera así!–. ¿Puedo hacer algo para ayudar?

–Puedes intentar tranquilizar a los demás huéspedes. Diles que vamos a encontrar sitio para todos en el New Dawn. Mi tío Don viene para acá con una furgoneta para recogerles.

–Eso es estupendo.

–¿Seguro que estás bien? Pareces un poco aturdida –la miró con preocupación–. Ven a sentarte.

–¡Estoy bien! En serio. He sido una de las primeras en salir. Voy a hablar con la gente.

John vaciló un momento. Luego asintió con la cabeza y se fue a toda prisa a ayudar a desenrollar una manguera. Constance se quedó mirándolo un segundo. Su camiseta blanca brillaba a la luz intermitente de los camiones, realzando sus anchos hombros.

Avanzó descalza por el asfalto mojado, hasta donde esperaban nerviosos los demás huéspedes.

Les explicó que un hotel de la zona se había ofrecido a acogerles.

Sintió que una mano se posaba en su brazo.

–He encontrado tu maletín. Estaba al pie de la escalera –John llevaba en la mano su maletín, que chorreaba agua.

Constance ahogó un grito de sorpresa y se lo quitó. Comprobó que estaba bien cerrado.

–No deberías haber vuelto a buscarlo –dijo.

–Y tú no deberías haber sacado el maletín antes de escapar –contestó él.

–Mi… mi portátil –estaba a punto de echarse a llorar ahora que lo había recuperado–. Está todo dentro.

–No te preocupes, solo estaba bromeando. A mí también me habría costado mucho dejarme el maletín –su cálida sonrisa alivió un poco la angustia de Constance. Le puso una mano en la espalda–. Vamos al hotel.

Ella notó que le ardía la piel al contacto de aquella mano, pero no quería mostrarse antipática. A fin de cuentas, John le había devuelto su maletín y le había ofrecido un sitio donde alojarse.

–No tengo las llaves de mi coche.

–Mañana conseguiremos otro juego. Yo te llevo –la condujo hasta su vehículo.

A pesar del caos, Constance sintió que le ardía la piel como si todavía estuviera junto a las llamas. Y ahora iba a verse atrapada en su reluciente hotel, en pijama.

Capítulo Dos

–Ha sido una suerte que el motel tuviera una buena alarma contra incendios y que haya podido salir todo el mundo –John conducía su camioneta negra por una carretera comarcal.

–Qué alivio. Me alegro de que los bomberos hayan llegado tan pronto y hayan tenido tiempo de revisar todas las habitaciones. ¿Cuánto tiempo hace que eres voluntario?

–Bueno, me enrolé en cuanto me dejaron –sonrió–. Hace ya más de quince años. De pequeño quería ser bombero.

Debería haberlo sido, pensó Constance. Mucho mejor que convertirse en socio de un casino. Claro que, por otra parte, a pesar del desagrado por el juego que le habían inculcado sus padres, ahora que estaba allí no le parecía que fuera muy distinto a cualquier otro negocio.

–¿Qué te hizo cambiar de idea?

John se encogió de hombros.

–Descubrí que tenía buena cabeza para los negocios. Y en su momento me alegré de dejar este sitio perdido. Me sedujeron las luces brillantes de la gran ciudad.

–¿Nueva York?

–Boston. Nunca he vivido fuera de Massachussets. Pero al cabo de un tiempo empecé a echar de menos mi hogar. Fue más o menos por esa época cuando se me ocurrió montar el casino. Y en cuanto volví, me apunté otra vez al retén contra incendios –su sonrisa irresistible volvió a hacer mella en Constance–. Nadie desenrolla una manguera tan rápido como yo.

Estaban cruzando bosques envueltos en oscuridad, sin una sola casa a la vista.

–No hay mucha gente por aquí, aunque eso no impide que haya incendios. La semana pasada se incendió un granero abandonado. Podría haberse incendiado todo el bosque, sobre todo ahora que está todo tan seco.

–Me parece muy bonito que encuentres tiempo para trabajar como voluntario estando tan ocupado con el casino –comentó, sintiéndose culpable por haberse mostrado un tanto seca con él esa tarde.

–Me gusta hacerlo. Me volvería loco si me pasara la vida sentado detrás de una mesa.

Una de sus manos descansaba sobre el volante. Por un instante, a Constance se le aceleró la respiración al imaginársela posada en su muslo.

Había visto un montón de fotografías suyas en la prensa, acompañado por mujeres glamurosas. Una distinta cada semana, al parecer. No iba a interesarle una contable de tres al cuarto de Cleveland.

–Los incendios son muy estresantes, pero todo lo que has perdido puede reemplazarse. Es lo que hay que recordar.

Constance se volvió hacia él, sorprendida. Ni siquiera había pensado en todas las cosas que había perdido en el incendio.

–Tienes razón. Solo son objetos.

Siguieron avanzando en silencio un minuto.

–Es una lástima que te hayas perdido a Mariah Carey. Estuvo fantástica –John le sonrió.

–Seguro que sí –no pudo evitar devolverle la sonrisa.

–¿Qué clase de música te gusta?

–La verdad es que no escucho música –se removió en su asiento, incómoda.

Constance sintió su mirada curiosa fija en ella.

–Alguna te gustará.

Ella se encogió de hombros.

–Mi padre no permitía que escucháramos música en casa.

–Eso sí que es un crimen. ¿Ni siquiera gospel?

–No. Piensa que cantar es una pérdida de tiempo –arrugó el ceño.

Al madurar y cambiar de perspectiva, había revisado las opiniones de sus padres. ¿Qué tenía de malo escuchar un poco de música? Su padre opinaba que hasta la música clásica era una invitación al pecado y la degeneración. A veces, su amiga Lynn la llevaba en su coche a comer y escuchaban la radio por el camino. Y siempre le sorprendía que hubiera tantas melodías que le daban ganas de mover los pies.

Notó con alivio que estaban entrando en el aparcamiento del casino.

–Entonces, ¿qué hacíais en casa para divertiros?

¿Divertirse? Sus padres no eran partidarios de la diversión.

–No teníamos mucho tiempo libre. Mis padres tienen una ferretería, así que siempre había algo que hacer.

–Imagino que, comparada con ordenar tornillos, la contabilidad debe de ser superemocionante –John le sonrió.

Constance sintió una punzada de irritación, pero enseguida se dio cuenta de que tenía razón.

–Supongo que sí.

Él aparcó delante del New Dawn, se apeó de un salto y consiguió abrirle la puerta antes de que ella se desabrochara el cinturón de seguridad. Era imposible rechazar la mano que le ofrecía sin hacerle un desaire, y Constance no quería ofenderle después de todas las molestias que se estaba tomando para ayudarla. Pero cuando le dio la mano y sus palmas se tocaron, sintió que una emoción extraña le recorría el cuerpo.

Por suerte él le soltó la mano enseguida para abrir la puerta trasera del hotel. Sin embargo, él le pasó el brazo por los hombros. Notó un cosquilleo en la piel. John estaba diciendo algo, pero ella no oía ni una palabra. Seguramente pensaba que aquel era simplemente un gesto amistoso. Le apretó suavemente los hombros.

–¿Verdad?

–¿Qué? –Constance no tenía ni idea de qué acababa de preguntarle.

—Todavía pareces muy aturdida. ¿Seguro que estás bien? —se detuvo un momento y le quitó el brazo de los hombros para mirarla a los ojos—. Quizá deberíamos llamar a la enfermera del hotel.

Se habían detenido junto a un ascensor, y John pulsó el botón.

—Estoy bien, de verdad. Solo un poco cansada —miró con expresión implorante la pantallita digital del ascensor.

—No hay problema —él se sacó un teléfono del bolsillo e hizo una llamada—. Hola, Ramón. ¿La seiscientos setenta y cinco está ya lista? —asintió y le guiñó un ojo a Constance.

Seguramente era un gesto amistoso para decirle que la habitación ya estaba dispuesta. Las habilidades sociales de Constance eran bastante limitadas. Aun así, se le aceleró el corazón como si acabara de correr una maratón.

Se abrieron las puertas del ascensor, entró a toda prisa y pulsó el botón de la planta sexta. John entró tras ella. No dijo nada, pero su sola presencia parecía emitir una especie de vibración. Había en él algo turbador.

Cuando volvió a abrirse el ascensor, Constance salió de un salto y miró a su alrededor intentando descubrir hacia dónde tenía que dirigirse. Dio un ligero respingo cuando notó la mano de John en los riñones.

—Por aquí —la condujo por el pasillo.

Constance caminó tan rápido como podía y suspiró aliviada al notar que él apartaba la mano. John no tenía segundas intenciones. Sencillamente, era uno de esos tipos supersimpáticos que abrazaban a todo el mundo. Se sacó del bolsillo una tarjeta llave y abrió la puerta. La espaciosa habitación atrajo a Constance como un oasis: sábanas blancas y limpias, cortinas de color marfil, cuadros tranquilizadores con escenas campestres.

—Qué bonito.

—Necesito que te quites la ropa para que podamos lavarla.

Constance miró hacia abajo. Tenía el pijama manchado de carbonilla.

—Voy a necesitar algo que ponerme mañana.

—¿Qué talla usas? Les diré a las chicas que te busquen algo.

Tragó saliva. Decirle su talla a John Fairweather le parecía un acto peligrosamente íntimo.

—La treinta y ocho, creo. Que seas algo discreto, por favor. Y pago yo, por supuesto.

Él sonrió.

—¿Crees que voy a decirles que te compren algo provocativo?

—No, claro que no —se sonrojó—. Pero no me conoces muy bien, eso es todo.

—Estoy empezando a conocerte. Y estás empezando a gustarme, además. Has conservado la calma durante el incendio y has ayudado mucho. Te sorprendería cuánta gente pierde la cabeza.

Ella intentó refrenar una oleada de orgullo.

—Soy una persona tranquila. Muy aburrida, de hecho.

Él la miró fijamente a los ojos.

–Estoy seguro de que no eres nada aburrida.

La boca de Constance formó un «oh». El silencio se extendió entre ellos. Ella sintió que se le aceleraba el corazón.

–Será mejor que duerma un poco. Me duele la cabeza –mintió, sintiendo que estaba a punto de perder los nervios.

–Claro. Puedes dejar la ropa fuera, junto a la puerta. Hay una bolsa para la colada en el armario.

–Estupendo –esbozó una sonrisa cortés, ¿o era una mueca?

Sintió que se le aflojaba todo el cuerpo, lleno de alivio, cuando sus anchos hombros desaparecieron y la puerta se cerró suavemente a su espalda.

Se duchó y se lavó el pelo con champú con olor a rosas. Se puso el suave albornoz, guardó el pijama sucio en la bolsa para la colada y la dejó fuera, junto a la puerta.

Por suerte el agua no había penetrado en el maletín y su portátil y sus documentos estaban secos. Lo sacó todo y puso el maletín en una banqueta para que se secara. De momento, no podía hacer nada más. Con un poco de suerte podría relajarse y hasta dormir un rato.

Pero tan pronto apoyó la cabeza en la almohada mullida, oyó que llamaban a la puerta. Se incorporó.

–Ya voy.

Quitó la cadena, entornó la puerta... y vio la inmensa mole de John Fairweather tapando la luz del pasillo.

–Te he traído unas aspirinas –levantó un vaso y abrió la palma de la otra mano para enseñarle un envoltorio con varias pastillas.

–Ah –se había olvidado de su presunto dolor de cabeza. Abrió un poco más la puerta–. Eres muy amable –le quitó las pastillas de la mano, procurando no tocarlo.

–También te he traído ropa de la tienda de abajo. Es una suerte que esté abierta las veinticuatro horas del día.

Constance vio que llevaba una bolsa bajo el brazo.

–Gracias –alargó el brazo para tomar la bolsa, pero John ya estaba entrando en la habitación. Meneó la cabeza y procuró sonreír.

–¿Has encontrado todo lo que necesitabas? –dejó la bolsa sobre la mesa y se volvió hacia ella–. Todavía puedes avisar al servicio de habitaciones. La cocina funciona toda la noche.

–Gracias, pero no tengo hambre.

Él también se había duchado y cambiado. Llevaba unos pantalones deportivos oscuros y una camiseta blanca, un poco arrugada, como si acabara de sacarla de su envoltorio. Tenía el pelo mojado y peinado hacia atrás, lo que realzaba sus facciones bien definidas y sus ojos penetrantes.

Constance pestañeó y se acercó a la bolsa de la ropa. Pero, antes de que llegara, John tomó la bolsa y metió la mano dentro. Sacó un vestido azul de manga larga, muy apropiado para ir a una fiesta.

–La verdad es que no tenemos ropa de oficina en la tienda.

–Es precioso y eres muy amable por habérmelo traído.

–También hemos encontrado unas sandalias que combinan con el vestido –sacó un par de sandalias azules con lentejuelas y la miró con una ancha sonrisa–. No son muy adecuadas para ir a trabajar, pero mejor esto que ir descalza, ¿no?

Constance tuvo que reírse.

–A mi jefa le daría un infarto.

–No se lo diremos –la miró con ojos brillantes–. Estás muy distinta con el pelo suelto.

Ella se llevó las manos al pelo. Por lo menos se lo había secado.

–Sí, ya lo sé. No lo llevo nunca así.

–¿Por qué? Es precioso. Eres preciosa.

Constance parpadeó, azorada.

–Gracias.

Sintió que aquella estúpida sonrisa volvía a extenderse por su boca. ¿Por qué surtía John aquel efecto sobre ella? «Imagínatelo defraudando a Hacienda. Imagínatelo…».

Le falló la imaginación cuando John se inclinó y la besó apasionadamente.

Una oleada de calor embargó a Constance, que de pronto sintió que crispaba los dedos sobre su camiseta de algodón. Notó las manos de John en su espalda. Sus lenguas se tocaron y una corriente eléctrica le atravesó el cuerpo hasta los dedos de los pies. ¿Qué estaba pasando? Su cerebro era incapaz de pensar, pero a su boca no le costaba ningún trabajo moverse.

La barba que empezaba a crecerle en la barbilla a John le arañó la piel ligeramente. Él la rodeó con los brazos. Los pezones de Constance se apretaron contra la tela del albornoz y aquella sensación la recorrió como una sacudida. Clavó los dedos en los músculos prominentes de su espalda y se aferró a su camiseta mientras sus bocas se movían al unísono.

Un zumbido los sobresaltó a ambos, y se separaron.

—Mi teléfono —murmuró él en voz baja, pero no hizo intento de contestar.

Con el ceño un poco fruncido, le apartó un mechón de pelo de la mejilla. Constance parpadeó, preguntándose qué acababa de pasar.

—La verdad es que tengo que… —ni siquiera estaba segura de qué debía hacer. ¿Irse a la cama? ¿Darse una ducha fría? ¿Tirarse por la ventana?

—Tómate esa aspirina. Nos vemos por la mañana —John vaciló mientras el teléfono seguía vibrando en su bolsillo—. A primera hora llamaré a un concesionario para intentar encontrar un juego de llaves para tu coche.

—Gracias —dijo ella débilmente.

John retrocedió un par de pasos sin apartar la mirada de ella. Se despidió con una inclinación de cabeza y salió.

Capítulo Tres

–Gracias por recogerlos a todos anoche, Don –John se recostó en su silla del restaurante del hotel.

–Por ti lo que sea, John, ya lo sabes –su tío bebió un sorbo de café–. Aunque no entiendo del todo por qué decidiste ayudar a una panda de perfectos desconocidos.

John se encogió de hombros.

–No tenían adónde ir. Y Constance Allen estaba entre ellos –sintió un ligero cosquilleo en los labios al recordar su beso. No lo tenía previsto, y la química que se había desatado entre ellos lo había pillado desprevenido.

Don dejó la taza bruscamente.

–¿Qué? No la vi.

–La traje en mi coche –contestó.

–Entonces, ¿está aquí? ¿En el hotel? –los ojos de su tío se agrandaron–. ¿Y no me lo habías dicho?

John bebió un sorbo de café.

–Te lo estoy diciendo ahora.

Don esbozó una media sonrisa.

–¿Te la has ligado? –su tío se rio y dio una palmada en la mesa–. Apuesto a que hoy tendrá cara de conejillo asustado.

John arrugó el entrecejo.

–Tienes que dejar de hacer suposiciones sobre la gente, Don. Estoy seguro de que Constance Allen tiene un montón de facetas que nosotros desconocemos. Anoche en el incendio, por ejemplo, fue de gran ayuda. No se portó en absoluto como un conejillo asustado.

Don ladeó la cabeza.

–Si yo tuviera la mitad del encanto que tienes tú, no volvería a estar solo nunca más.

–Que yo sepa, ahora no pasas mucho tiempo solo.

–El dinero no viene mal en ese aspecto –su tío se rio–. Antes sí pasaba mucho tiempo solo. No tenía el don para ganar dinero con el que naciste tú.

–No es un don. Se llama trabajo duro –miraba continuamente la puerta esperando a que apareciera Constance.

–Ni todo el trabajo del mundo sirve si uno no tiene suerte –Don comió un bocado de huevos revueltos–. La suerte es lo que nos da de comer.

–La suerte la hace uno –John recorrió el comedor con la mirada–. Lo que nos da de comer es la estadística. Cualquiera que sea lo bastante tonto para fiarse de la suerte lo perderá todo tarde o temprano, y la banca siempre gana.

–A no ser que ese alguien sepa cómo engañar a la banca.

–Imposible –John apuró su café–. Yo personalmente me aseguro de ello. Me voy a la oficina. No olvides mandar la nota de prensa sobre la nueva temporada de actuaciones. Quiero darle difusión.

—Lo sé, lo sé. ¿Quién ha contratado a todos esos artistas?

—Tú. Y Mariah Carey estuvo fantástica anoche.

Don sonrió.

—Me encanta mi trabajo.

—A mí también —le dio una palmada en la espalda antes de salir del comedor. Su tío podía ser un incordio, pero en el fondo tenía buen corazón.

Pero, ¿dónde estaba Constance? En su despacho, no. La había llamado a su habitación pero no contestaba. Cruzó el vestíbulo.

—¿Habéis visto a Constance Allen?

Los empleados de recepción negaron con la cabeza. Tendría que subir otra vez a su habitación. Tomó el ascensor hasta la planta sexta. Notaba un hormigueo de emoción en las venas. ¿Por qué había dejado ella que la besara? Viéndolo en retrospectiva, le sorprendía. Parecía tan formal, tan mojigata… Y sin embargo se había abierto para él como una flor y lo había besado apasionadamente.

Estaba deseando ver qué pasaría esa mañana. Seguramente no debería tener aquellas fantasías con la contable que estaba investigando sus libros de cuentas, pero por otro lado sabía que Constance no iba a encontrar nada de malo en ellos, así que, qué más daba. Nadie lo sabría nunca, salvo ellos dos.

Tocó a la puerta.

—Soy John.

Oyó algunos ruidos. La puerta se abrió unos centímetros y un par de ojos castaños lo miraron a través de la rendija.

–Buenos días –John sonrió.

Sintió de nuevo aquella química crepitar en el aire, lo cual era muy extraño, porque no tenía la impresión de que hicieran buena pareja. Tal vez fuera la atracción entre polos opuestos.

–Ah, hola –la puerta no se abrió más.

–¿Puedo pasar?

–No creo que sea buena idea.

John vio que fruncía sus bonitos labios rosas.

–Te prometo que no voy a intentar nada –susurró–. De hecho, no estoy seguro de qué pasó anoche y, si te parece que debo disculparme, te pido disculpas.

La puerta siguió sin moverse. Constance se mordisqueó el labio, lo que tuvo un efecto infortunado en la libido de John.

–He llamado al concesionario por lo de tu coche. Van a programarte una llave nueva y a traerla antes de mediodía.

–Eso es genial. Gracias.

–¿No quieres subir a la oficina a ver los libros?

Constance parpadeó rápidamente.

–Sí. Sí, claro.

–Vale, entonces. No entro yo. Sal tú.

La puerta se cerró un momento y John oyó más ruidos. Luego ella volvió a aparecer llevando su maletín.

–Solo tenía que recoger mi portátil –salió al pasillo.

Estaba guapísima con el vestido azul que él le había llevado la noche anterior, aunque pareciera avergonzada. John no supo si debía hacerle un cumplido o no, y decidió callarse. No quería que se sintiera aún más incómoda. Se había recogido el pelo en un moño muy prieto que le dejaba al descubierto el precioso cuello. Iba sin maquillar y el rubor de sus mejillas acentuaba la frescura de su piel.

—Espero que hayas podido dormir un poco después de las emociones de anoche.

Ella apretó el paso mientras iban hacia el ascensor. John se refería al incendio, pero se dio cuenta de que Constance había pensado que se refería al beso.

—He dormido bien, gracias —contestó ella en tono seco—. Esta mañana me gustaría ver los recibos de vuestros dos primeros años de funcionamiento.

—Claro —la tentación de tocarla era arrolladora—. ¿Has desayunado?

—Quizá pueda ir a buscar un bollo o algo así al comedor antes de subir a tu despacho.

—No hace falta. Pediré que te suban algo de comer —echó mano de su teléfono—. ¿Té o café?

—Ninguna de las dos cosas, gracias. Con un vaso de agua es suficiente.

John la miró de reojo cuando ella pulsó el botón del ascensor. Parecía a punto de estallar. Se le ocurrieron varias formas de ayudarla a relajarse, pero ninguna de ellas era adecuada dadas las circunstancias.

Cuando entraron en el ascensor, encargó por teléfono a un camarero que llevara unos huevos con tostadas y fruta a su despacho. Y un bollo. Y zumo y agua. Pero mientras se concentraba en pedir la comida, notó que esa mañana el ascensor le parecía extrañamente agobiante. Había algo en el ambiente que parecía… vibrar.

Salió detrás de Constance y admiró su forma de caminar por el pasillo. Ella se detuvo y frunció un poco el ceño. John le indicó que abriera la puerta.

–Entra y ponte cómoda.

–¿Hay otro despacho en el que pueda trabajar? No quiero molestarte.

–No es ninguna molestia. Además, tengo cosas que hacer, así que no voy a pasar mucho tiempo aquí –confiaba en que eso la tranquilizara.

Constance puso su maletín sobre la mesa redonda del rincón.

–¿Cuándo has dicho que estarían listas las llaves de mi coche?

–A mediodía. Luego te llevaré al motel para que recojas el coche.

–Repito que no quiero causarte molestias. ¿Hay alguien menos… importante que pueda llevarme? –esquivó la mirada de John al acercarse a su mesa.

–Aquí todos somos importantes. Además, todos los empleados van a estar muy atareados esta mañana: estamos esperando veinte autobuses de jubilados de Cape Cod.

–Ah –arrugó la frente al recoger las carpetas que había sacado el día anterior.

Volcó con el codo, sin querer, un bote con bolígrafos que se desparramaron por la mesa. John agarró uno justo cuando iba a caer al suelo. Sus dedos se rozaron cuando se lo devolvió. Ella apartó la mano como si se hubiera quemado. Aquello hizo aumentar la tensión que crepitaba en el aire.

No debería haberla besado. Constance estaba allí por trabajo y, evidentemente, era muy reservada y formal. No estaba deseando echársele encima. Al contrario. ¿Sería por eso precisamente por lo que se sentía tan atraído por ella? ¿Por el reto que suponía? No, había algo más. Una energía que lo atraía hacia ella. Algo profundo y esencial.

—Avísame si puedo hacer algo por ti —dijo sin segunda intención, pero le gustó ver que ella se ponía colorada al oírle.

Constance cambió de postura, se puso a hurgar en su maletín y pareció a punto de estallar en llamas. John se alegraría de ayudarla a apagar el fuego.

—Tu desayuno llegará en cualquier momento, pero quizá convenga que te traiga un poco de agua ahora mismo.

—Me conformo con un poco de paz y tranquilidad —masculló ella sin levantar la vista.

Se subió las gafas por la nariz con la punta de un dedo. John esbozó una sonrisa. Le gustaba que a ella no le diera miedo ponerse antipática. Sabía que para muchas personas él era un tipo imponente, y resultaba estimulante encontrar a alguien que lo trataba como si fuera un tipo del montón.

—Procuraré no molestarte.

—Bien —siguió sin levantar la mirada.

John se rio al salir del despacho. Todavía notaba el sabor de aquel beso en los labios. Constance era sorprendentemente apasionada debajo de aquella fachada tan formal, y él ardía en deseos de volver a saborear su pasión, aunque no fuera buena idea.

Constance estaba deseando recuperar su coche. Sentada en el vestíbulo del hotel, se sentía como una prisionera en el lujoso antro de perdición de John Fairweather. Vestida con una prenda de seda que jamás habría elegido, rodeada por personas que reían, hablaban en voz demasiado alta y bebían antes de la hora de comer, se sentía fuera de su elemento. Por suerte los archivos del New Dawn estaban bien ordenados, así que seguramente acabaría el trabajo en menos de una semana y podría marcharse de allí.

Oyó el timbre del teléfono y lo sacó del bolso. Era Nicola Moore, su contacto en la OAI, la Oficina de Asuntos Indios.

–Hola, Nicola. Ahora mismo estoy sentada en el vestíbulo del casino.

–Estupendo. ¿Te están dejando acceder a los libros?

–Ah, sí, el señor Fairweather… –hasta decir su nombre hizo que se sonrojara– me ha dado carta blanca para revisar toda la documentación.

–¿Parece auténtica?

–Sí –miró a su alrededor, confiando en que nadie oyera su conversación–. De momento, todo parece estar en orden.

Se hizo un silencio al otro lado.

35

–Creen que se trata de una auditoría rutinaria, pero si te hemos mandado allí es porque tenemos motivos para sospechar que puede haber fraude.

Constance se puso en guardia.

–Tengo bastante experiencia en este tipo de auditorías. Descuida, examinaré con toda atención cualquier cosa que me parezca sospechosa.

–John Fairweather tiene reputación de embaucador. No te dejes engañar por sus maneras de seductor.

A Constance estuvo a punto de caérsele el teléfono. ¿Se habría enterado de algún modo Nicola Moore de que John la había seducido esa noche?

–Conozco su reputación –susurró –. Soy completamente inmune a su encanto y solo me fijo en los números –al menos, eso pensaba hacer a partir de ese momento.

–Magnífico. El New Dawn ha atraído mucha atención negativa desde su apertura. Nadie se explica cómo pudieron abrir el casino sin endeudarse hasta el cuello, ni cómo es posible que estén obteniendo unos beneficios tan impresionantes. Francamente, damos por sentado que hay algo turbio. Esas cifras no pueden ser reales, es así de sencillo.

Constance arrugó el ceño. No le gustaba que Nicola diera por descontado que se estaba cometiendo un delito. De momento, ella no había visto ningún indicio de delito. John parecía ser un empresario muy meticuloso y responsable, y a ella empezaba a molestarle que su éxito despertara tanta inquina.

Se puso tensa al ver que John cruzaba el vestíbulo hacia ella. Algo en su forma de moverse hizo que se le acelerara el pulso. Le dijo rápidamente a Nicola Moore que la llamaría en cuanto supiera algo nuevo y colgó.

–¿Listo? –preguntó en un tono demasiado jovial.

–Sí. Alguien del concesionario se ha pasado por aquí para dejar la llave nueva.

Constance sonrió y tomó con cautela la llave que él sostenía, sin dejar que sus dedos se rozaran.

–Menos mal.

–Puedes seguir alojándote en el hotel, por supuesto. La verdad es que es el sitio que más te conviene. El Holiday Inn está por lo menos a veinte minutos de aquí, y eso sin tráfico.

–No importa –respondió con voz crispada. ¡Menos mal que había otro hotel! Alojarse allí había sido un error grave. Con un poco de suerte, los dos se olvidarían por completo del disparate de la noche anterior y volverían a centrarse en el trabajo.

John miró su boca un momento y ella entreabrió los labios y aspiró bruscamente.

–Vámonos.

–Claro –él le ofreció el brazo.

Constance no hizo caso y agarró con más fuerza su maletín. No era tan tonta como para pensar que un hombre como John Fairweather podía interesarse de verdad por ella.

En el asiento delantero del cochazo de John, juntó las rodillas y se obligó a concentrarse en la carretera. No quería ver su manaza posada sobre la palanca de marchas, ni fijarse en el movimiento sutil de sus poderosos muslos cuando pisaba los pedales. Procuró fijarse en el paisaje. Los árboles se agolpaban a ambos lados de la carretera, tamizando la luz del sol.

–¿Cómo es que hay tantos bosques? ¿Por qué no hay granjas ni… en fin, ni nada?

–A finales del siglo pasado todo esto eran campos de labor, pero no eran lo bastante rentables, así que fueron quedando abandonados. Si no fuera por la salida nueva de la autopista, seguiríamos estando en medio de la nada.

–Pero, ¿tú te criaste aquí?

–Sí –sonrió.

Constance apretó más aún las rodillas. Por el amor de Dios, solo era una sonrisa.

–Estaba deseando largarme. Este sitio me parecía el más aburrido del mundo. Teníamos cincuenta vacas lecheras y yo tenía que ayudar a ordeñarlas cada mañana y cada noche.

–Será una broma. Yo creía que ahora eso se hacía con máquinas.

–Sí, pero alguien tiene que engancharlas a las máquinas.

–¿Y no les molesta? A las vacas, quiero decir.

–En general, les entusiasma. Imagino que es un alivio descargarse de ese peso.

–Y ahora, en cambio, ordeñas a la gente para que se deje en el casino el dinero que tanto esfuerzo le cuesta ganar. Les ayudas a aligerar la cartera.

John se volvió para mirarla.

–Piensas que lo que hacemos está mal, ¿verdad?

Pero es puro entretenimiento. La gente puede hacer lo que quiera. Pueden venir a jugar o pueden irse a otra parte.

–¿Tú juegas? –preguntó ella súbitamente.

John tardó un momento en contestar.

–No, no juego –dijo por fin–. El juego no es lo mío. Créeme, bastante te arriesgas ya abriendo un casino y un hotel en un lugar perdido de Massachussets cuando todo el mundo quiere que fracases.

–He notado que tenéis muy mala prensa, pero imagino que no os afecta demasiado, teniendo en cuenta el dinero que ingresáis.

–En eso tienes razón –le lanzó otra mirada cálida–. De momento hemos demostrado que se equivocaban, y pienso asegurarme de que siga siendo así.

–¿Por qué la OAI tiene tanto interés en investigar vuestras cuentas?

John se encogió de hombros.

–Por lo mismo, creo. Si estuviéramos endeudados hasta el cuello o hubiéramos pedido una subvención al gobierno, a nadie le extrañaría. Lo que no aceptan es que estemos teniendo éxito y prosperando por nuestra cuenta, sin ninguna ayuda.

–¿Por qué no habéis tenido que pedir dinero prestado?

–Vendí mi empresa de *software* por ochenta millones de dólares. Seguro que lo has leído.

–Sí, pero, ¿por qué arriesgar tu fortuna personal?

–Es una inversión, y de momento está funcionando bien.

Constance no se volvió para mirarlo, pero se imaginó su sonrisa satisfecha. Era un fastidio que fuera tan atractivo. Y además no jugaba... Le estaba costando mucho trabajo encontrar motivos para odiarlo.

John paró de pronto en el aparcamiento de un restaurante y Constance vio su Toyota Camry blanco aparcado a un lado, limpio y reluciente.

–Les he dicho que lo lavaran y lo trajeran aquí. Imaginaba que no querrías ver el motel hecho un desastre.

–Eres muy considerado –lo miró de reojo–. Pero, ¿por qué lo han traído aquí en vez de llevarlo al New Dawn? –preguntó al apearse.

–He reservado mesa para comer.

–¿Qué? –Constance miró el restaurante, que parecía muy caro–. ¡No! No puedo. Tengo que ir a comprar cosas de aseo y ropa. Y tengo trabajo que hacer en la oficina.

Debería llamar a su contacto en la OAI para informarle de ello. Claro que tendría que omitir el pequeño detalle de que se habían besado.

Montó en su coche y puso su maletín en el asiento de al lado. El motor se encendió enseguida y los frenos chirriaron ligeramente cuando salió marcha atrás. Dio media vuelta y se dirigió a la salida. Solo cuando vio a John por el espejo retrovisor, mirándola fijamente, se dio cuenta de lo grosera que había sido. Pero al ver que él sonreía como si todo aquello le pareciera divertido, pisó aún más el acelerador.

Sentada a la mesa de su nueva habitación en el Holiday Inn, llamó a su jefa para decirle por qué había tenido que trasladarse y acabó hablando con su amiga Lynn, la recepcionista de la oficina.

–¿Qué tal te va con John Fairweather? ¿Es tan guapo como parece en Internet? –preguntó Lynn.

Constance se removió en su silla.

–No sé a qué te refieres.

–Sé que te gusta fingir que eres una monja, pero estoy segura de que sabes cuándo un hombre es guapo y cuándo no lo es.

–No está mal, supongo –respondió con una sonrisa bobalicona.

–¿Qué edad tiene?

–Treinta y pocos, creo.

–No es demasiado viejo para ti.

–¡Lynn! ¿Se puede saber por qué crees que podemos tener algo en común?

–Los dos sois humanos. Estáis solteros. Y tú eres muy guapa, aunque hagas todo lo posible por disimularlo.

–¿Quieres parar de una vez? –¿de veras era lo bastante guapa para despertar el interés de John Fairweather? Parecía imposible.

–Es solo que me hace ilusión que estés lejos de la mirada siempre vigilante de tus padres. Tienes que aprovechar la ocasión.

–He estado muy ocupada intentando ordenar

41

los papeles del New Dawn y procurando no morir en un incendio.

—Si una solo trabaja y no se divierte nunca acaba volviéndose…

—Aburrida, ya lo sé, y yo lo prefiero —no podía quitarse de la cabeza aquel beso. Sentir los labios de John sobre los suyos, sus brazos rodeándola…— Quizá debería apuntarme a uno de esos servicios de contactos cuando vuelva.

—¡Qué! —exclamó Lynn pasmada—. ¿Lo dices en serio? Ha sido por él, ¿verdad? Esos ojos negros y abrasadores, esos hombros anchos y potentes… Sé que tienes demasiados principios para sentirte atraída por su dinero, así que tiene que ser por su físico.

—Tonterías. Es muy inteligente. Y muy amable —se quedó paralizada al darse cuenta de que acababa de confesar que le gustaba.

Lynn se quedó callada.

—¿En serio? —preguntó lentamente.

—Bueno, no sé. Lo conocí ayer. Seguramente solo está siendo amable para que no hurgue demasiado en su contabilidad.

—No se lo reprocho. De todos modos, yo tampoco debería bromear sobre ese tema. John Fairweather tiene fama de donjuán. Quiero que despliegues tus alas, pero no que te vayas volando derecha a la guarida del lobo.

—Primero me animas y luego me dices que me ande con cuidado. Menos mal que solo me interesan sus libros de cuentas.

–No puedo creer que de pronto tenga que advertirte que no te líes con John Fairweather.

–Yo tampoco me lo creo. Evidentemente, olvidas que soy la misma Constance Allen que solo ha salido con un hombre en toda su vida.

–Pues en cuanto llegues a casa voy a asegurarme de que empieces a salir con otro. ¿Cuándo vuelves, por cierto?

–Dentro de una semana, seguramente. Todo depende de lo que encuentre.

–Espero que encuentres algo. Siempre es bueno para el negocio.

–¿De verdad esperas que haya alguna irregularidad? –se le hizo un nudo en el estómago al pensarlo–. Yo espero que esté todo en orden. Así podré marcharme lo antes posible.

Y preservar la poca dignidad que le quedaba.

Capítulo Cuatro

Compró un par de trajes y blusas y unos zapatos en unos grandes almacenes de la zona. Eran casi las cuatro de la tarde cuando llegó al New Dawn para seguir revisando los libros. Buscó con la mirada algún rastro de John Fairweather, pero no vio su imponente figura por ninguna parte.

Se sentó en la mesa redonda de su despacho y siguió repasando los archivos. ¿Dónde estaba John? Tal vez estuviera enfadado con ella por haberle dado plantón a la hora de la comida. Tenía que darse cuenta de que estaba allí para cumplir con su trabajo y de que ya habían pasado demasiado tiempo juntos.

Siguió trabajando hasta las siete y media sin que nada despertara sus sospechas, y cuando bajó al vestíbulo y no vio a John sintió al mismo tiempo una oleada de alivio y de desilusión. Cruzó el vestíbulo procurando no mirar a su alrededor. ¿Por qué quería verlo? Como había dicho Lynn, era un donjuán.

Atravesó el aparcamiento mientras seguía dando vueltas a aquella idea. ¿Estaba molesta porque John no estuviera allí para coquetear con ella y acosarla? Debería estar indignada, escandalizada, desconfiar de él y de sus intentos de seducirla.

A la mañana siguiente llegó temprano a la oficina. Acababa de ponerse a revisar unas cifras cuando se sobresaltó al oír la voz de John.

–Buenos días.

–Hola, señor Fairweather –dijo secamente.

–¿Señor Fairweather? ¿No crees que es un poco tarde para que me llames así? De hecho, estaba pensando que debería llamarte Connie.

Ella pestañeó.

–Nadie me llama Connie.

–Razón de más –se sentó al otro lado de la mesa redonda–. Tienes muy buen aspecto esta mañana. ¿Por fin conseguiste dormir un poco?

Constance sintió que se sonrojaba.

–Sí, gracias. El Holiday Inn es muy agradable.

–Seguro que sí –ladeó la cabeza–. Es una lástima que esté a veinte minutos de aquí.

–No me importa –¿por qué se estaba azorando?

–Intentaré no tomármelo como algo personal.

Se estaba azorando porque él la miraba fijamente y estaba coqueteando con ella.

Lo vio levantarse, hacer una ligera reverencia y salir del despacho. Se quedó mirándolo a través de la puerta abierta. En parte le daban ganas de cerrar de un portazo y en parte sentía el impulso de correr tras él gritando «¡espera!».

Cerró la puerta pero no echó la llave. En cuanto volvió a sentarse, le sonó el teléfono. Era Nicola, de la OAI.

–Hola, Constance –dijo–. ¿Cómo va todo?

–Bien.

–Me he enterado de lo del incendio. Espero que no te haya alterado demasiado.

–Fue un buen susto, pero por suerte no hubo víctimas.

–¿Ya has tenido tiempo de conocer a alguno de los personajes clave del casino?

Constance titubeó.

–Claro, he hablado con varios.

–No temas hurgar un poco en su vida privada. A menudo es de ahí de donde procede la información más reveladora.

–Eh, claro. Haré lo que pueda.

Arrugó el ceño al colgar. Tal vez fuera buena idea dar una vuelta por la planta del casino. Convenía que viera a los empleados en acción. Guardó los últimos archivos que había estado mirando. Todo parecía estar en orden, pero quizás estaba dejándose engañar. Era hora de salir de allí y echar un vistazo bajo la alfombra. Sintiéndose como una intrépida reportera, recogió su maletín y se encaminó al piso de abajo.

Se acercó con cierto nerviosismo a la zona donde estaban los cajeros, detrás de una barrera, como las taquillas de una estación de tren. Abrió una puerta en la que ponía «solo personal autorizado» y se sorprendió al ver que no estaba cerrada con llave.

–¿Puedo ayudarla en algo? –una chica guapa, con el pelo largo y negro, estaba de pie en el pasillo, detrás de la puerta.

–Me llamo Constance Allen, soy…

La chica le tendió la mano.

–Sé quién es. John nos ha dicho que quizá querría ver esto. Soy Cecily Dawson. Pase –dijo sonriendo.

–¿Le importa que mire un rato cómo trabajan los cajeros?

–Claro que no. Sígame –condujo a Constance a la espaciosa sala donde los cajeros se sentaban a lo largo de una pared, mirando hacia fuera. Llamó con una seña a un joven que estaba detrás de la fila de cajeros–. Darius, esta es Constance Allen.

El joven se acercó.

–Encantado de conocerte, Constance –le estrechó la mano con aplomo. Era casi tan guapo como John.

–¿Puedo sentarme en algún sitio donde no estorbe?

–Aquí no estorbas. Ven conmigo, te enseñaré cómo funciona esto.

–Darius es el encargado de las cajas. Siempre está alerta por si surge algún problema.

–De la clase que sea –él le lanzó una mirada traviesa.

Constance parpadeó.

–No quiero molestarte.

–No me molestas –contestó él con una sonrisa sugerente. ¿También estaba coqueteando con ella?

Constance empezó a arrepentirse de haber bajado.

–Todas las ventas quedan registradas en nuestro sistema central y se cotejan cuatro veces al día. Yo vigilo a los clientes para ver si alguien actúa de manera extraña.

–¿Hay mucha actividad sospechosa?

–De momento no. Tenemos un montón de controles para impedir que los empleados sientan la tentación de meter mano a la caja.

–¿Pertenecéis todos a la tribu de los *nissequot*?

–Solo Cecily y yo, y Brianna, la del fondo –señaló a una chica rubia que estaba contando billetes–. Pero somos todos una gran familia feliz –sonó su teléfono y echó un vistazo a la pantalla–. Nuestro temerario líder viene para acá –les dijo a los cajeros–. Haced como que estáis trabajando –le guiñó un ojo a Constance.

Ella fingió no darse cuenta y se armó de valor para ver a John. Los cajeros dispensaban dinero con amabilidad y eficacia. Bromeaban y parecían pasárselo bien. Los clientes llegaban al casino en un flujo constante a pesar de que era miércoles por la mañana.

–¿Cómo es que hay tanta gente a esta hora del día?

–Tenemos autobuses que recogen a la gente en Boston, Worcester y Springfield, y muchos de nuestros clientes están jubilados.

–¿No es arriesgado que las personas mayores se jueguen los ahorros de toda una vida? –preguntó, ceñuda.

La sonrisa traviesa de Darius volvió a aparecer.

–Puede que sus herederos lo crean así, pero es su dinero, ¿no?

Ella meneó la cabeza.

–No entiendo por qué juega la gente.

—Porque es divertido. Como comprar un billete de lotería.

—¿Tú juegas?

Darius negó con la cabeza.

—John no nos anima a jugar, más bien al contrario. Que yo sepa, Don Fairweather es el único jugador de la familia. ¿Lo conoces?

—Sí. Parece todo un personaje.

—Ya lo creo que sí.

John entró en ese instante y de inmediato clavó la mirada en ella.

—Te estaba buscando.

—Pues ya me has encontrado —Constance levantó la barbilla—. Estaba observando cómo funcionan las cajas.

—Veo que ya conoces a mi primo Darius. Acabó sus estudios hace solo dos años y ya es mi mano derecha —John le pasó el brazo por los hombros—. Vino desde Los Ángeles para unirse a la tribu. Estamos intentando convencer al resto de su familia para que también venga a vivir con nosotros.

—No les apetece mucho vivir en medio de la nada —Darius se encogió de hombros—. Claro que, según van las cosas, dentro de poco esta zona estará muy cambiada.

John miró a Constance un momento.

—Me gustaría enseñarte un poco más todo esto.

—Creo que ya he visto todo lo necesario.

—No me refería solo al casino y al hotel, sino a toda la reserva.

Constance notó que fruncía el ceño. ¿Intentaba

John alejarla de allí por algún motivo? Empezó a sospechar. Pero, por otro lado, Nicola querría que viera todo lo que le fuera posible.

–De acuerdo.

–Estupendo. Empezaremos por el museo. Vamos –señaló la puerta y Constance le precedió, sonriendo a los demás empleados.

–No sabía que teníais un museo –comentó mientras cruzaban las salas de juego llenas de gente.

–Hay muchas cosas que no sabes –él sonrió misteriosamente–. Todas buenas, por supuesto.

–Si estás ocultando un fraude, lo estás haciendo muy bien.

–Me enorgullezco de todo lo que hago –enarcó una ceja con aire provocativo.

–¿Intentas despertar mis sospechas? –preguntó.

–Nada más lejos de mi intención.

A Constance se le aceleró el pulso cuando posó la mano en la base de su columna para conducirla por una puerta en la que no se había fijado hasta entonces. La puerta, en cuyo rótulo decía «Museo tribal», conducía a una sala amplia con relucientes suelos de tarima y paredes altas. Había vitrinas de cristal que contenían piezas de artesanía, y las paredes estaban decoradas con cuadros y textos impresos. Constance avanzó por la sala, llena de curiosidad. En una vitrina había un fajo de hojas oscurecidas por el paso del tiempo y una pluma.

–Eso es el tratado original de 1648 entre los *nissequot* y el gobernador de Massachussets. Entonces nos concedieron ochocientas hectáreas de terreno.

–¿Ochocientas? Pensaba que la reserva tenía menos de ochenta.

–Fueron reduciéndola poco a poco con los años.

–¿El estado?

John meneó la cabeza.

–Particulares, sobre todo: agricultores, empresarios, gente avariciosa.

–Tus antepasados debieron de venderles esas tierras.

–Solo intentaban sobrevivir –declaró él.

–De eso no se les puedes culpar. Al parecer, lo consiguieron –ella le sonrió.

El museo no tenía muchas piezas, pero estaban expuestas con esmero y acompañadas por gran cantidad de información escrita. Un largo manto verde expuesto en una vitrina llamó su atención. No tenía cuentas ni plumas, pero sí bordados negros.

–Ese manto lo llevaba el jefe John Fairweather cuando inauguró la primera escuela de esta parte de Massachussets –le explicó John–. Permaneció abierta hasta 1933, cuando los últimos alumnos se marcharon en busca de trabajo, durante la Gran Depresión.

–¿El edificio sigue existiendo? –preguntó Constance.

–Sí. Lo estoy restaurando, junto con la vieja granja de mis abuelos.

–Eso es maravilloso. Yo no tengo ni idea de la historia de mi familia antes de la generación de mis abuelos.

–¿Por qué?

Ella se encogió de hombros.

–Supongo que a ninguno nos ha parecido interesante.

–¿De dónde procede tu familia?

–No lo sé. De todas partes, supongo. Puede que ese sea el problema.

–Bueno, la verdad es que ahora mismo los *nissequot* procedemos de todas partes. Yo ni siquiera sé quién era mi padre. Los Fairweather son mi familia materna.

Constance observó un dibujo a plumilla de un hombre y una mujer con ropajes tradicionales.

–¿Así es como imagináis que vestían vuestros antepasados?

–No. Es un dibujo auténtico que hizo en su diario privado la hija de uno de los primeros gobernadores de Massachussets. Lo encontré escarbando en los archivos.

–Es impresionante.

John la condujo por el museo. Desconectó la alarma de la salida de emergencia marcando un código y salió a la luz del sol. Detrás del edificio había aparcada una gran camioneta negra.

–Mi vehículo no oficial. Sube.

–¿Adónde vamos?

–A que conozcas a mis abuelos.

Constance subió, llena de curiosidad.

–Vas a gustarles, lo intuyo –comentó él.

–¿Por qué?

–Porque eres simpática.

–¿Simpática, yo? Yo no soy simpática.

John se echó a reír.

—Cierto, ayer estuviste muy antipática cuando me dejaste plantado en el restaurante. Pero a ellos vas a parecerles simpática.

Nunca le habían dicho que era simpática. Ordenada sí, y también eficiente, y educada, y solícita, y exigente, y quisquillosa, y…

—No estoy segura de que en mi trabajo convenga ser simpática.

—Puede que te hayas equivocado de trabajo.

—Mira quién habla.

—Yo soy simpático —John miró por el retrovisor y luego volvió a mirarla—. Pregúntale a quien quieras.

—Si le pidiera a alguien que te describiera, estoy segura de que «simpático» no sería la primera palabra que se le vendría a la cabeza. Sería más bien «cabezota», o «implacable» o «decidido». Y eso solo basándome en los artículos que he leído sobre ti.

—No creas todo lo que lees en los periódicos. También dicen que soy un sinvergüenza y un arrogante. Supongo que les darías la razón.

Constance vio que sonreía de soslayo.

—Desde luego que sí —ella también sonrió—. Y dicen que te has sacado de la manga todo eso de la tribu *nissequot* para poder abrir el casino y forrarte.

—Bueno, eso es cierto en parte —la miró—. Por lo menos así fue como empezó.

—¿No te parece mal explotar el legado de tus antepasados para obtener beneficios?

—No —se desviaron hacia otra carretera rural—. Mis antepasados sobrevivieron a la guerra, al sarampión, al racismo y a muchas más cosas durante cuatrocientos años. Ni siquiera fueron ciudadanos estadounidenses hasta 1924. No me siento mal por aprovecharme del sistema que intentó destruirnos −su voz sonaba tan serena como de costumbre, pero Constance percibió la pasión que latía por debajo−. Si puedo hacer algo por ayudar a mi pueblo a seguir adelante, lo hago encantado.

Ella no supo qué decir. Se habían detenido frente a una bonita casa neocolonial de color amarillo. John se apeó de un salto y le abrió la puerta mientras ella intentaba ordenar sus pensamientos.

−¿Esta es la granja original? −preguntó al bajarse de la camioneta.

−No, qué va. Esta la construimos hace solo tres años. La casa vieja estaba hecha un desastre.

Se abrió la puerta de la casa y apareció un señor de cabello blanco.

−Hola, Big John.

−¿También se llama John?

−Sí −echaron a andar por el camino de baldosas de pizarra.

−Entonces, ¿tú eres Little John?

Él sonrió.

−Supongo que sí. Pero si me llamas así no respondo de mis actos.

A Constance le dieron ganas de reír. Cuando subieron los peldaños, vio que John era mucho más alto y corpulento que su abuelo.

−Esta es Constance. Ha venido nada menos que desde Ohio para darme un poco la lata.

Big John le tendió su mano nudosa.

–Encantado de conocerte, Constance –le estrechó la mano calurosamente–. Ten cuidado con mi nieto. Es un tipo de cuidado. Pasad.

Entraron en el soleado recibidor, donde salió a darles la bienvenida una mujer alta y guapa de unos setenta años.

–Esta es mi madre, Phyllis. Bueno, en realidad es mi abuela, pero fue ella quien me crio, así que siempre la he llamado mamá.

–Hola, Constance –Phyllis le estrechó la mano con firmeza–. John rara vez trae a una chica a casa –la observó de pies a cabeza con sus ojos luminosos.

–Bueno, yo en realidad no soy... –¿qué? ¿Una chica? Miró a John con nerviosismo.

–¿Qué? –preguntó él.

–Estoy aquí por trabajo –Constance miró a sus abuelos–. Representando a la OAI.

–No me digas –dijo Big John, y su expresión se endureció.

–Acabo de enseñarle nuestro museo –explicó John esbozando una sonrisa–. Y he pensado que tenía que conocer el verdadero motivo de que estemos todos aquí. Mi madre murió cuando yo era pequeño –añadió dirigiéndose a ella– y mis abuelos me criaron y me hicieron cobrar conciencia de nuestras raíces indias. Aunque tengo que reconocer que de pequeño no me interesaba mucho el tema.

Su abuelo se echó a reír.

–Solo quería saber si a los *nissequot* les gustaba luchar.

–Pero ellos se empeñaban en enseñarme todo lo que sabían, y debió de surtir efecto, porque me acuerdo de todo.

–¿Cómo es que conocían esas leyendas? ¿Están escritas en alguna parte? –preguntó Constance.

–Algunas sí. Otras se recitan o se cantan –respondió Phyllis–. Mientras quede una sola persona en cada generación que pueda transmitirlas, no perecerán. Es una gran suerte que tengamos a John. Es el líder que necesitábamos para salvar a la tribu de la extinción y que florezca otra vez.

–Y yo que pensaba que solo intentaba ganar pasta –le guiñó un ojo a Constance.

–Los caminos del espíritu son inescrutables –comentó su abuelo–. Creíamos que intentábamos sacar adelante una vaquería y en realidad estábamos conservando nuestros derechos sobre estas tierras hasta el día en que John pudiera hacerse cargo de todo.

–John nos compró ocho vacas como regalo las Navidades pasadas –Phyllis le sonrió.

–Ganado de engorde –dijo John encogiéndose de hombros–. Se acabó el ordeñar.

–Echaba de menos los mugidos de las vacas.

–Son una inversión. Buen ganado de cría.

Phyllis sonrió a Constance.

–Es mucho más sentimental de lo que aparenta.

–Tonterías –resopló John–. Bueno, nos vamos. Solo quería que Constance viera que no sois solamente números en una hoja de cálculo ni nombres en un censo.

–Ha sido un placer conocerles –Constance sonrió y siguió a John, que ya había salido de la casa.

Sus abuelos se quedaron mirándolos con expresión divertida. Él bajó de un salto los peldaños y subió a la camioneta. El motor ya estaba en marcha cuando Constance se encaramó a su asiento.

–Parecen muy simpáticos.

–Igual que yo –le guiñó un ojo.

–Tengo que reconocer que pareces mucho más agradable que en las historias que cuenta la prensa sobre ti.

–Te dije que no creyeras todo lo que publican. Pero no empieces a pensar que soy un blando. Puedo ser implacable si es necesario.

–Conque implacable, ¿eh?

John fijó sus oscuros ojos en ella un momento. Constance sintió un escalofrío y se acordó del poder alarmante que ejercía sobre ella.

–No tengo piedad.

John Fairweather sabía perfectamente lo que hacía en cada momento. También cuando la había besado. A Constance le convenía recordarlo.

Capítulo Cinco

Esa tarde, en el despacho de John, Constance se concentró en los gastos del casino, sin encontrar nada sospechoso. A eso de las seis salió del despacho lista para regresar a su hotel. Era un alivio saber que podría marcharse un día o dos después. Todo parecía estar en orden y John y ella sin duda se alegrarían de no volver a verse.

Hablando de John, allí estaba, caminando por el pasillo hacia los ascensores. Se le aceleró el corazón al verlo. Estaba hablando con una empleada llamada Tricia.

–Buenas noches –murmuró Constance al pasar junto a ellos.

–¡Constance! –exclamó él–. Baja conmigo al casino a ver cómo van las cosas. Por las noches se anima muchísimo. Tienes que verlo en plena acción.

–No, gracias. Tengo que volver al hotel –contestó, pero John pasó a su lado y pulsó el botón del ascensor antes que ella.

–¿Vas a relajarte cuando deberías estar examinando detenidamente el funcionamiento de nuestra empresa? Me sorprendes, Constance.

Ella lo miró, sintiendo de pronto el impulso de defenderse.

–En realidad lo único que me interesa es el papeleo.

John levantó una ceja.

–Creo que estás siendo negligente. Tengo la impresión de que la OAI querrá conocer con todo detalle cómo funcionamos. No me extrañaría que quisieran un informe completo de todos los que trabajamos aquí.

–Pues para eso tendrán que contratar a un detective privado. Yo soy contable.

Se abrió el ascensor y entró a toda prisa en él. Naturalmente, John la siguió. Constance empezó a sudar debajo del traje.

–Hasta ahora solo has visto el casino de día –comentó él–. Tienes que verlo por la noche, cuando viene la mayor parte de nuestra clientela. Es el mejor modo de ver cómo funcionamos.

Tenía razón. Si su jefa estuviera allí, le diría que se quedara. ¿Debía permitir que la atracción que sentía por John le impidiera hacer su trabajo?

–Supongo que tienes razón. Pero no hace falta que me acompañes. No quiero molestarte.

Constance volvió a ver aquel brillo travieso en su mirada.

–Al contrario, será un placer.

Cuando se abrieron las puertas del ascensor, Constance echó a andar hacia las salas de juego. ¿Le estaría mirando John el trasero? Sintió que contoneaba las caderas un poco más de lo normal y enseguida dejó de hacerlo. Pero seguramente se estaba dejando llevar por su imaginación.

–Vamos a por algo de beber para ti –dijo él.

–¡No! –exclamó ella al instante.

John sonrió.

–En los bares del casino hay zumo de frutas recién exprimido. Leon hace una mezcla deliciosa de zumo de piña fresco con leche de coco y una pizca de especias. Sin una gota de alcohol.

–Suena bien.

John pidió dos zumos que les llevaron en grandes copas de cristal con el logotipo del casino, un sol naciente. Él levantó la suya.

–Por que descubras todo lo que hay que saber sobre nosotros y te guste lo que veas.

Constance se limitó a asentir con la cabeza. Bebió un sorbo de la bebida, que le pareció deliciosa.

–Reconozco que está buenísimo.

–Siempre les estoy pidiendo que inventen nuevas mezclas. No hay razón para que los abstemios tengamos que quedarnos a dos velas.

–¿No bebes alcohol?

–No, nunca. Fue el alcohol lo que mató a mi madre. Tenía veinte años. Murió en un accidente de coche. Se salió de la carretera. No habría pasado si hubiera estado sobria.

–Lo siento mucho.

–Yo también, aunque no la recuerdo. Solo tenía seis meses cuando murió. Mis abuelos me hicieron jurar que jamás tocaría el alcohol y lo he cumplido.

–Muy sensato por tu parte –su insulsa respuesta la avergonzó–. ¿No estás resentido con ella por no haber estado ahí, a tu lado?

Se quedó callado un momento y la miró con una expresión extraña.

–Sí. Cuando era más joven estaba muy enfadado con ella por no haber tenido más cuidado. Pero gracias a eso estoy muy pendiente de los chicos jóvenes que trabajan aquí. Sobre todo de los que han venido desde lejos para unirse a nosotros. Soy un gran fan de los sermones.

Ella sonrió.

–Hablas como mis padres. Crecí alimentándome de sermones.

–Y mira lo bien que has salido.

–Hay quien diría que soy más conservadora de lo que me conviene.

–Y yo sería uno de ellos –le guiñó un ojo–. Aun así, eso es mejor que algunas alternativas. Pero vamos a ver las mesas de ruleta.

–No pensarás hacerme jugar, ¿verdad?

John se echó a reír.

–No voy a obligarte a nada que no quieras.

¿Qué tenía Constance que le atraía tanto? John estaba junto a ella mientras la ruleta giraba y la bola bailaba entre el negro y el rojo. Era tan distinta a las mujeres sofisticadas que solían acercarse a él.

Sabía, sin embargo, que su atracción era mutua. El brillo de sus ojos cuando lo miraba, el rubor de sus mejillas, el modo en que se inclinaba hacia él sin darse cuenta… Todo ello evidenciaba un deseo que vibraba entre ellos con tanta intensidad que casi se podía oír cómo crepitaba en el aire. Constance se resistía a aquel deseo, pero de algún modo ello solo conseguía aumentar la tensión que había entre ellos.

La bola cayó en una ranura y la ruleta se detuvo lentamente. Una mujer chilló entusiasmada y sonrió cuando el crupier empujó hacia ella un montón de fichas. John miró a Constance y vio que esbozaba una sonrisa.

—Por eso siguen viniendo —comentó en voz baja.

—Entiendo que les parezca divertido —susurró inclinándose hacia él—. Pero yo prefiero ganar dinero de la manera tradicional.

—Yo también. Prefiero el trabajo a la suerte —se arrimó a ella para sentir el calor de su piel—. Pero cada cual es distinto.

¿Le gustaba ella porque era distinta? En realidad, no había razón para que coqueteara con aquella mujer. Constance estaba allí por motivos profesionales, y no debía pensar siquiera en tener una aventura con ella. Y sin embargo no podía evitarlo.

Como había prometido, no tenía intención de forzarla a hacer nada que no quisiera hacer. Pero, ¿y si sí quería? Eso era otra historia.

Una vez, en una fiesta universitaria, alguien había dado a Constance un vaso de zumo de naranja mezclado con vodka sin decirle lo que contenía. Todavía recordaba cómo se le había nublado la vista y cómo se había reído de cosas que no tenían gracia. En ese instante se sentía igual, aunque no había bebido nada más que zumo de frutas en toda la noche.

–Y entonces, como esa temporada habíamos ganado todos los partidos, no me dejaron marcharme –John se inclinó hacia ella y sus brazos se rozaron.

Constance sintió un hormigueo en la piel.

–Fue un fastidio –continuó él–. Yo solo quería estudiar estadística, y tuve que pasar horas y horas tomando el sol y el aire fresco, qué aburrimiento –se rio.

Estaba contándole que se había apuntado al equipo de fútbol de la facultad únicamente por el dinero de la beca y, casualmente, se había convertido en el jugador estrella. Cómo no. Era una de esas personas que destacaban sin esfuerzo en todo lo que hacían.

–Debe de ser un incordio ser tan bueno en todo.

–¿Crees que estoy dándome aires?

–No me cabe ninguna duda –procuró disimular una sonrisa.

En realidad, ansiaba saber más cosas sobre su vida. Al principio se había dicho que solo estaba «investigando». Ahora sentía tanta curiosidad que no podía parar de preguntarle.

–¿Qué opinaban de ti tus compañeros de equipo?

–Bueno, al principio se burlaban de mí. Me tomaban el pelo por ser de un rincón perdido de Massachussets. Pero pararon de reírse cuando vieron lo rápido que corría.

–¿Todavía corres así de rápido?

Sus manos se rozaron accidentalmente cuando se llevó la bebida a los labios. Se habían trasladado a un sofá, cerca de las mesas de *blackjack*, desde donde podían ver toda la sala. Sus muslos también se rozaban.

–No sé. Últimamente no lo he intentado, aunque soy muy rápido jugando al *squash*. ¿Tú practicas algún deporte?

–No. Mis padres pensaban que los deportes eran una pérdida de tiempo.

–¿Y nunca hacías nada que no quisieran tus padres?

–Nada importante. Leí algunos libros que no les gustaban, y nunca se enteraron de que tuve un novio.

–¿Tuviste un amante secreto?

–No, no fue eso. Íbamos juntos a la universidad en otra ciudad, así que no lo conocían.

–Y no les hablaste de él. ¿Es que no les habría gustado? –John enarcó una ceja.

Constance se rio.

–No. Eso es lo raro. Era tan aburrido que seguramente les habría gustado.

–¿Por qué salías con él si era tan aburrido?

–Porque me gustan las cosas aburridas.

John la miró a los ojos y ella se estremeció.

–¿Por qué?

–Porque es previsible, tranquilizador. No me gustan las sorpresas.

–O al menos eso crees –levantó una ceja–. Ven

conmigo –la agarró de la mano y la ayudó a levantarse.

–¿Adónde vamos?

–Es una sorpresa.

–Ya te he dicho que no me gustan las sorpresas –sintió un cosquilleo de emoción.

–No te creo –la llevó hacia los ascensores.

Caminaban tomados de la mano, como una pareja, y aunque la idea la horrorizaba Constance se dio cuenta de que al mismo tiempo le producía una extraña emoción. Debía apartar la mano, pero no lo hizo. Él pulsó el botón del último piso y le lanzó una mirada enigmática.

–Ni siquiera voy a preguntar –murmuró Constance intentando mantener los ojos fijos en la puerta.

El ascensor se detuvo en el último piso y Constance se llevó una sorpresa cuando se abrieron las puertas y vio el firmamento.

–¡Una azotea! –la amplia terraza de mármol bordeada de plantas refulgía bajo las estrellas–. ¿Cómo es que no hay nadie aquí arriba?

–No está abierta al público, a no ser que alguien la reserve para un evento.

–Cuántas estrellas…

–Es bonito estar aquí arriba, encima de todas las luces. Subo aquí cuando necesito ver las cosas desde otra perspectiva.

–Sí, sentirse como una motita de polvo en el universo lo pone todo en perspectiva.

–¿Verdad que sí? Las preocupaciones que nos quitan el sueño a los humanos no son nada.

John seguía agarrándole la mano. La condujo hasta un gran sofá y se sentó junto a ella. Sus muslos se rozaban y el aire fresco de la noche intensificaba el calor de su cuerpo.

—¿A ti qué te preocupa, Constance? —él le apretó la mano ligeramente.

—A veces me preocupa no marcharme nunca de casa de mis padres —se rio.

—¿Por qué no te has ido? Debes de ganar suficiente para alquilar una casa.

—La verdad es que no sé por qué. Siempre pienso que lo voy a hacer, y luego pasa otro mes, otro año, y allí sigo.

—Puede que estés esperando a encontrar pareja.

—Seguramente —aquella confesión la sorprendió—. A fin de cuentas, siempre me han dicho que una buena chica tiene que vivir en casa de sus padres hasta que se case.

—¿Por qué no has encontrado aún a la persona indicada?

—Trabajo en una asesoría. No es precisamente el lugar más romántico del mundo —sonrió.

—¿Es que los contables no necesitan amor?

—Por lo visto, no. ¿Y tú? ¿Por qué no te has casado? —preguntó con curiosidad.

—Sí que me he casado.

Su respuesta le sorprendió tanto a Constance que intentó apartar la mano.

—¿Estás divorciado? —logró desasirse por fin.

Él asintió con la cabeza.

—Hace mucho tiempo. No lo sabe casi nadie. Me

casé en el instituto, justo antes de irme a la universidad. Pensé que así nos mantendríamos juntos a pesar de la distancia física.

—¿Por qué os separasteis?

—Yo estaba tan centrado en los estudios que no tenía tiempo para ella y conoció a otro chico. Eso me demostró que el matrimonio no es algo que se dé sin más. Hace falta mucho trabajo para mantenerlo vivo.

—¿Y desde entonces te da miedo intentarlo otra vez?

—Sí —sus ojos brillaron en la oscuridad—. Sé que estoy muy ocupado con el negocio y con la tribu, y no quiero defraudar a nadie más.

—Ah —sintió una punzada de decepción. ¿De veras había imaginado en algún rinconcito de su mente que John podía sentir algo serio por ella?—. Entonces seguramente no volverás a casarte.

—Seguro que sí —contestó él con convicción—. No me des por perdido todavía.

—Veo que lo tienes muy claro —ella correspondió a su sonrisa. ¿Por qué reaccionaba de aquel modo? Cualquier mujer sensata se levantaría de un salto e iría a admirar las vistas, en lugar de quedarse allí, junto a un hombre que reconocía que no tenía tiempo para una relación de pareja.

—Lo tengo clarísimo, sí. Dejando aparte cualquier consideración personal, tengo una responsabilidad para con la tribu. Debo contribuir a traer al mundo a la próxima generación —le guiñó un ojo.

Ella no pudo evitar reírse.

–¿Significa eso que tienes que casarte con una *nissequot*?

–No, nada de eso –su mirada se volvió seria–. No exigimos a los miembros de la tribu que tengan un porcentaje concreto de sangre india.

–Pensaba que esas normas se establecían para que los beneficios vayan a parar a un número limitado de personas: las subvenciones del gobierno, los ingresos del casino y esas cosas.

–¿Y de qué le sirve eso a nadie, salvo a la gente que intenta que sigamos siendo muy pocos con la esperanza de que al final nos extingamos? Si intentas que algo se mantenga inmutable, acaba por morirse. Yo estoy aquí para asegurarme de que ocurra justo lo contrario –volvió a tomarla de la mano y ella no la apartó. John le besó la palma.

La miró con una expresión tan intensa que Constance apenas podía respirar. Sintió una oleada de calor y, casi sin darse cuenta, se arrimó a él. Debía intentar alejarse, o levantarse y regresar al ascensor. Pero parecía hechizada.

Los labios de John tocaron los suyos muy suavemente, rozándolos apenas. Constance cerró los ojos y aspiró su sutil aroma masculino. Rozó la lengua de John con la suya, abrieron ligeramente la boca y se besaron.

Ella deslizó los dedos bajo la chaqueta de su traje. Él posó las manos a ambos lados de su cintura, atrayéndola hacia sí. Constance notó la aspereza de su barbilla mientras la besaba. Se inclinó hacia él, tiró de su camisa y metió los dedos debajo para tocar la cálida piel de su espalda. John la sentó sobre su regazo sin dejar de besarla. Constance tenía los pezones tan sensibles que sintió el roce de la tela de sus solapas a través de la blusa y se apretó contra él.

No supo cuánto tiempo pasaron besándose, pero no quería parar. El placer de abrazar a John, de tocarlo y besarlo era tan intenso que no recordaba nada parecido. Cuando sus labios se separaron por fin, apenas encontró fuerzas para abrir los ojos.

—Hay algo muy fuerte entre nosotros —murmuró él.

—Sí —susurró Constance, y le lamió los labios levemente.

Cuando él deslizó la mano hacia arriba, ella la condujo hasta uno de sus pechos y se estremeció al sentir el peso de su palma sobre el pezón. Cuando John apartó la mano, Constance dejó escapar un gruñido de queja. No quería que parara.

—Ven conmigo —la hizo levantarse con delicadeza.

Ella estaba tan embriagada por la excitación que apenas podía caminar.

—¿Adónde vamos?

—A un sitio más íntimo —la estrechó entre sus brazos—. No te preocupes, está cerca.

Volvieron al ascensor, John enlazándola por la cintura. Pero el esfuerzo de caminar sacó a Constance de la neblina sensual que la envolvía. ¿Qué estaba haciendo? Debía de estar poseída por una especie de locura. Aun así, no iba a apartarse de su cálido abrazo. Apoyó la mano sobre la suya y disfrutó de su cercanía.

John pulsó el botón del ascensor.

–Este ascensor también lleva directamente a mi suite –explicó.

–Ah, qué bien –al oírse a sí misma, pestañeó. ¿Se alegraba de que fuera a llevarla a su apartamento?

Sí, se alegraba.

Entraron en el ascensor. La suite de John estaba en la última planta del hotel, justo debajo de la terraza de la azotea, de modo que unos segundos después volvieron a abrirse las puertas y salieron directamente a su suite.

–¿Nunca se ha confundido nadie de botón y ha acabado en tu suite?

Él sonrió y negó con la cabeza.

–Hay que introducir un código para ir a esta planta o a la azotea. Descuida, no van a molestarnos.

John la condujo a su dormitorio.Ella miró la cama con desconfianza. ¿Cuántas mujeres habían pasado por ella? ¿De veras iba a ser la siguiente en la larga lista de chicas que habían sucumbido a su encanto irresistible?

John se volvió hacia ella, le pasó los brazos por la cintura y la apretó contra sí. Ella levantó la cara para salir al encuentro de su boca y el beso volvió a sumirla en aquel mundo íntimo y embriagador.

Capítulo Seis

John percibió sus dudas mientras la besaba. Ella no tenía mucha experiencia. Lo notó por su reacción azorada a sus avances más inofensivos, pero de algún modo eso alimentó su pasión. Aquella mujer hermosa había llevado una vida apacible, libre de deseo y de complicaciones, siempre inmersa en sus libros de cuentas, sin arriesgar nunca el corazón. Era como una caja fuerte con una combinación larga y compleja, y él ardía en deseos de girar la rueda hasta que hiciera clic y se abriera la puerta.

La ayudó con delicadeza a quitarse la chaqueta del traje y sintió el calor de su cuerpo a través de la blusa mientras seguía besándola. Luego comenzó a desabrocharle la blusa. Primero un botón. Luego, un beso. Después, otro botón, y otro beso. Constance entreabrió los ojos y el brillo de excitación de su mirada disparó el deseo de John.

Ella metió las manos bajo su camisa y le acarició la espalda. Cuando las introdujo bajo la cinturilla de sus pantalones, John sofocó un gemido. La llevó hasta el borde de la cama y la hizo sentarse suavemente. Luego se arrodilló delante de ella y le apartó la blusa para dejar al descubierto el sujetador. Ella lo observó con curiosidad cuando inclinó la cabeza sobre uno de sus pechos y humedeció la tela del sujetador con la lengua. El pezón se le endureció, y ella dejó escapar un murmullo de placer.

Pasó los dedos por el pelo de John, animándolo a seguir mientras él lamía y chupaba primero un pecho y luego el otro. Luego, bajó la cabeza para trazar una línea con la lengua hasta su ombligo. Constance contuvo la respiración cuando llegó a la cinturilla de su falda.

—Túmbate —murmuró él.

Ella se tumbó de espaldas sobre el cobertor. Tensó los muslos cuando él le desabrochó la falda y empezó a bajársela por las piernas. A John le sorprendió ver que debajo de la falda llevaba unas bonitas bragas de encaje.

No le separó las piernas a pesar de que ansiaba saborearla a través del encaje. Besó sus muslos, sus rodillas, sus piernas y ella fue relajándose poco a poco. Se aventuró indeciso hacia su sexo. Ella se estremeció cuando pasó la lengua por encima de las bragas y gimió cuando comenzó a lamerla a través del delicado tejido.

Tan pronto estuvo completamente relajada y palpitante de deseo, le quitó del todo la blusa. Ella echó mano de los botones de su camisa y tiró de ellos. Su ansia sorprendió a John. Con su ayuda, se desabrochó el cinturón y se quitó los pantalones y la camisa.

Luego, Constance vaciló y frunció un poco el ceño, mirando sus calzoncillos. John estaba excitado casi hasta la locura, y se notaba. Se preguntó por un instante si ella daría marcha atrás, pero un segundo después notó que sus dedos se deslizaban bajo la cinturilla del calzoncillo y empuñaban su sexo.

Constance no recordaba haber estado nunca tan excitada. Se moría de ganas de sentirlo dentro de ella.

–Espera –ordenó él con voz ronca–. Antes de que nos dejemos llevar y se nos olvide.

Buscó en la cómoda cercana y sacó un preservativo. Después de ponérselo, se acercó y ella volvió a empuñar su miembro. Casi temblaba de emoción cuando lo guio hacia su interior y él se inclinó sobre ella. La besó al tiempo que la penetraba, lenta y cuidadosamente, y Constance levantó las caderas para recibirlo. Al sentirlo dentro de sí, se le aceleró la respiración. Crispó los dedos sobre su espalda y los deslizó hasta su pelo. John comenzó a moverse con suave intensidad, sumiéndola más y más en un mundo de pasión y placer.

–Estoy loco por ti –le susurró al oído mientras ella jadeaba.

–Yo también –murmuró Constance.

El placer crecía por momentos dentro de ella. John le chupó el lóbulo de la oreja mientras la penetraba una y otra vez. Algo fue avanzando a través de ella, una oleada de placer, una marea que empezó en las puntas de los dedos de sus pies y se extendió por sus piernas y su vientre hasta que sintió que se ahogaba embargada por ella. John dejó escapar un ronco gruñido y la estrechó tan fuerte entre sus brazos que Constance podría haber desaparecido por completo entre su cuerpo. Ella quería decir algo, pero no podía emitir ningún sonido, solo leves jadeos que estallaban en sus labios, sobre la piel ardiente de los hombros de John.

–¿Te estoy aplastando? –preguntó él al apartarse apoyándose en los codos.

–No. Me encanta sentirte así.

–A mí también –la besó con tanta ternura que ella sintió ganas de llorar.

¿Llorar? De pronto sintió agitarse dentro de sí una emoción extraña. ¿Había sido aquello un orgasmo? Había leído cosas al respecto, pero nunca había tenido uno. Su cuerpo seguía palpitando, estremecido. Se le encogió el corazón y abrazó con fuerza a John. Se sentía increíblemente unida a él.

John le apartó un mechón de pelo de la frente.

–Eres muy apasionada.

–Tú también.

–Vamos a meternos en la cama –sugirió él.

–Vale –dejó que la levantara en brazos y la metiera debajo de la suave sábana blanca.

Luego, John se tumbó a su lado y volvió a rodearla con sus brazos. Le dio un beso en la mejilla tan romántico que Constance pensó que estaba soñando.

Pero no era un sueño.

–La verdad es que no sé cómo he acabado aquí –dijo.

–Es lo más natural del mundo. Dos personas que se sienten atraídas y que quieren estar juntas.

–Pero tampoco entiendo por qué te sientes atraído por mí.

La deseaba, de eso no había duda. Lo sentía en su modo de mirarla, en cómo le había hecho el amor y la abrazaba.

–No sé de dónde has sacado la idea de que no eres deseable. Eres preciosa –le acarició la mejilla con el pulgar–. Tienes los ojos castaños más bonitos que he visto. Cuando me miras siento una especie de sacudida. Creo que lo que ocurre es que no te sientes cómoda con tu belleza.

Constance se rio.

–Creo que no me siento cómoda con casi nada, excepto haciendo mi trabajo lo mejor que puedo. Y ahora mismo no lo estoy haciendo muy bien.

–¿Porque te estás acostando con tu sujeto de investigación?

–¿Acostándome? ¿Quién, yo?

John se echó a reír.

–¿Te sientes culpable?

–Claro. ¿Tú no?

–¿Por seducirte? No, en absoluto. Como te decía, es lo más natural del mundo.

Claro que lo era. Para él.

–Mi jefa me mataría si supiera que estoy en la cama contigo.

–No va a enterarse –le dio un beso suave.

No, no iba a enterarse. Aquella pequeña… aventura tenía que ser un secreto. Si tuviera un poco de sentido común, regresaría inmediatamente a su hotel. Pero no quería hacerlo. Quería quedarse allí, entre sus brazos.

Había pasado demasiadas horas soñando con

momentos como aquel. Todo el mundo creía que no tenía sentimientos. Que vivía para trabajar. Pero anhelaba tener compañía, conocer el amor.

¿El amor? Pues eso no iba a encontrarlo con John Fairweather. Notó una punzada de tristeza en el corazón. A pesar de su mala reputación, había descubierto que era un hombre honorable. Se enfadó con solo pensar en las cosas horribles que había leído sobre John y su tribu.

—Se te ha acelerado el corazón —comentó él.

—Estaba pensando en cuánto se equivoca la gente respecto a ti.

Se rio, sorprendido.

—Creía que estabas convencida de que todo lo que defiendo está mal.

—Eso era cuando creía que defendías el juego y la bebida y estafar a la gente para quitarle su dinero. Ahora sé que no estarías en el negocio del juego si no fuera porque intentas levantar de nuevo tu tribu, ¿verdad?

John se quedó mirándola un momento.

—Reconozco que el negocio del *software* era mucho menos complicado. De hecho, pienso volver a él. Hemos estado trabajando en un programa de base de datos para mejorar nuestra gestión y pienso publicar una versión comercial dentro de unos meses.

—La mayoría de la gente se dormiría en los laureles y disfrutaría de los frutos de su esfuerzo, pero tú siempre estás probando cosas nuevas.

—Puede que sea simplemente inquieto.

–Yo no soy así –dejó escapar un suspiro–. La verdad es que soy muy sosa. No tengo ningún deseo de comerme el mundo. Solo intento ahorrar lo suficiente para comprarme una casa y poder independizarme.

–El mundo sería un lugar de locos si toda la gente fuera como yo. Es mucho más apacible y productivo que haya una mezcla de gente distinta –la besó en la mejilla.

Constance se estremeció.

–Supongo que tienes razón.

–Los polos opuesto se atraen –remachó él, estrechándola entre sus brazos.

–Eso parece –le acarició la espalda.

Le extrañaba estar allí, entre sus brazos, desnuda, y al mismo tiempo le parecía natural.

–¿Qué ocurre? –preguntó él.

–No puedo creer que estemos en la cama juntos.

John se quedó callado un momento y le acarició el hombro.

–Nada sucede por accidente.

–¿No? Pues yo no lo tenía planeado y creo que tú tampoco.

Él soltó una carcajada.

–Tienes razón. Pero los dos podemos ser discretos.

Constance no supo si era una pregunta o una orden. En cualquier caso, le dolió, aunque no sabía por qué, porque ella tampoco quería que se lo dijera a nadie.

–Claro que sí.

Nada de promesas ni expectativas.

Había caído en sus brazos sabiendo que era una locura, pero no había podido resistirse. Había pasado demasiadas noches sola en su habitación, preguntándose si alguna vez volvería a abrazarla un hombre. Tenía demasiados sueños incumplidos.

–No somos del todo polos opuestos, ¿sabes? –John la besó en la mejilla–. Los dos somos muy tercos y decididos. Y tú tienes tu propio criterio en todo, como yo.

–¿Por qué lo dices?

–Estás aquí, ¿no? En mis brazos –la apretó un poco, y a ella le dio un vuelco el corazón.

–No estoy segura de que mi cerebro haya tenido algo que ver en todo esto. Sospecho que ha sido cosa de otras partes menos intelectuales de mi cuerpo.

John soltó una carcajada.

–Hasta cierto punto sí, pero estás aquí, y estás pensando, y no veo que hayas salido huyendo.

–Se me ha pasado por la cabeza, créeme.

–Entonces tendré que agarrarte bien fuerte –la rodeó por completo con los brazos–. Porque no quiero que te vayas.

–Seguro que no te costaría encontrar a alguien que ocupara mi lugar –se arrepintió de aquellas palabras en cuanto las dijo. Sonaban demasiado celosas.

–No me interesa nadie más. Seguro que te sorprendería saber el tiempo que hacía que no me acostaba con nadie.

–¿En serio? –preguntó con curiosidad.

–No voy a mentirte, llevé una vida bastante loca

cuando era más joven, sobre todo después de divorciarme. Hasta ese momento había sido un verdadero romántico y me costó encajar que el amor eterno que me había prometido mi exmujer durara menos de un año. Estaba furioso conmigo mismo por haberme fiado de ella.

—Yo también estaba furiosa conmigo misma por confiar en mi ex. Y ni siquiera me engañó.

—Es difícil volver a confiar en otra persona cuando te han dejado. ¿Por eso no has vuelto a tener pareja desde entonces?

Constance se quedó callada. No quería decirle la verdad, pero tampoco iba a engañarle.

—Nadie me ha pedido salir desde entonces.

—¿En cinco o seis años? —preguntó incrédulo.

—No, ni una sola vez.

—Qué locura. Aunque la verdad es que intimidas bastante. Seguramente hace falta alguien tan caradura como yo para atreverse a intentarlo.

—¿Intimidar, yo? Me considero una persona humilde y nada exigente.

John se echó a reír.

—Puedes pensar lo que quieras, pero la verdad es que eres una mujer muy exigente y crítica, y seguramente asustas mucho a los hombres.

—Vaya —frunció el entrecejo—. Eso no suena muy bien.

—A mí me gusta —sonrió—. Si uno es muy exigente consigo mismo, también debe serlo con los demás.

—Umm. Dicho así, no suena tan mal —apoyó la cabeza sobre su bíceps—. Supongo que tienes razón en que mucha gente piensa que soy inaccesible. He rechazado tantas invitaciones a comer y tantos planes de fin de semana de mis compañeros de trabajo que ya casi nunca me invitan.

–¿Por qué los rechazas?

–Porque me parecen una tontería. Yo voy a la oficina a trabajar, no a hacer amigos.

–¿Lo ves? Eres inaccesible –sonrió–. Es lógico que se asusten. ¿Qué me dices de tu parroquia? Dijiste que tus padres eran muy religiosos. ¿No has conocido a nadie allí?

–A nadie que me interese.

–¿Ves como no te conformas con cualquier cosa? –le apartó un mechón de pelo de la mejilla.

–¿Y por qué iba a conformarme? ¿Qué sentido tiene fingir que te gusta alguien si no te gusta?

–Ninguno –John sonrió–. Supongo que eso significa que yo sí te gusto.

–Yo no diría tanto –bromeó ella–. Pero por lo visto me siento atraída por ti.

–Y yo por ti –la besó en los labios–. Hay mucha química entre nosotros.

Sí, la había. Crepitaba en el aire y erizaba su piel cada vez que sus cuerpos se tocaban.

–Es una pena que la química no dure y que pasado un tiempo haya que ser compatibles de verdad y llevarse bien –Constance quería que supiera que no esperaba que aquel disparate fuera a ninguna parte.

–Por algún sitio hay que empezar –comentó él antes de besarla otra vez–. Pero, ¿cómo sabes que no somos compatibles?

–¿Nosotros? No me hagas reír.

–A mí no me parece cosa de risa. Mis abuelos son muy distintos y llevan juntos casi cincuenta años.

–¿Han sido felices? –preguntó ella.

–Mucho. Han tenido sus altibajos, claro. La muerte de mi madre fue una prueba muy dura para su relación, como suele serlo la muerte de un hijo. Mi abuela culpaba a mi abuelo por no haber sido más estricto con ella, y él la culpaba a ella por no haber sido más tolerante.

–Si las cosas hubieran sido distintas, seguramente tú no habrías nacido –le acarició la frente–. Hay tantas cosas en la vida que dependen del azar…

–Tienes razón. Ni con todo el esfuerzo del mundo se llega a ninguna parte si no tienes al menos una pizca de suerte. No sabes cuántas veces el destino de este casino, incluso de toda la tribu, ha estado en manos de desconocidos a los que no les importaba nada el resultado. En realidad, había un montón de gente que quería que el proyecto fracasara, igual que ahora hay muchos a los que les encantaría que tuviéramos que cerrar.

–¿Crees que es lo que pasaría si descubro que habéis estado falseando las cuentas? –se le encogió el estómago.

–No me cabe duda de que intentarían cerrarnos el negocio.

–¿Por qué hay tanta gente contraria al casino?

–Los hay que se oponen a él por las mismas razones que tú. El juego, la bebida, la diversión… Pero sospecho que en la mayoría de los casos es por envidia. Creen que disfrutamos de unos beneficios que ellos no pueden tener por no ser indios.

–Supongo que tienes razón, pero, ¿no es una especie de reparación por las injusticias pasadas?

–Hay gente que lo ve así, pero la verdad es que solo es el reconocimiento de tratados del pasado que nos concedían soberanía sobre nuestras tierras. Pero no se trata de revancha. En todo caso, los estadounidenses deberían alegrarse de que por fin estemos abrazando sus leyes.

–Entonces, básicamente estáis intentando adaptaros.

–Exacto.

Su sonrisa traviesa hizo sonreír a Constance. De pronto, sin poder evitarlo, lo besó. John le devolvió el beso, y al poco rato tuvo que buscar otro preservativo. Constance sintió una oleada de felicidad cuando volvió a penetrarla. Sus años de soledad y anhelo parecieron disiparse súbitamente.¿De veras era tan fácil encontrar la felicidad con otra persona?

Se quedó dormida entre sus brazos, sintiéndose en paz con el mundo. En ese momento no le costaba ningún trabajo imaginarse siendo la pareja de John. Pero, ¿podría convertirse aquel atisbo del paraíso en su vida real?

Capítulo Siete

Constance se despertó sobresaltada. El sol entraba a raudales por una rendija de las cortinas, anunciando que el día estaba ya muy avanzado. John se había marchado.

Parpadeó intentando ver su reloj. ¿Las diez y cuarto? ¿Por qué no la había despertado John? Se arrebujó en la colcha. ¿Dónde estaba su ropa? La vio colgada con esmero encima de una silla. John debía de haberla recogido esa mañana.

Se levantó de un salto y empezó a vestirse atropelladamente. Echó un vistazo a su teléfono y vio que tenía unos cuantos mensajes, la mayoría del trabajo.

Su traje estaba arrugado y su pelo no cooperaba. Confiaba en poder salir de allí sin tropezarse con nadie. Y antes de ponerse a trabajar tenía que ir hasta su hotel y regresar.

Intentó utilizar el ascensor que daba directamente a la suite, pero no consiguió que se abriera. Muerta de vergüenza, entornó la puerta que daba al pasillo del hotel. Al no ver a nadie, echó a correr hacia los ascensores. Pulsó el botón llena de impaciencia.

El ascensor daba directamente al elegante vestí-

bulo principal, que a esa hora estaba muy transita-
do. Y lo que era peor aún, John estaba al otro lado
de la sala, concediendo una entrevista a una cadena
de televisión. El cámara y el periodista casi le corta-
ban el paso hacia la salida principal, y dudó un momento pensando cómo escapar. John no la había
visto aún, y quería asegurarse de que no la viera. No
quería que sonriera y la saludara con la mano o que
intentara llamar su atención.

—Está siendo investigado por la Oficina de Asuntos Indios por presunto fraude…

Las palabras del periodista llegaron a sus oídos
cuando se acercó. ¡Qué poco sospechaban los periodistas que la auditora de la OAI estaba intentando pasar a hurtadillas por su lado con las bragas del
día anterior puestas y el ADN de John Fairweather
incrustado en su tela!

John se puso a hablar mirando de frente al re-
portero. Constance aprovechó la ocasión para dirigirse hacia la puerta. Por suerte la cámara apuntaba
hacia otro lado, de modo que su huida no quedaría
grabada.

Salió bruscamente a un sol cegador y se dirigió a
su coche, ansiosa por escapar antes de que alguien
la viera.

En la habitación del hotel, después de ducharse,
llamó a la oficina.

—Nicola ha llamado seis veces preguntando por
ti —le susurró Lynn—. ¿Dónde te habías metido? Han

84

publicado no sé qué artículo sobre el casino y quiere saber si lo que cuentan es cierto.

–¿Qué dice el artículo?

–No sé qué sobre el tío de John Fairweather. Por lo visto tiene un pasado sospechoso. Blanqueo de dinero o algo por el estilo.

Constance arrugó el ceño. ¿El tío Don? No le caía muy bien aquel tipo. Tenía la sensación de que era un sinvergüenza.

–De momento todo está en orden. Tienen muchos beneficios porque el casino está a todas horas lleno de gente dispuesta a malgastar su dinero. La verdad es que empiezan a molestarme todas esas opiniones negativas. Creo que lo que pasa es que la gente está celosa del éxito que está teniendo la tribu. No entiendo por qué se enfadan tanto porque estén ganando dinero.

–Cuánta pasión.

–Tonterías. Solo soy pragmática. No veo por qué las grandes empresas pueden ganar dinero a montones e interpretar las leyes a su conveniencia y las tribus no. Esto es Estados Unidos. Nos encantan el dinero y los beneficios. ¡Tú y yo no tendríamos trabajo sin ellos!

Lynn se rio.

–Tienes razón. De todos modos, más vale que llames a Nicola.

–Voy a llamarla. Con un poco de suerte, estaré en casa dentro de un día o dos –sintió una punzada de tristeza.

–Llama a Nicola antes de que vaya a buscarte.

–Sí –colgó y contestó a otra llamada, llena de emoción al ver que era John.

–Buenos días, preciosa.

Sintió una oleada de calor en el pecho.

–Buenos días. No puedo creer que me hayas dejado dormir tanto.

–Parecías tan relajada que no quería molestarte. Y tenía que levantarme para dar una entrevista.

–Sí, te he visto –no quería decirle que se había enterado de las acusaciones contra su tío–. ¿Qué te han preguntado?

Se quedó callado un momento.

–Nada especialmente interesante. Lo de siempre.

De modo que iba a ocultárselo. Pero sin duda sabía que ella podía enterarse por la prensa o leerlo en Internet.

–Imagino que siempre tienen la esperanza de dar con alguna noticia jugosa.

–La prensa la ha tomado con mi tío Don. Estoy seguro de que la noticia se desinflará dentro de nada, pero están intentando culparlo de algo, así que más vale que te enteres por mí y no por la OAI. ¿Quieres que comamos juntos? Es casi mediodía.

–¿Mediodía? –tragó saliva–. No puedo. Todavía estoy en mi hotel, cambiándome. Necesito concentrarme por completo en el trabajo el resto del día.

–¿Y de la noche?

–Y de la noche también

Una noche con él ya había sido suficientemente embriagadora.

—Estoy aquí para trabajar.

—Eso es verdad, pero quiero asegurarme de que no te das demasiada prisa. No quiero perderte antes de lo estrictamente necesario.

Así que reconocía que su relación tenía fecha de caducidad. Constance sintió una punzada de tristeza.

—Tengo otros proyectos de los que ocuparme.

—Es una lástima que tu oficina no esté más cerca. ¿Por qué han contratado a alguien de Ohio para que investigue un casino de Massachussets?

—Creo que lo hacen para garantizar la imparcialidad. Como no soy de esta zona, lo lógico es que no tenga ningún interés en mantener relación con el casino New Dawn.

—Solo con su propietario –añadió él con voz sedosa.

—Eso fue un accidente.

—Un feliz accidente.

—Con tal de que no se entere nadie…

—La verdad es que no me gusta nada tener que disimular –repuso John con fastidio–. De hecho, detesto tener que ocultarlo.

—Pero, ¿entiendes que mi trabajo depende de que mantengamos esto en secreto? –preguntó Constance angustiada.

—Claro que sí. Y me considero por completo responsable del aprieto en el que estamos los dos –hizo una pausa. Luego añadió–: ¿Puedo ir a verte a tu hotel?

—No. En serio, tengo que trabajar.

—Qué rollo —parecía tan desilusionado que ella tuvo que sonreír.

—Tengo que hacer varias llamadas. Nos vemos en la oficina.

—Sí, me aseguraré de que nos veamos.

Llamó a Nicola, quien se lanzó inmediatamente a despotricar contra él.

—No es la primera vez que se investiga a Don Fairweather por blanqueo de dinero —dijo.

—¿Lo han condenado alguna vez?

—No. Hubo un juicio, pero por lo visto las pruebas presentadas por la fiscalía no consiguieron convencer al jurado.

—Ah. Entonces lo declararon inocente.

—O quizá no prestaron suficiente atención a las pruebas. Quiero que mires en sitios donde nadie espere que mires.

—¿Te das cuenta de que soy auditora de cuentas y no detective privado?

—En efecto, Constance, somos muy conscientes de ello. Simplemente queremos que averigües si sus documentos reflejan de manera fiel la actividad del casino.

—Entiendo. Examinaré todas las posibilidades que se me ocurran.

Al colgar, se descubrió mirando el cajón de su ropa interior. ¿Y si preparaba una bolsa con bragas de sobra y ropa para cambiarse, para no tener que volver al hotel?

Por fin salió de la habitación. Sin ropa para cambiarse.

Pasó la tarde observando a los cajeros y paseándose por las salas de juego. Caminó entre las mesas mirando jugar a los clientes. Todo parecía en orden. Se detuvo en una mesa de ruleta y observó cómo el crupier hacía girar la rueda.

–Hola, preciosa.

Se estremeció al oír aquella voz grave junto a su oído. Se dio la vuelta despacio para mirar a John y comenzó a sonreír.

–Buenas tardes, señor Fairweather.

–Veo que otra vez estás observándonos. ¿Te gusta lo que ves?

–¿Gustarme? No mucho. Sigo sin ser aficionada al juego –sonrió–. Y creo que, en estos momentos, debo mantener en secreto mis hallazgos, ¿no te parece?

De pronto vio un destello de sorpresa en su mirada.

–¿Qué hallazgos?

–Cualquiera que haga –intentó mostrarse serena–. No digo que haya encontrado nada fuera de lo normal.

–Pero tampoco dices lo contrario –John arrugó el ceño–. Si encuentras algo, me lo dirás, ¿verdad? Me llevaría una auténtica sorpresa, pero querría saberlo enseguida.

Constance titubeó.

–Mi responsabilidad prioritaria es para con mi cliente, la OAI.

—Lo consideraría un favor personal si me contaras a mí primero lo que descubras —repuso él, muy serio.

—No creo que esté en situación de hacer favores personales.

Aquello se estaba volviendo violento. Evidentemente, John pensaba que había descubierto algo inesperado en los libros. Pero, si descubría algo, debía mantenerlo en secreto mientras investigaba. Levantó la vista y vio que Don lanzaba unas fichas a una mesa de ruleta, lejos de allí.

—Si encuentro algo, te lo diré —susurró Constance—. Pero de momento todo va bien —sonrió—. Aunque no debería decírtelo.

A lo lejos, Don recogió un puñado de fichas de la mesa y se las guardó en el bolsillo, sonriendo. Luego se dirigió hacia ellos con una sonrisa confiada. Constance se puso en guardia.

—Conque confraternizando con el enemigo, ¿eh, John? —Don se volvió hacia ella y sonrió—. Ya sabes que estoy bromeando. Nos encanta que la OAI y sus amigos de la prensa nos dediquen tanta atención. La vida sería muy aburrida si nos dejaran en paz.

—Mi contacto en la OAI me ha dicho que ha estado imputado por blanqueo de dinero —dijo ella mirándolo fijamente.

—Mentira, todo mentira. Antes tenía una cadena de tintorerías. Limpiábamos camisas, no dinero —sonrió, desafiante—. Como seguramente sabes, no encontraron pruebas para condenarme.

—Don fue absuelto por el jurado —intervino

John–. Una de las cosas que más me gusta del New Dawn es que aquí puedo trabajar con mi familia cotidianamente –rodeó a su tío con el brazo–. A veces es todo un reto, pero quizá por eso me gusta tanto.

–Si la vida fuera demasiado fácil, te aburrirías. Y ninguno de nosotros sabía que éramos tantos. Algunos casi ni sabían que tenían sangre india hasta que John les habló de este sitio. Ahora los chicos le suplican que desentierre más canciones y bailes antiguos para que puedan competir en los festivales indios.

John meneó la cabeza.

–Eso es más fácil decirlo que hacerlo. Yo voto porque inventen los suyos propios. ¿Por qué nuestra cultura tiene que ser antigua e histórica? ¿Por qué no puede ser fresca y nueva?

–Con eso no ganaremos ningún premio. Los jueces son muy tradicionales. Ya tenemos muchos puntos en contra porque no tenemos el aspecto que la gente espera de un indio.

–Entonces la gente tiene que cambiar de percepción, ¿no crees, Constance?

–Supongo que sí. Y si alguien puede hacerlo, eres tú –se sonrojó al darse cuenta de que acababa de alabarlo delante de su tío.

Don enarcó un poco las cejas. ¿Sospechaba que había algo entre ellos? Sería un desastre.

–Bueno, tengo que volver a la oficina.

–Subo contigo –dijo John.

–La verdad es que primero tengo que ir al coche a buscar una cosa.

Se despidió de ellos inclinando la cabeza y se alejó hacia el vestíbulo a toda prisa. En realidad no tenía que sacar nada del coche, pero pasó unos minutos fingiendo que buscaba algo. Por fin sacó su maletín del asiento trasero y cerró la puerta. Pero al volverse se encontró cara a cara con John.

–No voy a dejar que te escabullas.

–No pensaba escabullirme –levantó la barbilla–. Tenía que recoger el cargador de mi móvil.

–Ah –él sonrió–. Parecía que estabas huyendo de algo.

–Tu tío Don no sabe… lo nuestro, ¿verdad?

John se encogió de hombros.

–Yo no le he dicho nada.

–No creo que debamos entrar juntos en el casino.

–¿Por qué? –pareció un poco molesto–. Soy el consejero delegado. No me parece en absoluto inapropiado acompañar a la auditora a las oficinas –se inclinó y le susurró al oído–: Aunque la haya visto desnuda.

Constance sintió que una oleada de calor se extendía por su cuerpo.

–Eres incorregible.

–Lo sé. Es un defecto que tengo. ¿Crees que podrás curarme de ese mal?

–Lo dudo. Y tampoco tengo intención de intentarlo. Además, tengo que seguir trabajando.

–Vamos –echó a andar y la esperó para que entraran juntos en el casino.

Constance mantuvo la barbilla bien alta cuando

cruzaron el vestíbulo. Cuando llegaron a la oficina, John la hizo entrar, la siguió y cerró la puerta. Ella oyó el chasquido de la cerradura y un instante después sintió que su brazo le rodeaba la cintura.

–Constance, me estás volviendo loco. No sé qué me has hecho.

–No creo que te haya hecho nada –la manaza de John se extendió sobre su vientre, despertando toda clase de sensaciones–. Solo intento hacer mi trabajo.

–Y yo no paro de distraerte –rozó su cuello con los labios.

–Sí, mucho.

–Creo que necesitabas un poco de diversión –añadió él en voz baja, y Constance se estremeció de deseo.

–¿Para que no pueda examinar tus libros como es debido? Vas a conseguir que piense que intentas ocultar algo.

–Puede que sí, que algo intente ocultar –repuso él con voz sugerente, y Constante sintió el roce de su erección.

Le sorprendió lo excitante que era aquella sensación.

–¿Qué estamos haciendo? –preguntó casi en un susurro.

Él deslizó los labios bajo su oreja, calentando su piel.

–Creo que te estoy besando el cuello.

–Esto es una locura.

–No voy a negártelo –siguió besándola.

Constance empezó a sentir un hormigueo en los pezones.

–Entonces, ¿no deberíamos parar?

Él deslizó los labios hasta su oreja y le mordisqueó el lóbulo.

–Desde luego que no.

La hizo girarse y la besó en la boca. Ella abrió los labios y lo abrazó. Estuvieron besándose diez minutos, hasta que se encontró completamente turbada. Luego, John se excusó inclinando educadamente la cabeza y la dejó sola, excitada y sin más compañía que los libros de cuentas.

Constance se quedó mirando la puerta. ¡Menuda cara! ¿Primero la ponía a cien y luego se marchaba? ¿Cómo iba a trabajar ahora, en aquel estado?

Se volvió hacia el ordenador y se puso a revisar las cuentas del año anterior. Como siempre, todo parecía en orden. Dejándose llevar por su instinto, decidió buscar en las bases de datos del casino si había otros empleados que también jugaban. Descubrió que Don no era el único miembro de la tribu que apostaba, pero sí el que apostaba más. El año anterior había ganado más de cincuenta mil dólares. ¿Se debía a alguna irregularidad o a una simple cuestión de suerte?

Se abrió la puerta y apareció John. Constance cerró la hoja de cálculo con una punzada de mala conciencia. Lo que venía a demostrar que aquella aventura era un gran error.

John cerró la puerta y se apoyó contra ella. Su traje oscuro no ocultaba la virilidad de su cuerpo.

–Vas a venir a mi casa a cenar.

–A tu suite, quieres decir.

–No, a mi casa. Estoy viviendo en la suite mientras reformo la vieja granja. La cocina está acabada, así que tengo todo lo que necesito para prepararte la cena.

–¿Sabes cocinar?

–Claro que sí.

–Entonces no puedo negarme, ¿verdad?

–Por supuesto que no –le ofreció la mano para ayudarla a levantarse.

–Iré en mi coche –así podría marcharse cuando quisiera.

–Claro. Puedes seguirme.

La vieja carretera rural que llevaba a su casa pasaba junto a la granja de sus abuelos y atravesaba campos salpicados de ganado. El camino de entrada estaba flanqueado por manzanos que también enmarcaban la casa, un edificio blanco y austero.

–De la casa original no queda casi nada, pero está empezando a tener el aspecto que tenía en sus buenos tiempos. Creo que dentro de un mes, más o menos, podré volver a vivir aquí.

–Es preciosa –le sorprendía que un soltero empedernido como John tuviera una casa grande y antigua como aquella.

–Está quedando muy bien. Me apetece muchísimo instalarme aquí. Voy a tener un perro.

–¿De qué raza?

–Todavía no lo sé. Uno grande. Y bonito. Lo adoptaré de un refugio.

–Es una idea genial.

Subieron los sólidos escalones que llevaban a la puerta, todavía sin pintar. John la abrió y la hizo pasar. Constance miró a su alrededor, fijándose en los detalles antiguos que había conservado.

–Esta casa la construyó uno de mis antepasados en 1837. Sus hijos y él se encargaron de la mayor parte de la ebanistería.

Constance acarició una barandilla de cerezo.

–Debieron de hacerlo todo con mucho mimo.

–Razón de más para devolverle su belleza original –la condujo a una radiante cocina con armarios de color marfil y una gran isleta central–. ¿Te gustan las gambas?

–Me encantan.

–Mejor, porque las tengo marinándose desde esta mañana.

–¿Sabías que iba a venir a cenar?

–Claro.

–¿Y si te hubiera dicho que no me gustan las gambas? ¿O que soy alérgica?

Él le lanzó una sonrisa descarada.

–También tengo pollo preparado.

–Estás listo para todo, ¿eh?

–Procuro estarlo.

Asó las gambas y unas mazorcas de maíz en la parrilla de fuera y prepararon juntos una ensalada de queso feta, pera y verduras de primavera. El patio tenía unas vistas espectaculares sobre los pastos y las colinas boscosas. Constance no recordaba haber estado nunca en un lugar tan hermoso. La zona de Cleveland en la que había crecido parecía deprimente comparada con aquello, y sin embargo pronto estaría de vuelta allí, mirando desde el porche trasero el jardín lleno de hierbajos de la casa de sus padres y acordándose de aquella cena deliciosa y de su encantador anfitrión.

El sol desapareció detrás de los árboles y un cúmulo de nubes oscuras se congregó en el horizonte. Las gotas de lluvia comenzaron a salpicar el patio mientras recogían la mesa y, cuando llenaron el lavavajillas, la lluvia había comenzado a aporrear las ventanas. Mientras John hacía el café oyeron restallar varios truenos sobre la casa.

—Más vale que te quedes hasta que pase la tormenta —dijo con un brillo en la mirada.

Ella buscó algo en su bolso.

—Voy a buscar las imágenes de satélite en el móvil para ver cómo es la tormenta de grande.

—Ya lo he hecho yo. Va a durar toda la noche.

Capítulo Ocho

¿Lo tenía todo planeado?

–Estoy segura de que puedo conducir aunque llueva.

–No voy a permitirlo.

–¿Qué te hace pensar que puedes permitirlo o no? No eres mi jefe.

–Pero me preocupa tu seguridad. Con una tormenta como esta, las carreteras rurales pueden inundarse. Soy bombero voluntario y he visto muchos accidentes. Cuando está lloviendo y estás en el bosque, cuesta mucho ver la carretera.

–Supongo que tienes razón –masculló ella–. Pero no puedo acostarme contigo.

–Creía que ya habíamos superado ese punto.

–Lo sé, pero eso fue algo improvisado y puntual. Si me quedo otra vez…

–Significará que de verdad te gusto –sonrió con aire travieso.

Constance no supo qué responder.

–No sé por qué me gustas. Eres insoportablemente arrogante.

–Pero eso te resulta estimulante porque estás acostumbrada a tratar con pusilánimes.

–Eso no es verdad.

–Entonces puede que sea porque tengo muchas virtudes –cruzó la cocina en dos pasos y le puso las manos sobre las caderas.

Su beso, tierno e insistente, dejó muda a Constance, que notó que sus dedos comenzaban ya a deslizarse hacia la curva de su trasero. ¿Cómo lo conseguía?

No quería confesarle que le gustaba, por si él lo interpretaba mal y pensaba que quería tener una relación de pareja con él. No debía estar allí besando a un hombre que no tenía intenciones honorables respecto a ella.

Aun así, se descubrió besándolo con una pasión que le brotaba de muy dentro. Aquel era el tipo de cosas sobre las que la habían advertido en la escuela dominical de su parroquia. Sus padres estaban convencidos de que ni siquiera debía besar a un chico hasta que tuviera un anillo de compromiso en el dedo.

Constance no lo tenía y sin embargo sus dedos tiraban ya de la corbata de John y de los botones de su camisa.

–Vamos arriba –él no esperó respuesta. La enlazó por la cintura y mientras caminaban le besó el cuello.

Bajo sus tiernas caricias y su mirada llena de admiración, Constance se sentía increíblemente deseable. Hasta caminaba con una energía desconocida.

–Este es mi cuarto.

Constance entró en una habitación impresionante, con el techo artesonado. La gran cama de madera labrada a mano le daba un aire muy masculino. Las paredes estaban decoradas con mapas enmarcados que Constance miró de pasada.

—Son los mapas históricos de nuestro territorio y los planos del pueblo.

Todos los mapas eran distintos. Constance vio que el territorio delimitado para los *nissequot* iba reduciéndose con el paso de las décadas. Al empezar el siglo XX ya ni siquiera aparecía la palabra nissequot y las tierras llevaban como única leyenda «Granja Fairweather».

—Intentaron borraros del mapa.

—Y casi lo consiguieron.

La rodeó con los brazos desde atrás mientras Constance estaba delante del mapa más reciente. Era del año anterior y mostraba el territorio de los *nissequot* marcado en verde, ampliado y con los edificios del casino en el centro.

—¿Qué es la zona azul?

—Ahí es donde pensamos construir a continuación. No conseguiremos recuperar todas las tierras de la época colonial, pero al menos tendremos espacio para crecer.

El corazón de Constance se llenó de orgullo al ver lo que había logrado John.

—Bueno, ¿por dónde íbamos? —la hizo girarse lentamente, deslizando las manos por su cintura.

Fuera seguía tronando y la lluvia golpeaba los cristales de las ventanas, pero todo se desvaneció cuando sus labios se tocaron. Constance cerró los ojos y se apoyó contra él. Absorta en el beso, solo al abrir los ojos para desabrocharle el cinturón vio que se habían apagado todas las luces.

–¿Se ha ido la luz?

–Eso parece –la besó en la frente–. Pero estamos generando mucha energía, así que no creo que la necesitemos.

Ella se rio. John le había quitado la chaqueta y la blusa y le bajó la cremallera de la falda, que cayó a suelo. La oscuridad aterciopelada resultaba muy íntima. Constance consiguió desabrocharle el cinturón y quitarle a tientas los pantalones y la camisa. Luego se acercaron a la suave superficie de la cama.

John la abrazó con fuerza mientras rodaban juntos sobre el colchón, apretándose el uno contra el otro. A ella le encantaba su peso, lo grande que era. Cuando estuvo encima de él, besó su cara y luego bajó hasta sus hombros y su cuello, dejando una estela de besos. Le gustaba la aspereza del vello de su pecho. No tenía mucho. Siguió hacia abajo, hasta sentir su erección. Dejó que su lengua la recorriera e hizo oídos sordos de la vocecilla interior que le decía que aquello era pecado. Le encantaba cómo se movía John respondiendo a cada cosa que hacía. Estaba tan excitado que no podía estarse quieto. Gruñó suavemente cuando ella se metió su miembro en la boca, lo chupó y a continuación jugueteó con su glande con la lengua.

Era la primera vez que hacía algo así. ¡Ni siquiera había pensado en ello! Disfrutaba teniendo control sobre él. Sentía el deseo, la pasión que atenazaba su cuerpo poderoso.

Mientras John se ponía un preservativo, estaba tan excitada que lo acogió dentro de sí sin ningún esfuerzo. Todavía encima de él, se movió despacio, experimentando con las sensaciones que generaba en sí misma y en John. Cuando fue creciendo la presión, comenzó a moverse más deprisa y dejó que las sensaciones la embargaran y que su cuerpo hiciera lo que quisiera.

John la atrajo hacia sí y la hizo tumbarse para colocarse encima de ella. Luego la besó con ternura e inició un ritmo distinto que pronto la hizo gemir y jadear su nombre. La llevó casi hasta el borde del abismo, luego se retiró y siguió besándola y acariciándola hasta que Constance sintió que estaba a punto de estallar. Intentó urgirle con las caderas, pero pesaba demasiado y se rio de sus intentos de hacerle moverse.

–No seas tan impaciente –le dijo–. Todo a su debido tiempo –se movió muy despacio al tiempo que le besaba las orejas y el cuello.

Constance estaba tan excitada que apenas podía respirar cuando por fin John los condujo a ambos a un clímax arrollador que iluminó la oscuridad con una explosión de electricidad interior que ella nunca había creído posible.

–He visto fuegos artificiales –dijo jadeante cuando por fin pudo hablar.

–Me alegro –contestó él, tan seguro de sí mismo que a ella le dieron ganas de abofetearlo… o de abrazarlo.

Escogió lo último.

John escondió la cara entre su pelo. Se quedaron tumbados en la cama, abrazados. Aquella aventura con Constance lo había pillado por sorpresa. No se había dado cuenta de que, al mirar aquellos ojos castaños, caería bajo su hechizo. Ahora no quería que se marchara. Quería mimarla y cuidar de ella. Le encantaba sentir cómo se relajaba en sus brazos. Era algo mágico notar cómo se abría para él y exploraba su propia sensualidad, volviéndolo, de paso, medio loco. La besó en la mejilla.

–Eres distinta, Constance Allen.

–Sí, desde luego soy distinta a como creía que era. Me he llevado muchas sorpresas aquí.

–Te ha sorprendido que no sea un ladrón avaricioso como quiere hacerme parecer la prensa.

–No tenía prejuicios respecto a ti. Intento mantener una mentalidad lo más abierta posible. Es esencial para mi trabajo.

–Pero no tenías ni idea de que ibas a sucumbir a mi célebre encanto.

–Eso es cierto –sus ojos brillaron llenos de humor–. Sigo sin saber qué demonios hago entre tus brazos.

–Relajarte.

–No es muy relajante saber que, si mi jefa u otra persona descubre lo nuestro, me despedirán y seguramente no podré volver a ejercer mi profesión.

–Por eso no estás pensando en esa parte de la cuestión –no quería que volviera a su trabajo, ni a Ohio. Quería que se quedara allí.

Aquella idea lo golpeó como un rayo. Los truenos que retumbaban fuera parecían el eco de la tormenta que de pronto se había desatado en su corazón. Se estaba enamorando de Constance Allen.

–¿Qué expectativas tienes respecto a tu trabajo?

–Me gustaría convertirme en socia de la empresa en algún momento. Al menos eso creo. Es el punto culminante más lógico de mi carrera.

–¿Nunca has querido dedicarte a otra cosa? –de pronto se le agolparon las ideas en la cabeza. Constance podía ocuparse de la contabilidad del casino. Después de un tiempo razonable tras acabar la auditoría, claro.

–Cuando era más joven quería ser maestra, pero se me pasó al madurar. Se me dan mejor los números que las personas.

John ladeó la cabeza.

–Te imagino perfectamente siendo maestra. Y creo que se te da muy bien la gente.

–No sé. ¿Y si los niños no me hicieran caso?

–Los números no replican.

–Casi nunca. Aunque yo siempre confío en que me griten cosas. Sobre todo, en una auditoría.

–Como la que estás haciendo ahora –John le acarició el pelo.

–Exacto. No puedo creer que esté en tus brazos cuando mañana voy a inspeccionar tus libros de cuentas buscando indicios de fraude.

–Seguro que a estas alturas ya has visto todo lo que necesitabas ver. Es difícil demostrar que no hay ninguna irregularidad, pero, ¿en qué momento sueles darte por satisfecha?

Constance se tensó ligeramente.

–Cuando la OAI me lo diga.

–¿Siguen sin estar satisfechos?

–Quieren que sea minuciosa. Estoy segura de que tienen tantas ganas como tú de que esté todo en perfecto estado de revista para poder olvidarse de este asunto.

–Eso espero. Porque, si quisieran, podrían cerrarnos el negocio. Créeme, no tengo ningún interés en hacer las cosas mal. Sé que nos están vigilando y que nuestro trabajo puede resistir su escrutinio.

–Entonces no tienes por qué preocuparte. Seguro que pronto se aburrirán de pagar mi tarifa.

–Espero que no –la abrazó con fuerza–. O quizá tenga que convencerte de que dejes tu trabajo y te mudes aquí –ya estaba, ya lo había dicho. Era evidente que estaba perdiendo la cabeza, pero fue un alivio sacárselo del pecho.

Constance se quedó quieta.

–Muy gracioso.

–¿Crees que estoy de broma?

–Sé que estás de broma.

–No estés tan segura. Me gustas –la besó en la nariz–. Y yo a ti también.

Ella se rio.

–Sí, pero no lo suficiente para tirar mi vida y mi carrera por la borda para prolongar una tórrida aventura contigo.

John advirtió una nota de tristeza.

–Esto no tiene por qué acabar –dijo.

–Supongo que siempre podrías mudarte a Ohio.

–Eso no sería lo ideal.

–¿Lo ves? Es imposible. Cada uno tiene su vida planificada por su lado y esto no es más que un gran error que no hemos podido evitar –lo dijo tan seria que John se echó a reír.

–Habla por ti. Yo no considero que sea un error. Esta ha sido la mejor noche que recuerdo haber tenido. Y la segunda mejor, la de ayer.

–Entonces debes de tener una memoria muy corta –cerró los ojos un momento–. Dentro de un mes te habrás olvidado de mí. Y dentro de seis meses ni siquiera te acordarás de mi nombre.

–¿Cómo voy a olvidarme de un nombre como Constance? No puedo creer que no dejes que te llame Connie.

–Conociéndote, me extraña que no lo estés haciendo de todos modos.

–Soy más sensato de lo que piensas –le acarició la mejilla–. De hecho, puedo ser muy sentimental.

Era la verdad, aunque procurara disimularlo. Durante mucho tiempo se había preciado de mantener sus emociones a raya. Constance tenía algo, sin embargo, que le hacía bajar la guardia. Sabía que no le interesaba su dinero, ni su fama, ni siquiera su físico. Para atraerla tendría que ser sincero y demostrarle que no era el donjuán sin corazón que ella creía.

¿De verdad intentaba convencerla de que se quedara allí? La lógica intentaba convencerlo de lo contrario, pero algo en lo más hondo de sus entrañas le decía que, si la dejaba marchar, se arrepentiría el resto de su vida.

–No he traído cambio de ropa interior.

–En la tienda del hotel vendemos unas bragas muy bonitas –John sonrió–. Puedo comprarte algunas.

–¡No! El personal se preguntaría para quién son. Volveré a mi hotel a primera hora de la mañana. No me dejes dormir hasta tarde, ¿de acuerdo?

–Te despertaré, aunque creo que va a darme mucha pena sacarte de tus sueños.

Había cerrado los ojos y sonreía. Parecía completamente relajada y en paz.

John podía imaginársela durmiendo allí, en sus brazos, mucho tiempo. Pero, para llegar a ese punto, iba a tener que gestionar con mucho cuidado una situación que podía ser explosiva. Se arrepentía de haber bromeado con Don sobre la posibilidad de coquetear con ella. No quería que su tío se enterara de que estaban juntos hasta que llegara el momento oportuno, para lo cual quedaban meses, probablemente.

Constance Fairweather… Aquel nombre tenía un acento un tanto anticuado que lo atraía extrañamente.

Ella se quedó dormida. Su resistencia se había evaporado por completo y parecía sentirse perfectamente cómoda y relajada a su lado. Sin duda a sus padres no iba a hacerles ninguna gracia que se la llevara a vivir a otro estado, pero podían mudarse allí. Les construiría una casa bonita, como la de sus abuelos. Sabía por experiencia que cualquier obstáculo podía superarse con paciencia y una planificación cuidadosa. Sabía que a Constance le gustaba. Y a él le gustaba ella.

Así que, ¿qué podía salir mal?

La despertó un tierno beso de John en la mejilla. Parpadeó y contempló su bello rostro, preguntándose si todavía estaba soñando.

–Buenos días, preciosa. He hecho el desayuno. Tienes tiempo de sobra para desayunar antes de irte al hotel.

Desayunaron fruta fresca, huevos revueltos con tostadas, café recién hecho y zumo, y charlaron sobre la infancia de ambos. Cuando el reloj de pared estaba a punto de dar las ocho, Constance descubrió que no tenía ganas de marcharse.

Estar allí sentada, charlando con John, le parecía completamente natural. Era tan fácil hablar con él, era tan amable y cariñoso, tan buen anfitrión… Iba a costarle mucho encontrar a otro hombre cuya compañía pudiera disfrutar hasta ese punto.

Había, no obstante, muchas cosas de él que no le convenían. Era, para empezar, demasiado guapo, y ella no valoraba en absoluto el físico. Sabía, además, que era un famoso playboy y que ella no era más que otra muesca en el poste de su cama. Cuando volviera a Ohio no volvería a verlo y muy pronto habría otra mujer ocuparía su lugar.

Se le encogió el estómago al pensarlo. Por eso no debería haberse metido en aquella… relación. John podía añadirla sin ningún problema a su lista de aventuras amorosas y luego pasar página. Pero ella no tenía una lista de aventuras amorosas que engrosar, y aquello iba a convertirse en la experiencia más asombrosa, deliciosa e inesperada de toda su vida.

El móvil de John no paraba de hacer ruidos. Al final, lo tomó y echó un vistazo a sus mensajes.

—Parece que la prensa sigue dándole vueltas a ese asunto de Don.

—¿Crees que ha hecho algo malo?

—No —contestó él—. Hace tiempo tomó algunas… decisiones equivocadas, pero estoy seguro de que no hará nada que pueda poner en peligro lo que hemos levantado aquí. Le gusta que la gente piense que es un golfo. A mí no me molesta. Toda publicidad es buena hasta cierto punto.

—Don parece todo un personaje.

—Lo es. A veces me saca de quicio, pero fue el primero en subirse al carro cuando propuse montar el casino. A mis abuelos les parecía imposible.

—¿Por qué?

—Era una idea demasiado osada, un proyecto demasiado grande. Don, en cambio, confió enseguida en mi capacidad para sacarlo adelante y ha trabajado mucho para hacerlo realidad.

—Parece que le tienes mucho cariño.

—Sí. Es mi tío. Y en el fondo tiene un corazón de oro —John sonrió.

Otra vez se estaba poniendo adorable. ¿Por qué no podía portarse como un capullo? Así a ella le sería más fácil volver a casa.

John se encaminó al casino. Don estaba en el vestíbulo, charlando con un empleado. La cara se le iluminó al ver a John.

—¿Listo para desayunar?

—He tomado algo en casa.

—¿Y eso por qué?

—Por nada. Tenía hambre, eso es todo.

—Entonces ven conmigo a tomar un café. Podemos mirar con cara de pocos amigos a los periodistas y ahuyentarlos entre los dos.

—Normalmente es preferible responder a sus preguntas con una sonrisa. ¿Has visto a alguno hoy?

—Esta mañana recibí una llamada preguntándome por tu amiguita.

John se tensó.

—¿Por Constance? Digo, ¿por la señorita Allen? Don asintió con la cabeza.

—Por lo visto se ha corrido la voz de que nos están haciendo una auditoría y supongo que piensan que, cuando el río suena, agua lleva.

—Pero no es así.

—Eso lo sabemos tú y yo. Habrá que esperar a que ellos también se den cuenta.

—Umm —la prensa no sospecharía nada sobre Constance y él, ¿verdad? Eso sería perjudicial, para ella, para él y para el casino. Don no parecía sospechar nada.

—¿Es buena en la cama?

Se quedó helado.

—¿Quién?

Su tío le dio un codazo.

—A mí no me engañas. Veo cómo la miras.

—No sé de qué me estás hablando —contestó con calma, a pesar de que había empezado a sudar. ¿Tanto se le notaba su pasión por Constance? Era esencial mantenerlo en secreto hasta que acabara la auditoría y se hicieran públicos los resultados, aunque solo fuera por el bien de Constance.

—La señorita Constance Allen, auditora contable. Apuesto a que debajo de ese traje tan formal es un auténtico volcán.

—Eres insoportable. ¿A quién tenemos contratado para septiembre?

—Acabo de contratar a Jimmy Cliff y estoy en conversaciones para contratar a Celine Dion.

—Pues ponte con ello. Yo me voy al despacho —se dirigió a los ascensores con el corazón acelerado.

De pronto deseaba que Constance se marchara. No porque no quisiera volver a verla, sino porque quería acabar con todo aquel secreto, y no podría hacerlo hasta que ella terminara la auditoría. Necesitaba que volviera a Ohio y que acabara su encargo para que pudieran empezar de cero.

Estaba deseándolo.

Constance se duchó y devolvió varias llamadas. Era viernes, el día perfecto para hacer la maleta y marcharse, pero no estaba preparada para despedirse de John. De hecho, en el fondo confiaba en que pudieran pasar al menos una noche más juntos. No quería volver aún a su aburrida existencia.

Llamó a la Oficina de Asuntos Indios con cierto nerviosismo. Empezaba a sentirse como una farsante. Si supieran lo que se traía entre manos con John, rescindirían el contrato con su empresa y seguramente la demandarían por dañar la reputación de la institución. Decidió mencionar lo más relevante que había descubierto.

–Don Fairweather juega en el casino y el año pasado ganó una cantidad importante. Más de cincuenta mil dólares.

–¿Pagó los impuestos correspondientes?

–No estoy segura. No he consultado las declaraciones de impuestos de los miembros de la tribu.

–Entonces pídeselas y échales un vistazo.

–¿Las de quién exactamente?

–La de cualquiera que juegue en el casino –contestó Nicola–. Enseguida descubrirás quién cumple con sus obligaciones fiscales y quién no. Y pide también las declaraciones de todos los jefes del casino, incluido John Fairweather. Examina al menos las de cinco personas.

–¿No son confidenciales las declaraciones de Hacienda? ¿Y si no me dejan acceder a ellas?

–Pediremos una orden judicial.

Constance estaba muy nerviosa cuando entró en el aparcamiento del casino. Tomó el ascensor para subir a las oficinas con la esperanza de que John no estuviera allí. Le resultaba violento verlo en el contexto profesional de la oficina después de lo que había ocurrido entre ellos. Y prefería pedirle su declaración de la renta mediante un correo electrónico o un mensaje de texto, no mirándolo a los ojos.

John estaba allí, por supuesto. Estaba hablando con un empleado de la caja, pero se despidió de él al verla acercarse.

—Hola, Constance —dijo con aire profesional, a pesar de que le brillaron los ojos.

Ella cuadró los hombros e intentó fingir desinterés.

—Buenos días.

—Buenos días. Espero que hayas dormido bien —añadió él en voz baja, y Constance sintió un estremecimiento.

Caminaron juntos hacia el despacho de John.

—Muy bien, gracias —contestó con voz cortante—. ¿Podemos hablar en privado?

—Claro.

Tomaron el ascensor para subir a su despacho. Constance sintió su curiosidad mientras subían en silencio. Procuró evitar su mirada, temerosa del efecto que surtía sobre ella. Respiró hondo.

—Mi contacto en la OAI me ha pedido que revise las declaraciones de renta de varias personas.

El semblante de John se ensombreció.

—¿De quién?

—La tuya —contestó sin rodeos. Había elegido a personas de distintos departamentos e incluido en la lista a tres miembros de la tribu que, según había descubierto, también solían jugar en el casino—. La de tu tío Don, la de Paul McGee, Mona Lester, Susan Cummings, Anna Martin y Darius Carter.

—¿Darius? Pero si es un crío. Casi no tiene edad para pagar impuestos.

Ella se encogió de hombros.

—¿Crees que debo hablar en persona con cada uno de ellos?

—¿Por qué esas personas?

—Han sido elegidas más o menos al azar –no quería entrar en detalles. En realidad, no era asunto de John.

Él pareció notar su reticencia, pero no preguntó nada más.

—Hablaré con ellos –dijo, ceñudo.

—¿Crees que alguno pondrá objeciones?

—Me aseguraré de que no. Además, ya hemos presentado todos nuestras declaraciones, así que, ¿qué tenemos que esconder?

—Exacto.

—Las tendré listas al final del día.

—Te lo agradezco mucho.

—Quiero besarte –añadió él con voz sugerente.

—No creo que sea buena idea –susurró Constance–. Tengo cosas que hacer.

—Yo también, pero eso no impide que te desee.

—Eres un liante.

—No te lo discuto. Por lo menos, parece que lo soy contigo –habían llegado a su despacho–. Aunque no me arrepiento de nada.

Cerró la puerta. Estuvieron besándose cinco minutos, hasta que empezaron a jadear de deseo.

–Yo antes era una profesional muy seria, que conste –balbució Constance cuando por fin se separaron.

–Y yo un hombre sensato. Desde que apareciste tú, todo eso se ha ido al garete –con su traje gris marengo y su camisa azul claro parecía la cordura personificada. Pero seguramente solo estaba fingiendo que estaba loco por ella–. Espero que tardes unos días en revisar esas declaraciones.

–Yo espero que no. Es embarazoso y muy poco profesional, pero la verdad es que espero no encontrar nada sospechoso.

–Espero no estar poniendo en peligro tu integridad profesional –repuso él con una sonrisa maliciosa.

–Nada podría ponerla en peligro. Créeme, si encontrara algo, informaría de ello.

–Eso me encanta de ti, Constance. Contigo, siempre sabe uno a qué atenerse.

–Eso pensaba yo antes. Estoy segura de que mi jefa se llevaría una sorpresa si supiera que ahora mismo me estás estrujando el trasero.

Él subió la mano hasta su cintura con expresión remolona.

–Tienes razón. Pero dado que nuestra relación no afecta a tu integridad profesional, no debería importarles lo más mínimo.

–Puede que no, pero estoy segura de que les importaría –le enderezó la corbata, que se le había torcido–. Ahora deberíamos fingir al menos que estamos trabajando. Preferiblemente en despachos separados, dado que parece que no podemos mantener la compostura cuando estamos en la misma habitación.

–De acuerdo, Constance. Luego nos vemos. Voy a decirles a todos que se vayan a comer a casa y que traigan sus declaraciones.

–Perfecto –¿de veras podía ser tan sencillo?–. Puede que tenga que hablar con ellos en privado. Quizás incluso tenga que revisar el estado de sus cuentas bancarias para asegurarme de que está todo en orden –contuvo la respiración, esperando su respuesta.

–Tomo nota –le guiñó un ojo. No parecía preocupado, lo que era un alivio.

Pero Constance tenía una pregunta más que hacerle. Una pregunta cuya respuesta ya conocía.

–¿Alguno de los miembros de la tribu juega en el casino?

–Yo no, y prefiero que los empleados no jueguen. Además, ellos saben mejor que nadie que a la larga siempre gana la banca. A Don le gusta apostar un poco, pero no hay nadie más que juegue regularmente.

–¿Don suele ganar?

–Eso dice –John le guiñó un ojo–. No sé si será verdad, pero de todos modos guardamos archivos de las apuestas que hacen los empleados.

–¿Podría echarles un vistazo? –no hacía falta mencionar que ya los había visto y que sabía que Don había ganado bastante dinero. Se sintió un poco culpable por fingir, pero por lo menos tenía la impresión de estar haciendo su trabajo.

–Claro que sí –John se inclinó hacia el ordenador portátil que había sobre la mesa y pulsó unas teclas. Apareció el archivo que Constance ya había revisado–. Aquí no vas a encontrar mi nombre.

–Me alegro de que no juegues.

–Yo también. Es mucho más interesante ser la banca.

Estaba tan seguro de su honradez que ni siquiera miró el archivo. La besó en los labios y la abrazó con ternura, y Constance sintió que se le encogía el corazón cuando cerró la puerta al salir. Si separarse un rato de él le dolía tanto, ¿cómo iba a sentirse cuando se despidieran para siempre?

Capítulo Nueve

Esa noche, John no la invitó a dormir con él. Mientras regresaba a su hotel con las declaraciones de los empleados en el asiento del copiloto, Constance no sabía si sentirse aliviada o desilusionada. Seguramente tenía alguna reunión. O algo importante que hacer. O planes más interesantes. A fin de cuentas, era viernes noche.

Si ella tuviera vida propia, regresaría a Ohio para pasar el fin de semana. Pero no la tenía, y le parecía mucho mejor quedarse allí y ahorrarse el dinero de la gasolina. Cenó una ensalada en la habitación mientras veía las noticias. Las declaraciones de Hacienda parecían observarla con cara de pocos amigos desde un extremo de la cama. Le daba miedo mirarlas. ¿Y si encontraba algo en la de John? Estaba obligada a informar de sus hallazgos, o incluso de cualquier sospecha. ¿Debía decírselo primero a él para que tuviera ocasión de explicarse?

Tomó su declaración con dedos temblorosos. Sus ingresos eran exorbitantes, pero procedían en su mayoría de inversiones privadas que no tenían nada que ver con el New Dawn. No encontró nada fuera de lo normal y, tras pasar varias horas revisándola, exhaló un suspiro de alivio y siguió adelante.

Tampoco encontró nada sospechoso en las declaraciones de Darius, Anna y Mona. La de Don la dejó para el final. Al revisar la documentación descubrió que, aunque Don pagaba muchos impuestos, no había declarado ninguna ganancia procedente del juego. Se alarmó, asaltada por un mal presentimiento. En ese momento sonó su teléfono y dio un respingo, sobresaltada. Era su amiga Lynn.

—Espero que estés en Cleveland, porque eres la única persona que conozco que querrá acompañarme al cine a ver la última película de Disney.

Constance no pudo evitar reírse.

—Me encantaría, pero sigo en Massachussets.

—¿Por qué no has vuelto para el fin de semana? Imagino que no te apetecía separarte del dueño del casino. Es tan sexy...

—¿Qué? Estás loca. Casi no lo veo —contestó atropelladamente.

—Vaya, veo que he puesto el dedo en la llaga. Ya sabía yo que, si se presentaba un tipo interesante, estarías dispuesta a todo.

—No digas tonterías. John Fairweather no me interesa en absoluto. Lo único que me interesa de él son sus datos financieros. Que, por cierto, están en orden.

—Menudo rollo. Yo esperaba que hubiera un escándalo y que te pagaran una prima enorme por haberlo descubierto.

—Solo estoy haciendo mi trabajo. No estoy pensando en posibles primas cuando reviso los libros de una empresa.

–Lo sé, lo sé. Pero es mucho más interesante cuando descubres cosas ocultas.

Aquel era el momento perfecto para hablarle de las ganancias que Don Fairweather no había declarado. Pero había prometido hablar con John primero. Se quedó paralizada al darse cuenta de que sentía más lealtad hacia John que hacia su empresa. Aun así, no estaba dispuesta a ocultar nada. En cuanto se lo dijera a John, informaría a su empresa y a la OAI.

–Estás muy callada. ¿Te pasa algo? –dijo Lynn.

–No, estoy bien. Solo un poco distraída. Estos últimos días han sido un torbellino de números y cuentas. Estoy deseando volver a mi apacible y aburrida vida de siempre.

–Pues esto está muy revuelto. Whitlow ha dimitido. Resulta que Lacey no ha sido la primera becaria que ha pasado por su mesa. En la oficina no se habla de otra cosa.

–Caramba –eso dejaría hueco para otro socio. Era imposible que la eligieran a ella, la considerarían demasiado joven, pero aun así…

–Ese viejo verde. Es alucinante que los hombres se arriesguen tanto por echar un polvo. Estas cosas hacen que una se alegre de ser mujer.

–Qué va. Las mujeres también nos arriesgamos.

–Tienes razón. Los humanos somos seres irracionales. Es lo que nos hace interesantes.

–Así es.

–¿Necesitas algo?

La pregunta de Lynn la pilló por sorpresa.

—No, nada. Seguro que la semana que viene estaré de vuelta.

—¿Y no has encontrado nada de nada?

Titubeó.

—Te lo contaré todo cuando vuelva.

—Entonces, ¿has encontrado algo? —susurró Lynn.

—No tergiverses mis palabras. Todavía estoy investigando.

—Soy una tumba.

—Pues sigue así y que pases buen fin de semana. Tengo que dejarte.

Colgó, algo nerviosa. Aquella situación se estaba complicando, y ahora tenía que hablar con John sobre el fraude fiscal cometido por su tío. No quería decírselo por teléfono, por si las líneas estaban pinchadas. Tendría que ir a buscarlo y comunicárselo en persona.

Cuando llegó al casino a la mañana siguiente John estaba en el vestíbulo hablando con Don. Constance desvió la mirada y se dirigió a los ascensores. No quería tener que hablar con un hombre al que estaba a punto de denunciar.

—Es una suerte que esté loca por ti —oyó decir a Don al pasar cerca de ellos—. No me gusta que esté husmeando en nuestras declaraciones. Asegúrate de que esta noche cene y beba bien. No nos conviene que se pase de la raya.

Se quedó paralizada. ¿Sabía Don que estaba liada con su sobrino?

—Mi declaración no tiene nada que objetar e imagino que la tuya tampoco —repuso John en tono algo desdeñoso.

Constance se ofendió al ver que no defendía su honor ni le decía a su tío que a ella no se la podía chantajear. Don soltó una risa falsa.

—Por mí no te preocupes. En mi declaración no va a encontrar nada. Y fui yo quien te dijo que era buena idea seducirla. Deberías hacerme caso más a menudo.

Constance se quedó boquiabierta. ¿Habían planeado aquello juntos? ¿Estaba siendo víctima de un complot? Parpadeó, incapaz de creerlo.

—No te pases de listo, Don —respondió John.

No podía creer que estuvieran hablando de aquello allí, donde cualquiera podía oírles. John había cambiado de tema y se había puesto a hablar de la banda que iba actuar esa noche. ¿Ni siquiera iba a molestarse en contradecir a su tío? La sensación de haber sido traicionada se apoderó de ella, helándole la sangre. De pronto, se alegró de haber encontrado aquella irregularidad en la declaración de Don. John se merecía las cosas que decía de él la prensa si era capaz de seducir a una mujer por puro interés.

Alzó la barbilla y se dirigió a los ascensores con paso decidido.

—Eh, Constance, ¿adónde vas? —preguntó John alzando la voz desde el otro lado del vestíbulo—. Hoy es sábado.

Se giró.

–Voy a las oficinas. Están abiertas el fin de semana, supongo –repuso quisquillosa.

–¿No pensabas decirme hola?

–He visto que estabas reunido.

–¿Reunido? –él se rio–. Don me estaba hablando del Maserati nuevo que ha encargado. Qué locura.

No dijo nada de la conversación que acababa de mantener sobre ella con su tío.

–¿Podemos ir a tu despacho? –le temblaban las manos y confiaba en no echarse a llorar.

–Claro que sí –contestó él en tono sugerente–. Me apetece muchísimo.

Ella miró las cámaras de seguridad y confió en que nadie escuchara las grabaciones.

–Se trata de algo grave.

John se puso serio.

–¿Sobre las declaraciones? –preguntó en voz baja.

–Te lo cuento arriba.

John cerró la puerta del despacho, pero por suerte no intentó besarla.

–¿Qué ocurre?

El corazón de Constance latía tan fuerte que apenas podía pensar.

–Se trata de Don. No ha declarado sus ganancias de juego.

John arrugó el ceño.

–Pues debería haberlo hecho.

Constance tragó saliva.

–Los archivos de la empresa muestran ganancias importantes. Puedes verlo tú mismo.

–Estoy seguro de que hay una explicación.

Ella respiró hondo.

–Te lo estoy contando a ti primero porque prometí hacerlo. Pero tengo que notificárselo a mi jefa y a la OAI.

–Dame un poco de tiempo para averiguar qué ha pasado. Hablaré con Don.

–No puedo. Tengo que informar de lo que he encontrado y he hecho mal en decírtelo a ti primero. Puede que haya una explicación razonable, pero el caso es que he encontrado una irregularidad. Tú mismo has reconocido que juega –levantó la barbilla con aire desafiante.

–Y no lo oculta.

–Pero no ha declarado esos ingresos.

John respiró hondo. Por un instante, Constance deseó abrazarlo, pero se contuvo.

–Don es un empleado clave del casino –dijo él, ceñudo–. Esto podría dañar gravemente nuestra reputación. Y eso es algo que no puedo permitirme.

–Si no quieres tener mala publicidad, deberías tener más cuidado con lo que haces. Seducir a la auditora encargada de inspeccionar tus cuentas seguramente no es muy prudente –se armó de valor, esperando su respuesta.

–A mí me ha sorprendido tanto como a ti.

–Ya. Pues yo he oído otra cosa ahí abajo.

John arrugó el entrecejo.

–¿Has oído a Don? Solo estaba bromeando.

–Pues tú no le has llevado la contraria.

Su semblante se suavizó.

–Responder habría sido dar más importancia de

la debida a sus insinuaciones. En realidad no tiene ni idea de lo que ha pasado entre nosotros.

Constance tragó saliva.

—Mejor. Como puedes imaginar, te agradecería que no hablaras de lo nuestro con nadie.

—Claro que no. Yo jamás haría eso —le tendió la mano, pero ella permaneció inmóvil.

—Lo que ha pasado entre nosotros ha sido un error y lo lamento. Ahora tengo la responsabilidad de informar de lo que he encontrado a las personas que me contrataron.

Él exhaló lentamente, con expresión amarga.

—La OAI se echará sobre nosotros con todo su peso.

—Yo tengo que hacer mi trabajo.

—Ya lo veo —apretó la mandíbula y se quedó mirándola.

Constance comprendió de pronto lo vulnerable que era. Su futuro, su carrera, estaban en manos de aquel hombre. Si así lo decidía, John podía poner fin a su carrera y arruinar su reputación con una sola llamada telefónica.

—Entiendo —la voz de John sonó fría, distante. No le suplicó, pero la emoción que Constance vio en su mirada le recordó los tiernos momentos que habían compartido.

—Voy a llamar a mi contacto —recogió su maletín, ansiosa por salir de allí y no volver nunca más.

Él abrió la puerta y se apartó. Cuando Constance pasó a su lado, sintió un destello de calor y tensión entre ellos. O quizá fueran imaginaciones suyas.

Oyó cerrarse la puerta a su espalda y casi se le rompió el corazón al darse cuenta de que aquella sería la última vez que vería a John.

John se apoyó contra la puerta, en parte para no abrirla de nuevo y salir en pos de Constance. No tenía sentido intentar convencerla. Estaba decidida a informar de lo que había descubierto.

¿De veras había cometido Don la estupidez de no declarar sus ganancias de juego? En el fondo ya sabía la respuesta. Y también sabía con qué entusiasmo acogerían los medios la noticia.

Además, tampoco podía decírselo a Don, ni a un abogado, porque para ello tendría que revelar que Constance le había dado información privilegiada. No quería traicionar su confianza. Le había hecho un gran favor al decirle lo que había encontrado. Y más aún teniendo en cuenta que sospechaba que la había seducido por simple interés. Había sentido el impulso de contradecirla y explicarle que sus sentimientos eran sinceros, pero sabía que no le creería. Daría por sentado que solo quería engatusarla para que no informara de sus hallazgos, lo cual la enfadaría aún más.

Maldiciendo, dio un puñetazo a la puerta. ¿Por qué se habían complicado tanto las cosas? Todo iba sobre ruedas hasta la llegada de Constance Allen. Ahora volverían a llover las acusaciones sobre ellos, y sabía muy bien que, si alguien buscaba un motivo para hacer desaparecer a los *nissequot*, aprovecharía aquella irregularidad como punto de partida para enredar a la tribu en un proceso legal que podía eternizarse.

Su prioridad absoluta era asegurarse de que eso no pasara. La segunda sería olvidarse por completo de Constance Allen. Si alguien descubría que se había acostado con ella durante la auditoría, los miembros de la tribu perderían su confianza en él. Don ya lo sospechaba. Tendría que proceder con sumo cuidado para que su tío no comenzara a hacer insinuaciones a la prensa y complicara más aún la situación.

Gruñó, enfadado. Esa mañana la vida le había parecido tan deliciosa y prometedora... La noche anterior no había podido ver a Constance porque tenía una cita previa con un amigo. La había echado mucho de menos, pero se había consolado pensando que podría tenerla en su cama muchos años en el futuro. Y de pronto esa posibilidad se había esfumado. Ni siquiera se le había pasado por la cabeza que pudiera encontrar alguna irregularidad. En cuanto a Don... Al parecer, las sospechas que vertía la prensa sobre él tenían algún fundamento, ¿y quién sabía qué más se traía entre manos aquel viejo truhán? Le dieron ganas de agarrar el teléfono y llamar a su tío, pero se contuvo. Le debía eso al menos a Constance.

Pero nada más.

***

Constance tenía los ojos llenos de lágrimas cuando cruzó el aparcamiento. Subió a su coche, arrancó y salió todo lo rápido que pudo. Se sentía como una traidora, aunque fuera absurdo. No debía lealtad al New Dawn, ni debía tener sentimientos por su propietario.

El problema era que los tenía. ¿Era una tonta por creerle cuando afirmaba que no le había contado a su tío lo que había entre ellos? Quería creerle, y recordaba muy bien lo feliz que se había sentido en sus brazos, explorando un lado sensual y apasionado de su ser desconocido hasta entonces. Iba a ser muy duro enterrar sin más aquellas emociones.

Tenía que llamar cuanto antes a la Oficina de Asuntos Indios, por si acaso John cedía a la tentación de avisar a su tío. No podía permitir que se corriera la voz de que le había informado antes que a nadie de su hallazgo. Paró y marcó el número de móvil de Nicola.

—Siento llamarte en fin de semana, pero he encontrado una irregularidad —dijo con calma.

Le habló de las ganancias procedentes del juego que Don no había declarado. De allí en adelante, sería Hacienda quien tendría que investigar. Ella había cumplido con su trabajo y debía sentirse satisfecha. No era así, sin embargo.

—Buen trabajo. Así tendremos una base en la que apoyarnos para seguir investigando. Hacía tiempo que sospechábamos de Don Fairweather. No entiendo por qué su sobrino le permite desempeñar un puesto tan relevante en la empresa.

–No interviene en la administración de la empresa. Se encarga de la publicidad y de contratar las actuaciones –Constance se oyó defender implícitamente a John y se maldijo por ello–. Entonces, ya he terminado aquí, ¿verdad? Me sentiría muy violenta si tuviera que quedarme después de hacer esas acusaciones –dijo.

–Sí, nuestro equipo legal se encargará del asunto a partir de ahora. Envíame toda la documentación relevante. Buen trabajo.

Apesadumbrada, Constance emprendió de inmediato el largo viaje en coche hacia Ohio, de regreso a su vida anterior, a su apacible trabajo en una oficina gris y a sus aburridas tardes en casa de sus padres.

Lo peor era que seguía esperando que sonara el teléfono. En parte seguía creyendo que lo que habían compartido era real. Habían tenido unas conversaciones tan fantásticas, una intimidad tan intensa… ¿O acaso eran todo imaginaciones suyas?

Ese lunes, en la oficina, su jefa, Lucinda Waldron, era toda sonrisas.

–Muy bien hecho, Constance. Era un encargo difícil y de nuevo has demostrado que eres uno de nuestros valores más sólidos. Además, es una suerte que no tengas familia de la que preocuparte. Cuesta encontrar una empleada a la que no le importe pasar días lejos de casa. Tengo un encargo interesante en Omaha, y eres la candidata perfecta.

—Estupendo —logró sonreír. ¿Omaha? ¿Y por qué no? Como decía su jefa, no tenía vida ni obligaciones. Podían enviarla a cualquier parte del país y a nadie le importaría salvo a sus padres, que tendrían que encargarse de los platos después de la cena.

Al llegar a su despacho, echó un vistazo a su correo electrónico con el corazón apesadumbrado. De pronto, Lynn se asomó a la puerta.

—He encontrado al hombre perfecto para ti. ¿Te acuerdas de Lance, el del departamento jurídico?

—Nunca saldría con un compañero de trabajo.

—No tienes por qué hacerlo. Se ha despedido. Ha encontrado trabajo en KPMG.

—Lo que significa que seguramente va a mudarse a otra ciudad. Y las relaciones a larga distancia nunca funcionan.

—¿Por qué no? Es mejor que no salir con nadie. Además, siempre podrías mudarte.

—¿Marcharme de Cleveland? ¿Y qué harían mis padres?

—Estoy segura de que sobrevivirán.

—No me atrae Lance.

—Casi no lo conoces. Tienes que darle una oportunidad. Puede que haya química entre vosotros.

Miró a su amiga.

—¿A ti te atrae?

Lynn se mordió el labio y se quedó pensando un momento.

—No, pero he pensado que querrías un hombre estable y tranquilo y…

—¿Y aburrido? ¿Y si quisiera a alguien salvaje, peligroso y excitante? –se recostó en su silla–. ¿Y si quiero a alguien que no se parezca en nada a mí, que pueda ayudarme a salir de mi existencia aburrida y rígida y que me haga ver el mundo con nuevos ojos?

Lynn se quedó mirándola.

–¿Eso quieres?

–No quiero salir con nadie –era imposible que mirara siquiera a otro hombre mientras aún tenía grabado a fuego el rostro de John en la memoria–. Tengo muchas otras cosas que hacer.

–¿Reordenar tu biblioteca, por ejemplo?

–Tengo que organizar una fiesta para recaudar fondos para la parroquia.

–Como siempre. Pero no estoy dispuesta a permitir que sigas malgastando tu vida. Es hora de que salgas de tu cascarón –Lynn le guiñó un ojo y se marchó.

Constance se hundió en su silla. Si su amiga supiera que ya había salido de su cascarón y que nunca volvería a ser feliz en él…

Capítulo Diez

John entró en el despacho de Don y arrojó los periódicos sobre su mesa.

—¿Ves lo que has hecho? Se ha filtrado a la prensa que has defraudado impuestos.

—Todo eso es una sarta de mentiras.

—¿No has jugado, no has ganado ese dinero? —cruzó los brazos.

—No me acuerdo.

—Eso no va a servir de nada, así que más vale que vayas contratando a un abogado. El casino no va a hundirse contigo, Don. Ya sabes lo que opino. No perdono ninguna actividad que pueda considerarse un incumplimiento de las normas. Dado que no reconoces que has jugado y que no declaraste tus ganancias, no tengo más remedio que relevarte de tu puesto.

Don se puso en pie, ceñudo.

—¿También vas a echarme a patadas de la tribu?

—Es una cuestión de negocios, Don, nada más. Siempre serás de la familia, pero no puedo permitir que sigas trabajando en el New Dawn si te imputan.

—¿Y qué hay de la presunción de inocencia?

—Si afirmaras que eres inocente sería distinto, pero no es el caso. Confiaba en ti, Don. Has sido mi mano derecha casi desde el principio de este proyecto. No puedo creer que lo hayas puesto todo en peligro por ahorrarte unas monedas de las que puedes prescindir sin ningún problema.

—Pagaré lo que deba.

—Tú sabes que no va a ser tan sencillo. Van a revisar tus declaraciones anteriores.

El rostro de su tío se ensombreció.

—Te dije que no quería que le dejaras ver mi declaración.

—Pero no me dijiste que era porque habías cometido un fraude.

—No he mentido. Puede que sencillamente no haya dicho toda la verdad.

John se refrenó para no maldecir.

—Nos habríamos evitado todo esto si hubieras hecho las cosas bien.

—Para ti todo es muy fácil. Siempre has sido el niño bonito.

—Me he dejado la piel para conseguir todo lo que he conseguido y no voy a permitir que lo eches por la borda —le dieron ganas de agarrarlo por el cuello por haberle metido en aquel lío y haber frustrado sus planes de seguir con Constance, pero se contuvo.

Don lo miró fijamente.

—Es una lástima que no usaras tu encanto para ahuyentar a Constance Allen, como te propuse.

—El encanto suele surtir el efecto contrario.

—No, tratándose de una autómata asexuada como esa. Una calculadora con traje.

John volvió a cerrar los puños.

–Guárdate tus opiniones sobre Constance Allen.

–Vaya, ¿he puesto el dedo en la llaga? Deduzco que has visto mucho más de lo que había debajo de ese traje de lo que yo creía. ¿Y si se lo cuento a la prensa? ¿Eh?

–No hay nada que contar –gruñó–. Sal de aquí antes de que te eche a patadas –añadió con furia.

John le había asegurado que estaba todo en orden, y se había equivocado. Y encima ella pensaba que la había seducido a propósito para interferir en su investigación.

–Veo que sientes algo por ella –dijo Don al colgarse el maletín del hombro.

–No, pero me enfurece que no haya dejado que solventara este asunto por mis propios medios. Podría haberte obligado a declarar todos tus ingresos sin necesidad de una denuncia.

Los dos se volvieron al oír llamar a la puerta.

–Señor Fairweather –dijo Angie, una de las empleadas–, está aquí la policía.

–Sabía que vendrían tarde o temprano –John se pasó una mano por el pelo–. Diles que suban.

–Cuánto me alegro de que estés en casa, cielo.

Constance estaba pelando zanahorias mientras su madre cortaba una pechuga de pollo para hacer una empanada. Llevaba tres días en casa y ya había vuelto a su rutina de siempre.

–Quizá tú puedas convencer a tu padre de que

coma mejor. Sigue teniendo el colesterol alto y se empeña en desayunar huevos con salchichas todas las mañanas.

–Mañana haré unas magdalenas sin azúcar. Creo que lo mejor es tentarlo para que deje de comer las cosas que le gustan pero le hacen daño, en vez de obligarlo a comer cosas que detesta.

–Tienes mucha razón, cielo. Sabía que a ti se te ocurriría algo. Espero que no te manden a trabajar fuera otra vez.

–La verdad es que van a encargarme un trabajo en Omaha. Les gusta que esté soltera y que no tenga obligaciones.

–Pero tienes una obligación para conmigo y con tu padre. Deberías decírselo.

–Deberíais acostumbraros a que no esté en casa, mamá. ¿Y si me caso?

Su madre se rio.

–¿Tú? Estás casada con tu trabajo. Ni siquiera te imagino con un hombre.

Constance agarró con fuerza el pelador. ¿De veras creía su madre que no quería casarse y tener familia? Claro que ¿por qué no iba a creerlo? Nunca había salido con nadie. Lo cierto era que no se había interesado por ningún hombre hasta que había conocido a John. Era imposible que lo suyo funcionara. John era un donjuán que al parecer la había seducido por simple interés.

–¿Por qué te tiemblan las manos?

Constance vio que su madre la miraba fijamente y siguió pelando la zanahoria más deprisa.

–Sabía que no tenías que ir a ese antro de iniqui-
dad. Desde que has vuelto pareces un fantasma.
Imagino que tuvo que ser agotador relacionarse
con esa gente.

–Es solo que estoy cansada –no hacía falta decirle que no dormía por las noches–. Ha sido un trabajo difícil y he trabajado muchas horas –y también
había disfrutado muchas horas más.

El recuerdo de los fuertes brazos de John rodeándola la atormentaba de madrugada. Cada vez que
pensaba en él se estremecía de deseo, a pesar de
que sabía que debía odiarla. Había visto las noticias
en Internet. Don había sido detenido y acusado de
fraude fiscal, y John había pagado de su bolsillo medio millón de dólares de fianza para sacarlo de la
cárcel. Sin duda no estaría tendido en la cama pensando en lo mucho que la echaba de menos. Incluso se hablaba de que iban a cerrar el casino mientras durara la investigación, y ella sabía que eso
supondría pérdidas millonarias para John y la tribu.

No le cabía ninguna duda de que John pensaba
en ella con ira y resentimiento.

Acababa de echar las mondas de las zanahorias a
la basura cuando se abrió la puerta de la cocina y
apareció su padre.

–Madre mía, Constance, no te vas a creer lo que
acaban de decir en las noticias. Que el indio del casino al que han detenido por fraude fiscal acaba de
declarar que el jefe de la tribu mantuvo relaciones
íntimas con la contable que fue a investigar sus
cuentas. ¿No eres tú?

Constante se sobresaltó.

–¿Qué? –preguntó con voz temblorosa.

–Dice que no es el único que ha incumplido las normas y que la gente debe conocer la verdad sobre la auditora de la OAI que lo ha denunciado –su padre se quedó callado–. No es cierto, ¿verdad, cariño?

–¡Constance Allen! –exclamó su madre–. Ya has oído a tu padre. Dinos enseguida que esas acusaciones son falsas.

Se irguió, temblorosa, y se lavó las manos bajo el grifo del fregadero.

–No son falsas –dijo sin atreverse a mirarlos.

–¿Has tenido una aventura con el hombre al que te mandaron a investigar? –su madre se acercó.

–Me mandaron a investigar los libros de la empresa. Hice mi trabajo –se secó las manos y miró a sus padres–. No era mi intención hacer nada más, pero... –¿cómo podía explicarles lo ocurrido?–. Era muy guapo y amable y he sido una tonta.

–No me cabe duda de que ese hombre se propuso seducirte para influir en tu investigación –afirmó su madre.

–Puede que sí –dejó el paño. Todavía le temblaban las manos–. Pero aun así cumplí con mi trabajo. Como ya sabéis, descubrí el fraude fiscal de uno de sus familiares.

–¿Te has acostado con ese hombre? –siseó su madre.

–¡Sarah! ¿Cómo puedes preguntar eso? –preguntó su padre, estupefacto.

Constance sintió humillación y tristeza.

137

–Sí, mamá. Lo siento, papá. Es la verdad. No me enorgullezco de ello. Todavía no sé qué me pasó –dejó escapar un suspiro, apesadumbrada–. Por lo visto no soy de piedra, después de todo.

–Sabía que no debías ir a ese casino. Un sitio como ese no es un lugar seguro para una chica como tú.

–No es el lugar, mamá. Soy yo. Llevo demasiado tiempo viviendo escondida. No me había dado cuenta de lo sola que estaba.

–Ese hombre no debe tener ningún sentido del honor si ha hablado con la prensa de vuestra... relación –su padre arrugó el ceño–. Claro que ha sido el otro el que ha salido en las noticias. Ese al que acusaste de evasión de impuestos –carraspeó–. Imagino que este asunto se olvidará tarde o temprano.

–Ay, Dios –su madre se llevó las manos a la boca–. Te van a despedir, ¿verdad?

–Seguramente –su voz sonó hueca–. De hecho, supongo que debería renunciar a mi puesto.

–Siempre habrá un sitio para ti en la ferretería. Nuestros clientes te adoran –dijo su padre.

Constance se estremeció al pensar en atender a personas que conocían lo ocurrido.

–¿Qué quieres, exhibir a nuestra hija como si fuera una atracción de feria, Brian? No puede dejarse ver en público con un escándalo como este. Dios mío, ¿qué dirá el pastor?

Constance no pudo soportarlo más. Salió corriendo de la cocina. Sabía desde el principio que era un error acostarse con John. Ahora había perdido su trabajo y seguramente se lo merecía.

***

John caminaba a toda prisa por el sendero, hacia el bosque. No tenía por costumbre huir de los problemas, pero en aquel momento necesitaba desfogarse. Oyó romperse una rama a su espalda y se giró, temiendo ver a otro periodista tras él.

Pero no. Era su tío, que sudaba y jadeaba intentando alcanzarlo.

–¡Piérdete!

–¡Espera! Quiero disculparme.

–Es demasiado tarde para eso –replicó con ira.

Pero Don siguió acercándose.

–Correr no va a servirte de gran cosa. Igual que mentir y engañar –John apretó el paso a pesar de que sentía el impulso de volverse y asestarle un puñetazo.

–Te prometo que no volveré a mentir, ni a engañar a nadie –jadeó Don mientras se esforzaba por alcanzarlo–. Y no volveré a jugar.

–¿Qué tal si no vuelves a hablar nunca más? –le gritó John.

–Eso no puedo prometértelo. ¿Lo ves? No estoy mintiendo.

John se giró y alargó el brazo, golpeándolo en el pecho de un puñetazo. Su tío se dobló por la cintura.

–Debería darte una paliza.

–Pero sería un delito y tú estás por encima de esas cosas.

–Exacto –miró a Don, que seguía jadeando–. Además, intento levantar la tribu, no matar a sus miembros con mis propias manos.

–Lo siento mucho, de verdad.

–¿Qué es lo que sientes? Has hecho tantas cosas que he perdido la cuenta. Te están investigando por fraude fiscal. Podrías ir a la cárcel. Y encima le has dicho a la prensa que me había enrollado con Constance Allen.

–Estaba enfadado contigo. No creía que fueran a creérselo. Ni yo mismo lo creía. Deberías haberme dicho que era cierto, así habría mantenido la boca cerrada. Porque es cierto, ¿verdad?

–Como si fuera a confiar en ti –debería haber rechazado la insinuación de su tío, en lugar de ignorarla. Negar sus sospechas.

Pero eran ciertas.

No conseguía quitarse a Constance de la cabeza ni un segundo.

–Sé que crees que soy idiota, y la verdad es que a veces lo soy –añadió Don, empapado de sudor–. Pero sé que había algo entre esa chica y tú. Y no me refiero solo a sexo. Tengo la sensación de que estás loco por ella.

John dio un respingo.

–¿Loco por ella? Tú sí que estás loco. Solo intento averiguar cómo impedir que todo lo que hemos levantado se vaya a pique. Ni siquiera me acuerdo de… de ella.

Don se irguió y se limpió el sudor de la frente.

–Tienes que ir a buscarla y recuperarla.

–Sí, seguro que a la prensa le encantaría.

–Hablo en serio. No es un delito enamorarse. Ella hizo su trabajo y me denunció.

–Tiene principios, no como otros.

Don cruzó los brazos.

–Lo digo en serio. No quiero que me culpes por haber perdido al amor de tu vida.

John soltó un soplido.

–No necesito tus consejos para llevar mi vida, gracias. Creo que puedo hacerlo perfectamente yo solo.

Don insistió:

–Entonces, ve tras ella.

John respiró hondo. La brisa le refrescó la cara y un pájaro cantó en un árbol cercano.

–Aunque ahora mismo te odio más que a nadie en el mundo, por una vez puede que tengas razón.

Encargó un anillo en la tienda de Tiffany's de Manhattan y pidió que se lo enviaran. Alquiló un avión en el aeropuerto local y subió a él lleno de expectación.

¿Se estaba precipitando al tener la intención de pedirle que se casara con él en lugar de invitarla sencillamente a regresar a su vida? Seguramente. Pero para que se mudara a Massachussets Constance tenía que estar muy segura de lo que iba a hacer, y quería que supiera que pensaba ofrecérselo todo, incluido el matrimonio.

Aquella palabra resonó en su cabeza. Normalmente, solo de pensar en el matrimonio le habría hecho salir despavorido. Ahora, en cambio, aquella palabra tenía una nota tranquilizadora. Su abuela decía siempre que, cuando uno conocía a la persona adecuada, lo sabía sin más. No hacía falta salir con esa persona durante años o conocer con detalle su vida. John, además, confiaba en su instinto. Y su instinto le decía que Constance era la mujer que había estado esperando todos esos años. La necesitaba en su vida, en sus brazos, en su cama.

Ahora lo único que tenía que hacer era convencerla. Y para eso tenía que hacerle entender que sus intenciones habían sido honorables desde el principio.

Llegó al aeropuerto de Cleveland y sintió un hormigueo de nerviosismo al tocarse el anillo en el bolsillo del pantalón. Luego alquiló un coche y programó el GPS.

Sintió que le palpitaba la sangre en las venas cuando llegó a la modesta casa de los padres de Constance en un soñoliento barrio de Cleveland. El coche de Constance estaba en el camino de entrada. Aparcó detrás y notó un cosquilleo de inquietud cuando pulsó el timbre.

–Ay, señor, ¿quién será? –dijo una voz de mujer a lo lejos.

Compuso una sonrisa animosa cuando se abrió la puerta y una mujercilla de pelo castaño y corto apareció en el umbral.

–Hola, usted debe de ser la señora Allen –le tendió la mano.

–Déjennos en paz –replicó la mujer, y le cerró la puerta en las narices.

John llamó otra vez al timbre.

–No soy periodista –gritó–. Ni vendedor –vio que la silueta borrosa se detenía tras la puerta de cristal–. Soy un amigo de Constance.

Vio que la mujer daba media vuelta. La puerta se abrió una rendija y un par de ojos grises lo miraron con desconfianza.

–Constance está enferma.

–¿Qué? –dio un paso adelante, poniendo una mano en la puerta–. ¿Qué le pasa?

–¿Quién es usted?

–Me llamo John Fairweather –le tendió la mano otra vez–. Encantada de conocerla –añadió poniendo la rodilla delante de la puerta por si acaso intentaba cerrarla otra vez. Y, en efecto, un instante después, notó la presión de la puerta en el brazo y la pierna.

–¡Váyase de aquí, sinvergüenza!

John respiró hondo.

–Creo que hay un malentendido. Constance investigó mi empresa, pero no encontró ninguna irregularidad en mi declaración, sino en la de mi tío.

La mujercilla dejó de empujar la puerta y se acercó a él con la cara crispada por la rabia.

–Sedujo usted a una chiquilla inocente –siseó–. Debería darle vergüenza.

John decidió no decirle que Constance no era ni tan joven, ni tan inocente.

–Su hija es una persona única y muy especial, y

estoy seguro de que en buena parte se debe a usted, señora Allen. Admiro su integridad y estoy orgulloso de conocerla.

—Pues ella no quiere saber nada de usted. Seguramente van a despedirla, con todos esos rumores que circulan por ahí. ¿Qué tiene que decir en su defensa?

—Constance no tiene nada que esconder. Hizo su trabajo meticulosamente. Estoy seguro de que su jefa no podrá culparla de nada. ¿Puedo verla, por favor?

De pronto, un hombre con aspecto de tímido apareció al fondo del pasillo.

—¿Qué pasa, querida?

—Este es John Fairweather, Brian —contestó su mujer sin quitarle la vista de encima a John.

—Lo siento, pero no es usted bienvenido en esta casa —el señor Allen miró con nerviosismo a su mujer—. Más vale que vuelva por donde ha venido.

—Estoy enamorado de su hija —dijo John, desesperado—. Por favor, déjenme verla —luego sonrió y añadió—: No voy a marcharme hasta que hable con ella. Acamparé en su jardín si es necesario.

La señora Allen miró a uno y otro lado de la calle por si había alguien observándoles. Luego le lanzó una mirada gélida.

—Será mejor que pase.

John procuró no sonreír demasiado al cruzar el umbral.

—¡Constance, cielo! —gritó el señor Allen escalera arriba—. ¿Puedes bajar, cariño?

Miraron los tres con ansiedad hacia la escalera en penumbra, pero no se abrió ninguna puerta. John oyó música allá arriba.

—Creo que tiene la radio puesta y no le oye. ¿Les importa que suba y llame a su puerta?

Los Allen se miraron.

—Supongo que no —masculló la madre—. Más daño del que ha hecho ya, no puede hacer.

John subió a toda prisa la escalera y llamó a la puerta.

—Necesito estar sola, mamá.

—Soy yo, John.

La música se apagó de pronto.

—¿Qué?

La puerta se abrió de golpe. Constance llevaba unos pantalones de pijama a rayas y una camiseta blanca. Parecía haber estado llorando. Estaba guapísima pero parecía muy frágil, y John deseó tomarla entre sus brazos.

—Pero qué cara más dura tienes —dijo ella en voz baja, escudriñando su cara.

—Eso no es ninguna novedad —John sintió que una sonrisa se extendía por su cara—. Te echaba de menos.

—¿Le contaste lo nuestro a Don? —su mirada se endureció.

—No, nunca le he dicho nada sobre nosotros. Pero estaba enfadado porque lo despedí.

—Pero tampoco lo negaste.

—No puedo negarlo. Es la verdad —intentó reprimir una sonrisa.

Ella arrugó el ceño.

–Es una pena que tu plan de seducirme no consiguiera despistarme, ni convencerme de que ocultara la verdad. Oí tu conversación con Don en el vestíbulo.

–Nunca ha habido ningún plan. Don lo sugirió, pero yo nunca tuve la intención de hacerle caso.

–Sí, claro. Por eso me besaste la primera noche, porque soy irresistible –Constance ladeó la cabeza.

–Exacto –John se esforzó por no sonreír.

–No soy tan tonta, John.

–No eres tonta en absoluto. Y por eso, entre otras muchas razones, estoy loco por ti.

Ella arrugó el ceño, confusa.

–¿Qué haces aquí? No voy a desmentir que hemos estado juntos, si eso es lo que pretendes. Prefiero dar por terminada mi carrera que contar una mentira así de grande.

–Lo mismo digo –se metió la mano en el bolsillo. No tenía sentido andarse por las ramas. Cuando Constance viera el anillo, se daría cuenta de que hablaba en serio–. Soy consciente de que hace muy poco tiempo que nos conocemos –sacó la caja y vio que ella fruncía el ceño–. Pero entre nosotros hay algo, algo distinto –por una vez le fallaron las palabras–. Te quiero, Constance. Te quiero y necesito que formes parte de mi vida. Nunca he conocido a nadie como tú y quiero pasar el resto de mi vida contigo. ¿Quieres casarte conmigo?

Capítulo Once

Constance lo miró, atónita.

–¿No estás enfadado conmigo?

–¿Por ser sincera y cumplir con tu obligación? No, nada de eso. Te quiero aún más por ello.

Ella parpadeó. John estaba ridículamente guapo con aquella expresión indecisa y la cajita azul en la mano. Y el anillo era precioso.

–No puedes hablar en serio. Sobre lo de casarnos, quiero decir.

–Constance, me conoces lo suficiente para saber que jamás bromearía con una cosa así. Te quiero y quiero que seas mi esposa –sus ojos brillaron.

Constance miró el anillo y luego volvió a mirarlo a él. Aquello superaba todas sus fantasías. No se había permitido soñar esa locura.

–No puedes hablar en serio.

–¿Estás bien, Constance? –preguntó su padre desde el otro lado de la puerta, que John había cerrado al entrar.

–Sí, papá, estoy bien.

–Estoy enamorado de ti –John se arrodilló–. Por favor, di que vas a casarte conmigo.

A ella se le saltaron las lágrimas. Sintió en su voz que era sincero.

–Sí –era la única respuesta que podía dar.

John se levantó. Le brillaban los ojos.

–¿Puedo besarte?

Ella se mordió el labio y miró la puerta. Miró a John y se derritió al ver su mirada tierna.

–De acuerdo.

Se besaron y Constance sintió que se derretía. Él la rodeó con sus fuertes brazos y la sostuvo cuando comenzaron a flaquearle las piernas.

–Dios, cuánto te echaba de menos –susurró John cuando por fin se separaron para respirar–. Odio estar sin ti. ¿Volverás conmigo ahora mismo?

Constance se mordió el labio.

–¿Y mi trabajo? Me han apoyado mucho. No se creen que haya tenido una aventura contigo y yo no he tenido valor para reconocerlo. Cuando se enteren de que es cierto y no lo he reconocido, tendrán motivos fundados para despedirme.

John sonrió.

–Me gusta que te tomes tan en serio tus responsabilidades. Y está claro que van a saber que hemos estado juntos cuando les digas que vamos a casarnos.

–Sí, pero tengo que tranquilizarles para que no piensen que eso interfirió en mi trabajo.

–Lo que piensen los demás no me quita el sueño –la besó suavemente en la boca, imperturbable–. Estoy convencido de que, si lo que decido hacer está bien, puedo mantener la cabeza bien alta delante de cualquiera. Incluidos tus padres –miró hacia la puerta y guiñó un ojo–. ¿Crees que debemos ir a decírselo?

Ella asintió, un poco nerviosa.

–Imagino que no queda otro remedio.

John abrió la puerta y encontró a los señores Allen en el pasillo.

–Ya lo hemos oído –dijo la madre con expresión aturdida. Y apreciamos que este joven haya tenido el honor y la decencia de hacer de ti una mujer decente –su madre miró fijamente a John.

El señor Allen carraspeó.

–Dadas las circunstancias estoy completamente convencido de que quiere a nuestra hija. No puedo decir que nos guste el negocio al que se dedica, pero os deseamos lo mejor a los dos.

–¿Sí? –Constance estaba atónita–. Tendré que mudarme a Massachussets.

–Iremos a visitaros encantados.

Constance miró a sus padres y luego miró a John. ¿Acaso tenía poderes mágicos de persuasión?

–Estoy deseando conocerles mejor –él les estrechó la mano calurosamente–. ¿Me permiten que les invite a cenar para celebrarlo?

El señor Allen seguía estando un poco perplejo, pero parecía feliz.

–Será un placer.

Tras una agradable cena en el restaurante italiano preferido de sus padres, John y Constance se fueron en coche a un hotel cercano. Una vez en la habitación, con la puerta cerrada, se miraron el uno al otro.

–¿Estoy soñando? –preguntó Constance.

–Creo que vas a tener que pellizcarme para averiguarlo –contestó él en tono sugerente.

Ella respiró hondo, luego estiró el brazo y le pellizcó en el trasero.

–Sí, estoy despierto –sus ojos se oscurecieron de deseo–. Ahora te toca a ti –deslizó las manos por las caderas de Constance y agarró su trasero. La apretó y la levantó tan deprisa que Constance sofocó un grito de sorpresa–. Ajá, tú también estás despierta.

Sosteniéndola en vilo, la apoyó contra su cuerpo y dejó que se deslizara lentamente hacia abajo. Ella sintió el bulto duro de su erección a través de los pantalones.

–Despierta y, si no me equivoco, tan excitada como yo.

Ella se mordió el labio y asintió. Cuando sus pies tocaron el suelo, echó mano de los botones de la camisa de John. Sintió que se le aceleraba la respiración mientras los desabrochaba y dejaba al descubierto su musculoso pecho. Él desabrochó los botoncitos de su blusa con expresión tan concentrada que hizo reír a Constance.

Ella besó su pecho y aspiró su aroma masculino. Luego su boca se deslizó hasta sus caderas y oyó que contenía la respiración cuando besó su miembro duro a través de la tela de los pantalones. Le bajó la cremallera y los pantalones por los poderosos muslos y sintió que se volvía loca de deseo al verlo tan excitado. John le quitó la falda y las medias y la tumbó en la cama. Estuvieron un momento tumbados el uno al lado del otro, disfrutando de la visión de sus cuerpos desnudos.

Constance recordó de pronto que estaban en un hotel con paredes finas como el papel.

—Quizá deberíamos poner la radio —dijo.

John le guiñó un ojo.

—Eres tan práctica... Eso me encanta de ti. Tienes razón, no queremos que todo el hotel oiga tus gritos de pasión —encendió la radio que había junto a la cama y giró el dial hasta que encontró una canción lenta—. Y hablando de cosas prácticas... —buscó en su bolsa y sacó un paquete de preservativos, abrió uno y volvió a tumbarse en la cama con ella.

—Te quiero dentro de mí —suplicó.

John pareció sorprendido.

—¿Sin preámbulos?

—Ahora mismo no necesito preámbulos. Y veo que tú tampoco.

—Cierto —gruñó él al tiempo que Constance empuñaba su miembro para ponerle el preservativo.

Con una seguridad que le sorprendió, se deslizó bajo él y lo guio dentro de sí. Levantó las caderas cuando la penetró y la sensación de euforia que se apoderó de ella la dejó sin aliento. Era tan delicioso... Comenzaron a moverse juntos, los dos al borde ya de la explosión.

—Te quiero —confesó ella de pronto, sin poder refrenarse, mientras las primeras oleadas del orgasmo recorrían su cuerpo como un tornado.

—Yo también te quiero, cariño —John se movía sobre ella con lenta intensidad.

Constance lo sintió palpitar dentro de sí y su corazón se lleno de felicidad.

–Tantísimo…

A ella le dieron ganas de reír.

–Cuando estoy contigo, me siento una persona completamente distinta.

–Conmigo eres tú de verdad. Y lo mismo me pasa a mí. Estaba tan concentrado en ganar dinero que no tenía tiempo para otra cosa, y tú estabas tan concentrada en ser perfecta que necesitabas que alguien te obligara a parar en seco.

–Y me recogiera al caer.

John se rio. Luego se apartó de ella, se tumbó a su lado y la abrazó.

–Que te recogiera y te abrazara con fuerza para que no te escabullas –le dio un tierno beso.

A Constance se le saltaron las lágrimas.

–¿Qué ocurre? –él acarició su mejilla.

–Estoy pensando en los cambios que me esperan. ¿Dónde voy a trabajar?

–Bueno, ya sabes que en el New Dawn nos gusta contratar a los miembros de la familia –le guiñó un ojo.

Constance arrugó el ceño.

–¿Qué haría allí?

John la miró muy serio.

–Lo que te parezca interesante. Tus conocimientos de contabilidad financiera nos vendrían muy bien. Así yo podría dedicarme a las relaciones públicas. Sospecho que lo haré mejor que Don.

Constance contuvo la respiración.

–Llevo años asesorando a empresas. Tal vez me apetezca dedicarme a otra cosa –se mordió el labio, pensativa–. Siempre he querido ser maestra, pero mis padres me decían que iba a ser muy desgraciada porque las aulas estaban llenas de gamberros. Por eso me dediqué a la contabilidad.

–Qué interesante –John la miró–. Ahora que están viniendo tantos miembros de la tribu de todo el país, tenemos mucho que enseñarles sobre el negocio. Quizá podrías empezar por ahí y luego sacarte el título de maestra y dedicarte a la enseñanza. Creo que se te dará de maravilla –la besó tiernamente en la boca.

–Mañana mismo me despido del trabajo. No sé si me harán trabajar otras dos semanas, o si me acompañarán hasta la puerta con mis pertenencias en una caja de cartón.

Los ojos de John brillaron.

–Seguramente será lo segundo cuando se enteren de que vas a casarte conmigo.

Constance sonrió.

–Supongo que es una suerte, dadas las circunstancias.

–Desde luego que sí.

Epílogo

Acción de Gracias

–Hay quien dice que los nativos americanos no deberían celebrar Acción de Gracias –John estaba de pie, a la cabecera de la mesa de su comedor, llena de manjares, en la casa de la granja recién reformada–. Dicen que fue un error que nuestros antepasados enseñaran a los primeros colonos a encontrar alimento y a sobrevivir en nuestro país. Creen que habría sido preferible que les dejaran morir de hambre.

Hizo una pausa y miró a los invitados. Sus abuelos sonreían orgullosos, y Constance se preguntaba si ya habían oído aquel discurso otras veces.

–No estoy de acuerdo –continuó John–. Me siento orgulloso de descender de aquellos que prefirieron tender la mano de la amistad. Es indudable que nuestro pueblo ha pasado por muchas tribulaciones desde entonces, pero aquí seguimos, contemplando el futuro con ilusión.

Levantó su copa de champán y Constance levantó la suya. Aún le costaba creer que aquel hombre tan alto y guapo fuera su marido.

–Y ese futuro se ha vuelto un poquitín más radiante… –miró a Constance y ella le devolvió la sonrisa.

Habían hablado de cuándo anunciarlo y habían decidido que aquel sería el momento perfecto. Sintió un cosquilleo en el estómago, en torno al minúsculo bebé que crecía dentro de ella.

–Porque estamos esperando a un nuevo miembro de la tribu *nissequot* que se unirá a nosotros en el mes de junio.

Su abuela contuvo la respiración y se volvió hacia su marido.

–¿Un bebé? Ay, John, ¿has oído eso?

–Sí, lo he oído –el abuelo sonrió y le palmeó la mano–. Y es maravilloso.

Las felicitaciones que siguieron hicieron sonrojarse a Constance, que se levantó de pronto, impulsada por la emoción.

–En mayo todavía vivía en Ohio, en casa de mis padres, y ahora, en noviembre, estoy esperando un hijo, me he casado con un hombre maravilloso, vivo en una granja preciosa en Massachussets y estoy estudiando magisterio. Todavía estoy un poco aturdida, pero os agradezco muchísimo a todos cómo me habéis acogido y habéis hecho que la transición hacia mi nueva vida fuera tan fácil y agradable.

Hasta sus padres, que habían ido a pasar con ellos el día de Acción de Gracias, estaban sonriendo. John levantó su copa.

–Todos los días agradezco a la Oficina de Asuntos Indios que te enviara a hacer esa auditoría.

Se oyeron risas.

–Hasta Don se alegra de que Constance descubriera lo que había hecho antes de que se metiera en un lío mayor. Ha tenido suerte de que solo le hayan condenado a un mes y medio de prisión.

Finalmente, el casino había salido indemne y la publicidad que había generado el escándalo atraía a más gente que nunca.

–El año que viene podremos completar la compra de los terrenos del límite este y empezar a construir el parque acuático –miró a Constance, divertido. La idea del parque acuático era suya–. Aquí cada día es una nueva aventura, y me alegro de estar compartiendo cada una de esas aventuras con mi alma gemela.

–Te quiero –dijo ella en voz baja.

–Yo también a ti, cariño –susurró él, emocionado–. Y doy gracias por poder pasar el resto de mi vida contigo.

Constance sintió que se le saltaban las lágrimas.

–A veces hay tantas cosas por las que dar las gracias que uno no sabe por dónde empezar, así que sugiero que disfrutemos todos de esta estupenda comida antes de que se enfríe –dijo.

–Tienes mucha razón –intervino el abuelo de John–. Damos gracias al Creador por estos manjares y por el placer de compartirlos todos juntos. ¡A comer!

DESEO

KATE HARDY
PASIÓN EN ROMA

Rico Rossi era un rico propietario de una cadena de hoteles. Cuando Ella Chandler, una preciosa turista inglesa, lo confundió con un guía turístico, no pudo resistirse a la tentación de seguir de incógnito y de enseñarle todas las maravillas de Roma. Entre ellos surgió un intenso deseo, pero Ella descubrió que Rico le había mentido... y ahora él tenía que demostrarle que la quería de verdad.

KIRA SINCLAIR
SECRETOS EN LAS VEGAS

Dominic Mercado cultivaba su falsa imagen de rico mujeriego desaprensivo adrede, le servía de tapadera para ayudar a mujeres en situaciones desesperadas sin que nadie se enterase. Pero el artículo que Meredith Forrester estaba a punto de escribir le delataría. Hacía años que Meredith, amiga íntima de su hermana, le gustaba. Pero ahora, ¿iba Dominic a atreverse a revelar la verdad a Meredith y arriesgarlo todo?

N.º 555

JENNIFER LEWIS
APOSTAR POR LA SEDUCCIÓN

Constance Allen era seria, formal e inocente. La intachable auditora debía asegurarse de que las finanzas del casino New Dawn estuvieran fuera de toda sospecha y, de paso, conseguir un ascenso. Hasta que John Fairweather, el millonario propietario del casino, la sedujo. Aquel conflicto de intereses hacía peligrar su trabajo, pero Constance era incapaz de controlarse.

DESEO
BARBARA DUNLOP

DESEOS A MEDIANOCHE

Nathaniel Stone, piloto de avionetas y ejecutivo de telecomunicaciones de Alaska, no estaba preparado para confiar en la impresionante desconocida que decía ser la hija biológica de su jefe. ¿De verdad la habrían cambiado al nacer? ¿O Sophie Crush estaba ejecutando una estafa brillante para introducirse en aquella adinerada familia? Nathaniel se acercó a ella para descubrirlo… Se acercó demasiado. Porque cuando bajó la guardia y se rindió a la pasión, las revelaciones amenazaron con destapar su propio engaño… y un secreto familiar sobrecogedor.

N.º 556

ESPOSO SOLO DE NOMBRE

Lo último que la ambiciosa arquitecta Adeline Cambridge deseaba en aquellos momentos era convertirse en una mujer casada. Sin embargo, tras una noche de pasión con el apuesto congresista Joe Breckenridge en la que se quedó embarazada inesperadamente, su familia insistió en que se unieran en matrimonio. Con los posibles escándalos que los amenazaban, un acuerdo secreto con Joe era la mejor salida para ambos. ¿Terminaría en lágrimas aquella unión entre dos poderosas familias o habría encontrado Adeline un apasionado compañero de vida?

JULIET LANDON
La princesa esclava

Para el exoficial de caballería Quinto Tiberio Marcial el deber siempre era lo primero. Su próximo cometido, escoltar a una cautiva del emperador romano, debía ser fácil. Pero una sola mirada a la feroz esclava bastó para que Quinto deseara anteponer sus deseos a todo lo demás. Poderoso y curtido en la batalla, el romano hizo entrar en conflicto los sentimientos y la razón de la princesa esclava, que presa de emociones recién descubiertas, no tardó en preguntarse si quería salir de aquel peligroso viaje a Aquae Sulis con su virtud intacta…

MARGO MAGUIRE
La dama sajona

No. 84

El barón Mathieu Fitz Autier esperaba encontrar alguna resistencia al reclamar la tierra sajona que había ganado en la batalla. Pero nunca habría imaginado que la antigua señora de la mansión tuviera el valor para enfrentarse a él… lanzándole una flecha. Lady Aelia vio cómo se venía abajo cuando los normandos se hicieron con el control de su querido hogar. Pero lo más grave fue que se sintió irremisiblemente atraída por Fitz Autier, su peor enemigo. Y cuando la pasión surgió entre ambos supo que no podía abandonarse a ella porque él debía entregarla a un rey normando…

¡YA EN TU PUNTO DE VENTA!

JAZMÍN™

SHIRLEY JUMP
RIVALES

Claire Richards quería ganar aquel concurso porque la enorme casa sobre ruedas que obtendría como premio era la garantía para salir de Mercy, Indiana. Pero primero tendría que derrotar a los otros participantes, entre los que estaba Mark Dole, su guapísimo enemigo de la infancia. ¿Sería capaz de vivir en tan reducido espacio junto a aquel irresistible *playboy*?

CARLA CASSIDY
EL MATRIMONIO MÁS ADECUADO

Era el plan perfecto. Melanie Watters deseaba tener un hijo con todas sus fuerzas, así que decidió pedirle al soltero más empedernido de la ciudad, que casualmente era su mejor amigo, que se casara con ella. A cambio de dejarla embarazada, Bailey Jenkins conseguiría escapar de las insinuaciones de las participantes del concurso de belleza del que era juez. Y luego solo tendrían que divorciarse... o no.

N.º 581

JUDITH McWILLIAMS
UNA VIDA NUEVA

En cuanto el doctor Nick Balfour la vio, quiso rescatar a aquella hermosa e inocente mujer y mantenerla a salvo. Gina Tesserek se encontraba en apuros económicos, por lo que aceptó la oferta de Nick para ser su asistenta temporal. En poco tiempo, Nick se dio cuenta de que su acuerdo solo había sido una excusa para estar cerca de ella... y ahora no había vuelta atrás.

JULIA™

KIMBERLY LANG
A FAVOR DEL VIENTO

Ally Smith había roto con su novio por egoísta e infiel, pero no estaba dispuesta a desperdiciar la luna de miel en el Caribe que había pagado por adelantado.

Mientras intentaba salvar sus vacaciones, conoció al apuesto y seductor Chris Wells y se arrojó de cabeza a una tórrida aventura veraniega sin sospechar que aquel magnate de los barcos la había dejado embarazada.

N.º 476

JILL SORENSON
EMOCIONES TURBULENTAS

Una reserva de fauna exótica era un sueño hecho realidad para la bióloga Daniela Flores, hasta que descubrió que su exmarido era el jefe del equipo de investigación.

Sean Carmichael había ido a las remotas Islas Farallón a estudiar tiburones asesinos, pero un verdadero asesino andaba suelto amenazando a la mujer a la que nunca había dejado de querer. Y ahora sabía que debía protegerla.

JUSTINE DAVIS
LA MEJOR VENGANZA

Había algo en los intensos ojos azules de St. John que a Jessa Hill le recordaba a su amigo de la infancia. Pero Adam Alden había muerto veinte años atrás…

¿Podrían ser St. John y Adam la misma persona? ¿Y si lo eran, se marcharía, llevándose su corazón por segunda vez?

Brenda Novak

En tus brazos

Cuando Lucky Caldwell tenía
diez años, su madre, Red, la
prostituta más famosa de Dun-
dee, Idaho, se había casado con
Morris Caldwell, un hombre
rico y mucho mayor que ella.
Por supuesto, el matrimonio no
había durado, pero la amabilidad de Morris había sido muy
importante para Lucky.
Mike Hill, nieto de Morris, no
sentía demasiada simpatía hacia Red ni hacia su hija; habían
separado a su abuelo de su familia, e incluso este le había
dejado en herencia a Lucky
una mansión victoriana a la

que ella no había hecho ningún caso durante años…

Buscando su lugar

Hacía diez años que Hope Tanner había escapado de su comunidad, y lo había hecho sola y embarazada. Después había
dejado la adopción de su bebé en manos de Lydia Kane, la fun-
dadora de una clínica de Nuevo México.
Ahora tenía que regresar a su ciudad para ayudar a su hermana
a escapar y ¿qué mejor sitio para acudir con una embarazada en
busca de ayuda que la clínica? Allí, su hermana Faith podría dar
a luz en paz y ella podría volver a ver a los viejos amigos, como
Lydia… o como el irresistible Parker Reynolds.
Pero Parker, padre viudo y administrador del centro, no parecía
alegrarse de volver a ver a Hope…

BIANCA™

LYNN RAYE HARRIS

EXTRAÑOS EN LAS DUNAS

Todos creían que Isabella, la esposa del jeque Adan, había muerto.
Pero reapareció cuando él estaba a punto de contraer matrimonio
con otra mujer y de convertirse en rey de su país.

Isabella tendría que ser su reina y compartir su trono del desierto
y su cama real. Pero ya no era la joven
pura y consciente de sus deberes de
antaño, sino una mujer desafiante y
seductora que excitaba a Adan; una
mujer que no recordaba haber sido su
esposa.

CAUTIVA Y PROHIBIDA

La noticia de que Veronica St. Germai-
ne, la popular y frívola diva del mundo
del corazón, se había regenerado y estaba dispuesta a convertirse en sobe-
rana de un principado del Mediterráneo
había revolucionado a todos los medios
de comunicación.

N.º 491

El cargo exigía que el guardaespaldas Rajesh Vala la protegie-
se a toda costa. Pero Veronica no había sido nunca muy amiga
de aceptar órdenes de nadie.

Él había decidido llevarla a su casa de la playa para que estuviera más segura, pero ella se sentía prisionera allí. Ambos
habían comprendido desde el primer momento que la atracción
mutua que había surgido entre ellos podría ser un problema...

¡YA EN TU PUNTO DE VENTA!

BIANCA™

La confesión al playboy italiano:
¡Eres el padre de mis gemelos!

EL SECRETO DE SCARLETT

LYNNE GRAHAM

N.º 3134

A Scarlett Pearson le cambio la vida cuando descubrió que estaba embarazada de gemelos. Consciente de que el amor no formaba parte de los planes del multimillonario Aristide Angelico, decidió terminar la aventura que tenían. Sus hijos merecían mucho más.

Aristide no conseguía olvidar la intensa química que había compartido con Scarlett, ni el hecho de que ella hubiera terminado la relación. Al reunirse con ella dos años después, se sorprendió de que la pasión entre ellos continuará intacta. Decidido a recuperar el control, Aristide invitó a Scarlett a Italia y se quedó helado al descubrir su mayor secreto... ¡Y por el deseo de reclamar a su familia!